BASTEI LÜBBE

R. J. PINEIRO

CH@OS

THRILLER

Aus dem Amerikanischen von
Karin Meddekis

BASTEI
LÜBBE

BASTEI LÜBBE TASCHENBUCH
Band 25920

Bastei Lübbe Taschenbücher ist ein Imprint
der Verlagsgruppe Lübbe

Titel der amerikanischen Originalausgabe: SHUTDOWN

Umschlaggestaltung: HildenDesign, München
Titelfoto: Apply Design
Satz: hanseatenSatz-bremen, Bremen
Druck und Verarbeitung: Elsnerdruck, Berlin
Printed in Germany, Februar 2003
ISBN 3-404-25920-3

Dieses Buch widme ich dem brillantesten, originellsten, leidenschaftlichsten und couragiertesten Mann, den ich kenne:

Meinem Vater, Rogelio A. Pineiro. El Ingeniero.

Und

dem heiligen Juda, dem Heiligen des Unmöglichen, der es immer wieder möglich macht.

Anmerkungen des Autors und Danksagungen

Stellen Sie sich eine Welt ohne Technologie vor, ohne Satelliten-Kommunikation oder Hochgeschwindigkeits-Transportmittel, ohne Elektrizität oder Klimaanlagen, ohne die Erforschung des Weltraums und ohne Internet, ohne ... Sie haben das Bild vor sich. Diese Welt kommt uns vor, als entstammte sie dem Steinzeitalter oder – noch schlimmer – als spiegelte sie das Ende der Welt. Es ist eine Welt ohne Technik, ohne Innovation und ohne Zukunft. Ob es sich bei dieser Technik nun um Elektrotechnik, Computertechnik, Maschinenbau, Chemotechnik, Erdöltechnik oder Industrietechnik handelt, so ist diese Technik die Wissenschaft, dank derer die Welt sich dreht, die Kraft, die alle Schiffe antreibt. Machen Sie sich nichts vor. Ohne diese Technik gäbe es in Amerika keinen Kaffee am Morgen und keine Tageszeitung, keinen Zug, der Sie zur Arbeit fährt, keine Talk-Shows, keine Wochenendausflüge aufs Land, keine Footballspiele am Montagabend und keine Kopfschmerztabletten oder Flüge, um die Großmutter zu besuchen. Ohne Ingenieure und Techniker gäbe es kein Kino, keine Online-Shops, kein Fernsehen, kein Radio, kein fließendes Wasser, keine Satelliten-Kommunikation, keine Wasseraufbereitungsanlagen, keine Mobiltelefone und keine Nike-Schuhe. Die Technik sorgt für die Infrastruktur jedes Wissenschaftszweiges in der modernen Welt von der Medizin und dem Finanzwesen bis hin zum Sport, den Gesetzen und sogar der Politik. Die Gesellschaften, die bei diesem

Technologierennen auf der Strecke bleiben, bleiben in allen Lebensbereichen auf der Strecke.

Dieses Buch, das die Möglichkeiten unserer Zivilisation des einundzwanzigsten Jahrhunderts in einer solchen Welt beleuchtet, kam mit Hilfe vieler talentierter Menschen zustande, die während des ganzen Prozesses auf verschiedene, aber immer bedeutsame Weise zur Entstehung des Buches beigetragen haben. Eventuelle Fehler gehen selbstverständlich auf mein Konto.

Ich danke den folgenden Personen:

Meinem Vater, Rogelio A. Pineiro, der das beste Beispiel geliefert hat, wie ein Ehemann, ein Vater und ein Ingenieur sein sollten. Deine Disziplin, dein Mut, dein Rat, deine Geduld und Liebe haben aus mir den Mann gemacht, der ich heute bin. Ich kann nur hoffen, dass ich Cameron ein halb so guter Vater bin, wie du es mir gewesen bist.

Meiner Frau und besten Freundin, Lory Anne. Was kann ich jemandem sagen, der die besten Jahre seines Leben an meiner Seite verbringt, meine Bestrebungen und meine Pläne unterstützt und mir hilft, meine Träume auf Kosten seiner eigenen zu erfüllen? Lory, dir gehört meine ewige Dankbarkeit, Loyalität und Liebe. Ohne dich wäre all das nicht möglich gewesen.

Meinem Sohn Cameron. Dein gutes Herz und deine Fähigkeiten erfüllen mich mit Stolz. Du hast deinen alten Herrn schon in fast allen Bereichen übertroffen. Bleib weiterhin so fleißig, mein Junge!

Ich danke Tom Doherty und Bob Gleason für die fortwährende Unterstützung, Ermutigung und Führung während der turbulenten Veröffentlichung. Dank auch an den Rest des Teams von Tor Books einschließlich Linda Quinton, Karen Lovell, Jennifer Marcus und Brian Callaghan. Ihr seid die Besten.

Meinem Agenten Matthew Bialer bei William Morris. Alle

Autoren sollten wie ich das Glück haben, schon so früh in ihrer Schriftstellerkarriere den richtigen Partner zu finden.

Meinem guten Freund und Mitarbeiter Dave. Dave ist ein ausgezeichneter Ingenieur, und außerdem hat sein breitgefächertes Wissen über Waffen, Luftfahrt und Geheimdiensttaktiken sehr zum Gelingen von *CH@OS* beigetragen.

Allen anderen Familienmitgliedern: Dora, Irene, Dorita, Mike, Linda, Bill, Maureen und allen Kindern, weil sie immer für mich da sind.

Vor einem Monat habe ich den zehnten Jahrestag meiner Schriftstellerkarriere gefeiert. In meinen kühnsten Träumen hätte ich mir nicht ausgemalt, dass ich diesen Weg einschlagen würde. Ich danke allen meinen Lesern für ihre Unterstützung. Wenn Sie Lust haben, schreiben Sie mir doch unter author@rjpineiro.com. Ich nehme mir immer die Zeit, die Briefe zu lesen und nach Möglichkeit zu beantworten.

Danke. R. J. Pineiro

Austin, Texas, Oktober 1999

Ein Mann, der dabei ist, sein Vermögen zu machen, verliert noch nicht einmal den Mut, wenn die Welt zusammenbricht.

E.B. White

Geschäft ist Krieg.

JAPANISCHES SPRICHWORT

Prolog

CIA-Officer Paul Maddox bewegte sich ruhig und mit der gewohnten Vorsicht unter dem kristallklaren Himmel Südjapans und achtete hier im Wald aufmerksam auf ungewöhnliche Geräusche.

Schweißperlen liefen ihm über die Stirn in die Augen, die anfingen zu brennen. Sein dunkelolivfarbenes Tarnhemd, das schweißdurchtränkt war und auf seinem Rücken klebte, behinderte ihn. Maddox drehte sich vergebens in alle Richtungen, doch der durchnässte Stoff blieb auf der Haut kleben.

Er seufzte verärgert und überprüfte seine 9-mm-Beretta, die in einer mit Klettverschluss gesicherten Tasche der schwarzen Kampfweste steckte, die er über der Tarnuniform trug.

Er atmete den Kiefernharzduft ein, als eine leichte Brise über sein Gesicht wehte. Maddox schloss kurz die Augen, hob den Kopf und genoss die frische Luft.

Er folgte dem schmalen Weg, der nach links abbog und von kniehohen Büschen und prächtigen Bäumen, die Osaka überragten, gesäumt war. Die Hitze, die Feuchtigkeit und das unaufhörliche Surren der Moskitos erschwerten die lange Wanderung, vor allem da er einen Nylon-Rucksack auf den Schultern trug, der bei jedem Schritt über den rutschigen Hang schwerer wurde.

Maddox war erschöpft, und Lungen, Beine und Schultern schmerzten. An einer Baumgruppe, die zwischen mit Moos überwuchertem Geröll stand, machte er eine Pause. Seine müden Augen ruhten einen Moment auf der großen Stadt unten im Tal.

Ich bin zu alt für diesen Job, dachte er und fragte sich, warum er diese Sache nicht einem seiner jüngeren Mitarbeiter anvertraut hatte. Doch er kannte die Antwort auf diese Frage nur zu gut. Diese Mission war einfach zu wichtig, um sie einem Anfänger zu überlassen, und der fünfundvierzig Jahre alte CIA-Officer und Leiter des CIA-Büros in Tokio bedauerte, dass er in den vergangenen fünf Jahren zwanzig Pfund zugenommen hatte.

Die Lichter der Stadt drangen durch den Smog, der sich zwischen den Bergen gebildet hatte.

Osaka. Farbenprächtig und florierend, verschmutzt und übervölkert, eines von Japans größten Wirtschaftszentren, das gleich nach Tokio kam. Aus der Entfernung konnte Maddox die Verbrechen und die Korruption nicht sehen, die mit der Flutwelle des wirtschaftlichen Wohlstandes, mit der florierenden Industrie und den Firmenwagen, die die Boulevards von Japans »zweiter Stadt« hinunterfuhren, gekommen waren. Doch es gab die Korruption in den Sitzungssälen gerissener Geschäftsmänner, die den Weltmarkt manipulierten, um ihn auf ihre persönlichen Bedürfnisse abzustimmen. Korruption gab es auch im Licht der hell erleuchteten Luxushotels, die so gebaut worden waren, dass sie Prototypen zukünftiger Architektur ähnelten. Hier machten die unberührten Töchter unbekannter Fischer und Straßenhändler früher Geschäfte, um im Wettbewerb nicht unterzugehen und dem kapitalistischen Glauben an das wirtschaftliche Wachstum einen gewissen Grad an Dekadenz zu verleihen. Mit dem finanziellen Aufschwung entstand auch ein Schwarzmarkt, der vom organisierten Verbrechen kontrolliert wurde. Von Prostitution, Alkohol und Drogen bis hin zu Kleidung, Schmuck und Elektronik gehörte der Schwarzmarkt Asiens den Opportunisten, den Rücksichtslosen ... den Betrügern.

Maddox schaute auf die Glas-, Marmor- und Stahlkonstruktion des Osaka Hilton International im Herzen von Osakas Wirtschaftszentrum und erinnerte sich wieder an das Treffen in der vergangenen Nacht mit einer jungen Prostituierten, einem hübschen Mädchen, das in diesem System auf der Strecke geblieben war. Er erinnerte sich an das Angebot, das er ihr gemacht hatte, um Informationen zu bekommen. Das Mädchen, das nicht älter war als Maddox' Tochter, unterhielt oft Geschäftsführer und Funktionäre aus Tokio, von denen viele vom CIA verdächtigt wurden, gute Verbindungen zu radikalen Gruppen innerhalb der japanischen Regierung zu haben.

Maddox wischte sich den Schweiß von der Stirn und ging den Weg weiter, über den er in der letzten Nacht informiert worden war. Er erreichte auf halber Höhe des Berges ein mit Blättern übersätes Plateau, auf dem der Wind durch das Blätterdach über ihm pfiff, das die Geräusche der Stadt auffing. Dieser abgelegene Platz war sicher und bot einen perfekten Beobachtungsposten für seine Mission.

Er hockte sich auf den Boden, nahm seinen Rucksack von den Schultern, zog den Reißverschluss auf, holte ein starkes Nachtsichtobjektiv heraus und schraubte es auf die 35-mm-Nikon-Kamera. Dann schaute er mit dem linken Auge durch den Sucher, schaltete das Automatik-Zoom aus, um die Geräusche zu verringern, und stellte das manuelle Zoom ein, indem er das lange Objektiv vorne im Uhrzeigersinn drehte. Die Hardware in dem Objektiv, die die Infrarotstrahlen sichtbar machte, verwandelte die Nacht in ein Meer von Grüntönen und ermöglichte Maddox einen Blick auf die Lichtung, auf der nach den Worten der jungen Prostituierten heute Abend ein Geheimtreffen zwischen hochrangigen japanischen Funktionären stattfinden sollte.

Maddox stellte eine kleine Antennenschüssel auf, die mit einem Aufnahmegerät mit einer Reichweite von hundertfünfzig Metern verbunden war. Er setzte sich die Kopfhörer auf, stellte sie so ein, dass Hintergrundgeräusche ausgeschaltet wurden, und legte eine Minikassette in den Rekorder. Nachdem er einen Blick auf die Uhr geworfen hatte, ließ er sich zwischen zwei Bäumen und einer Felsgruppe nieder, sodass man ihn von der Straße aus nicht sehen konnte, und bedeckte sich und seine Ausrüstung mit einem Tarnponcho, den er zuvor mit einem Pflanzenspray, das zu dem Waldgeruch passte, eingesprüht hatte.

Dreißig Minuten später durchbohrten zwei Scheinwerfer die Dunkelheit. Der gelbe Schein drang durch die Bäume. Der Lieferwagen hielt neben der Lichtung an, und vier Personen, die alle Maschinenpistolen bei sich trugen, stiegen schnell aus. Zuletzt sprang ein Dobermann aus dem Lieferwagen, den einer der bewaffneten Männer an der Leine hielt.

Wachposten.

Maddox wurde nervös, als er den riesigen Hund sah, der die Wachmänner begleitete, die vorausgeschickt wurden, um die Sicherheit des Treffens zu gewährleisten. Er betete im Stillen, dass das Pflanzenspray seinen Zweck erfüllte.

Die vier Männer suchten die ganze Lichtung gründlich ab und kamen bis auf drei Meter an Maddox heran, der seine Beretta auf die Person, die ihm am nächsten war, richtete und hoffte, dass er seine Pistole in dieser warmen, windigen Nacht nicht benutzen musste. Der Dobermann schnüffelte am Boden und blickte kurz in Maddox' Richtung. Der CIA-Officer erstarrte, hielt den Atem an und strich mit dem Zeigefinger langsam über den Abzug. Der Hund, der viel größer war, als er zuerst vermutet hatte, war schwarz und hatte nur ein paar braune Flecke auf den kräftigen Hinterbeinen. Bei dem Gedanken an Kraft und Gefährlichkeit dieser Bestie beschloss Maddox, zuerst den Dobermann und dann die Wachposten zu erledigen.

Der riesige Köter lief weiter.

Maddox atmete ganz langsam aus. *Man konnte sicher auch ein einfacheres Leben führen.* Er steckte die Beretta in das Pistolenhalfter.

Die Wachposten kehrten zum Lieferwagen zurück, und einer der Männer griff nach dem Funkgerät, das an seinem Gürtel hing.

Eine Minute später näherten sich dem Agenten weitere Scheinwerfer. Jetzt sah er zwei Mercedes-Limousinen. Maddox machte Aufnahmen von den Nummernschildern und von dem Gesicht eines Mannes, der aus dem ersten Mercedes stieg. Es war Konichi Tanaka, der Chef der Japanese Defense Agency, des japanischen Geheimdienstes. Er richtete die Kamera auf den zweiten Mercedes und wartete, bis drei weitere bewaffnete Männer aus dem Fahrzeug stiegen und das Gebiet eiligst absuchten, ehe sie ihrem Fahrgast aus dem Wagen halfen.

Maddox schluckte erregt, doch der Agent in ihm zwang ihn, seine wachsende Nervosität zu bekämpfen, und er dankte im Stillen der jungen Prostituierten, als er Bilder von dem kleinen Mann schoss, der aus dem deutschen Wagen stieg: Fuji Yokonawa, Japans Wirtschaftsminister.

Maddox' linker Zeigefinger drückte hektisch auf den Auslöser der Nikon, als sich Minister Yokonawa Tanaka näherte. Er aktivierte den Rekorder und lauschte angestrengt der Sprache, die er vor langer Zeit erlernt hatte. Trotzdem war Maddox froh, dass er den Rekorder bei sich hatte, weil die beiden Männer so schnell sprachen, dass er Schwierigkeiten hatte, dem Gespräch zu folgen. Sobald er wieder in der amerikanischen Botschaft in Tokio war, konnte er sich das vollständige Gespräch anhören.

Yokonawa:	Haben Sie ... in Amerika angeworben?
Tanaka:	Wir haben ... dreiundzwanzig Ingenieure ... Geld kann ein ... Anreiz sein.
Yokonawa:	Ich brauche Sicherheiten, dass ... Geheimhaltung ... Die Angeworbenen müssen ...
Tanaka:	Sie sind entbehrlich. Alle Verbindungen ... wurden ausgeschaltet, um die ... zu bewahren ...
Yokonawa:	... Pläne ... der Zeitpunkt muss genau ... ohne Fehler ... Abgestimmt auf unsere ... Investitionen ...
Tanaka:	Die Zeit ... für zwei Jahre ... Bevor der erste ... stattfindet.
Yokonawa:	Unserer ... darf nicht geschadet werden, klar?
Tanaka:	... Gesellschaften sind sicher vor ...

Maddox, der vor Anspannung schon Schmerzen hatte, war so in das Gespräch vertieft und begierig, jedes Wort aufzuschnappen und zu verstehen, dass er nicht bemerkte, wie Yokonawas Fahrer den Wagen für die Rückfahrt wendete. Bei diesem Manöver richtete der Chauffeur die Scheinwerfer unabsichtlich für einen kurzen Moment in Maddox' Richtung.

Wenige Sekunden später eilten zwei Wachposten zu dem Minister und zu Tanaka, flüsterten etwas, das Maddox nicht verstehen konnte, und führten sie sofort zu den wartenden Wagen, während drei Wachen in Maddox' Richtung liefen und das Feuer eröffneten.

Maddox bekam eine Gänsehaut, als er begriff, dass die Wachen das reflektierende Glas seines Objektivs gesehen hatten, als die Scheinwerfer auf ihn gerichtet waren.

Die Motoren heulten auf, als die Limousinen schnell davonfuhren.

Maddox hatte keine andere Wahl. Er kroch von der Lichtung weg, zog seine Beretta, zielte auf die Brust der mittleren Wache und feuerte zweimal. Die Schüsse donnerten durch die Nacht.

Die dunkle Gestalt fiel rücklings auf die Erde.

Maddox rollte sich auf die rechte Seite, während Kugeln seine Ausrüstung zerstörten. Die Trümmer flogen gegen seinen Oberkörper und zerrissen Kleidung und Haut. Das Mündungsfeuer seiner Beretta hatte den überlebenden Wachen eine deutliche Zielscheibe in der Nacht geliefert.

Sein Körper schmerzte, doch Maddox rollte weiter, während das langsame Rattern der Kalaschnikows durch den Wald hallte und Gras, Schmutz, Blätter und Teile der Überwachungsausrüstung durch die Luft wirbelten. Er schlug mit der rechten Schulter gegen einen Baum. Der Adrenalinschub dämpfte den Schmerz. Maddox sprang hoch, rannte tief in den Wald, suchte sich einen neuen Verteidigungsposten und entdeckte einen dicken Baumstumpf hinter Farnsträuchern. Der Agent musste drei Sprünge durch hüfthohen Farn machen, ehe er hinter dem Baumstumpf in Deckung gehen konnte. Er landete neben dem gefällten Baumstamm und kniff die Augen zusammen, als er nach einem neuen Ziel Ausschau hielt.

Etwa zehn Meter von ihm entfernt erreichten die beiden überlebenden Wachen seinen ursprünglichen Beobachtungsposten, als drei weitere Wachen sie einholten, von denen eine den geifernden Dobermann bei sich führte. Er konnte unmöglich alle Wachposten und dieses Kalb, das man Hund nannte, in einem offenen Kampf besiegen. Daher richtete er die Beretta auf das nächste Ziel und drückte einmal ab. Ein Mann griff sich an die Brust, und die beiden anderen schwenkten ihre Waffen in seine Richtung.

Maddox drehte sich um und rollte von dem Baumstumpf weg. Eine Sekunde später zerbarst der Baumstumpf, und verfaultes Holz flog ihm um die Ohren, als er in die Hocke ging und den Berg hinunterrannte. Der Wind zischte, und seine Seite brannte vor Schmerz. Die Waffen schwiegen, aber dafür waren die Schritte seiner Verfolger zu hören.

Zweige zerkratzten seinen Körper, und Bäume verschwammen vor seinem Blick, als er den Weg hinunterkroch. Schweiß klebte auf seinem Hemd, oder war es Blut?

Eine Kugel schlug in einem Baum zu seiner Linken ein und sprengte die Borke in die Luft. Eine andere Kugel streifte seinen Hemdkragen.

Maddox bog nach links ab, rannte im Zickzack an mehreren dicken Baumstämmen vorbei, versteckte sich hinter einem und presste seinen Rücken gegen die Borke. Er umklammerte die Beretta mit beiden Händen und richtete die Mündung auf das Blätterdach über ihm, durch das Mondlicht drang und einen sanften Schimmer in dem ansonsten dunklen Wald hinterließ.

Eine Feuersalve schlug in einem Baum knapp vier Meter von ihm entfernt ein. Die Verfolger hatten seine Spur offenbar verloren und gaben ihm dadurch die Möglichkeit, noch einmal zu schießen, ohne das Risiko einzugehen, zuerst getroffen zu werden. Zwei lagen am Boden, aber vier lebten noch. In seiner Beretta waren sieben Schuss, und er hatte noch zwei weitere Magazine mit zehn Schuss in seiner Weste. Plötzlich war er wieder zuversichtlich. Vielleicht hatte er eine Chance.

Als sich Maddox duckte, dann umdrehte und einen Schritt zur Seite machte, sah er einen dunklen Schatten, der auf ihn zuraste. Der Dobermann mit dem verzerrten Gesicht und den schimmernden Reißzähnen, die aussahen, als ob sie sich aus dem Kiefer lösten, stürzte sich wie ein biblischer Fluch auf ihn. Die Bestie legte die drei Meter, die sie trennten, in einem einzigen Sprung zurück und warf den Agenten mit voller Wucht um, ehe er einen Schuss abfeuern konnte. Maddox knallte mit dem Rücken auf die Erde, und der Dobermann stieß seinen Kiefer in die Leiste des Agenten.

Der CIA-Officer schrie vor Schmerzen auf, während der Dobermann knurrte und seinen Kopf heftig schüttelte. Er riss Maddox' Unterkörper vom Boden hoch und biss mit unglaublicher Kraft zu. Der Schmerz wurde immer unerträglicher, und Maddox bekämpfte das Bedürfnis, sich zu übergeben. Sein Blick wurde unscharf, doch er nahm noch einmal seine ganze Kraft zusammen, senkte die Beretta und feuerte genau auf den Kopf des Hundes.

Die Explosion der blutigen Fetzen nahm ihm einen Moment die Sicht. Seine zitternden Hände griffen nach unten und befreiten ihn von der Schnauze des Hundes, die noch immer wie ein mittelalterliches Foltergerät an ihm hing.

Maddox stöhnte, als er zu seiner Linken Schritte auf dem trockenen Laub hörte.

Er biss die Zähne zusammen, blieb auf den Knien hocken, blinzelte mit den Augen, um seinen Blick zu schärfen, folgte einer der sich nähernden Gestalten mit der Beretta und feuerte einmal. Das Mündungsfeuer erhellte sekundenlang den Wald wie ein Blitz. Die Gestalt sank zu Boden, und die anderen drehten sich sofort in seine Richtung.

Maddox hatte schon eine zweite Gestalt im Visier, aber er konnte den Schuss nicht mehr abfeuern. Ein kräftiger Schlag gegen den Unterleib warf ihn in die Luft, dann knallte er gegen einen dicken Baumstamm. Maddox versuchte aufzustehen, doch seine Beine gehorchten ihm nicht mehr. Er hatte unterhalb der Hüfte kein Gefühl, und plötzlich war ihm kalt und übel. In gewisser Weise war er froh. Er konnte den Schmerz in seiner verstümmelten Leiste nicht mehr spüren.

Maddox' Sehkraft ließ nach, als er langsam das Bewusstsein verlor und kurz darauf starb.

1

Der *Silver Comet*

SÜDFLORIDA, *zwei Jahre später*

Der schwache Nebel, der über dem ruhigen Sumpf aufstieg, hüllte die Betonpfeiler ein, auf denen zwei Schienenstränge verliefen, die sich in der Dunkelheit verloren. Mondlicht drang durch den aufsteigenden Nebelschleier und warf an diesem warmen, klaren Abend einen gräulichen Schimmer auf die Everglades. Vögel kreischten in der Ferne, als sie ein Nachtlager fanden. Nächtliche Wesen wurden rege und bereiteten sich auf ihre Beutejagd vor, während sie gleichzeitig auf der Hut waren, um in diesem Ökosystem nicht selbst zur Beute zu werden. Hunderte von orangeroten Augenpaaren, die das Mondlicht einfing, schwammen durch das dunkle Wasser und verschwanden manchmal unter der Oberfläche. Alligatoren, die an der Spitze der hiesigen Nahrungskette standen und über fünf Meter lang wurden, hatten beachtliche Kiefer, mit denen sie einen Menschen in zwei Teile reißen konnten. Sie jagten ihre natürliche Beute, Kleinkärpflinge, Meeräschen, Ährenfische, Heringsfische, und gelegentlich weideten sie sich an ahnungslosen Vögeln wie den Seetauchern und Rohrdommeln. Das Gebrüll, das die zigarrenförmigen Raubtiere ausstießen, vermischte sich mit der pfeifenden Brise und dem unaufhörlichen Surren der Insekten.

Jenseits des Sumpfes mischte sich ein anderer Laut unter die natürlichen Geräusche Südfloridas. Der schnittige Amtrak-Luxuszug, der *Silver Comet,* raste auf seinem Weg nach Miami mit achtzig Meilen pro Stunde über die Gleise. Die

Halogenscheinwerfer bohrten sich durch den Nebel. Sechs Luxuswaggons, vier Doppeldeckerwagen mit Glasdächern, die einen guten Blick auf die Gegend ermöglichten, drei geräumige Speisewagen und sechs Pullman-Schlafwagen machten diesen Zug zum luxuriösten Personenzug der Vereinigten Staaten. Zwei Diesellokomotiven zogen den *Comet* und seine zweihundert Passagiere. Einige von ihnen nahmen gerade köstliche Speisen zu sich, die das erfahrene Küchenteam zubereitet hatte. Andere Passagiere schauten sich in den Doppeldeckerwagen die Sterne an, und andere zogen sich in die Pullmanwagen zurück. Die meisten von ihnen würden in wenigen Minuten sterben. Ihr Schicksal war vor fünf Minuten besiegelt worden, als der *Silver Comet* eine computergesteuerte Weichenstation westlich von Boca Raton passiert hatte, bevor er sich dem östlichen Teil der Everglades näherte. Die vollautomatische Weichenstation kontrollierte den Schienenverkehr nach Norden und Süden durch zugewiesene Gleise für bestimmte Züge zu vorprogrammierten Zeiten. Bisher hatte das System tadellos funktioniert. Es war vor zwei Jahren installiert worden, um das Personal an den fernen Weichenstationen einzusparen und damit die Möglichkeit menschlicher Fehler, die auf Langeweile und Müdigkeit zurückzuführen waren, auszuschalten.

Der *Comet* war den größten Teil der Strecke südlich von West Palm Beach auf den rechten Gleisen gefahren und hatte ein paar Güterzüge überholt, die auf den linken Gleisen nach Norden fuhren. Südwestlich von Boca Raton versagte das computergesteuerte System, leitete den *Comet* auf das linke Gleis und brachte ihn damit auf Kollisionskurs mit einem nach Norden fahrenden Zug aus Miami, bevor das System plötzlich ganz ausfiel. Monitore, die entlang der Strecke aufgestellt waren, um derartige Kollisionen zu vermeiden, schickten wiederholt Notsignale zu den computergesteuerten Systemen, aber die ausgefallenen Apparate leiteten die

Botschaft nicht an Bahnstationen in Orlando oder Miami weiter, wo diensthabende Bahnbeamte die Züge hätten rechtzeitig alarmieren können, um die Katastrophe zu verhindern.

Der Lokomotivführer in der ersten Lok des *Silver Comet* machte sich keine Gedanken über die Änderung. Gleisänderungen waren bei der Eisenbahn an der Tagesordnung. Den ersten Verdacht, es könnte ein Problem geben, hatte er erst eine Minute bevor die Züge zusammenrasten und der Lokomotivführer des Güterwagens bemerkte, dass der *Silver Comet* scheinbar auf denselben Gleisen fuhr. Er bremste sofort und drückte auf die Hupe. Aber der phänomenale Schwung eines zwei Meilen langen Frachtzuges konnte auf eine so kurze Entfernung nicht gestoppt werden. Der Lokomotivführer des *Comet* reagierte schnell und stieg augenblicklich auf die Bremsen, als die beiden Züge mit einer Endgeschwindigkeit von über einhundertzwanzig Meilen pro Stunde aufeinander zurasten. Passagiere und Besatzung wurden gegen die Frontseiten der Wagen geschleudert, als der Zug seine Geschwindigkeit drosselte und die Stahlräder laut quietschend über die Gleise rutschten.

Die starke Metallreibung verursachte einen glitzernden Funkenregen, der auf den Sumpf niederfiel. Der Zusammenprall erfolgte dreißig Sekunden später, als zigtausend Tonnen Metall, die in entgegengesetzte Richtungen frontal kollidierten, die Führungslokomotive auf drei Viertel ihrer ursprünglichen Länge zusammenpressten. Durch den unvorstellbaren Druck auf die Dieseltanks kam es den Bruchteil einer Sekunde später zu einem ohrenbetäubenden Knall. Die Explosion des entzündeten Diesels verwandelte die Nacht in einen Tag und sprengte die Metalltrümmer strahlenförmig durch die Gegend. Das glühende Schrapnell pfiff durch die Luft, zerlöcherte die Brennstofftanks in den anderen Lokomotiven in einer Kettenreaktion, die nur zwei Sekunden andauerte, und hinterließ eine donnernde Feuersbrunst mit hundertfünfzig Meter hohen orangeroten, goldgelben Flammen.

Der gewaltige Zusammenprall und die Schockwelle der Explosion breiteten sich in den vorderen Wagen der beiden Züge aus, woraufhin sie aus den Gleisen gehoben und wie Spielzeug in die Luft geworfen wurden. Die Personenwagen des *Comet* stürzten wie Harpunen in den Sumpf und spritzten Wasserfontänen und Schlamm über die verdrehten Gleise. Die Speise- und Pullmanwagen folgten, schoben sich ineinander, durchschnitten die dunstige Nacht wie Kugeln und sanken in den Sumpf. Die hinteren Doppeldeckerwagen stellten sich quer auf die Gleise, und ihre Glaskuppeln reflektierten den scharlachroten Schein der Feuerschwaden, ehe sie beim Zusammenprall zertrümmerten.

Die Entgleisung des Güterzuges, der viel länger war als der *Comet,* dauerte noch dreißig Sekunden an. Aus lecken Tankwagen ergossen sich nach der Kollision giftige Chemikalien ins Wasser. Einige explodierten auch und führten zu einem stroboskopischen Ausbruch karminroter Flammen in der Ferne. Fahrzeuge schossen wie Schrot aus einer Schrotflinte durch die dünnen Wände der Autotransportwagen ins Wasser. Ein Dutzend Güterwagen sprangen aus dem gebrochenen Stück eines Gleises und drehten sich auf die Seite, ehe sie in den Sumpf fielen. Einige verschütteten ihre Güter, während sie in die dunkle Tiefe stürzten. Eine Gruppe glücklicher Tippelbrüder kroch aus einem der wenigen Güterwagen, die noch auf den Gleisen standen. Ihre verwirrten Blicke glitten über das Bild der Verwüstung. Zugwagen bogen sich in jede Richtung und drängten sich auf den herausgerissenen Schienensträngen. Einige versanken im Sumpf, andere hingen halb aus den Gleisen, und viele blieben auf der Seite im dunklen Wasser liegen.

Die Hälfte der Passagiere des *Comet* starb in den ersten Sekunden nach dem Zusammenprall. Die Menschen verbrannten entweder in dem sich ausbreitenden Feuerball, oder sie wurden von den Trümmern zerquetscht. Der Rest saß in den Waggons wie in einer Falle. Das Wasser schoss durch die zersplitterten Fenster, durch Risse im Boden und den Seiten hinein, und der Gestank von verbranntem Fleisch und Rauchschwaden drang in die Wagen. Frauen schrien, Kinder weinten. Die Verwundeten stöhnten. In einem der umgestürzten Doppeldeckerwagen zog eine Gruppe Männer Überlebende aus den Waggons und brachte sich dann vor den lodernden Flammen, die sich über dem Sumpf ausbreiteten, in Sicherheit. Viele bluteten aus Wunden, die sie sich beim Zusammenprall oder beim Einsturz der Glaskuppeln zugezogen hatten. Langsam tauchten auch Überlebende aus den anderen Waggons auf. Sie versammelten sich oben auf der silbernen Insel aus verdrehtem Metall, die den Flammen und der ungeheuren Hitze am fernsten lag. Der verströmte Treibstoff brannte weiter. Die Flammen loderten zum Nachthimmel, erleuchteten das makabre Bild und verschluckten noch zwei weitere Passagierwagen, ehe die Überlebenden entkommen konnten. Qualvolle Schreie drangen durch die Nacht, während die Flammen ein Dutzend Passagiere, die in den Waggons in der Falle saßen, einschlossen und ihnen in diesen glühendheißen Brutöfen die Haut abschälten.

Dann kamen die Alligatoren. Sie witterten Blut im Wasser und rochen die verwundete Beute. Sie näherten sich den ahnungslosen Überlebenden, während diese kämpften, um den lodernden Flammen und der glühenden Hitze zu entkommen, und versuchten, auf die Wracks zu steigen, um dem Wasser zu entfliehen. Eine Frau mit einem Säugling im Arm brüllte, als ein Reptil mit seinem Schwanz schlug und sich aus der Dunkelheit auf sie stürzte. Es presste seine Kiefer über ihren Kopf und ihre Schultern und zog sie in die Tiefe. Das Baby fiel ins Wasser, und ein anderer Alligator sprang hinterher.

Das vollkommene Chaos brach aus. Die Menschen schrien

vor Entsetzen und stießen andere zur Seite, um festen Boden unter den Füßen zu gewinnen. Ein großes Reptil packte mit seinen kegelförmigen Zähnen den Arm eines Mannes, sprang abrupt herum und riss ihm den Arm aus. Der Mann erlitt einen Schock und brach zusammen, ehe ihm andere helfen konnten. Drei kleinere Alligatoren stürzten sich mit aufgerissenen Kiefern auf den zuckenden Mann. Ihr Brüllen ähnelte fernen Donnerschlägen. Ein anderer Mann nahm einen zerbrochenen Sitz, um einen Alligator in Schach zu halten, während drei Frauen und ihre Kinder von ein paar Menschen, die sich schon oben auf einem umgekippten Speisewagen versammelt hatten, hochgezogen wurden. Ein zweiter Alligator gesellte sich zu dem ersten, und beide schwenkten ihre runden Mäuler umher. Eines der Reptile sprang aus dem Wasser, klemmte den Oberkörper des Mannes zwischen seine Kiefer und zog ihn nach unten, wo ihn der zweite Alligator enthauptete.

Der erste Hubschrauber traf etwa dreißig Minuten nach dem Unfall ein. Der Luftwirbel des Rotors blies den aufsteigenden Rauch weg. Die starken Halogenscheinwerfer des Hubschraubers fegten über das Wrack, suchten nach Überlebenden und fanden sie in dicht gedrängten Haufen oben auf einigen entgleisten Waggons, die fern von den lodernden Flammen hier und da im Sumpf lagen. Schon bald kamen am Unfallort weitere Rettungsflugzeuge und ein halbes Dutzend Hubschrauber der Küstenwache an, die Gurte herunterließen, um Überlebende in Sicherheit zu bringen.

Am nächsten Tag begannen die Säuberungsarbeiten. Zigtausend Liter giftiger Chemikalien von Schwefelsäure bis Ammoniak mussten entsorgt werden. Amtrak-Beamte, die mit der Florida-Railway-Kommission und einer Gruppe Techniker der U.S. Army zusammenarbeiteten, brauchten über einen Monat, um das Gebiet zu reinigen. Hinzu kam die schreckliche Aufgabe, Leichenteile aus den Wracks zu bergen. Von den 247 Passagieren und Bahnbeamten überlebten nur dreiundachtzig. Viele Opfer wurden nie gefunden.

Eine gründliche Untersuchung führte die Unfallursache auf ein defektes Computerboard im wichtigsten Kontrollsystem der Weichenstation zurück. Aufgrund dieses Defektes hatte sich das alte analoge Sicherungssystem nicht starten lassen. Weitere Analysen enthüllten, dass das Board in Folge eines mysteriösen Ausfalls des TI6500, eines Mikrocontrollerchips, der von Texas Instruments hergestellt wurde, versagt hatte. Der Computerriese startete sofort einen Rückruf von Zehntausenden dieser TI6500 Mikrocontrollern. Als die Ergebnisse der Florida-Railway-Kommission an die Öffentlichkeit drangen, wurden von den Angehörigen der Opfer Schadensersatzklagen gegen Texas Instruments, Inc. angestrengt.

2

Beschleunigungsfaktor

WASHINGTON, D.C.

Abenddämmerung in der Hauptstadt.

Die leuchtenden Strahlen der untergehenden Sonne hüllten das Washington Monument, das Kapitol, die Lincoln Gedenkstätte und das Weiße Haus in ein majestätisches Rot. Doch allmählich übernahm der Sternenhimmel, der sich langsam von Osten nach Westen ausbreitete, die Vorherrschaft über der Stadt, bis nur noch ein zartroter Schimmer den Horizont zierte. Die Straßenlaternen flackerten, leuchteten auf und überschwemmten Straßen und Boulevards mit grauem Licht.

Die Pendler, die in den voll gestopften Straßen rund um DuPont Circle festhingen, achteten größtenteils nicht auf den wunderschönen Anblick. Ungeduldige, wütende Fahrer drückten auf die Hupe, viele brüllten aus geöffneten Fenstern, und in den Massachusetts-, New Hampshire- und Connecticut-Avenues setzte ein Hupkonzert ein. Die meisten Leute waren Staatsangestellte, Diener des Volkes, die darauf brannten, ihre Schreibtische, Computer, Telefone, Stempel, Ordner und Büroklammern in den zigtausend Büros zu verlassen und endlich nach Hause zu fahren. Einige von ihnen waren zu ihrer Tätigkeit berufen, andere ernannt worden, doch die meisten waren aufgrund ihres Talentes und ihrer Beziehungen oder durch Täuschungsmanöver, Erpressung oder Liebesdienste eingestellt worden.

Eine Pendlerin, die in die entgegengesetzte Richtung der riesigen Blechlawine fuhr, war in der FBI-Zentrale im J. Edgar Hoover Buildung nicht deshalb eingestellt worden, weil sie ihr Informatik-Studium so erfolgreich abgeschlossen hatte. Der Grund lag auch nicht darin, dass sie vor fast vier Jahren zu den zehn besten Hochschulabsolventen der University of California in Berkeley gehört oder sich freiwillig entschieden hatte, für Onkel Sam anstatt für Microsoft, DreamWorks, Oracle, Intel oder IBM zu arbeiten. Erika Conklin trug eine FBI-Plakette, weil sie mit einigen Kommilitonen in der Woche nach der Hochschulprüfung eine Wette abgeschlossen hatte.

Hinter dem Steuer eines lädierten Honda Accord schüttelte Erika den Kopf, als sie daran dachte, wie schnell die Zeit seit jener Nacht vergangen war, als sie ein Virenprogramm, mit dem sie Passwörter knacken konnte, ins Internet gestellt hatte, wodurch sie Zugang zu verschiedenen Großunternehmen, Banken und sogar zu staatlichen Institutionen im ganzen Land einschließlich der CIA und des FBI erhalten hatte.

Nur um zu zeigen, wer der beste Programmierer war.

Als sie daran dachte, wie falsch sie die Lage eingeschätzt hatte, machte sie ein mürrisches Gesicht. Sie bog in die M-Street und dann links ins Parkhaus ein, das um diese Tageszeit fast leer war. In der Eile, den Code zu schreiben und ihre Mitstreiter zu schlagen, hatte Erika vergessen, einen Verschlüsselungscode mit dem Virus zu verbinden. Sie bedauerte es nicht, den Code entwickelt zu haben. In der Tat war es nicht das erste Mal, dass ein weiblicher Hacker böswillig gehandelt hatte, ohne anderen wirklich Schaden zuzufügen. Erika bedauerte hingegen, dass es ihr nicht gelungen war, ungeschoren davonzukommen. Das hatte damals auf dem College geklappt, als sie in das Netz der Verwaltung eingedrungen war und sich eine Eins in Chemie gegeben hatte. Und einmal hatte sie einen Strafzettel für zu schnelles Fahren durch ein einfaches fünfzehnminütiges Eindringen ins Netzwerk der kalifornischen Autobahnpolizei gelöscht. Aber

Snatcher zu vermasseln, ihren Passwort-Knack-Tool, der auf ihrer ganzen Erfahrung beruhte, war unentschuldbar. Das Dezernat für Computerverbrechen beim FBI hatte den schwer fassbaren Virus isoliert, decodiert und die Spur bis zu ihr zurückverfolgt.

Statt einer strafrechtlichen Verfolgung hatte das FBI, das begierig darauf war, die Cyber-Abteilung mit jungen, talentierten Leuten zu bestücken, Erika ein Angebot gemacht: sechs Jahre als Informatikerin beim FBI – mit einem nominellen Staatsgehalt – oder zehn Jahre in einem Gefängnis mit der Aussicht, aufgrund ihrer Vorstrafe nach der Entlassung nie mehr einen Job in der High-Tech-Branche zu finden. Die Angebote von Bill Gates, Steven Spielberg, Andy Grove, Michael Eisner und anderen hatten plötzlich ihren anfänglichen Reiz verloren. Erika hatte die Angebote abgelehnt und hasste das FBI so wie sich selbst für die unglückliche Wende der Ereignisse. Sie bedauerte am meisten, dass sie die Position als Softwarespezialistin bei DreamWorks ablehnen musste. Bei diesem Unternehmen hatte sie während des Studiums gearbeitet und bei der Entwicklung von DigiSoft, einer digitalen Videoschnittsoftware für Spezialeffekte in Filmen, mitgewirkt. Ohne einen Blick zurückzuwerfen, hatte Erika sich von ihrer Familie, die sie in Bezug auf ihre plötzlich geänderten Pläne belogen hatte, verabschiedet und war an die Ostküste gezogen.

»Abend, Miss Conklin.«

»Hallo, Tom«, erwiderte Erika, als sie dem untersetzten Wachmann ihren Ausweis im Parkhaus zeigte, ehe sie zu einem Platz in der Nähe der Aufzüge fuhr, ausstieg und sich ihren roten Rucksack locker über die linke Schulter hängte. Erika schloss den Wagen ab und nahm den Aufzug zur Eingangshalle, wo sie einen zweiten Sicherheitsposten passieren musste, ehe sie das Gebäude betreten konnte.

Das FBI-Dezernat für Computerverbrechen lag im vierten

Stock. Erika war zwei Minuten später da, bummelte an leeren Büros vorbei und warf ihren Rucksack schließlich auf den Schreibtisch ihres Arbeitsbereiches, der in der Ecke eines Großraumbüros lag und einen scheußlichen Blick auf die Skyline Washingtons bot. Es hatte nicht lange gedauert, bis sie sich von den zweitklassigen Informatikern abhob, die das FBI gewöhnlich einstellte, nachdem sich Privatfirmen die besten Hochschulabsolventen an Land gezogen hatten. Onkel Sam konnte einfach nicht mit den fünfhundert florierenden High-Tech-Unternehmen und ihren viel großzügigeren Grundgehältern, Prämien, Leistungszulagen und Aktienvorkaufsrechten konkurrieren.

Erika begann ihre FBI-Karriere offiziell als Informatikerin. Innerhalb von drei Jahren, in denen sie in viel kürzerer Zeit als ihre erfahreneren Kollegen Viren knackte und Hackern auf die Spur kam, wurde sie frühzeitig befördert. Jetzt war Erika Abteilungsleiterin und hatte mehrere Programmierer unter sich, die sich mit Fällen wie Viren, Piraten-Software und -Hardware bis zur steigenden Flut der High-Tech-Spionage und -Sabotage beschäftigten. All dies machte sie von ihrem sicheren Büro aus. Special Agents, die aufgrund der Informationen, die die Computerexperten beim FBI gesammelt hatten, aktiv wurden, hatten einen weitaus gefährlicheren Job.

Im Informationszeitalter spionierte jeder jeden aus. Die amerikanischen Firmen spionierten sich gegenseitig aus. Die Japaner warfen neugierige Blicke auf amerikanische Technologie. Die Koreaner waren hinter japanischer Technologie her. Die deutschen Firmen waren hinter britischer und amerikanischer Technologie her und die Russen und Chinesen hinter allem. Der Computerhandel zeigte, dass die High-Tech-Spionage besonders in Europa und Südostasien blühte, und jeder hielt für sein Unternehmen oder sein Land die Augen auf. Das gleiche Informationszeitalter gab Erika Conklin die

Freiheit, ihre Arbeit zu Hause zu machen und nur abends ihr Büro im FBI-Gebäude aufzusuchen. Wie vielen hoch qualifizierten Computer-Gurus gefiel es ihr, zu ungewöhnlichen Zeiten zu arbeiten, wenn es ruhig im Büro war und sie sich am besten konzentrieren konnte.

Programmieren ist eine Kunst, dachte sie, als sie sich vor ihren Computer, einen neuen Compaq, setzte und ihn anschaltete. *Kunst kann man nicht erzwingen. Man muss sich konzentrieren und sich Zeit nehmen, damit der Code optimal wird.*

Sie streifte sich die Turnschuhe von den Füßen und rieb die Füße gegeneinander, als Windows 2000 startete. An ihrem Monitor klebten zig gelbe Zettel – ihr heutiger Arbeitsplan. Im Informationszeitalter wusste jeder in der Abteilung, dass man mit den gelben Post-it-Zetteln Erikas Aufmerksamkeit am besten auf sich lenken konnte.

Erika runzelte die Stirn, als sie ihr Spiegelbild auf dem neunzehn Zoll großen Monitor betrachtete, der einen Moment schwarz wurde, ehe der Bildschirmschoner erschien. Es war ein Foto von ihr und ihrem Vater. Sie saßen beide vor dem Haus der Familie in Nordkalifornien auf einem Pferd. Kurzes kastanienbraunes Haar umrahmte ein schmales, blasses Gesicht, runde braune Augen und Lippen, die seit zwei Monaten keinen Lippenstift mehr gesehen hatten, seit ihrer letzten Verabredung, die eine totale Katastrophe gewesen war.

Als ihr Antivirenprogramm während des Bootens die Routine-Überprüfung vornahm, schloss Erika die Augen und dachte an den Special Agent der Einsatztruppe, der eine Hand auf ihren Oberschenkel gelegt und versucht hatte, sie unter ihren Rock zu schieben, als sie zu einem Restaurant fuhren. Sie hatte ihm eine gelangt und war dann an einer Ampel aus dem Wagen gesprungen. Vor ihm war ihr ein Trottel von der Dateneingabe des technischen Dienstes wiederholt an die Wäsche gegangen, als sie nach einem Kinobesuch vor ihrer Wohnung geparkt hatten. Sie hatte sich auch kurze Zeit mit einem Schwachkopf, einem Narzissten und zwei Workaholics verabredet. Zweimal hatten verheiratete Männer versucht, sie anzumachen, einer am Brunnen und einer im Aufzug.

Seit der Sache mit dem Oberschenkel hatte sie FBI-Agenten dauerhaft von ihrer Liste potenzieller Partner gestrichen. Obwohl ihr der Job viel Freude machte, was sie bei einer Arbeit für die Regierung nicht erwartet hätte, schaute Erika immer wieder auf den Kalender (besonders wenn sie an diese Trottel dachte), um zu sehen, wie lange es noch dauerte, bis sie ihren FBI-Vertrag erfüllt hatte und sie das nächste Flugzeug nach Westen nehmen konnte. Sie war auf einer Ranch im Norden von Berkeley geboren und aufgewachsen und es daher gewohnt, in der Natur zu leben. Sie liebte die frische Luft und das schöne Wetter in einer der besten Agrarregionen des Landes. Außerdem vermisste sie den Geruch von frischen Weintrauben, das Wiehern der Pferde in der Dämmerung und die am Himmel kreisenden Heißluftballons über den Tälern von Napa und Sonoma.

Ihr Vater hatte Erika und ihre älteren Brüder erzogen, nachdem ihre Mutter, eine gebrechliche Frau, in dem Jahr, als Erika geboren wurde, an dem Biss einer Klapperschlange gestorben war. Erika hatte ihre Kraft von ihrer Großmutter väterlicherseits, Karla Conklin, einer mutigen, einflussreichen, irischen Immigrantin geerbt. Karla Conklin hatte die Rancho de las Vistas in den Vierzigern fast alleine aufgebaut, nachdem ihr Ehemann, der dreißig Jahre älter war als sie, an Altersschwäche gestorben war. Er hatte sie mit zwölf Hektar Land im Nordosten von Napa, fünfzehn Stück Vieh und zwanzigtausend Dollar Schulden zurückgelassen. Fünf Jahre später hatte die energische Frau die einst zerfallene Ranch mit ihren preisgekrönten Bullen und dem rentablen Pferdegestüt in ein einträgliches Unternehmen verwandelt. Außerdem hatte sie das milde Klima Kaliforniens genutzt, um Wein anzubauen, und ein paar Jahre später war ein kleines Weingut entstanden.

Erika sah ihrer Großmutter ein wenig ähnlich. Die helle Haut, die braunen Augen und die langen, kräftigen Beine waren Karlas Markenzeichen, wenn die bemerkenswerte irische Dame bei jeder Ausstellung im Westen ihre Bullen und ihren Wein präsentierte und mit den besten Preisen nach Hause ging. Die schmale Statur, die vollen Lippen, das kastanienbraune Haar und den üppigen Busen hatte Erika jedoch von ihrer Mutter geerbt, der Frau, die Erika Conklin nur von dem gerahmten Bild kannte, das auf dem Kaminsims stand, und aus den Gutenachtgeschichten ihres Vaters, der gelegentlich auch unglaubliche Dinge über Karla Conklin erzählte. In einer dieser Geschichten hatte Karla ihren Sohn, Erikas Vater, vor einer Klapperschlange beschützt, indem sie sich auf sie stürzte, als das Tier sich dem spielenden Jungen näherte. Da Karla keine Waffe hatte, packte sie mit der linken Hand den Schwanz der Schlange und mit der rechten den Kopf, biss dann mit dem Mund hinter den Kopf der Schlange und brach ihr das Genick.

Karla Conklin war für Erika ein Vorbild. Doch auch durch das Aufwachsen mit ihren Brüdern auf der Ranch hatte Erika Conklin ein dickes Fell bekommen und gelernt, sich durchzusetzen, ohne dass sie ihre Weiblichkeit eingebüßt hätte. Wenn ihre Freundinnen in dem nahegelegenen Oakland ins Kino gingen, saß Erika an dem großen Teich auf der Ranch und angelte oder ging mit den Jungen zur Wachteljagd. Sie ritt, anstatt Fahrrad zu fahren, und lernte noch vor dem dritten Schuljahr, wie man mit einem Strick umging, und sie kannte sich, bevor sie zehn Jahre alt war, gut mit Schusswaffen aus. Ihr Vater gab ihr Einblick in den Weinhandel und brachte ihr alles bei, was er wusste. Sie entwickelte einen sicheren Instinkt für gute Weine, und mit der Zeit schulte sie ihren Gaumen und half ihrem Vater dabei, das Weinlabel für

Vista Winery zu entwickeln und zu realisieren. Nach der Highschool hatte Erika das Ranchleben allerdings satt und sehnte sich nach etwas Besserem. Sie hatte ihre Familie eines Tages beim Frühstück – der wichtigsten Mahlzeit des Tages – mit der Nachricht überrascht, dass sie sich entschlossen habe, das College in Berkeley zu besuchen. Ihr Vater war schockiert, und ihre Brüder waren verärgert, aber sie war trotzdem gegangen. An der Universität wählte sie ständig neue Hauptfächer, zuerst Landwirtschaft, anschließend Psychologie, dann Tiermedizin und wieder Landwirtschaft, weil ihr Vater darauf bestanden hatte, dass sie wenigstens praktische Fächer erlernte. Während ihres zweiten Studienjahres hielt ein Gastdozent von Microsoft einen Vortrag über die Zukunft der Computerindustrie. Erika, die im Herzen noch immer ein Farmermädchen war, hatte die Idee gefallen, mit Computern zu arbeiten, und sich entschlossen, einen Einführungskurs zu besuchen. Sechs Monate später hatte sie ihr Hauptfach zum letzten Mal geändert und beschlossen, dass sie gerne an der High-Tech-Revolution teilhaben würde, um in der Computerwelt etwas zu verändern und sich in einer Welt, in der die Männer das Sagen hatten, durchzusetzen, genauso wie ihre Großmutter an der Spitze der Rancho de las Vistas aufgeblüht war. Drei Jahre später erwarb sie einen Magister in Informatik und entschied sich, noch zwei Jahre weiterzustudieren, um eine weitere Qualifikation zu erwerben. Und just in dem Moment, als sie glaubte, sie sei frei und könne sich nach ihren Vorstellungen einen Platz im Berufsleben suchen, hatte das FBI seine Hände nach ihr ausgestreckt.

Sie machte ein mürrisches Gesicht. Jetzt war sie eingepfercht in einem winzigen Apartment in dem übervölkerten und von Verbrechen heimgesuchten Washington D.C.

Lass dir das eine Lehre sein!

Sie schaute auf den Monitor.

Kompletter Virencheck
Keine bekannten Viren gefunden
560.000.543 Bytes frei
Drücken Sie irgendeine Taste,
um fortzufahren

Erika nickte, während sie den zur Verfügung stehenden Speicherplatz auf ihrer Festplatte überprüfte und die Zahl mit derjenigen, die sie sich auf ihrem Schreibtischkalender notiert hatte, verglich.

Fünfhundertsechzig Megabytes und ein paar Zerquetschte.

Die Zahl stimmte und gab ihr nach der Überprüfung durch das Antivirenprogramm einen zusätzlichen Grad an Sicherheit. Viren, die sich vermehrten, nahmen Speicherplatz in Anspruch. Indem sie den verbleibenden Speicherplatz nach jeder beendeten Arbeit am Computer notierte und den einfachen Vergleich anstellte, wenn der Computer wieder hochfuhr, konnte Erika indirekt die Möglichkeit von Virenaktivitäten in ihrem System – wie eine neue Virenbelastung, die ihr Antivirenprogramm nicht gefunden hatte – überprüfen. Auch wenn sie Expertin für Computerviren war, fürchtete sie sich dennoch vor ihnen. Da sie das Wissen und die Tools hatte, um einen Virus zu schreiben, wusste sie nur zu gut, welch eine zerstörerische Kraft sie hatten, wenn sie in falsche Hände gerieten. Mit dem Virenprogramm, mit dem sie Passwörter knacken konnte, hatte sie ja ihr Können bewiesen.

Und das, meine liebe Erika, ist der Grund, warum das FBI noch immer verhindert, dass du ein Luxusleben führen kannst.

Sie seufzte, als sie daran dachte. Luxus hatte sie aufgegeben, indem sie nicht für Microsoft arbeitete. Wenn sie für Bill Gates gearbeitet hätte, würde sie einen Corvette in Seattle anstatt einen gebrauchten Honda in D.C. fahren. *Du hast es zwar geschafft, den plumpen Annäherungsversuchen der*

FBI-Agenten zu entkommen, aber trotzdem nimmt dich das FBI noch immer in die Zange.

Aber dieser Wahnsinn hat ein Ende, meine Liebe, sagte sie sich, als sie auf die Leertaste drückte und wartete, bis ihr System hochgefahren war. Vier der sechs Jahre, die sie bleiben musste, waren schon um, und sie hatte es bisher geschafft, technisch auf dem neuesten Stand zu bleiben, eine Herausforderung, wenn man im Staatsdienst arbeitete. Nach den sechs Jahren war sie frei, um für den Meistbietenden zu arbeiten, solange der Meistbietende an der Westküste lag.

»Okay«, murmelte sie. »An die Arbeit.«

Sie riss einen der gelben Zettel vom Monitor und nickte. Es war eine Nachricht von Charlie Chang, einem Programmierer aus ihrer Abteilung.

Der Detroit Virus ist da!
Ich bin bis Mitternacht im Labor.
C.C.

Sie startete ihre E-Mail-Software, schrieb Chang eine kurze Mitteilung und erinnerte ihn daran, nichts zu unternehmen. Sobald sie ihre E-Mails gelesen hatte, würde sie zu ihm kommen. Erika hatte vermutet, dass eine Diskette mit einem gefährlichen Virus für den Ausfall des Computer-Netzwerks einer kleinen Bank in Detroit verantwortlich war. Der Hacker, ein wild gewordener Programmierer, der vor einem Monat entlassen worden war, hatte bei einem Autounfall sein Leben verloren, als er versucht hatte, der Polizei zu entkommen. Das Unternehmen hatte seine Systeme neu formatiert, um den Virus auszurotten. Doch zuvor hatte die Bank eine Kopie fürs FBI angefertigt, nachdem sie allerdings Tausende von Dateien und Millionen von Dollar verloren hatte.

Da Erika jetzt auf der anderen Seite der Virenkrieger stand, bekam sie einen Einblick, den sie als Hacker niemals bekommen hätte. Ihr Chef hatte sie nach Detroit fliegen lassen, damit sie sich persönlich den Schaden ansehen konnte, den die Viren angerichtet hatten, den Schaden für die Familien, deren Anlagen, Bankkonten und Daten verloren gegangen waren und die sich nun abstrampelten, um zu überleben, während sie auf die Unterstützung der Bundesversicherungsgesellschaft warteten. Diese Erfahrung, die sie auf Drängen ihres Chefs hatte machen müssen, um eine Lehre daraus zu ziehen, hatte sie sehr berührt.

Sie schmollte. Auch wenn sie es nie öffentlich zugegeben hätte, fragte sie sich manchmal, ob diese erzwungene Geschäftsreise nicht nötig gewesen war, um sie davor zu bewahren, ihre Fähigkeiten auf unlautere Weise zu nutzen.

Sie schaute auf die ungelesenen E-Mails auf ihrem Bildschirm.

›››	cchang@fbi.gov	Der Virus ist da!
›››	jwalings@berkeley.edu.com	Hallo, Fremde
›››	htalbot@fbi.gov	Limit überschritten
›››	markd@dreamworks.com 🗀	Neue Störung bei DigiSoft – Hilfe!
›››	frusso@fbi.gov	Bericht morgen fällig
›››	jenkings@ti.com	Brauche sofort Hilfe

Die Liste war noch länger und ging über den ganzen Bildschirm. Es waren insgesamt sechsunddreißig Nachrichten, die sie erhalten hatte, seitdem sie sich um drei Uhr nachmittags zum letzten Mal zu Hause eingeloggt hatte. Erika erhielt im Durchschnitt etwa hundert E-Mails pro Tag, und an hektischen Tagen waren es über hundertfünfzig.

Erika löschte Changs E-Mail und überflog die E-Mail von Joanne Walkings, einer ehemaligen Studienkollegin, die weiterstudierte, um Professorin in Berkeley zu werden. Auch die E-Mail von dem Systemadministrator, der sie informierte, dass sie ihr erlaubtes Festplatten-Kontingent überschritten hatte, schaute sie sich kurz an. Dann blätterte sie durch die E-Mail von Mark DeSilva, der während ihres Studienjobs bei DreamWorks ihr Chef gewesen war. DeSilva brauchte noch einmal ihre Hilfe beim Test von DigiSoft, dem kompletten Software-Paket, das nur eine Hand voll Leute verstanden, von denen die meisten DreamWorks bereits wieder verlassen hatten, um woanders zu arbeiten. Es sah so aus, als ob die Features immer, wenn in den beiden vergangenen Jahren ein Filmbearbeiter DigiSoft benutzte, über den vorgesehenen Rahmen hinaus eingesetzt und dadurch beschädigt wurden.

Und jetzt schickt mir Mark DeSilva eine E-Mail mit der Beschreibung der Schwachstelle und der neuesten Version der Software, damit ich ihm helfe.

Erika schaute auf das Umschlag-Symbol hinter DeSilvas E-Mail Adresse. Sie würde später einen Blick auf die DigiSoft-Version im Anhang der E-Mail werfen. Jetzt richtete sie ihren Blick auf die E-Mail von Texas Instruments, in der man sie um Hilfe bat. Sie klickte zweimal darauf.

Von:	Keith Jenkins – Technischer Direktor der Produktion und Qualitätskontrolle bei Texas Instruments Inc. Houston, Tx.
An:	Erika Conklin – FBI-Informatikerin beim Dezernat für Computerverbrechen, Washington D.C.

Liebe Miss Conklin,
wie Sie sicher inzwischen gehört haben werden, wurde das Zugunglück in Florida vor zwei Monaten auf einen unserer Mikroprozessoren, den TI6500, zurückgeführt. Seitdem hat unser Technikerteam rund um die Uhr gearbeitet und Fehleranalysen des fehlerhaften Computerchips durchgeführt, um die Ursache für das Versagen zu finden. Wir haben jetzt Grund zu der Annahme, dass das Versagen möglicherweise auf Sabotage eines unserer Angestellten, der nicht mehr in unserer Firma tätig ist, zurückzuführen ist. Bitte melden Sie sich umgehend bei mir, damit ich Ihnen weitere Einzelheiten mitteilen kann.

Erika schrieb sich Jenkins Telefonnummer in der Firma auf und schaute auf die Uhr. Sieben Uhr in Washington; sechs Uhr in Houston. Sie wählte die Nummer. Eine raue, bedrückte männliche Stimme antwortete nach dem zweiten Klingeln.

»Jenkins.«

»Mr. Jenkins, hier ist Erika Conklin vom FBI. Ich habe gerade Ihre E-Mail erhalten. Was kann ich für Sie tun?«

Die Stimme wurde sofort fröhlicher. »Oh, ja, hallo. *Hallo!* Danke, dass Sie mich so schnell zurückgerufen haben. Ich habe Ihren Namen auf der FBI-Website gelesen und war der Meinung, Sie sollten erfahren, was wir soeben herausgefunden haben.«

Er verstummte.

»Bitte sprechen Sie weiter, Sir.«

»Nun, wie ich in meiner E-Mail geschrieben habe, hat unser Technikerteam rund um die Uhr gearbeitet, um herauszubekommen, warum unser IC versagt hat. Unsere Testberichte zeigen, dass wir alle üblichen Tests durchgeführt haben, einschließlich des Burn-in-Verfahrens mit einem Beschleunigungsfaktor, der hoch genug ist, um den Einsatz für fünfzehn Jahre zu garantieren. Dieser IC hat nach nur zwei Jahren versagt.«

Erika nickte. Ihr war die Terminologie vertraut.

Im Entwicklungsstadium eines integrierten Schaltkreises (IC), der gewöhnlich als Computerchip bezeichnet wurde, wurden die Prototypen einer Reihe von Belastungstests unterzogen, um ihre lange Funktionsfähigkeit im Einsatz in der Wirtschaft, Industrie oder beim Militär zu gewährleisten. Der Industriestandard für die Laufzeit eines IC betrug mindestens fünfzehn Jahre und bei einigen Anwendungen mehr. Um diese Mindestlaufzeit zu garantieren, ließen die Halbleiterhersteller die ICs altern, indem sie sie einem sogenannten Burn-in-Prozess unterzogen. Dabei wurden die ICs elektronischen Tests in einem Zustand mit sehr viel höherer Temperatur und Spannung, als sie sie je in einem Computer oder anderen Anwendungen erleben würden, ausgesetzt. Durch dieses Zusammenspiel von Betriebstemperatur und -spannung in der Burn-in-Kammer wurde der Alterungsprozess des IC beschleunigt. Der typische Beschleunigungsfaktor lag bei rund fünfzig, was bedeutete, dass jede Stunde in der Kammer fünfzig Stunden im normalen Einsatz entsprach. Folglich dauerte es ungefähr vier Monate, um einen Chip so altern zu lassen, dass es einer normalen fünfzehnjährigen Betriebszeit gleichkam. Wenn vor den fünfzehn Jahren Mindestgewährleistung Fehler auftraten, musste der Hersteller das Problem bei dem Prototypen beseitigen und ihn noch einmal dem Burn-in-Zyklus unterwerfen.

»Auf was wird der Fehler zurückgeführt?«, fragte Erika.

»Metallmigration.«

»Das ist eine typische Fehlerquelle im Burn-in-Prozess, Mr. Jenkins, und keine Sabotage«, erwiderte Erika. Ein charakteristisches Versagen beim Burn-in-Verfahren wurde Metallmigration genannt. Die Millionen von Transistoren in einem integrierten Schaltkreis wurden durch Leiterbahnen aus Metall, meistens Aluminium, miteinander verbunden. Mit der Zeit wanderten die Aluminiummoleküle in die Richtung des elektrischen Stroms, flossen durch ihn hindurch und verengten schließlich die Leiterbahnen so sehr, dass sie sich wie eine durchgebrannte Sicherung öffneten und das Versagen des integrierten Schaltkreises verursachten. Halbleiterhersteller überprüften diese Burn-in-Tests fortwährend sehr sorgfältig, um zu garantieren, dass zumindest in den nächsten fünfzehn Jahren keine verhängnisvolle Metallmigration stattfand, weil die fehlerhaften Computerchips sonst zu Zeitbomben wurden, die darauf warteten, im schlimmsten Moment zu versagen, wie es in Florida vor zwei Monaten passiert war.

»Das *ist* eine typische Fehlerquelle«, gab Jenkins zu.

»Doch das ist nicht die Folge menschlichen Versagens oder eine Lücke in unseren Konstruktionsverfahren.«

»Sondern?«

»Jemand hat absichtlich den Prototyp von TI6500 verändert und eine Leiterbahn zur Reset-Logik verengt, sodass diese Leiterbahn das schwache Glied der Konstruktion wurde und sich nach unseren Berechnungen nach rund siebzehntausend Betriebsstunden öffnete.«

Erika griff nach ihrem Taschenrechner und rechnete das schnell nach. »Das sind noch weniger als zwei Jahre.«

»Was mit der Betriebszeit in Florida übereinstimmt«, sagte Jenkins.

Erika beugte sich vor, zog ihr Notizbuch aus dem Rucksack und schrieb sich etwas auf. »Warum sind Sie sich denn so sicher, dass ein Konstrukteur keinen Fehler bei der Berechnung des Stromflusses, den die Leiterbahn aushalten kann, gemacht hat?«

»Weil die Eintragungen beweisen, dass das Layout nicht mehr verändert wurde, nachdem die vorschriftsmäßigen elektronischen Überprüfungen und die Burn-in-Tests durchgeführt wurden. Niemand ist berechtigt, einen Prototypen nach der Qualitätsprüfung anzurühren. Wir haben herausgefunden, dass er verändert wurde, indem wir einen Vergleich zwischen der letzten abgenommenen Version des Prototypen und der Version, die in die Produktion ging, durchgeführt haben.«

»Sollten diese beiden Versionen nicht gleich sein?«

»Ja, das sollten sie. Aber in diesem Fall gab es einen kleinen, jedoch entscheidenden Unterschied.«

»Die verengte Leiterbahn.«

»Richtig. Die Änderung wurde verursacht, ohne dass eine überarbeitete Version entstand. Der Konstrukteur, der das gemacht hat, hat den Prototypen einfach freigegeben und die Produktionsversion gesichert. Darum wussten wir nichts von der Änderung ... bis jetzt.«

»Wissen Sie, wer für diese verbotene Änderung verantwortlich ist?«

»Es dauerte eine Weile, aber schließlich haben wir es herausgefunden. Es war Gerome Pasdats, ein Konstruktionstechniker. Er hat unser Unternehmen vor zwei Jahren verlassen, unmittelbar nachdem er die Änderung durchgeführt hat.«

Erika klopfte mit ihrem Bleistift auf das Notizbuch. »Woher wissen Sie, dass er es war?«

»Jede Konstruktion eines integrierten Schaltkreises besteht aus Hunderttausenden kleiner Transistor-Schaltkreise oder Zellen, die durch ein Programm namens Synopsis miteinander verbunden werden. Dieses Programm setzt die Zellen auf vorprogrammierte Stellen auf der Konstruktion, so wie es die Funktion dieses bestimmten Chips erforderlich macht, bevor sie verbunden werden. Einige Zellen wiederholen sich wie Speicherzellen oftmals. Andere Zellen, wie diejenigen, aus denen die Anwendungslogik besteht, werden nur einmal gesetzt. Die Reset-Logik besteht aus solchen Anwenderzellen. Wenn eine Zelle im Layout verändert wird, aktualisiert Synopsis automatisch seinen Zeitstempel, um anzuzeigen, dass eine Änderung stattgefunden hat. Synopsis aktualisiert ebenfalls den Zeitstempel auf der ganzen Konstruktion, auch Top-Level genannt, um anzuzeigen, dass eine Zelle verändert wurde. Wir überprüfen normalerweise nur Top-Level-Zeitstempel. Wenn wir eine Änderung im Top-Level feststellen, lassen wir ein Programm durchlaufen, um herauszufinden, welche der Zellen verändert wurde. Nach unseren archivierten Aufzeichnungen wurde der Zeitstempel der Reset-Zelle vor zwei Jahren am zehnten April um elf Uhr zweiunddreißig abends verändert. Diese Änderung hat Gerome Pasdats durchgeführt.«

Erika schaute auf ihre Notizen, hob dann den Kopf und schaute in die Ferne. »Aber Synopsis sollte doch den Top-

Level-Zeitstempel aufzeichnen, als die Änderung vorgenommen wurde, um jeden über die Änderung zu informieren.«

»So sollte es normalerweise funktionieren. An jenem Abend waren jedoch mehrere Synopsis-Features einschließlich desjenigen, das den Top-Level-Zeitstempel automatisch aufzeichnet, wenn eine einzelne Zelle verändert wird, von elf Uhr zwanzig bis elf Uhr fünfundvierzig außer Betrieb gesetzt.«

»Außer Betrieb gesetzt? Warum?«

»Software-Updates, die routinemäßig nachts durchgeführt werden, wenn die Systeme am wenigsten benutzt werden.«

»Hat Sie dieser Zufall nicht irritiert?«

»Doch. Um Änderungen an einem Tool wie Synopsis durchzuführen, braucht man eine spezielle Zugangsberechtigung, ein sogenanntes Root-Privileg. Gerome Pasdats hatte als stellvertretender Systemadministrator dieses Privileg. Das Protokoll zeigt, dass Mr. Pasdats an jenem Abend ein routinemäßiges Software-Update des Tools durchgeführt hat, was erforderlich machte, dass er dieses spezielle Feature des Synopsis-Tools außer Betrieb setzte. Niemand nahm irgendeine böswillige Absicht an, als die System-Protokolle ihm zeigten, dass Root-Privilegs benutzt wurden, um an den Synopsis-Tools zu arbeiten, weil das sein Job war. Er hat ein legales Software-Update durchgeführt. Während dieser kritischen Zeitspanne hat Mr. Pasdats jedoch eine Zelle in der Reset-Logik von TI6500 nach der Qualitätskontrolle, aber vor der Produktion manipuliert. Es gab keine Möglichkeit, das festzustellen, und das wusste er.«

»Wo hält er sich jetzt auf?«

»Das weiß niemand. Er ist eines Tages einfach nicht zur Arbeit erschienen. Er war Single und hatte keine engen Verwandten in der Stadt. Wir haben versucht, eine Schwester von ihm, die in Little Rock lebt, zu kontaktieren, aber ihr Telefonanschluss war außer Betrieb. Da wir die nächsten Angehörigen nicht erreichen konnten, haben wir bei der Houstoner Polizei eine Vermisstenanzeige aufgegeben und seine Einzahlungen für die Rentenkasse und seine Gewinnbeteiligung nach Texas geschickt.«

In den nächsten fünf Minuten notierte sich Erika noch weitere Informationen zu dem Fall. Sie erkundigte sich auch nach den Namen und E-Mail-Adressen aller Techniker, die mit der Analyse des fehlerhaften Computerchips zu tun hatten, und nach den technischen Berichten der Fehleranalyse und den Skizzen der Reset-Logik des TI6500. Jenkins sagte ihr, dass sie einen Gerichtsbeschluss brauche, um die Berichte einsehen zu können, weil die Anwälte, die die Familien der Opfer des Zugunglücks vertraten, diese unter Verschluss hielten. Alle relevanten Daten waren für die Vorbereitung des Gerichtsprozesses im Herbst ebenfalls archiviert worden. Niemand hatte ohne Gerichtsbeschluss Zugang dazu.

Nach weiteren zehn Minuten konnte Erika Jenkins davon überzeugen, dass er keine Schwierigkeiten bekommen würde, wenn er ihr die erforderlichen Unterlagen zuschicken würde. Sie versicherte ihm auch, dass sie am nächsten Morgen persönlich Kontakt zum Gericht aufnehmen werde, um dort zu erklären, warum der Fall die sofortige Einschaltung des FBI-Dezernates für Computerverbrechen rechtfertige. Schließlich stimmte Jenkins zu, ihr die Namen, E-Mail-Adressen und die wichtigsten technischen Berichte einschließlich der Fehleranalyse und der Skizzen in einer E-Mail-Anlage in der nächsten Stunde zu schicken.

Während sie auf die Unterlagen wartete, rief sie eine spezielle Website des Finanzamtes auf und suchte mit einem FBI-Passwort die persönliche Akte von Gerome Arnold Pasdats. Auf dem Monitor erschien eine einzige Auflistung. Das IRS suchte Mr. Pasdats, weil er seine Steuererklärung für 1998 nicht abgeliefert hatte. Alle persönlichen Vermögen – und dazu gehörten auch Rentenbeiträge und eine Gewinnbeteiligung – waren von der Bundesbehörde eingefroren worden und wurden jetzt vom Staat Texas verwaltet. Er hatte außerdem keine Einkommenssteuererklärung für 1999 abgeliefert.

Erika lehnte sich auf ihrem Drehstuhl zurück, gähnte und verschränkte die Hände im Nacken. Es sah ganz so aus, als ob die Sache im Sande verlief. Pasdats hatte sehr gründliche Arbeit geleistet, indem er seine Spur offensichtlich nach der illegalen Konstruktionsänderung, die zu einem der schlimmsten Zugunglücke in der Geschichte des Landes geführt hatte, gründlich verwischt hatte. Wenn es hier um Sabotage ging, musste es auch ein Motiv geben. War Mr. Pasdats ein unzufriedener Mitarbeiter? Jenkins hatte angedeutet, dass Pasdats jährliche Beurteilungen überdurchschnittliche Leistungen bezeugten und es keine Berichte seines Supervisors über schlechtes Benehmen gab. Sein Gehalt lag durchaus im Durchschnitt.

Warum dann?, dachte sie. *Warum macht jemand so etwas, ohne einen offensichtlichen Vorteil zu haben? Aus Jux und Dollerei? Um zu beweisen, dass es möglich ist? Wie ich es in Berkeley gemacht habe?*

Erika legte ihre Füße auf den Schreibtisch und starrte an die Decke. *Wenn ein Konkurrenzunternehmen ihm Geld dafür geboten hatte? Wenn ihm ein Haufen Geld versprochen worden war, und zwar genug, damit er seine Identität ändern und ein neues Leben beginnen konnte? Aber was hatte dieses Unternehmen für einen Grund? Marktanteile?*

Erika machte sich eine Notiz, um diesen Aspekt zu überdenken, nachdem sie die E-Mail von Jenkins erhalten hatte. Dann schoss ihr ein anderer Gedanke durch den Kopf.

Und wenn das Ganze nur ein Vertuschungsmanöver von Texas Instruments war, um den von den Angehörigen der Opfer eingereichten Schadensersatzklagen aus dem Weg zu gehen, indem sie sich selbst als Opfer einer Sabotage hinstellten?

Erika ging diesem Gedanken nach, als sie das Großraumbüro verließ und zu dem Automaten am Ende des Flurs ging, um sich eine Diät-Cola zu ziehen. Anschließend ging sie in das Systemlabor auf dem nächsten Gang, um zu sehen, wie weit Charlie Chang war.

Sie nahm sich vor, keine Schlüsse zu ziehen, bevor sie die technischen Berichte nicht überprüfen konnte und die Aussagen der beteiligten Techniker nicht erhalten hatte. Vielleicht würde sie um eine richterliche Erlaubnis bitten, um die Protokolle der Aussagen der Techniker, die mit der Schadensersatzklage zu tun hatten, einzusehen.

Erika kam vor dem Labor an und steckte ihre Codekarte, die sie immer an ihrer Dienstmarke trug, in das Lesegerät an der Glastür. Das rote Licht über der Tür würde grün, und die dicke Schiebetür schob sich in die Wand. Erika betrat das Systemlabor und ließ ihren Blick durch den riesigen Raum gleiten. An den Wänden standen Bücherschränke, die mit Software gefüllt waren, und auf den Tischen standen die besten und leistungsfähigsten Computer, von denen die meisten auf Erikas Bitte hin angeschafft worden waren. Es war schon schlimm genug, dass das FBI so geizig war, wenn es darum ging, Computertechnik anzuschaffen oder Computerspezialisten einzustellen. Zumindest war es ihr gelungen, einen gewissen Ausgleich zu schaffen, indem sie lautstark rebelliert hatte, bis ihr Chef eingewilligt hatte, einen vernünftigen Ausrüstungsetat zur Verfügung zu stellen. Diesen hatte Erika weise genutzt und die richtige Mischung aus Software und Hardware angeschafft, um das FBI konkurrenzfähig zu machen, wenn es darum ging, Hacker zu bekämpfen, die meistens mit der besten Ausrüstung ausgestattet waren.

Das ist eine Schlacht wie der Kampf gegen Drogen, hatte sie argumentiert. *Wenn man hier am falschen Ende spart, wird man den Kampf verlieren.*

Ihre braunen Augen schauten auf den Compaq, auf dem sie Programme installiert hatte, um Gegenmittel gegen neue Viren zu zergliedern und zu diagnostizieren. Charlie Chang, der den vorschriftsmäßigen weißen Laborkittel trug, saß vor der Tastatur des Compaq. Sonst war niemand im Labor zu sehen.

Erika hatte fast sechs Monate ihrer FBI-Karriere damit verbracht, den Viren-Knack-Tool zu entwickeln. Ihre Mitarbeiter hatten nun die Aufgabe, ihn zu pflegen. Es war die beste Software, die sie je geschrieben hatte, und das FBI hatte ihr als Anerkennung für ihre harte Arbeit eine billige Plakette und einen Zweihundert-Dollar-Scheck gegeben.

Erika seufzte. Mark DeSilva von DreamWorks hätte ihr als Anerkennung für diese Leistung tausend Aktien geschenkt.

»Hallo, Charlie. Wo ist er?«

Chang, ein kleiner, schlanker Chinese, dessen Familie in der zweiten Generation in Amerika lebte und der sofort nach dem Universitätsabschluss eingestellt worden war, blinzelte mit den Augen, tippte noch weitere Befehle ein, schniefte einmal und trat zurück, während er sich die dicke Brille wieder auf den Nasenrücken schob. Sein Blick war so aufmerksam auf eine Diskette neben dem Compaq gerichtet, als wäre es ein Fläschchen mit Ebolaviren. »Da.«

»Wann kam das rein?«

»Vor ein paar Stunden«, erwiderte er und schniefte wieder. Scheinbar war er ständig erkältet, und das ging Erika ebenso auf die Nerven wie Changs Angewohnheit, von allen Leuten alles lernen zu wollen, ohne sich zu revanchieren. Erika wusste, dass Chang scharf auf ihren Job war und darum versuchte, so viel wie möglich von ihr zu lernen.

Wenn er wüsste, wie gern ich ihm meinen Job geben würde, damit ich endlich hier rauskäme!

Chang schaute über ihre linke Schulter, und Erika setzte sich auf den Hocker vor den Compaq, der mit einem leistungsfähigen AMD Athlon 1-GHz Mikroprozessor, 512 Megabytes Arbeitsspeicher und zwanzig Gigabytes Festplatte ausgerüstet war. Die Festplatte war partitioniert, um mehrere Viren auf einmal bearbeiten zu können. Erika hatte den Athlon-Prozessor dem Pentium III vorgezogen. Wenn es um High-Tech-Operationen in von Viren infizierten Dateien ging, waren Schnelligkeit und Zuverlässigkeit von größter Bedeutung. Der AMD Athlon besaß diese beiden Vorzüge.

Um überleben zu können, brauchte ein Virus eine Art Gastgeber. Im Falle eines Computervirus konnte das ein ganz legales Computerprogramm wie die Rechnungssoftware der Bank in Detroit sein. Der Detroit-Virus war jedoch einzigartig, da er sich im Hostsystem unsichtbar machte. Sobald das infizierte Programm auf einer sauberen Festplatte lief, wurden ein paar Zeilen des Computercodes am Beginn der legalen Software ausgeführt. Der kurze Computercode, der nur wenige Bytes ausmachte, fungierte als Aktivierungssignal für ein viel längeres Programm, das in Dutzende von Sektionen, die sich durch die Rechnungssoftware schlängelten, zerfiel. Wenn das Programm lief, löste der versteckte Virus einen elektronischen Zieltorpedo aus, der das Dateiverzeichnis, in dem die Antivirensoftware des Systems enthalten war, suchte. Der Torpedo fand das Zieldateiverzeichnis und öffnete die Signatur-Datei der Antivirensoftware, wo alle bekannten Viren plus möglicher zukünftiger Mutationen saßen. Viren-Signaturen waren normalerweise sehr kurz, fünf bis fünfzehn Bytes von den vielen Tausend, die den kompletten Virus ausmachten. Während einer Überprüfung durch den Virenscanner verglich die Antivirensoftware Zehntausende von Viren-Signaturen mit dem Code in jeder Datei des Systems. Das war mit dem Verhalten biologischer Immunrezeptoren vergleichbar, die sich an kurze Sequenzen von Aminosäuren hingen, wobei Tausende von Sequenzen ein Virus-Protein ausmachten.

Ein Treffer beim Vergleichen deutete auf die starke Wahrscheinlichkeit eines Virus hin und lieferte dem Anwender die Information, dass weitere Tests in der verdächtigen Datei durchgeführt werden mussten. Der Zieltorpedo startete nun sein Programm, das die Signaturdatei suchte und jeden Eintrag, der im Entferntesten seinem eigenen Code ähnelte, löschte. Spätere Antivirenchecks würden den Virus nicht entdecken.

Erika kopierte die erste infizierte Datei in ein besonderes Dateiverzeichnis des Compaq, der als Stand-alone-System operierte, ohne irgendein Modem oder eine Netzwerk-Verbindung zur Außenwelt. Dadurch blieb er isoliert, falls je ein Virus das System knacken würde.

In dieses Dateiverzeichnis wurde die infizierte Datei mit sechs anderen Köderdateien eingefügt. Ihre Petri-Dish-Software aktivierte dann die Dateien, um den Virus in der infizierten Datei zu mobilisieren, damit er in die Köderdateien kopiert wurde. Das Programm war so aufgebaut, dass die ursprünglich infizierte Datei gelöscht wurde, sobald die erste Köderdatei infiziert war. Auf diese Weise konnte die neue Quelle, die infizierte Köderdatei, deren Originalzusammensetzung das Programm kannte, als Basis für die späteren Infektionen benutzt werden. Der Prozess dauerte weniger als eine Zehntelsekunde Echtzeit. Der extrem gefährliche Virus breitete sich schnell in den Köderdateien aus.

Die Petri-Dish-Software führte einen Vergleich der infizierten Köderdateien mit nicht infizierten Dateien durch, die in verschiedenen Dateiverzeichnissen gespeichert waren, und zehn Sekunden später konnte Erika die Unterschiede auf dem Bildschirm ablesen.

Petri-Dish Software
Federal Bureau of Investigation
© 1998 By Erika J. Conklin

Anzahl der Köder: 6
Reihenfolge der Infizierung: 1,2,4,3,6,5
Anzahl der Befehlsfolgen: 6
Signaturlänge: 7 Bytes

St1	01011010.10101010.01011001.01110100.10111010.01000110.11010101
St2	01111011.00101000.01011001.01110110.01111010.01000110.11010101
St4	01001010.11101010.01011111.01101100.10111011.01000110.11010101
St3	01101011.10101010.01111001.01110100.00100010.01000110.11010101
St6	01110010.10101100.01001001.01111100.11111001.01000110.01010101
St5	01111110.11101010.01111000.01110100.10111010.01000110.01010101

Sie überprüfte ein paar Minuten schweigend die Virensequenz, und als sie die extreme Komplexität des Virus erkannte, hielt sie den Atem an. Die Striche unter bestimmten Bits innerhalb eines Bytes hoben die Unterschiede zwischen der ursprünglichen Befehlsfolge und der ursprünglichen Köderdatei und den später infizierten Köderdateien hervor.

»Das hatte ich befürchtet«, sagte sie und trommelte mit dem Daumen leicht auf den Rand der Tastatur.

»Sieht aus, als ob er sich jedes Mal verändert, wenn er sich selbst in andere Dateien kopiert«, meinte Chang, der anschließend wieder schniefte.

»Ja.« Ein Virus, der sich zwischen den Kopien veränderte, war kaum zu erwischen, besonders mit einer so langen Signatur, weil die möglichen Kombinationen fast astronomisch waren. Doch der Hacker in ihr kannte einen einfacheren Weg, den Virus zu knacken.

»Wie wäre es, wenn wir ein Gegenmittel schreiben, das mit allen möglichen Permutationen fertig wird?«, schlug Chang vor und schniefte wieder.

»Das sind zu viel ... Bitte, putzen Sie sich doch mal die Nase.«

»Oh, ja, natürlich. Sorry.« Er griff nach einem Papiertaschentuch, das neben dem Compaq lag, während Erika einige Zahlen auf ein Blatt Papier schrieb.

»Es gibt einen Grund, warum wir hier nicht die übliche Methode benutzen können, indem wir einfach ein Gegenmittel schreiben, um mit allen möglichen Kombinationen fertig zu werden«, sagte Erika, die beschlossen hatte, ihm etwas beizubringen. Sie zeigte auf das Blatt.

1 Byte der Befehlsfolge = 8 Bits
7 Bytes = 56 Bits
mögliche Kombinationen = 2^{56} oder $7{,}2 \times 10^{16}$

»Das ist eine astronomische Anzahl an Kombinationen«, sagte sie. »Das sind ... Wie hoch ist die Zahl ... Eine Milliarde wiederholt sich zweiundsiebzig Millionen Mal.«

»Tja, ziemlich hoch«, sagte Chang, der sich mit dem Taschentuch über die Nase rieb und mit großem Interesse auf das Blatt schaute.

»Damit sind wir nahe an der Unendlichkeit. Ich kann natürlich ein Antivirenprogramm schreiben, um diese sechs speziellen Befehlsfolgen zu eliminieren, aber es gibt keine Möglichkeit, jede Befehlsfolge zu eliminieren, die auftaucht, es sei denn ...«

»Es sei denn?«

»Es sei denn, wir könnten mit einer Formel aufwarten, die die Sequenzen kontrolliert. Dann könnten wir zukünftige Veränderungen vorhersagen und ein Gegenmittel schreiben, das *nur* die interessanten Kombinationen und nicht alle *möglichen* Kombinationen heraussucht und vernichtet.«

Sie luden die Sequenzen auf die fünf Hewlett-Packard-Workstations, die miteinander verbunden waren, um die Rechenleistung eines Cray-Computers zu erreichen, und warteten zehn Minuten auf das Ergebnis, das in Form einer langen Formel erschien.

»Da«, sagte sie etwas enttäuscht über die einfache Methode, mit der sie ihn geknackt hatte. Jetzt konnte Chang das Gegenmittel schreiben und ins Internet stellen, damit die Firma der Virenscanner-Software es bei dem nächsten Update ihrer Software berücksichtigen konnte.

Erika lächelte, denn der Hacker in ihr wurde wieder lebendig. »Na ja, wenn der Autor dieses Virus wirklich clever gewesen wäre, hätte er das Ganze etwas komplizierter gestaltet.«

»Wie denn?«, fragte Chang erwartungsvoll.

Erika schaute auf die Uhr und war der Meinung, dass sie diesem egoistischen kleinen Scheusal für heute genug beigebracht hatte. Außerdem musste die Information von Texas Instruments inzwischen angekommen sein. »Das machen wir ein anderes Mal, Charlie. Eins nach dem anderen. Konzentrieren Sie sich jetzt darauf, das Gegenmittel zu schreiben, um diesen Virus zu eliminieren.«

»Mann ...«, sagte Chang langsam und atmete dann kräftig aus.

Erika ging lächelnd davon.

3

Ein Stern fällt vom Himmel

KENNEDY SPACE CENTER, FLORIDA

Der Kommandant des Space Shuttle *Endeavour* wartete geduldig, als die Digitalanzeige des Missionstimers minus drei Minuten anzeigte. Der erfahrene Astronaut, der schon vier Shuttle-Missionen geleitet hatte, zeigte sich nicht eine Spur beunruhigt, noch nicht einmal, als der Bordarzt seinen Herzschlag überprüfte, der regelmäßig achtzig Schläge pro Minute betrug, während er bei allen anderen an Bord schon auf über hundert gestiegen war. Der Kommandant hatte weder feuchte Hände noch einen trockenen Mund oder aufgerissene Augen wie der noch unerfahrene Pilot neben ihm oder der Nutzlastspezialist, der hinter ihm saß.

Der Kommandant atmete das Sauerstoff-Nitrogen-Gemisch im Cockpit ein und überprüfte den Missionstimer, als die Stimme des Kontrolleurs aus dem NASA-Startkontrollzentrum durch die Lautsprecher des Orbiters dröhnte.

»Countdown T minus siebenunddreißig Sekunden. Übergabe der Startkontrolle an die Computersequenz. Der Countdown wird von den Bordcomputern der *Endeavour* kontrolliert.«

Dies bedeutete den Wechsel der Countdown-Startkontrolle der Bodencomputer im Kennedy Space Center zu den fünf General-Purpose-Computern (GPC – Mehrzweckcomputern) an Bord der *Endeavour*. Vier arbeiteten parallel, und der fünfte überprüfte das Output der vier anderen.

»T minus zwanzig Sekunden; Hydraulikaggregate der

Feststoffraketen aktiviert, Düsen der Feststoffraketen geschwenkt und in Startposition. Fünfzehn Sekunden. Wechsel zur redundanten Startsequenz. T minus zwölf – elf – zehn – neun.«

Der Kommandant schloss die Augen und dachte an das Geräuschunterdrückungssystem, das jetzt an der mobilen Startplattform in Betrieb genommen wurde und vor der Zündung der Haupttriebwerke wie ein Rasensprenger Millionen von Litern an Wasser über die mobile Startrampe ergoss.

»Sieben – sechs ... Wir nähern uns dem Start der Haupttriebwerke.«

Das ohrenbetäubende Grollen, das nun folgte, hallte durch den ganzen Orbiter, als alle drei Haupttriebwerke des Space Shuttle zündeten und automatisch auf neunzig Prozent ihres Schubes gedrosselt wurden.

»Es folgt der Start der Haupttriebwerke ... drei – zwei!«

Die Mikroprozessoren in den fünf GPCs (Mehrzweckcomputern) liefen auf Höchstgeschwindigkeit und verarbeiteten Hunderttausende von Instruktionen innerhalb von Sekunden, indem sie Inputs einer großen Anzahl von Sensoren berechneten, um zu überprüfen, dass alle drei Triebwerke den erforderlichen Schub hielten. Gleichzeitig zündeten auch die beiden Feststoffraketen. Der Kommandant spürte die resultierende Druckwelle bis tief in sein Innerstes, als der ungeheuere Auftrieb von 7,5 Millionen Pfund Schubkraft durch den warmen, feuchten Abend donnerte. Der Schein der *Endeavour*-Triebwerke erhellte den Nachthimmel und tauchte die Umgebung meilenweit in ein gelbliches Licht.

»Liftoff! Liftoff!«

Das 4,5 Millionen Pfund schwere Shuttle stieg senkrecht in die Höhe, bis es den Startturm passiert hatte.

»Houston, *Endeavour.* Wir starten das Rollmanöver«, sagte der Kommandant in monotonem, kontrolliertem Ton.

Endeavour begann ein kombiniertes Roll-, Dreh- und Giermanöver, um die vorgegebene Bahnneigung zu erreichen.

»Rollmanöver ausgeführt.«

»*Endeavour*, Houston. Habe ein Bild von unten. Sieht gut aus. T plus zwanzig Sekunden«, sagte der Kommandant vom Johnson Space Center in Houston.

»Roger, Houston.«

Der Kommandant schaute auf den Monitor Nummer 1, auf dem eine aufsteigende Flugkurve die gewünschte Aufstiegsroute und die gegenwärtige Position von *Endeavour* zeigte, während die GPCs in jeder Sekunde Millionen von Befehlen an die Haupttriebwerke und Feststoffraketen leiteten, um den Orbiter in der Spur zu halten. Da dieser Teil der Mission vollautomatisch ablief, beschränkten sich der Kommandant und der Pilot darauf, die Geräte und Instrumente zu überprüfen, als das Raumschiff immer höher und höher stieg und eine Spur von Dampf und Rauch hinter sich zurückließ.

»Houston, *Endeavour.* T plus dreißig Sekunden. Haupttriebwerke werden für die Phase der höchsten aerodynamischen Belastung gedrosselt.«

»Roger, *Endeavour*. Haupttriebwerke werden gedrosselt.«

Die Haupttriebwerke wurden gedrosselt, um die aerodynamische Belastung der 21.000 Wärmeschutzkacheln auf der Vollaluminiumschale des Orbiters zu reduzieren, sobald der Flugkörper Schallgeschwindigkeit erreichte.

»Höchste Phase der aerodynamischen Belastung überschritten. Triebwerke wieder bei hundertvier Prozent«, berichtete der Kommandant, als sich Eis vom Außentank löste und gegen die Windschutzscheiben prallte. Bei einer Geschwindigkeit von 1,3 Mach flog die *Endeavour* mit Überschallgeschwindigkeit.

»Houston, *Endeavour.* T plus eine Minute, zehn Sekunden«, berichtete der Pilot. »Fünf Meilen hoch, drei Meilen vom Startpunkt entfernt. Geschwindigkeit steht bei 700 m pro Sekunde.«

Der Blick des Kommandanten wandte sich dem Monitor Nummer 1 zu. *Alles verläuft planmäßig,* dachte er. Die neuen Mikroprozessoren in den GPCs und ihre komplexen Aufstiegsphasen-Algorithmen funktionierten wunderbar. Rechts neben dem Monitor Nummer 1 waren die Alarmlichter. Alles sah normal aus.

»T plus eine Minute, zwanzig Sekunden, Houston«, berichtete der Kommandant. »Neun Meilen hoch, sechs Meilen vom Startpunkt entfernt ... Houston, wir haben ein Problem. T plus eine Minute, fünfunddreißig Sekunden.« Zwei der Mehrzweckcomputer fielen plötzlich aus. Die letzten Parameter der verarbeiteten Aufstiegsalgorithmen waren bei der Ausgabe blockiert. Das Hauptsystem stellte automatisch die beiden versagenden GPCs ab und setzte sich über die inkorrekten Outputs hinweg, aber erst als die falschen Daten schon zweieinhalb Sekunden an die Haupttriebwerke des Space Shuttle übertragen worden waren und ihrem Kontrollsystem anordneten, sich für diesen Teil des Aufstiegs inkorrekt zu positionieren. Bei dieser Geschwindigkeit brachte der Computerfehler das Shuttle über zwei Meilen vom Kurs ab.

Der Kommandant spürte den starken Druck auf seiner Brust, als das Shuttle plötzlich für ein paar Sekunden den Kurs änderte und der Außentank und die Feststoffraketen einer gewaltigen Spannung ausgesetzt wurden, ehe die richtigen Befehle ankamen und die Haupttriebwerke des Space Shuttle in die entgegengesetzte Richtung drehten.

Auf der Kontrolltafel leuchteten Warnlichter. Zwei der Halterungen, die die linke Feststoffrakete hielten, waren durch die Spannung abgebrochen. Es war erstaunlich, dass die restlichen Halterungen das Shuttle zusammenhielten und daher im Moment eine Wiederholung der *Challenger*-Katastrophe vermieden wurde.

»Roger, *Endeavour.* T plus eine Minute, fünfundvierzig Sekunden. GPC-Versagen auf Nummer drei und fünf. Kehren Sie zur Startrampe zurück.«

»Roger, RTLS-Abortsequenz nach Abtrennung der Feststoffraketen«, erwiderte der Kommandant und leitete die Abtrennung der Feststoffraketen ein, ehe die Abbruchsequenz beginnen konnte.

Der Kommandant beobachtete den Funkenschlag, als die *Endeavour,* die noch immer auf dem Außentank saß, bei fast 1.500 m pro Sekunde in die Höhe schoss, während beide Feststoffraketen nach unten auf den Ozean fast zehn Meilen unter ihnen sanken.

»*Endeavour,* Houston. Bestätigen Sie Abtrennung der Feststoffraketen.«

»Bestätigt«, sagte er erleichtert, als er sah, dass die brennenden Raketen in die Tiefe sanken. »T plus zwei Minuten fünfundzwanzig Sekunden. Wir starten RTLS-Abortsequenz.«

»Roger, *Endeavour*.«

Der Kommandant stellte den Abortschalter in die RTLS-Position und drückte die Aborttaste. Die verbleibenden GPCs verarbeiteten die Abortsequenz-Algorithmen und drehten den Flugkörper herum, um ihn zurück zur Startplattform zu bringen.

Der Kommandant überwachte in der nächsten Minute die Anzeigen auf dem Monitor, als *Endeavour* an Geschwindigkeit und Höhe verlor, während er den Treibstoff aus dem Außentank abließ, den Tank abwarf und den Gleitflug zur langen Start- und Landebahn am Kennedy Space Center begann. Von diesem Moment an führte der Kommandant einen beispielhaften Anflug aus und landete das Shuttle vier Minuten später sicher auf der Erde.

In den beiden Wochen nach dieser noch knapp abgewendeten Katastrophe führten die NASA und alle ihre Computerspezialisten eine gründliche Untersuchung der defekten Computer durch. Das Problem wurde auf die IBM12000 Superscalar-Mikroprozessoren zurückgeführt, die beide nach ihren unerwarteten Abstürzen nicht neu gestartet werden konnten.

4

Fehleranalyse

FBI-ZENTRALE, *Washington, D.C.*

Erika Conklin war mittlerweile erschöpft, weil sie immer wieder das Gleiche berichten musste. Zuerst hatte sie eine Stunde damit verbracht, ihren Chef Frank Russo über den neuesten Stand der Dinge aufzuklären. Ihr Chef hatte dann seinen Chef, den stellvertretenden Direktor des FBI, hinzugebeten, und Erika hatte ihm die Situation ebenfalls dargestellt. Anschließend hatte der stellvertretende Direktor seinen Chef gerufen, den Direktor des FBI, der vor genau dreißig Minuten mit seinem Gefolge an Bodyguards und Beratern angekommen war.

Jetzt saß Erika dem Direktor Roman Palenski in seinem Büro gegenüber. Sie war noch nie hier gewesen. Das Büro des Direktors nahm die ganze Ecke des achten Stocks des Gebäudes ein. Dunkle, holzgetäfelte Wände und schwere verzierte Möbel verliehen dem Platz ein ernstes Aussehen, das zu Palenskis Blick passte, den er Erika zuwarf, als er den Ernst der Lage erkannte.

Roman Palenski, ein großer, rundlicher Mann, war mit fünfundfünfzig Jahren vollständig kahl. Statt eines Gürtels trug er Hosenträger, und er hatte ständig einen Lutscher im Mund, um sein Verlangen nach einer Zigarette zu bekämpfen. Wenn es richtig hektisch wurde, kaute er an nicht brennenden Zigarren. Der Direktor nahm seine Brille ab, rieb sich über die Augen, setzte sich die Brille wieder vorsichtig auf die Nase und sah Erika über das Drahtgestell hinweg an. Dann steckte er sich einen Lutscher in den Mund, den er aus einem großen Glas auf seinem Schreibtisch genommen hatte.

Er stützte die Ellbogen auf dem Tisch auf, zeigte mit dem Lutscher auf Erika und fragte: »So, Miss Conklin, sind das die nicht funktionierenden Teile des Chips von Texas Instruments?«

Erikas Augenlider waren schwer, und sie unterdrückte ein Gähnen. Sie war erschöpft, denn sie hatte die ganze Nacht gearbeitet. Ihr einziger Wunsch war, nach Hause zu gehen und bis nachmittags zu schlafen, aber in Palenskis stechendem Blick lag etwas, das die gleiche Wirkung hatte wie ein Schuss Koffein. Sie beugte sich vor und wies mit ihrem Bleistift auf ein Foto, das mit Hilfe eines Elektronenmikroskops aufgenommen worden war. Das Foto zeigte einen Teil des TI6500, der fünftausend Mal vergrößert war. »Sehen Sie hier, Sir, diese Aluminium-Leiterbahn verbindet die Spannung mit der Reset-Logik des Schaltkreises des TI6500.« Sie folgte mit der Bleistiftspitze einer schmalen, hellgrauen Linie auf einem Schwarz-Weiß-Foto, das der Luftaufnahme einer Hauptstadt aus sechshundert Metern Höhe glich. »Und hier ist sie geöffnet, hält den Stromfluss zur Reset-Logik zurück und verursacht den Fehler, der einen Ausfall des integrierten Schaltkreises auslöst.«

»Integrierter Schaltkreis?«, fragte Palenski.

»So werden Computerchips in der Industrie genannt, Sir.«

»Ah, ich verstehe.«

Sie verharrte mit dem Bleistift auf einer winzigen Bruchstelle auf der Leiterbahn und lieferte ihm die gleiche Erklärung zu dem IBM12000-Chip auf einem Elektronenmikroskopbild, das sie als E-Mail-Anlage in der vergangenen Nacht von den IBM-Technikern in Raleigh, Nord Carolina, erhalten hatte und das sie dann mit einem hochauflösenden Hewlett-Packard-Drucker ausgedruckt hatte. »Die Art des Fehlers ist bei beiden Gesellschaften gleich.«

»Sie erwähnten auch, dass die Begleitumstände bei beiden Unfällen gleich waren.«

Erika nickte. »Ja, Sir. In beiden Fällen wurde die Verengung der Leiterbahnen, die die Reset-Logik versorgen, durchgeführt, nachdem die Prototypen den Burn-in-Prozess durchlaufen hatten, doch bevor sie in die Produktion gingen. Und die Personen, die die illegale Konstruktionsänderung vorgenommen haben, sind beide verschwunden. Sehen Sie mal hier.« Sie zeigte mit dem Stift auf einen Teil der Layoutzeichnung des TI6500, die dem Elektronenmikroskopbild des eigentlichen IC entsprach. Die Aluminium-Leiterbahnen waren auf dem Ausdruck in Blau gezeichnet und die Transistoren in Rot und Grün. Sie wies auf eine blaue Linie, die auf halber Strecke zwischen der Reset-Logik und der Hauptstromversorgung des integrierten Schaltkreises deutlich schmaler war. »Das ist die eigentliche Veränderung, die vor einem Monat von den Technikern bei Texas Instruments entdeckt wurde. Dann hatten wir das Problem in der Raumfähre, das auf einen IBM-Mikroprozessor zurückgeführt wurde, und in dem Fall wurde genau die gleiche illegale Veränderung festgestellt. Ich nehme stark an, dass wir es hier mit jemandem zu tun haben, der Industriesabotage betreibt und Chips manipuliert. Gestern Abend habe ich einen Anruf von Motorola erhalten. Es sieht so aus, als ob ein fehlerhafter Computerchip auch den Black-out in Denver in der letzten Woche verursacht haben könnte. Ich erwarte heute Abend eine E-Mail mit näheren Angaben und Anlagen von Motorola.«

Palenski schaute kurz zu den beiden Männern, die links und rechts von Erika standen. Ihr Chef und der stellvertretende Direktor hatten beide geschwiegen, als Erika das Problem erläutert hatte. Jetzt wandte der Direktor sich wieder an Erika.

»Wie gefährlich ist die Lage zum jetzigen Zeitpunkt?«

Erika schlug die Beine übereinander und schaute auf ihre

kurzen, nicht lackierten Fingernägel. »Bei den ICs von TI und IBM ist die Gefahr erst einmal gebannt. Beide Gesellschaften haben schon eine Rückrufaktion gestartet und die Produktion dieser Version eingestellt. Bei Motorola müssen wir noch abwarten, bis alle ICs aus dem Verkehr gezogen worden sind. Die Gefahr liegt in den Chips dort draußen, die manipuliert worden sein könnten und nur darauf warten zu versagen.«

»Was können wir tun, um zukünftiges Versagen zu verhindern?«

»Wir müssen ein Muster finden, Sir, aufgrund dessen wir herausbekommen können, welche ICs manipuliert wurden. Es wäre gut, wenn wir das Motiv kennen würden.«

Der Direktor nickte und schaute Erika mit seinen intelligenten Augen an. »Wenn wir wüssten, warum diese Chips oder ICs – wie Sie sie nennen – verändert wurden, könnten wir vielleicht Spuren finden, die uns zu den Verantwortlichen für diese Sabotage führen.«

»Ganz genau. Im Moment sieht es allerdings ziemlich düster aus. Dort draußen sind buchstäblich Millionen integrierter Schaltkreise. Bisher haben zwei Arten nicht funktioniert, und wir sehen ja, was passiert ist. Ein Zug ist entgleist, und die Folge waren zahlreiche Todesopfer und mehrere Millionen Dollar Schaden. Der Schaden der Beinahe-Katastrophe der NASA geht in die Milliarden. Wenn der Black-out in Denver auch auf Sabotage zurückzuführen ist, müssen wir weitere dreißig Tote, Hunderte von Verletzten und mehrere Millionen Dollar Schaden, die durch die Krawalle und Plünderungen in der Nacht entstanden sind, hinzurechnen. Das sind die Folgen von drei manipulierten Chips, Sir. Wenn es dort draußen ein Dutzend oder mehr dieser Zeitbomben gibt ...« Sie ließ den Satz unvollendet.

»Wie schlimm kann die Situation Ihrer Meinung nach werden?«, fragte Palenski einen Moment später.

Erika blickte kurz in die Ferne und wandte ihren Blick

dann wieder Palenski zu. »Als Informatikerin bin ich darüber im Bilde, Sir, dass in diesem Land nichts mehr ohne Computer funktioniert. Auf irgendeine Weise sind Computer an allen Prozessen beteiligt. Alles, was wir sehen, berühren, hören, tragen oder essen, wurde im Laufe des Prozesses irgendwie mit Hilfe von Software und Hardware gemacht, gesagt, zugeschnitten oder vorbereitet. Ohne diesen High-Tech-Riesen, den wir geschaffen und von dem wir uns im täglichen Leben abhängig gemacht haben, würden wir alle sehr schnell auf den technischen Stand des Steinzeitalters zurückfallen. Ein einfaches Versagen in Florida hat das schlimmste Zugunglück in der Geschichte dieses Landes verursacht. Zwei nicht funktionierende Mikroprozessoren haben fast ein Space Shuttle, dessen Wert in die Milliarden geht, zerstört. Und ich glaube, das ist nur die Spitze des Eisberges. Wenn das Versagen eines Chips den Black-out in Denver verursacht hat, sollte sich diese Stadt glücklich schätzen, dass das Problem am nächsten Morgen dank des von den angrenzenden Staaten eingespeisten Stroms gelöst wurde. Nehmen wir einmal an, das Versagen trifft mehrere Orte auf einmal und die Elektrizitätswerke, die Virginia, Maryland und das Gebiet von Columbia mit Strom versorgen, fallen aus. Die Computer, die die sorgfältige Balance der Verteilung des elektrischen Stroms zwischen Hunderten von Versorgungsgebieten in allen drei Staaten kontrollieren, ist plötzlich unterbrochen. Die Systeme stürzen ab und fallen aus. Normalerweise würden andere Systeme in den umliegenden Staaten einspringen, um einen Black-out zu verhindern, aber angenommen, diese Systeme versagen aufgrund von Computerausfällen auch, oder vielleicht wollen sie helfen, sind aber schnell durch den plötzlichen Bedarf überlastet. Dann käme es zu einem Blackout. Keine Elektrizität bedeutet, dass wir nichts erhitzen und nichts kühlen können. Es gäbe keine Kommunikation. Es gäbe kein Benzin an den Tankstellen und kein Licht am Operationstisch. Amerika würde seine Morgenzeitungen und die Supermärkte würden ihre Produkte nicht bekommen. Die Menschen würden hungern. Es käme zu Krawallen, Verwüstungen und Anarchie. Das entspräche den Vorgängen in Denver, aber es geschähe überall und würde länger als eine Nacht dauern. Das Fehlen jeglicher Kommunikation hätte natürlich auch Auswirkungen aufs Militär, das seine eigenen logistischen Probleme aufgrund von IC-Ausfällen haben könnte. Es würde einfach nichts mehr funktionieren. Wir könnten telefonisch niemanden mehr erreichen, weil das computergesteuerte Telefonnetz versagen würde. Wir könnten am Geldautomaten kein Geld mehr abheben, weil in den Banken die Computer ausfielen. Wir könnten nicht mehr auf den Straßen fahren, weil das computergesteuerte Verkehrsleitsystem – an Orten, die irgendwie noch mit Strom versorgt werden – versagen und Tausende von Unfällen innerhalb von Minuten verursachen würde. Natürlich könnten wir auch den Notruf nicht mehr erreichen, um einen Krankenwagen zu rufen. Wie man die Sache auch dreht und wendet, so sind es ganz schreckliche Bilder, die man vor Augen hat, wenn man sich dieses Szenario ausmalt. Es könnte sich als ein ernstes Chaos herausstellen, Sir. Ein Chaos von noch nie da gewesenen Ausmaßen. Wir haben uns selbst diese technologische Grube gegraben. Ohne die Technik kann unsere Gesellschaft nicht überleben.«

Palenski zog die Stirn in Falten, und in seinem Blick spiegelte sich Ungläubigkeit. »Sehen Sie nicht vielleicht zu schwarz, Miss Conklin?«

Erika lächelte über die Skepsis derjenigen, die die wahre Macht, die die Computer in der heutigen Gesellschaft hatten, nicht wirklich verstanden. »Ich bin Informatikerin, Sir, und ich male Ihnen hier ein sehr, sehr plausibles Bild, das auf meiner wissenschaftlichen Einschätzung der Situation und den Daten, die ich bis heute gesehen habe, beruht. Denken

Sie daran, was vor zwei Jahren passiert ist. Eine verstopfte Düse in einem Hughes-Kommunikationssatelliten versagte, richtete den Satelliten falsch aus, und über zwanzig Millionen Funkrufempfänger und Hunderttausende von Mobiltelefonen waren in Nordamerika für einige Tage unbrauchbar und verursachten mehrere Millionen Dollar Schaden. Ärzte erhielten keine Notrufe. Geschäftsabschlüsse kamen wegen der fehlenden Kommunikation nicht zustande. Ich glaube, die einzig gute Sache daran war, dass viele Drogendealer geschnappt wurden, weil ihre Piepser versagten. Hier noch ein anderes Beispiel. Vor drei Jahren verursachte eine fehlerhafte Software im Navigationssystem des modernsten Düsenflugzeugs der Firma Airbus einen Absturz über Süddeutschland, und Dutzende von Menschen kamen ums Leben. Die Flugzeugindustrie wurde um Monate zurückgeworfen, während sie angestrengt die Unfallursache suchte, was letztendlich für Boeing ein Vorteil war. Das sind nur einzelne Unfälle, bei denen eine winzige Computer-Störung, die durch Software oder Hardware verursacht wurde, eine Katastrophe auslöste. Soll ich noch weitere Beispiele anführen?«

Palenski stand auf, klemmte seine Daumen unter die Hosenträger und sagte: »Aber das Szenario, das Sie beschrieben haben ... Ich soll also glauben, dass das *ganze Land* in so großer Gefahr ist?«

»Nicht nur das ganze Land, Sir. Der TI6500 und der IBM12000 werden in der ganzen Welt benutzt und eingesetzt. Dies ist ein weltweites Problem ... und die Uhr läuft. Mein Gefühl sagt mir, dass dort draußen noch viel mehr Chips manipuliert wurden und nur darauf warten, weitere Unfälle zu verursachen, und die Zeit läuft uns davon.«

Einen Augenblick herrschte Schweigen.

»So ...«, begann Palenski und starrte in die Ferne. »Angenommen es stimmt, was Sie sagen, und wir stehen tatsächlich einem solchen Szenario gegenüber. Warum können wir nicht jeden Halbleiterhersteller kontaktieren und ihn bitten, seine laufende Konstruktion und besonders diejenige, die vor zwei Jahren in die Produktion ging, zu überprüfen?«

Erika spielte mit ihrem Ohrring und erwiderte: »Ich habe bereits vertrauliche E-Mails an alle Halbleiterhersteller in den USA geschickt, aber ich setze keine große Hoffnung in diese Aktion.«

»Warum?«

Erika seufzte laut, verschränkte die Arme, schaute auf ihre Turnschuhe und erklärte Palenski die Situation. »Sie müssen wissen, wie Halbleiterhersteller arbeiten, Sir. Archive von zwei Jahre alten Konstruktionen sind nicht so einfach abrufbar, wie man annehmen könnte. Viele der Sicherungskopien sind ausgelagert worden, um Raum für laufende Konstruktionen zu schaffen. In vielen Fällen haben die Konstrukteure, die an diesem speziellen Chip gearbeitet haben, heute andere Jobs. Außerdem sind Software und Tools, die bei diesen Konstruktionen vor zwei Jahren benutzt wurden, ziemlich veraltet und häufig nicht mit den laufenden Tools kompatibel. Denken Sie daran, dass diese Industrie sich in einem Tempo entwickelt, das viel schneller ist als in allen anderen Industriezweigen. Dadurch erklärt sich auch, dass ein Computer, den man sich heute anschafft, in weniger als zwei Jahren veraltet ist, und die Benutzer zwingt, sich immer wieder in ihren Computerläden umzusehen. Dieses halsbrecherische Tempo geht auf Kosten guter Dokumentationen und Archivierungsverfahren für alte Konstruktionen. Wenn eine Konstruktion einmal in Produktion gegangen ist, wendet der Ingenieur seine Energie, die er für die Entwicklung dieses Typs eingesetzt hat, schnell einer neuen Konstruktion zu. Die alte Konstruktion läuft automatisch und wird kaum dokumentiert. Innerhalb eines Jahres hat jeder dieses Muster vergessen, und es bedarf derartiger Katastrophen, wie sie der TI6500 und der IBM12000 ausgelöst haben, damit die Firmenleitungen nen-

nenswerte Gelder von profitversprechenden Projekten abziehen, um zu ermitteln, welcher Fehler bei der zwei Jahre alten Konstruktion vorliegt. Darum habe ich keine große Hoffnung, dass irgendeine Gesellschaft außer TI, IBM und wahrscheinlich Motorola die Warnung ernst nehmen wird. Die Gesellschaften sorgen sich zu diesem Zeitpunkt um ihre Vierteljahresabrechnungen und nicht darum, eine zwei Jahre alte Konstruktion aufzufinden und teure Arbeitskräfte und Ausrüstung einzusetzen, um einem Problem auf die Spur zu kommen, das bei ihnen vielleicht gar nicht vorliegt, nur um dem FBI einen Gefallen zu tun. Gesellschaften sorgen sich nur darum, ihren zahlenden Kunden und ihren Aktionären zu gefallen, Sir. Gesellschaften sind Einheiten, die in Vierteljahreskategorien denken und die stolz darauf sind, die richtigen Entscheidungen zu treffen, damit ihre Aktien so hoch wie möglich gehandelt werden, und das geht auf Kosten aller anderen Faktoren. Es bedarf eines Schlages von der Größenordnung einer Schadensersatzklage, um sie dazu zu bewegen, Mittel von profitversprechenden Projekten abzuziehen.«

Palenski schaute in die Ferne. »Ich habe die Absicht, Ihre E-Mail-Aktion zu unterstützen und die Präsidenten der führenden amerikanischen High-Tech-Unternehmen persönlich anzurufen, um sie daran zu erinnern, dass das FBI sie offiziell bittet, sich ernsthaft zu bemühen, ihre älteren Konstruktionen zu überprüfen. Ich werde dafür sorgen, dass alle Firmen begreifen, dass sie ernsthafte Schwierigkeiten bekommen werden, wenn ein Unfall passiert.«

Erika nickte nachdenklich. Sie war nicht davon überzeugt, dass es viel bringen würde. »Es kann nicht schaden, Sir, aber ich glaube, wir sollten das Problem auch noch von einer anderen Seite angehen.«

»Und die wäre?«

»Wir müssen das Motiv finden. Meiner Meinung nach liegt der einzige einleuchtende Grund, warum es jemand auf bestimmte Unternehmen – zwei kennen wir bereits – abgesehen hat, darin, dass er von ihrem Verlust an Marktanteilen profitieren will.«

Palenski ersetzte den Lutscher durch eine nicht brennende Zigarre und kaute auf der Spitze herum. »Haben Sie eine bestimmte Idee?«

Erika runzelte die Stirn. »Noch nicht, Sir.«

Palenski nickte ernst. »Okay, was brauchen Sie, Miss Conklin?«

»Zeit, damit ich mich gründlich in den Fall einarbeiten kann, um eine Theorie zu entwickeln, die es wert ist, verfolgt zu werden.«

»Und die Zeit läuft«, sagte der Direktor, der an seiner Zigarre kaute und die Daumen wieder unter die Hosenträger geklemmt hatte. »Mr. Quinn?«

Der stellvertretende Direktor Richard Quinn stand auf. Er war ein gut gebauter Afroamerikaner Ende vierzig.

»Ja, Sir?« Quinn verschränkte die Arme. Er trug einen Anzug wie Palenski und Frank Russo, Erikas Chef. Erika hatte sich ein wenig fehl am Platze gefühlt, als sie das feudale Büro in ihren ausgewaschenen Jeans, dem Polo-Shirt und den Turnschuhen betreten hatte. Jetzt war ihre saloppe Kleidung allerdings ihre geringste Sorge. Sie schaute kurz auf den klaren Himmel über Washington.

»Wie gehen wir mit der Presse um? Ich will um jeden Preis vermeiden, dass aufgrund dieser wiederholten Industriesabotage allgemeine Panik ausbricht.«

Quinn richtete seinen Krawattenknoten. »Aufgrund des Rechtsstreites hatte Texas Instruments viel Presse. TI-Anwälte benutzen den Aspekt der Sabotage, um den extrem hohen Schaden möglichst gering zu halten. Der IBM-Chip hat glücklicherweise keine Katastrophe ausgelöst, die Menschenleben gekostet hat, und daher war IBM sofort bereit, mit uns zusammenzuarbeiten. Auch der IBM-Kunde, die

NASA, ist eine Bundesbehörde, die auf unsere Bitte hin die IBM-Geschäftsführung gebeten hat, den Grund für das Versagen vertraulich zu behandeln. IBM hat bereits alle fehlerhaften Chips zurückgerufen und sie durch einwandfreie Konstruktionen ersetzt. Das Problem bei Motorola könnte aus dem gleichen Grund wie bei Texas Instruments kaum geheim zu halten sein. Wenn Unternehmen herausfinden, dass sie einer Industriesabotage zum Opfer gefallen sind, werden sie diesen Aspekt wahrscheinlich vor Gericht nutzen, um eine Schadensersatzklage abzuwenden. Und vergessen Sie nicht, dass wir – wie Miss Conklin bereits sagte – vertrauliche Bitten an die Unternehmensleitungen von dreißig verschiedenen Halbleiterunternehmen in Nordamerika geschickt haben, damit sie ihre zwei Jahre alten Konstruktionen überprüfen.«

Palenski nickte. »Ich habe das Gefühl, dass bald, sehr bald etwas an die Öffentlichkeit dringt.«

»Ich glaube, da könnten Sie Recht haben, Sir«, sagte Quinn.

»Okay, Mr. Quinn. Ich will, dass Miss Conklin alle verfügbaren Hilfsmittel in meiner Organisation zur Verfügung gestellt werden. Wir müssen dieser Sache sofort auf den Grund gehen. Es gibt nichts, *absolut nichts Wichtigeres,* als die Verantwortlichen für diese Sabotage zu finden, und wir müssen handeln, bevor die Presse Wind davon bekommt. Unsere Agenten sollen herausfinden, wo die vermissten Techniker abgeblieben sind. Ihre Familien, ihre Freunde und ihre Kollegen müssen verhört werden. Und ich verlange, dass jede Information an dieses Büro hier weitergeleitet wird. Verstanden?«

»Ja, Sir.« Quinn verließ das Büro.

»Russo?«

»Sir?«

»Ich verfüge hiermit, dass alle bisherigen Verantwortlichkeiten von Miss Conklin vorübergehend an einen anderen

Mitarbeiter übertragen werden. Sie muss sich ganz auf diesen Fall konzentrieren.«

»Ja, Sir.«

Palenski nickte. »Jetzt möchte ich gerne noch kurz unter vier Augen mit ihr sprechen.«

Auch Russo verließ das Büro.

Palenski drehte sich um und schaute auf den Himmel über Washington, bis sich die Tür hinter Russo geschlossen hatte. Dann sagte er: »Miss Conklin?«

»Ja, Sir?« Erika stand auf.

»Russo hat mich über die Umstände Ihrer Einstellung beim FBI informiert.«

Erika senkte den Blick, verschränkte die Arme und runzelte die Stirn. »Das war nicht die beste Zeit meines Lebens, Sir.«

»Wie lange müssen Sie noch bleiben?«

»Zwei Jahre, einen Monat und drei Tage plus/minus ein paar Stunden.«

Palenski schaute sie an und schmunzelte. »Wenn Sie diese Sache aufklären, wird Ihre restliche Zeit gestrichen.«

Erika öffnete den Mund, um etwas zu sagen, aber es drang kein Laut über ihre Lippen.

»Wenn Sie mich nun bitte entschuldigen würden. Ich muss den Präsidenten in Kenntnis setzen.«

5

Trautes Heim, Glück allein

FBI-ZENTRALE, *Washington, D.C.*

Erika trug ihren Rucksack auf dem Rücken und eine Einkaufstüte unterm Arm, als sie ihre Wohnung im neunten Stock des Hochhauses erreichte. Sie war ganz außer Atem, und ihre Schultern und Oberschenkel taten ihr weh. Zum dritten Mal in diesem Monat war der Aufzug außer Betrieb. Sie seufzte wütend, als sie ihren Schlüssel suchte und über den abgetretenen Teppich von der Treppe zu ihrer Wohnung ging, die in der Mitte des Korridors lag. Das Licht der Neonlampen fiel auf die Wände, von denen die Farbe abblätterte.

Sie war total erschöpft, weil sie fast den ganzen Tag arbeiten musste, bis Russo ihr schließlich erlaubt hatte, nach Hause zu gehen. Ihre Mitarbeiter wussten Bescheid, dass sie heute Abend nicht mehr ins Büro kommen würde.

Erika betrat ihre Wohnung, drückte auf den Schalter im Korridor und runzelte die Stirn, als sich mehrere Küchenschaben auf dem braunen Linoleumboden versteckten. Nachdem sie ihren Rucksack neben den Compaq auf den Esstisch in ihrem Apartment, für das sie über fünfzehnhundert Dollar pro Monat bezahlte, geworfen hatte, ging sie in die Küche und schob die Tüte in den Kühlschrank. Sie hatte keine Lust, sie auszupacken. Jetzt musste sie erst einmal duschen. Sie schaltete ihre Stereoanlage an, und Aaron Nevilles Interpretation von *White Christmas* drang aus den kleinen Lautsprechern. Erika liebte Weihnachtsmusik und hörte sie das ganze Jahr über, vor allem wenn sie deprimiert war, was in letzter Zeit öfter vorkam als ihr lieb war. Sie lauschte den vertrauten Klängen auch, wenn sie sich mit komplizierten Computercodes beschäftigte, denn dabei konnte sie sich wunderbar entspannen und arbeiten.

Zwischen dem Schlafraum und dem Wohnbereich stand eine alte orientalische Trennwand. Erika streifte ihre Turnschuhe von den Füßen, zog ihre Jeans und ihr T-Shirt aus und warf beides aufs Bett. Dann ging sie in Socken und Slip ins Badezimmer – einen BH trug sie nicht –, warf einen Blick in den Spiegel über dem Waschbecken und schaute sich die blasse Haut auf ihren schmalen Gliedmaßen an. Das hatte sie den zahllosen Stunden, die sie drinnen vor dem Compaq verbracht hatte, zu verdanken. Auch ihr leicht erschlaffter Busen fiel ihr auf. Wahrscheinlich hatte sie während ihres Studiums in Berkeley etwas zu viel Zeit in der Tretmühle verbracht.

Erika zog Slip und Socken aus, duschte schnell und lauschte der Melodie. Anschließend frottierte sie ihr kurzes Haar, wickelte sich in ein Handtuch ein, kehrte zum Esstisch zurück und schaltete den Compaq ein. Während das System hochfuhr, zog sie sich ein übergroßes San Francisco-T-Shirt an und angelte sich eine Diät-Cola, ein Paket Baby-Karotten und ein fettfreies Dressing aus der Einkaufstüte, die neben einer ungeöffneten Flasche Wein im Kühlschrank lag.

Erika verharrte einen Moment, legte alles in den Kühlschrank zurück und griff nach der Flasche Wein. Sie lächelte, als sie sich das Etikett, auf dem Berge und ein Heißluftballon abgebildet waren, ansah. Unter der Zeichnung stand:

Blanc Sauvignon 1994
Vista Finery
Sam Conklin & Family
Sonoma Valley, California

Sie hatte die Flasche für eine besondere Gelegenheit aufbewahrt, vielleicht für den letzten Tag ihrer FBI-Gefangenschaft, die nach den Worten von Palenski in Reichweite liegen könnte.

Wenn mir das gelingt.

Im Moment konnte sie es sich nicht leisten, den Wein zu trinken, weil sie keinen Alkohol mehr vertrug. Als sie das letzte Mal mit ein paar Kollegen ausgegangen war, hatte es sie überrascht, wie schnell ihr der Alkohol zu Kopf gestiegen war. Damals auf der Ranch konnte sie den ganzen Tag Wein trinken.

Jetzt reichten schon zwei Gläser aus.

Sie runzelte die Stirn, als sie sich an die Studentenfete im ersten Semester in Berkeley erinnerte, auf der sie nach einem einzigen Glas Wein betrunken gewesen war. Es hatte sich herausgestellt, dass ihr jemand einen Streich gespielt hatte. Seitdem war sie vorsichtig, wenn sie in der Öffentlichkeit Alkohol trank.

Sie stellte die Flasche Wein zurück in den Kühlschrank, goss die Salatsauce in eine Tasse und nahm ihr Abendessen mit zum Tisch, während Aaron Neville *O Holy Night,* eines von Erikas Lieblingsliedern, sang.

Unter den Vorhängen im Wohnzimmer kroch eine Küchenschabe hervor, doch Erika achtete nicht darauf, sondern lauschte der Weihnachtsmusik, was ihr half, sich zu konzentrieren. Sie dachte angestrengt nach, um dem Grund für die Industriesabotage auf die Spur zu kommen. Das war ihre Fahrkarte, um dieser Bruchbude zu entfliehen und endlich in den Genuss der Gewinnbeteiligungen und Aktienvorkaufsrechte bei Microsoft oder DreamWorks zu gelangen. Auf ihrer einstündigen Fahrt vom FBI war ihr ein Gedanke gekommen, den sie weiterverfolgen wollte, ehe sie schlafen ging. Sie startete ihren Web-Browser und gab eine Adresse ein, die sie von Motorola erhalten hatte.

Erika atmete aus, schob ihre Unterlippe vor und zerzauste ihren nassen Pony. Die Informationen, die sie von Motorola bekommen hatte, entsprachen der Fehleranalyse von TI und IBM. Revision E von M98000, einer von Motorolas Mikroprozessoren, war beschädigt worden. Palenski hatte den Special Agents, die in Austin, Texas, ansässig waren, sofort befohlen, den vermissten Konstrukteur, der für die mutwillige Beschädigung verantwortlich war, zu suchen. Agenten der Büros in Houston und San Antonio waren auch auf den Fall angesetzt worden.

»Mal sehen, was ich finde«, murmelte sie und unterdrückte ein Gähnen, als sie den Beutel Karotten aufriss. Sie nahm eine in die Hand, stippte sie in das Dressing und biss ein Stück ab. Die andere Hälfte hielt sie mit Daumen und Zeigefinger der linken Hand fest, während ihre rechte zwischen Tastatur und Maus hin und her wanderte.

Motorola, Inc.
Produktionsabteilung Mikroprozessoren
Datenbank
›››››Passwort

Erika tippte ALPHA567 ein, das Passwort, das sie sich nach ihrem letzten Telefongespräch mit dem technischen Direktor von Motorola notiert hatte, und drückte auf Enter.

Motorola, Inc.
Produktionsabteilung Mikroprozessoren
Datenbank
››Auswahl

1. Technische Abteilung
2. Marketing
3. Verkauf
4. Qualitätssicherung und -kontrolle
5. Systemadministration
6. Rechtsabteilung

Sie wählte die Option drei, und auf dem Bildschirm erschien:

Motorola, Inc.
Produktionsabteilung Mikroprozessoren
Datenbank
››Auswahl
1. Verkaufsplanung 2000
2. Verkaufszahlen 1999
3. Verkaufszahlen 1998
4. Verkaufszahlen 1997
5. Verkaufszahlen 1996
6. Archivierung vor 1995
7. Zurück zum letzten Menue
8. Zurück zur Home Page

Sie wählte Option vier, das Jahr, vor dem M98000 beschädigt wurde.

Motorola, Inc.
Produktionsabteilung Mikroprozessoren
Datenbank Verkauf 1997
››Auswahl
1. Gewinn- und Verlustrechnung nach Quartalen
2. Durchschnittlicher Verkaufspreis der Produkte
3. Verkauf nach Bezirken
4. Verkaufsbüros
5. Kundenliste der Produkte
6. Zurück zum letzten Menue
7. Zurück zur Home Page

Nachdem sie Option fünf gewählt hatte, wurde sie aufgefordert, einen Produktnamen einzugeben. Sie tippte M98000 ein.

Motorola, Inc.
Produktionsabteilung Mikroprozessoren
Datenbank Verkauf 1997

Kunden-Datenbank für M98000 – alle Revisionen
››Auswahl

1. Advanced Controllers, Inc.
2. Akita Electronics
3. ATX Corporation
4. Computadoras Nacionales
5. Eurotech, Ltd.
6. Gürzenich Technologie
7. Link Technologies
8. Mitsui Systems
9. Olivetti, Ltd.
10. République Télécommunications
11. Sakata Electronics
12. Samsung Electronics
13. Telnet Systems
14. Vobis Systems
15. Zurück zum letzten Menue
16. Zurück zur Home Page

Erika studierte die Liste. Vierzehn Kunden. Der Black-out in Denver war durch verschiedene Fehlfunktionen des ATX-7000 Kontrollsystems, das durch M98000-Chips gesteuert wurde, verursacht worden, da diese Chips plötzlich aufgrund einer Metallmigration ausfielen. Sie drückte auf die ATX-Option.

Kunde: ATX Corporation
Produkt: M98000 Revision D
Verkaufszahlen:

Quartal	Stückzahl	Preis	Summe
1.97	3.500	340.00	$1,19 Mill.
2.97	2.700	310.00	$0,837 Mill.
3.97	4.500	270.00	$1,215 Mill.
4.97	3.000	210.00	$0,63 Mill.

››››Drücken Sie Enter, um zum vorherigen Menue zurückzukehren.

Erika aß noch eine Karotte, während sie die Informationen auf dem Bildschirm überprüfte und ihre Füße unter dem Tisch gegeneinander rieb.

Sie entdeckte nichts Überraschendes, außer dass die Version von M98000, die 1997 von ATX gekauft worden war, Revision D war. Revision E war der Chip, der das Problem verursacht hatte. Die Zahlen wiesen auf ganz normale Geschäfte zwischen einem Halbleiterhersteller und einem Computerhersteller hin. Es war auch üblich, dass der Preis von Spitzenmikroprozessoren sank, wenn neue Konstruktionen mit höherer Geschwindigkeit auf den Markt kamen und alte Prototypen ersetzten.

Sie wählte ein anderes Unternehmen.

Kunde:	Akita Elektronics		
Produkt:	M98000 Revision D		
Verkaufszahlen:			
Quartal	Stückzahl	Preis	Summe
1.97	29.000	$210.00	$6,09 Mill.
2.97	35.000	$175.00	$6,125 Mill.
3.97	17.900	$120.00	$2,148 Mill.
4.97	34.000	$95.00	$3,23 Mill.

››››Drücken Sie Enter, um zum vorherigen Menue zurückzukehren.

Erika aß noch eine Karotte, runzelte die Stirn und murmelte: »Ganz schön großer Kunde.« Akita hatte offensichtlich im ganzen Jahre 1997 eine hohe Anzahl an Aufträgen für den M98000 Revision D erteilt. Das höhere Volumen zog natürlich auch niedrigere Preise nach sich, was ihren Erwartungen entsprach.

Sie schaute sich noch andere Kunden im Jahre 1997 an, überprüfte ihr Volumen, ihre Preise und die Revision des Chips. Revision D herrschte 1997 vor, in dem Jahr, als die verhängnisvolle Revision E in der Entwicklung war. Der Verkauf von Revision E startete jedoch erst Anfang 1998. Erika surfte durch die Menues und erreichte die Kunden-Datenbank für 1998, die der von 1997 ähnelte, außer dass einige Kunden hinzugekommen waren.

Motorola, Inc.
Produktionsabteilung Mikroprozessoren
Datenbank Verkauf 1998
Kunden-Datenbank für M98000 – alle Revisionen
››Auswahl

1. Advanced Controllers, Inc.
2. Akita Electronics
3. ATX Corporation
4. Computadoras Nacionales
5. Eurotech, Ltd.
6. Faraday Systems
7. Gürzenich Technologie
8. Link Technologies
9. Mitsui Systems
10. Olivetti, Ltd.
11. République Télécommunications
12. Sakata Electronics
13. Samsung Electronics
14. Tandem Computers, Inc.
15. Telnet Systems
16. Vobis Systems
17. Zebra Communications
18. Zurück zum letzten Menue
19. Zurück zur Home Page

Erika drückte wieder auf ATX.

Unternehmen:	ATX Corporation
Produkt:	M98000 Revision D

Verkaufszahlen:			
Quartal	Stückzahl	Preis	Summe
1.98	1.000	$170.00	$0,17 Mill.
2.98	540	$150.00	$81 Tsd.
3.98	0	$0	$0
4.98	0	$0	$0

Produkt:	M98000 Revision E		
Verkaufszahlen:			
Quartal	Stückzahl	Preis	Summe
1.98	2.500	$450.00	$1,125 Mill.
2.98	3.500	$390.00	$1,365 Mill.
3.98	4.600	$300.00	$1,380 Mill.
4.98	3.900	$270.00	$1,530 Mill.

››››Drücken Sie Enter, um zum vorherigen Menue zurückzukehren.

Erika stellte den normalen Rückgang der erteilten Aufträge für Revison D fest, als Motorola die ältere Version auslaufen ließ und die neue und verbesserte Version E hereinnahm, was wegen der verbesserten Leistung auch einen höheren Preis mit sich brachte.

»Neu, verbessert, schnell, höhere Leistungsfähigkeit ... und sehr, *sehr* gefährlich«, sagte sie, als sie an ihrer Diät-Cola nippte und sich die Bilder ins Gedächtnis rief, die über die albtraumartigen Stunden in Denver während des Blackouts neulich über den Bildschirm geflimmert waren. Dutzende von Toten, Hunderte von Verletzten und zig Millionen Schaden. »Und das nur innerhalb weniger Stunden ohne Elektrizität.« Sie schüttelte den Kopf. Im ganzen Land könnte innerhalb weniger Stunden die Anarchie ausbrechen, wenn so etwas überall passieren würde.

Sie überprüfte die nächste Kundenliste.

Unternehmen: Akita Electronics
Produkt: M98000 Revision D
Verkaufszahlen:

Quartal	Stückzahl	Preis	Summe
1.98	16.000	$80.00	$1,28 Mill.
2.98	8.000	$65.00	$0,52 Mill.
3.98	1.000	$30.00	$30 Tsd.
4.98	0	$0	$0

Produkt: M98000 Revision E
Alle Aufträge storniert.
››››Drücken Sie Enter, um zum vorherigen Menue zurückzukehren.

»Das ist ja ein glücklicher Kunde«, sagte sie, während sie mit dem Finger gegen die Coladose trommelte. Das japanische Unternehmen hatte ebenso wie ATX die Aufträge für Revision D reduziert und dann eingestellt, das Verkaufsvolumen aber nicht durch Revision E ersetzt. Es hatte seine Aufträge einfach storniert.

Warum wohl?

Sie machte sich eine Notiz und überprüfte den nächsten Kunden auf der Liste, Computadoras Nacionales, einen großen Computerhersteller aus Madrid. Seine Verkaufszahlen von 1998 ähnelten denen von ATX. Die Aufträge für Revision D waren reduziert worden und die für Revision E gestiegen. Danach kam Eurotech, Ltd., der europäische Elektronikriese aus München, der 1998 über zehntausend Chips der Revision D und doppelt so viele der Revision E gekauft hatte.

Erika lehnte sich zurück, gähnte, schaute sich die ganze Liste an und rief dann die Verkaufszahlen von Mitsui Systems, einem anderen japanischen Unternehmen, auf.

Unternehmen: Mitsui Systems
Produkt: M98000 Revision D

Verkaufszahlen:

Quartal	Stückzahl	Preis	Summe
1.98	13.000	$95.00	$1,235 Mill.
2.98	6.500	$50.00	$0,325 Mill.
3.98	0	$0	$0
4.98	0	$0	$0

Produkt: M98000 Revision E

Alle Aufträge storniert.

››››Drücken Sie Enter, um zum vorherigen Menue zurückzukehren.

»Alle Aufträge storniert ... genau wie bei Akita ...«

Erika wunderte sich. Irgendetwas stimmte da nicht. Sie überprüfte den nächsten japanischen Kunden auf der Liste, Sakata Electronics.

Unternehmen: Sakata Electronics

Produkt: M98000 Revision D

Verkaufszahlen:

Quartal	Stückzahl	Preis	Summe
1.98	6.500	$87.00	$0,435 Mill.
2.98	1.300	$50.00	$65 Tsd.
3.98	540	$45.00	$24,3 Tsd.
4.98	0	$0	$0

Produkt: M98000 Revision E

Alle Aufträge storniert.

››››Drücken Sie Enter, um zum vorherigen Menue zurückzukehren.

»Verdammter Mist!«

Als die CD *Jingle Bells* spielte, überprüfte Erika die restlichen Kunden auf der Liste von dem Jahr 1997. Alle anderen Kunden hatten die Revision E von M98000 bestellt, außer den drei japanischen Unternehmen, die rechtzeitig die der Sabotage zum Opfer gefallenen Versionen storniert hatten.

Zufall?

Erika hatte während des kurzen Unterrichts beim FBI, den sie im ersten Jahr besucht hatte, gelernt, immer nach Zufällen zu fragen, und dieser war ziemlich deutlich.

Warum hatten alle drei Unternehmen den Auftrag für die manipulierte Version storniert, vor allem da sie im Jahr zuvor ziemlich große Aufträge erteilt hatten?

Sie stand auf, reckte sich, ging ins Badezimmer, um sich abzulenken, und verjagte ein paar Küchenschaben, die unter dem Sofa im Wohnzimmer hervorkrochen. Auf dem Rückweg holte sie sich noch eine Dose Diät-Cola aus dem surrenden Kühlschrank, setzte sich vor ihre weiße Tastatur und überprüfte das Jahr 1999. Sie stellte fest, dass drei japanische Unternehmen von der Motorola-Kundenliste für M98000 verschwunden waren. Auch für 2000 hatten sie keine Aufträge erteilt.

Erika riss die Dose auf, nahm einen Schluck, loggte sich aus dem Motorola-Netzwerk aus, loggte sich auf der Website von Texas Instruments ein und begann mit der gleichen Überprüfung. Es dauerte nur dreißig Minuten, bis sie hier die gleiche Entdeckung machte: Japanische Unternehmen hatten abrupt keine Aufträge mehr erteilt, als die manipulierte Version von TI6500 in die Produktion ging. Eine Stunde später loggte sie sich aus dem IBM-Netzwerk aus. Ihr Schädel brummte, als sie eine kurze Liste der betreffenden japanischen Unternehmen aufstellte: Akita, Sakata und Mitsui. Natürlich konnten es noch mehr sein, aber diese Firmen wurden bei ihrer Suche bei allen drei amerikanischen Herstellern ausgewiesen.

Amerikanische Hersteller.

Erika runzelte die Stirn.

Japanische Unternehmen stornierten Aufträge von ameri-

kanischen Halbleiterherstellern, deren integrierte Schaltkreise einer Industriesabotage zum Opfer gefallen waren.

»Wenn das stimmt ...«

Sie schaute auf die Uhr. Kurz nach elf, aber sie zweifelte daran, schlafen zu können, bevor sie weitere Nachforschungen angestellt hatte. War es möglich, dass jemand den japanischen Unternehmen hinsichtlich der Manipulation der integrierten Schaltkreise einen Wink gegeben hatte und diese Unternehmen daraufhin beschlossen hatten, ihre Aufträge zu stornieren, um den Katastrophen, die IBM, Motorola und Texas Instruments heimsuchten, aus dem Weg zu gehen?

Aber was war das Motiv? Versuchte jemand, amerikanische Unternehmen zu vernichten?

Erika loggte sich im StockMaster ein, um die Aktienbewegungen von IBM, TI und Motorola in den vergangenen Monaten seit den Unfällen zu überprüfen. Die IBM-Aktie war um 30 Prozent gesunken, und damit erreichten die Big Blues den niedrigsten Stand des Jahres. Ähnlich sah es auch bei TI und Motorola aus. Der Dow-Jones-Index, der sich neben anderen High-Tech-Unternehmen zum Teil aus den Aktien von TI, IBM und Motorola zusammensetzte, war seit dem ersten Unfall fast um dreihundert Punkte gefallen.

Ehe sie sich ausloggte, beschloss sie, den Nikkei, das japanische Gegenstück des Dow-Jones-Index, zu überprüfen. Innerhalb des gleichen Zeitraumes war der Nikkei-Index um über vierhundert Punkte gestiegen, offensichtlich als direkte Folge der hohen Aktienpreise im High-Tech-Sektor der japanischen Wirtschaft. Erika drückte noch ein paar Mal auf die Maus und entdeckte die zwanzig führenden Aktien des Nikkei-Index. Dazu gehörten Halbleiterhersteller wie NEC, Sony, Akita, Fujitsu, Hitachi, Mitsui, Toshiba und Sakata.

Erika lehnte sich zurück und trank ihre zweite Coladose aus. Es war sicher einfacher, sich die Verkaufszahlen von allen amerikanischen Halbleiterherstellern anzusehen, um nach ähnlichen Mustern zu suchen, als Palenskis Vorschlag zu folgen und diese Gesellschaften zu bitten, alle zwei Jahre alten Konstruktionen zu überprüfen. Aber es war trotzdem eine sehr wichtige und zeitraubende Arbeit, und das Ergebnis war nicht hundertprozentig zuverlässig. Bisher fielen alle manipulierten Chips in den gleichen Zeitraum plus/minus weniger Monate. Aber es könnte noch weitere integrierte Schaltkreise geben, in deren Konstruktion vorher oder nachher eingegriffen worden war, wodurch die Suche zu einer noch größeren Herausforderung wurde. Außerdem könnte es auch manipulierte ICs geben, die niemals von japanischen Unternehmen vor oder nach der Sabotage gekauft worden waren, wodurch die Aufgabe zusätzlich erschwert wurde.

Erika ging noch einmal ins Badezimmer. »Du solltest diese Diät-Cola nicht trinken«, sagte sie zu der Wand, während sie über eine direktere Methode nachdachte, um den Urheber der Sabotage aufzuspüren. Auch als sie sich auf die Toilette setzte und auf eine mehrere Zentimeter lange Küchenschabe schaute, die die Wand neben der Badewanne hochkrabbelte, ließ sie die Sache nicht los. Je eher sie den Fall löste, desto eher konnte sie dem FBI-Knast entkommen.

Um Mitternacht konnte sie kaum noch die Augen offen halten. Nachdem sie eine detaillierte E-Mail mit ihren Vermutungen an ihren Chef geschickt hatte, schaltete Erika den Compaq und das Licht aus und ließ die Weihnachtsplatte noch einmal laufen. Dann kroch sie ins Bett, schob sich ein paar Kissen unter den Kopf und griff nach der Fernbedienung auf dem Nachttisch aus Weidengeflecht. Auf einem ähnlichen Korbtischchen am Fußende des Bettes stand ihr siebzehn Zoll großes Fernsehgerät. Sie schaltete die *Headline News* auf CNN ein. Erika konnte nur einschlafen, wenn der Fernseher lief, und bei der Gelegenheit konnte sie außerdem gleich die Nachrichten verfolgen.

Lodernde Flammen schossen aus einem Fenster, während

die in der linken Ecke des Bildschirms eingeblendete Moderatorin über das riesige Feuer in Chicago sprach. Zwei Düsenflugzeuge waren vor einer Stunde in der Luft zusammengeprallt. Erika richtete sich verwirrt auf. Mehrere Wohnblöcke waren zerstört worden. Wasserstrahlen kämpften gegen die lodernden Flammen an, während die Feuerwehrleute sich abmühten, das Feuer einzudämmen. Ein Flugzeug der American Airlines war beim Landeanflug mit einer Delta wenige Minuten nach ihrem Start zusammengeprallt. Dreihundertzweiundsechzig Passagiere und Besatzungsmitglieder waren auf der Stelle tot. Die glühenden Trümmer waren auf einen Vorort im Südwesten Chicagos gefallen und töteten nach ersten Schätzungen fünfzig Bewohner, und Hunderte mussten in die Notaufnahmen in der ganzen Stadt gebracht werden. Erste Berichte von drei Beamten der Flugsicherung von Midway International deuteten an, dass die Katastrophe möglicherweise auf einen Computerfehler zurückzuführen sein könnte. Beamte der Bundesluftfahrtbehörde waren schon vor Ort.

Erika saß reglos da und schaute auf die Bilder der Zerstörung und des Todes. Feuerwehrleute in leuchtend gelben Anzügen und mit Feuerschutzmasken liefen durch die Rauchschwaden. Einer trug einen Säugling auf dem Arm. Die Bilder erinnerten an das Bombenattentat von Oklahoma City. Mehrere Männer hielten eine schreiende Frau zurück, die ihre Arme zu einem brennenden Haus ausstreckte. Kranken- und Feuerwehrwagen sausten durch die Stadt, Sirenen heulten und Hupen ertönten. Ein Junge mit schwarz verschmiertem Gesicht stand auf dem Rasen vor einem anderen brennenden Haus und schrie, als die Feuerwehrleute herbeieilten und die verbrannten Leichen zweier Erwachsener aus dem Haus zerrten.

CNN zeigte alles in anschaulichen Farben.

Erika hielt den Atem an.

Ein Computerfehler. Ein Computerfehler. Ein Computerfehler.

Die Worte der Moderatorin gingen Erika nicht mehr aus dem Kopf. Sie schlang die Arme um die Knie, atmete tief durch die Nase ein und langsam durch den Mund wieder aus. Sie wusste, was passiert war, und als sie sich das vor Augen führte, erschauderte sie. Technische Termini wie *Burn-in, Beschleunigungsfaktor* und *Metallmigration* nahmen einen bedrohlichen Klang an. Sie schloss die Augen, stellte sich den Stromfluss durch die verengte Leiterbahn vor und malte sich die langsame Erosion der Aluminium-Mikrospur aus, während die Ladung mit Lichtgeschwindigkeit hindurchsauste und gleichzeitig ein paar Metallmoleküle herausriss und langsam, aber stetig die Leiterbahn verengte. Die Metallspur wurde abgehobelt, und dadurch konnte sie keine lebenswichtigen Informationen mehr weiterleiten, was die Kollision der Flugzeuge verhindert hätte. Erika stellte sich das computergesteuerte System im Kontrollturm vor, das den Standort, die Höhe, den Kurs und die Geschwindigkeit von Hunderten von Flugzeugen im Flughafeneinzugsbereich speicherte und die Flugsicherung mit den lebenswichtigen Daten eines jeden Fluges, die sie auf den großen, farbigen Anzeigetafeln im Kontrollturm verfolgte, versah. Erika stellte sich die Delta vor, die vom Rollfeld abhob, ihr Fahrwerk einzog und an Höhe gewann. Sie konnte sehen, wie das amerikanische Flugzeug mit den vom Flug ermüdeten Passagieren an Bord, die froh waren, zu landen und nach Hause zu kommen, zur Landung ansetzte. Und die Leiterbahn wurde immer schmaler und dünner. Der Strom, der hindurchfloss, konnte die Informationen nicht mehr an die Reset-Logik der Mikroprozessoren weiterleiten. Plötzlich zerriss die Leiterbahn wie ein Miniatur-Vulkan und zerbarst in Millionen molekulargroßer Kügelchen aus verbranntem Aluminium, aus dem der integrierte Schaltkreis bestand, und ergossen sich über die Metall- und Isolierungsschichten, was einen sofortigen Ausfall in der Zentraleinheit herbeiführte.

Erika drehte den Fernseher leiser. Sie hatte keine Lust mehr, sich das Weinen, Schreien und die Sirenen anzuhören. Doch die Weihnachtsmusik spielte noch, und dadurch wirkten die Szenen auf dem Bildschirm noch grausamer.

Let it snow, let it snow, let it snow, mit dem Text des großen Sammy Cahn lief gerade. Die Musik spielte weiter, während die schrecklichen apokalyptischen Bilder aufeinander folgten. All diese Bilder brannten sich ihr ins Gedächtnis. Erika Conklin, die mit geballten Fäusten vor dem Fernseher saß, wusste, dass sie diesem Wahnsinn ein Ende bereiten musste, und das nicht nur wegen der Aussicht auf Strafverkürzung. Sie musste es tun, weil Menschen, unschuldige Menschen, heute Nacht gestorben waren, in Denver und in Südflorida gestorben waren und sicher auch in Zukunft noch sterben würden, wenn die von der Sabotage betroffenen Computerchips nicht identifiziert und aus dem Verkehr gezogen werden konnten, ehe noch mehr Menschen ums Leben kamen.

Vor dem nächsten Computerabsturz.

6

Alte Gewohnheiten

SANTA CLARA COUNTY, KALIFORNIEN

Die Mittagssonne schien hell über dem Silicon Valley und sorgte für angenehme zweiundzwanzig Grad im Tal. Die leuchtenden Strahlen spiegelten sich in den Bauten aus Glas und Stahl der Unternehmensleitungen von Amerikas High-Tech-Industrie. Namen wie Intel, IBM, Hewlett-Packard, United Technologies, AMD und Applied Materials, Gesellschaften mit jährlichen Umsätzen, die höher waren als die Bruttosozialprodukte manch kleiner Staaten, beherrschten die Cyberworld. Hier wurden Vermögen über Nacht gemacht und verloren. Hier gehörten die heißesten Produkte von heute schon morgen der Vergangenheit an. Hier brachte allein das Gerücht eines Durchbruchs oder eines Bankrotts Wall Street zum Rotieren. In diesen schrecklich teuren Immobilien, die zwischen zwei Bergketten eingebettet lagen, planten die Unternehmensvorstände, die sich in feudalen Sitzungssälen versammelten, die Zukunft der Computerbranche. Sie entschieden, welche Produkte auf den Markt gebracht wurden und welche das Stadium der Konstruktionsplanung nicht überleben würden. Sie arbeiteten Strategien aus, um den Profit um jeden Preis zu maximieren und über die Konkurrenz zu siegen. Bei diesem halsbrecherischen Wettrennen, bei dem viele verloren und sich wenige durchsetzten, bei dem der Unterschied zwischen schamlosem Profit und riesigen Verlusten durch Begriffe wie Operationsfrequenz, Speicherkapazität, Produktmarge, Kundenakzeptanz und Markteinführungszeitpunkt definiert wurde, hatte sich im Laufe der Jahre ein dunkles Wesen gebildet, das Kraft sammelte, während die High-Tech-Industrie an Boden gewann, sich als Amerikas größter Arbeitgeber in der Fertigungsindustrie etablierte und die Textil- und Automobilindustrie überholte. Wie Schiffshalter mit einem Hai lebte diese Untergrund-Organisation von den Anstrengungen der Unternehmen, deren Gebäude in den nordkalifornischen Himmel ragten. Diese mächtige und finstere, rücksichtslose und weit verbreitete High-Tech-Mafia mit Tentakeln, die das Herz Südost-Asiens erreichten, überwachte den Strom von Computergütern vom Hersteller zum Groß- und Einzelhändler, bereicherte sich an den Transaktionen und war bereit, zum Äußersten zu greifen, um ihre Operationen zu schützen. Dazu gehörten auch offene Angriffe gegen FBI-Agenten, die versuchten, sich in ihre finsteren, aber florierenden Geschäfte einzumischen. Das FBI hatte im Laufe der Jahre viele Agenten in den Vereinigten Staaten und im Ausland, besonders in Südkorea, Hongkong und Taiwan verloren. Diese Männer und Frauen waren einfach verschwunden, als sie als Undercover arbeiteten oder verhängnisvolle Razzien durchführten, bei denen die Agenten von ihrer Anzahl und ihrem Waffenpotenzial her unterlegen waren. Manchmal wurden ihre Leichen am Ort der Razzien gefunden. Diejenigen, die Glück gehabt hatten, waren an den Folgen ihrer Schusswunden gestorben, doch die anderen Leichen wiesen Folterspuren auf. Ein anderes Mal verschwanden die Agenten, die vermutlich lebend gefangen genommen und gefoltert worden waren, einfach von der Bildfläche. Gelegentlich tauchte eine verstümmelte Leiche mit Spuren barbarischer Folterungen auf. Diese Leichen kamen nur deshalb wieder ans Tageslicht, um dem FBI auf diese Weise eine deutliche Botschaft über das drohende Schicksal derjenigen, die es wagten, sich in ihre Angelegenheiten einzumischen, zu übermitteln. Nur einmal war ein FBI-Agent von der High-Tech-Mafia geschnappt worden und hatte überlebt. Das war in Seoul, Korea, wo das FBI ein Büro hatte, um mit den dortigen Gesetzeshütern zusammenzuarbeiten und internationale Computer-Kriminalität zu bekämpfen. Der unglückselige Agent, Opfer eines südkoreanischen Verbrecherrings mit engen Verbindungen zum organisierten Verbrechen in Amerika, lebte nun in einem Krankenhaus in Neuengland. Er war kastriert und unfähig zu kommunizieren, weil er keine Hände, keine Augen, keine Zunge und keine Ohren mehr hatte – noch eine weitere Botschaft, Angst in den Herzen der FBI-Agenten zu verbreiten, eine Mahnung der Gewitterwolken, die über dem sonst klaren Himmel des Silicon Valley schwebten.

Flüchtige Kumuluswolken verdeckten einen Augenblick die Sonne, und Brent MacClaine musste seine Augen nicht mehr zusammenkneifen, als er entspannt durch die Innenstadt lief. Es war Mittagszeit, und MacClaine drängte sich durch die Menge, beobachtete die Menschen, ohne jemanden anzusehen, vermied Augenkontakt und hielt sich im Hintergrund. Unter seinem Anzugjackett steckte eine Smith & Wesson 659 und eine Dienstmarke, die ihn als Special Agent des FBI auswies.

In der Mitte des Häuserblocks blieb MacClaine stehen und schaute auf die Uhr. Er hörte zufällig, dass zwei ältere Geschäftsmänner über einen Artikel über Computer-Spracherkennung sprachen, der in *Electronic Engineering Times,* der Zeitschrift für Computer-Technik und technisches Management, erschienen war. Hinter ihnen sah er ein paar junge Männer im Smoking, die als Portier in einem Luxusrestaurant arbeiteten. Zwei der jungen Männer stritten sich um einen Parkplatz für einen roten Ferrari, während ein Stammgast in einem Porsche vorfuhr. Eine Frau in einem Kostüm, die ihr Ohr an ein Handy presste und Fachjargon sprach, kam vorbei. Zwei Jugendliche, die Flanellhemden über ihren Jeans trugen, gingen mit Laptops und Taschenrechnern in die entgegengesetzte Richtung. Hinter ihnen mampfte eine mollige Frau einen Taco, den sie bei einem Verkäufer in der Nähe erstanden hatte, der die Dinger von seinem Lieferwagen aus feilbot. Zwei Männer lehnten sich gegen die kleine Theke des Lieferwagens, während sie ihre in Folie eingewickelten Tacos bar bezahlten und ihre Laptops unter den Arm klemmten.

MacClaine atmete aus. Als einer der wenigen überlebenden Mitglieder der alten Spionage- und Gegenspionage-Schule wusste er wenig über Computer und betrachtete sie in einigen Fällen gewissermaßen als Bedrohung, vor allem wenn sie der Grund dafür waren, dass Züge entgleisten und Düsenflugzeuge kollidierten. Er sah es als Ironie an, dass er trotz seiner Verachtung für Spitzentechnologie, Internet und alles, wofür Bill Gates und Konsorten standen, hier in dieser Stadt arbeitete, vor allem da das FBI so viele neue Agenten für diese Aufgaben ausgebildet hatte. Und er arbeitete nicht nur in diesem Bereich, sondern er unterstützte auch technische FBI-Agenten in Seoul, Taiwan und Hongkong, die daran arbeiteten, diesem internationalen High-Tech-Schwarzmarkt das Handwerk zu legen.

Technische Agenten.

Er knurrte, als er an diese Agenten dachte, denn er verstand nicht, warum das FBI damit begonnen hatte, verweichlichte junge Collegeabsolventen anstatt richtiger Agenten einzustellen. Das war nämlich der Grund, warum so viele von ihnen in den vergangenen Jahren in den Vereinigten Staaten und Südost-Asien getötet worden waren, und auch der Grund, warum er hier war. MacClaine wusste, wie man Verbrechen bekämpfte *und* wie man dabei am Leben blieb, Fähigkeiten, die er auf Wunsch seiner Vorgesetzten den jungen Agenten eintrichtern sollte.

MacClaine seufzte und erinnerte sich an die alten Tage, als Agenten bei der Polizei, den verschiedenen Einheiten der bewaffneten Streitkräfte und sogar beim CIA und NSA rekrutiert wurden. Bevor ein Kandidat auch nur in die Nähe der Ausbildungsakademie in Quantico gelangte, musste er schon Kampferfahrung haben und schießen können, und am wichtigsten war, dass er sich mit bestimmten Waffen gut auskannte und sich im Zweikampf ausgezeichnet hatte. Dieser Typ von Kandidaten machte heute weniger als die Hälfte der FBI-Agenten aus. Der Rest waren arrogante Collegeabsolventen mit Pistolen, Dienstmarken, einem komischen Gehabe und in nicht allzu ferner Zukunft einer Grabparzelle. Die meisten von ihnen betrachteten MacClaine als einen Dinosaurier, der ihnen nicht mehr beibringen konnte als das, was sie schon in Quantico gelernt hatten.

Zum Teufel, dachte MacClaine. Im nächsten Monat würde er sein zwanzigstes Jahr beim FBI absolviert haben. Noch fünf Jahre, und dann konnte er sich mit einer vollen Pension zurückziehen. *Dann heißt es adios Kalifornien und hallo Texas, trautes Heim, Glück allein.*

MacClaine spähte über die Köpfe der grauen Masse, die sich beeilte, etwas zu essen zu bekommen, bevor sie an ihre Arbeitsplätze zurückkehrte. Er seufzte noch einmal, weil er nicht verstand, wie jemand sein Leben vor einem Computer verbringen konnte und langsam, aber sicher von dem Flimmern des Bildschirms blind wurde und durch das ständige Tippen auf der Tastatur eine Sehnenscheidenentzündung bekam.

Sein Blick wanderte zu einem zweistöckigen Gebäude auf der anderen Straßenseite, dem Kyoto-Club, einem exklusiven japanischen Restaurant, in dem Mr. Nakamura, der Vizepräsident der Verkaufsabteilung von Akita Electronics in Nordamerika, am liebsten zu Mittag aß. Informationen über eine mögliche Verbindung zwischen den jüngsten durch Computerversagen ausgelösten Katastrophen und bestimmten japanischen Unternehmen hatten das FBI-Büro in San José heute Morgen erreicht.

Die Spur ist schwach, aber wert, verfolgt zu werden, dachte er und erinnerte sich an die verschlüsselte Kurzmitteilung eines Informatikers, die einer seiner Mitarbeiter entschlüsselt hatte. Die Theorie eines gewissen Conklin war schwach, aber es war bisher die beste Spur in diesen Ermittlungen. Brent MacClaine reichte dieser Anfangsverdacht, um einen Fall, an dem er gemeinsam mit dem FBI-Büro in Seoul, Korea, arbeitete, zu unterbrechen. Es ging um Raubkopien von Software, die in der koreanischen Hauptstadt hergestellt und in Kalifornien und vier weiteren Staaten verkauft worden waren. Das war genau der Fall, der die Kastration des jungen Agenten, der nun in Neuengland lebte, zur Folge gehabt hatte.

Washington hatte ihm auch mitgeteilt, dass Conklin an Bord einer Linienmaschine saß und am späten Nachmittag ankommen sollte. Washington hatte gebeten, dass er die Spur mit der technischen Unterstützung von Conklin, einem diplomierten Informatiker, der MacClaine zusätzliche Einblicke in den Fall liefern konnte, bearbeiten sollte.

Er schüttelte verärgert den Kopf. *Technische Unterstützung!* Außerdem hatte er Order erhalten, den Typen heute Nachmittag am Flughafen abzuholen und die Ermittlungen dann einzuleiten. MacClaine hatte beschlossen, in der Zwischenzeit schon alleine mit den Ermittlungen zu beginnen.

Der FBI-Agent folgte beruflichen Gewohnheiten und ging bis zum Ende des Häuserblocks, blieb stehen, um auf die Uhr zu sehen, kehrte abrupt um und schaute auf die Menge. Sein Blick blieb auf einer Person haften, die sofort wegsah, dann auf einem Gesicht, das hinter einer Zeitung versteckt war, und auf einer anderen Person, die sich hastig umdrehte und auf seinen Trick hereinfiel. Als er keine Anzeichen einer möglichen Gefahr erkannte, entspannte er sich einen Augenblick.

So weit, so gut.

Die beiden Geschäftsmänner diskutierten noch über den

Artikel in der *Electronic Engineering Times.* Ein Jugendlicher in Shorts und einem tief ausgeschnittenen Unterhemd ging an ihm vorbei und wickelte einen dampfenden Taco aus. Als ihm der Geruch von gegrilltem Rindfleisch und Zwiebeln in die Nase stieg, fing sein Magen an zu knurren. MacClaine drehte den Geschäftsmännern den Rücken zu und sah sich das Restaurant an, ein zweistöckiges Gebäude aus roten Ziegelsteinen und Glas. Stammgäste, alles japanische Männer, einige in Begleitung von großen, hübschen, kaukasischen Frauen, gingen durch die Drehtür. Hinter den hohen Fensterscheiben saßen Gäste im gedämpften Licht roter Papierlaternen, während asiatische Kellner anmutig um sie herumschlichen.

Brent MacClaine stöhnte. Dieses besondere Restaurant war ihm nicht vertraut, aber er kannte diese Orte, ein *ryotei,* ein exklusives japanisches Esslokal, die es in Los Angeles, Miami, Houston und New York gab. Es kostete schon ein Vermögen, nur durch die Tür zu gehen. Aber es erforderte mehr als Geld, an den beiden korpulenten Asiaten in den Anzügen vorbeizugehen, die den Eingang bewachten. Ein Gast musste von einem Stammkunden eingeladen werden, der selbst Jahre zuvor von einem anderen Stammkunden, der mit seinem Ruf für den Ruf des neuen Gastes bürgte, eingeführt worden war. Amerikanische Frauen hatten auch Zutritt, wenn sie einen Stammgast begleiteten. Das exklusive Restaurant gehörte mit ebenso exklusiven Clubs, Golfplätzen und Heilbädern zu einer anderen Welt, von der die meisten Amerikaner nicht einmal wussten, dass sie überhaupt existierte. Hier erfreuten sich japanische Bürger an ihrem Reichtum und an dem Besten, was Amerika zu bieten hatte, nämlich den Frauen. MacClaine glaubte, dass es viele japanische Männer genossen, zu großen, schlanken, amerikanischen Models hoch zu schauen.

MacClaine verachtete japanische Firmenvorstände, weil

sie versuchten, Amerika aufzukaufen, und er hatte ganz vorne gestanden und geklatscht, als der Nikkei-Index vor ein paar Jahren zusammengebrochen war, weil Japan seinen ersten Platz im Wettstreit der High-Tech-Industrie an die Amerikaner verloren hatte. Das Land der aufgehenden Sonne hatte seit dem Krieg seinen ersten Sonnenuntergang erlebt. Jetzt war Amerika in der Computerbranche führend, und wenn MacClaine auch über diese Cyberworld nicht viel wusste, so wusste er doch, dass es ein riesiger wirtschaftlicher Vorteil war, den Amerika um jeden Preis verteidigen musste.

Darum zahlt mir Onkel Sam auch gute Dollar.

MacClaine runzelte die Stirn. *Gute Dollar? Scheiße!* Auch wenn er im Laufe der Jahre Geld hatte zurücklegen können, so hatten die raffinierten Anwälte seiner Frau ihm während der turbulenten Scheidung vor fünf Jahren alles weggenommen. Sie hatte den BMW, das Haus in einem Vorort von Houston, die Möbel, die Ersparnisse und sogar die verdammte Katze bekommen, und MacClaine war mit dem gebrauchten Nissan und einer Hand voll Klageschriften zurückgeblieben.

Ich wusste, dass ich ganz schön in der Scheiße saß, als sich herausstellte, dass eine Richterin dem Fall bei Gericht vorsaß.

Gott sei Dank hatten sie keine Kinder, und MacClaine hatte kurz nach der Scheidung um seine Versetzung in seine Heimatstadt El Paso gebeten. Er konnte den Gedanken einfach nicht ertragen, in derselben Stadt wie Jessica zu leben, die er trotz allem noch immer liebte. Das FBI hatte ihn stattdessen ins sonnige Kalifornien geschickt, wo er dreißig Pfund zugenommen und angefangen hatte, mehr als je zuvor zu trinken. Vielleicht wollte er seine gescheiterte Ehe vergessen oder die Wunden heilen oder sich daran erinnern, was alles schief gelaufen war, oder vielleicht trank er auch, weil ihm alles egal war. Welcher Grund es auch immer war, so hatte er fast das Leben, das noch in ihm war, und seine FBI-Karriere zerstört. Vor acht Monaten war er freiwillig in eine Klinik gegangen und hatte sich den Anonymen Alkoholikern angeschlossen. Seitdem hatte er keinen Schluck Alkohol mehr getrunken.

Ein anderer Straßenverkäufer verkaufte Hot Dogs und Hamburger an die Fußgänger. Zu seiner Rechten trank ein Mann mit einem ungepflegten Bart, langen Haaren, einem fleckigen gräulichen Mantel und Turnschuhen aus einer in Papier eingewickelten Flasche. Er schien die Blicke eines elegant gekleideten Paares, das gerade an ihm vorbeiging, nicht zu bemerken. Ein Federal-Express-Lieferwagen hielt vor dem Gebäude neben dem Restaurant, einer Anwaltskanzlei. Der Fahrer parkte im Halteverbot, machte die Warnblinkanlage an, stieg mit einem Paket aus und verschwand hinter der Rauchglastür.

MacClaine überquerte die Straße und überdachte seine Strategie. Vor zwei Stunden hatte er Nakamuras Büro kontaktiert und um eine Verabredung gebeten. Eine freundliche Frauenstimme sprach ihr Bedauern darüber aus, dass Mr. Nakamura frühestens in zwei Wochen einen Termin frei habe. Als MacClaine darauf bestanden hatte, sofort einen Termin bei dem Vorstandsmitglied zu bekommen, da es sich um eine Ermittlung handele, die mit der Katastrophe in Florida und Texas in Zusammenhang stehe, war die Verbindung einen Moment tot. Kurz darauf drang eine andere forsche weibliche Stimme mit japanischem Akzent an sein Ohr und informierte ihn, dass Nakamura-san heute zur Mittagszeit abkömmlich sei. Sie hatte MacClaine den Namen des Clubs in der City gegeben und ihn genauestens instruiert, was er zu dem Türsteher sagen müsse, damit ihm Zugang gewährt werde.

Der FedEX-Fahrer kehrte zu seinem Lieferwagen zurück und fuhr davon. Der Gammler leerte die Flasche, stellte sie an die Wand, gegen die er sich gelehnt hatte, rülpste laut, strich sich über seinen vorstehenden Bauch, steckte die Hände in die Manteltaschen und ging auf die Straße zu.

MacClaine zog seinen Krawattenknoten fest, damit er vorzeigbar aussah. Die Japaner legten großen Wert auf das äußere Erscheinungsbild, auf Gesten und den Tonfall der Stimme. Das hatte der FBI-Agent gelernt, als er die Polizei in San José vor zwei Jahren bei der Aufklärung eines Mordfalls in der Zentrale von Hitachi-America unterstützt hatte.

Er nahm sich vor, auf sein Benehmen zu achten und die Stimme nicht zu heben. Außerdem musste er vermeiden, sofort auf Konfrontationskurs zu gehen. Das war für ihn eine besondere Herausforderung, denn Brent MacClaine hatte sich nach zwanzig Jahren FBI und nach der Scheidung, bei der er von den Anwälten seiner Frau kräftig geschröpft worden war, in einen gemeinen, sarkastischen Schweinehund verwandelt. Hinzu kam, dass er seit fast acht Monaten keinen Schluck Alkohol mehr getrunken hatte.

Er griff in die Jackentasche, um sich zu vergewissern, dass er eine Visitenkarte bei sich hatte, was in der japanischen Kultur sehr wichtig war. Ein kurzer Blick auf die Uhr zeigte ihm, dass es kurz nach zwölf war, und er schickte sich an, ins Restaurant zu gehen ...

Dann spürte MacClaine, dass ihm jemand eine Pistole in den Rücken presste.

»Drehen Sie sich nicht um«, sagte eine Stimme mit einem starken Akzent, was sich eher anhörte wie: »Drehen Sie sich um.«

MacClaine blieb reglos stehen und bedauerte es, dass er alleine hierher gekommen war. Er sollte ja mit den Ermittlungen erst am Nachmittag beginnen, nachdem er Conklin am Flughafen abgeholt und eine Strategie entwickelt hatte. Er aber hatte beschlossen, das hier im Alleingang zu regeln. »Was wollen Sie denn machen, mein Freund? Mich hier in aller Öffentlichkeit abknallen?«

Ein Lieferwagen fuhr auf den Bordstein, und nur einen Meter von MacClaine entfernt wurde die Seitentür geöffnet. Zwei gut gekleidete bullige Asiaten streckten ihre Arme nach dem FBI-Agenten aus, packten ihn, zogen ihn in den Lieferwagen und warfen ihn auf die Ladefläche hinter den Vordersitzen. MacClaine stöhnte, als er auf dem Metallboden landete und die linke Schulter seines Anzugs aufriss. Er hob den Blick und entdeckte den Säufer, der sich den Bart abnahm und eine Perücke vom Kopf riss. Es kam ein dreister, drahtiger Asiat zum Vorschein, der sich ein Kissen um den Bauch geschnürt hatte. Er grinste den FBI-Agenten an, als er das Kissen, unter dem er Jeans und ein schwarzes Hemd trug, fallen ließ.

»Hallo, Agent MacClaine. Ich heiße Hashimoto«, sagte er mit einem starken Akzent.

Einer der kräftigen Asiaten, die vorne saßen, richtete eine Waffe auf MacClaine. Der Fahrer drehte sich nicht um. Der Motor lief, und MacClaine spürte, dass sich der Wagen in Bewegung setzte. Er fragte sich, wohin sie ihn wohl brachten. Der andere Asiat, den ein blond gefärbter Bürstenhaarschnitt und ein großer, goldener Ohrring zierten, packte das Handgelenk des Agenten, und dann rissen er und Hashimoto seine Arme gleichzeitig nach hinten und pressten sie gegen seinen Rücken. Durch das schnelle Herumreißen seiner Arme, auf das das Klirren der Handschellen folgte, wurde ihm fast die Blutzufuhr in den Händen abgeschnitten.

Hashimoto durchsuchte MacClaine und fand nicht nur die Smith & Wesson, sondern auch die Ersatzwaffe, eine 38er-Spezialanfertigung mit kurzem Lauf in dem Pistolenhalfter am Fußknöchel. Er reichte dem Asiaten auf dem Vordersitz beide Waffen.

»Ihr macht da einen großen Feh ...«

Der schlanke Asiat versetzte ihm einen kräftigen Schlag in die Magengrube.

Brent MacClaine keuchte, als er vornüber fiel und auf dem Boden des Lieferwagens zusammenbrach. Seine Rippen schmerzten höllisch, und als er noch einen Schlag in den Unterleib erhielt, kam ihm die Galle hoch.

»Was wollen Sie von Mr. Nakamura?«

Die Worte, die er kaum verstehen konnte, als er dort mit verdrehten Gliedern lag und lautes Keuchen aus seiner zugeschnürten Kehle drang, sagten MacClaine, dass ihm sicher das gleiche Schicksal wie vielen vermissten Agenten bevorstand, wenn er keinen Weg aus dieser misslichen Lage finden würde. Keiner der Männer war maskiert, was bedeutete, dass sie ihn töten würden, sobald sie ein Geständnis von ihm erpresst hatten. Die Lage war besonders schlimm, weil keiner vermutete, dass er schon an diesem Fall arbeitete. Wenn er verschwand, würde das FBI sein Verschwinden vermutlich nicht mit dem Treffen mit Nakamura in Verbindung bringen, da er niemandem etwas davon gesagt hatte.

MacClaines einzige Hoffnung bestand darin, den FBI-Vorgehensweisen bei einer Gefangennahme zu folgen. Zuerst musste er dafür sorgen, dass der Feind sich in Sicherheit wog, indem er sich einfach schlagen ließ und die Japaner in dem Glauben bestärkte, dass ein verprügelter Agent keine Bedrohung mehr für sie darstellte. Dadurch würden sie sich entspannen und weniger vorsichtig sein, sodass MacClaine zurückschlagen konnte. Er konnte nur hoffen, dass sie ihm während dieses Entspannungsprozesses nichts brechen würden, was er zur Flucht brauchen würde, wie zum Beispiel ein Bein.

Trotz des quälenden Schmerzes zischte MacClaine: »Zum Teufel mit euch.«

Der Faustschlag auf die linke Wange drehte seinen Kopf fast um hundertachtzig Grad nach hinten. Der dürre Schweinehund wusste genau, wie man einen Faustschlag setzte. MacClaines Gesicht brannte einen Moment und fing dann an zu pochen. In ein paar Stunden würde er hübsch aussehen – wenn er dann noch lebte. Ehe er sich erholen konnte, traf ihn ein zweiter Schlag genau auf die Nase, was ihm die Tränen in die Augen trieb.

MacClaine spürte wahnsinnige Schmerzen im Oberkörper und Gesicht, und ihm drehte sich der Kopf. Allmählich verlor er die Besinnung, doch der feste Griff des blonden Asiaten zwang ihn, Hashimoto anzusehen.

»Machen Sie es sich doch nicht unnötig schwer, MacClaine. Sagen Sie uns einfach, was wir wissen wollen, und dann werden wir Sie schnell töten.«

»Okay«, sagte MacClaine nach einer Weile und nickte. »Ich werde ... ich werde es Ihnen sagen.«

Der Asiat grinste übers ganze Gesicht. MacClaine lehnte sich vor, und Hashimoto tat das Gleiche. MacClaine sammelte seine Spucke und zielte genau auf das linke Auge des Asiaten.

Als MacClaine zwei weitere Schläge in den Unterleib und einen in die Leiste erhielt, wünschte er sich, niemals zum FBI gegangen zu sein. Der Schmerz zuckte bis in seine Hoden, und ein paar Sekunden verlor er die Kontrolle über seine Blase, gewann sie dann jedoch wieder.

Während der blonde Asiat ihn mit den Schultern auf den Boden drückte, fragte Hashimoto: »Warum glauben Sie, dass Akita Elektronics mit den jüngsten Unfällen zu tun haben könnte?«

»Ich bin hergekommen ... um Fragen zu stellen ... und nicht, um sie zu beantworten ... Sie Arschloch.«

Hashimoto grinste MacClaine an und entblößte dabei gelbe, schiefe Zähne. »Eine noble, mutige Geste, Brent. Darf ich Sie Brent nennen?« Das Grinsen erlosch, und Hashimoto runzelte die Stirn. »Aber sehr dumm.« Hashimoto schnippte mit den Fingern. Der Sumo-Ringer auf dem Vordersitz nahm die Waffe weg, griff zwischen seine Füße und hob einen

Drahtkäfig hoch, der nicht viel größer als ein Schuhkarton war. Hinter dem Drahtgitter starrten MacClaine ein Paar glühend rote Augen über zwei schmalen Reihen glänzender Elfenbeinzähne an. Er gab Hashimoto den Käfig, der ihn vor MacClaine auf den Boden stellte.

Hashimoto zog einen Stift aus der Tasche, schob ihn zwischen das Drahtgitter und stieß die große Ratte damit an. Das verärgerte Nagetier, dessen Fell sich auf dem Rücken wellenartig aufrichtete und das die Lippen über glitzernden Reißzähnen schürzte, schnappte wild nach dem Stift.

MacClaines Herz raste. Das sah nicht gut für ihn aus.

Hashimoto griff nach einem stabilen Wäschebeutel, der vor seinen Füßen lag, öffnete ihn und legte ihn über die kleine Falltür des Käfigs, während der bullige Asiat die Klappe hochzog und den Inhalt des Käfigs in den weißen Beutel kippte. Das Nagetier fiel in den Sack, in dem es jetzt lebendig wurde, weil das verrückte Tier kämpfte, um sich zu befreien.

»Eine letzte Chance, Brent«, sagte Hashimoto, der den Sack zuhielt. »Warum wollten Sie mit Nakamura-san sprechen? Warum interessiert sich das FBI für Akita Elektronics? Sagen Sie es mir, oder ich stülpe Ihnen den Sack über den Kopf.«

Die Schläge, die MacClaine erhalten hatte, rückten angesichts des zuckenden Sackes in den Hintergrund. Er hatte das Gefühl, geschmolzenes Blei im Magen zu haben. Anstatt jedoch in Panik zu geraten, blieb er bei seinem Plan. Phase eins war beendet. Seine Kidnapper fühlten sich sicher, weil sie ihn zusammengeschlagen hatten. Er spürte, dass der Druck auf seine Schultern, die der Asiat auf den Boden drückte, nachließ, und er bemerkte auch, dass der Asiat vorne nicht mehr in seine Richtung sah und keine Waffe mehr auf ihn richtete. Ihr Vertrauen in ihre Überlegenheit war groß.

MacClaine streckte seine Finger nach einer kleinen Nadel

aus, die im Futter seines Jackenärmels steckte. Die Handschellen waren trügerische Fesseln, die schnell geöffnet waren, wenn man das richtige Werkzeug zur Hand hatte. Während der blonde Asiat beide Hände auf seine Schultern drückte, packte MacClaine, dessen Hände mit den Handschellen auf dem Rücken gefesselt waren, mit dem Daumen und Zeigefinger seiner rechten Hand das Ende der Nadel in seinem linken Ärmel, zog sie heraus und machte sich sofort an die Arbeit, das Schloss zu knacken. Das hatte er schon zig Mal in völliger Dunkelheit in seiner Wohnung gemacht und nicht länger als dreißig Sekunden gebraucht.

»In Japan habe ich schon Männer gesehen, die das zwanzig Minuten mitgemacht haben«, sagte der Asiat. »Aber in Amerika halten die meisten nur fünf Minuten durch. Das Schreien hört jedoch schon nach der ersten Minute auf, und dann hört man nur noch ein Stöhnen. Sie müssen wissen, dass Ratten Zungen und Augäpfel lieben.«

MacClaine befreite seinen linken Arm, verschwendete keine Zeit und schlug dem Mann hinter ihm seinen Ellbogen gegen die Brust. Knochen knackten. Knorpel zerriss. Der Mann schrie, umklammerte seinen Oberkörper und brach zusammen.

Ehe Hashimoto reagieren konnte, streckte MacClaine seine linke Hand aus und schlug Hashimoto mit der rechten Handkante aufs Brustbein. Hashimoto ließ den Wäschesack fallen, fiel nach hinten und griff sich an die Brust.

Als sich der Asiat auf dem Beifahrersitz mit der Waffe in der Hand umdrehte, packte MacClaine den Sack und warf ihn auf den Fahrer. Das Nagetier huschte durch die Öffnung und sprang auf den Fahrer, der schrie, während er auf die Bremse trat und das Lenkrad losließ. Der Lieferwagen schlingerte in den entgegenkommenden Verkehr und drückte MacClaine gegen Hashimoto, wobei MacClaines Kopf gegen die Seitentür knallte, sodass er einen Blick auf einen Stadtbus werfen konnte, der direkt auf sie zukam, während der Asiat auf dem Beifahrersitz ins Lenkrad griff.

Das Ablenkungsmanöver erzielte den gewünschten Erfolg. MacClaine riss die Seitentür auf, sprang, kurz bevor der Lieferwagen zum Stehen kam, hinaus, fiel auf den Asphalt, schürfte sich beide Knie auf, rollte weiter, knallte gegen die Vorderräder eines parkenden Pkw, krabbelte auf die Füße und rannte davon. Seine Rippen schmerzten höllisch, und seine Lungen brannten bei jedem Atemzug. Er achtete nicht auf den Schmerz und trat zur Seite, um zwei Fußgängern auszuweichen. Der Agent fasste die nächste Kreuzung ins Auge, und sein schwarzes Haar wirbelte in der Brise, als er weiterrannte, die Blicke und Klagen der Leute, die er zur Seite stieß, ignorierte und sich abmühte, die Ecke zu erreichen, ehe die Männer in dem Lieferwagen sich erholt hatten und ihn verfolgten. Er hatte ihre Gesichter gesehen und ihre Fragen gehört. Er wusste, dass sie ihn nicht gehen lassen konnten.

Ein Schuss hallte wie ein Peitschenschlag durch die bevölkerte Straße und zerschmetterte die Scheinwerfer eines Pkw unmittelbar zu seiner Rechten. Menschen schrien. Chaos brach aus. MacClaine nutzte die fliehende Menge zu seinem Vorteil und versteckte sich zwischen den Menschen, als er bis zum Ende des Häuserblocks weiterrannte.

Eine zweite Kugel schlug in eine Palme an der Ecke ein. MacClaine bog an der Kreuzung links ab, entkam der Schusslinie, rannte die Straße hinunter, bog an der nächsten Ecke rechts ein, an der nächsten Ecke links und rannte noch zwei Häuserblocks weiter, ehe er in einen schnellen Gang verfiel, als er bemerkte, dass ihm niemand folgte. Er hörte in der Ferne Sirenen und entdeckte drei Taxis, die vor dem Fairmont Hotel parkten. MacClaine achtete nicht auf die neugierigen Blicke der uniformierten Hotelpagen und setzte sich auf die Rückbank des ersten Taxis.

»Wohin, Mister?«, fragte der Fahrer, der einen Ellbogen auf dem Sitz aufstützte und sich umdrehte. Es war ein Spanier Mitte dreißig mit einem gestutzten Schnurrbart und kurzem dunklen Haar. Er riss die Augen auf. »Alles in Ordnung? Möchten Sie in ein Krankenhaus?«

MacClaine schüttelte den Kopf und gab dem Fahrer die Adresse des San José FBI-Büros.

»Mister, wenn Sie Schwierigkeiten mit ...«

MacClaine zückte seine Dienstmarke. »Fahren Sie!«

Der Fahrer fuhr los.

MacClaine seufzte und schaute sich um, als der Wagen losfuhr. Jetzt war er eine gute Zielscheibe. Seine Wohnung war nicht mehr sicher und sein Wagen, der noch beim FBI stand, auch nicht. Die Leute, die diese Männer geschickt hatten, würden sehr enttäuscht sein. Ihre angeheuerten Killer hatten ihm keine Informationen entrissen und ihn außerdem entkommen lassen, nachdem er durch das Kidnapping und ihre Fragen erfahren hatte, dass sie offensichtlich irgendwie mit der Chip-Sabotage zu tun hatten. Es blieb ihnen keine andere Wahl, als MacClaine jetzt schnell und ohne Aufsehen aus dem Weg zu räumen.

Trotz der Schmerzen lächelte MacClaine verhalten. *Und genau das sollen sie tun,* dachte er, während er schon einen Plan erstellte, um den Spieß umzudrehen.

7

Neue Gesichter

Der Fahrer fuhr auf dem Highway 101 Richtung Norden. MacClaine schaute aus dem Fenster und atmete langsam ein und aus. Seine Rippen waren gequetscht, aber nicht gebrochen. Nach zwanzig Jahren beim FBI kannte er den Unterschied. Die Straße schlängelte sich durch das Silicon Valley. In der Ferne konnte er die großen blauen Gebäude von Intel sehen. NEC und Lucent Technologies standen näher am Highway.

Sie verließen die 101 am Lawrence Expressway, fuhren nach Süden, dann an der feudalen AMD-Zentrale vorbei und bogen rechts in die El Camino Real ein, einen großen Boulevard mit vielen Restaurants, Einkaufszentren und Bürogebäuden. Das FBI lag ein paar Blocks von der Lawrence entfernt im dritten Stock eines prunkvollen Gebäudes aus Glas und Stahl.

MacClaine bezahlte die Fahrt, stieg langsam die Treppen zur kleinen Vorhalle hinauf, betrat das Gebäude, drückte auf den Aufzugknopf und war Sekunden später im dritten Stock.

Die FBI-Zentrale belegte den ganzen Korridor. Sie bestand aus drei Konferenzräumen, von denen zwei mit einem von einer Seite durchsichtigen Spiegel verbunden waren, und einem Großraumbüro mit abgeteilten Zonen für die Büroangestellten und die jüngeren Agenten, die größtenteils Collegeabsolventen waren. Für die älteren Agenten gab es ein paar Büros. Als verantwortlicher Special Agent hatte MacClaine das einzige Eckbüro.

»Mein Gott, Mr. MacClaine. Was in aller Welt ...«

MacClaine hob die Hand, um seine Sekretärin, Margaret Crawfort, zu unterbrechen. Sie war einst ein hübsches kalifornisches Mädchen gewesen, doch die einundfünfzig Jahre alte Frau musste jetzt den Preis für die vielen am Strand verbrachten Jahre bezahlen. Ihre Haut war ledern und runzelig, und in letzter Zeit hatte sie etwas zugenommen, aber ihren Job machte sie ausgezeichnet. »Maggie, holen Sie mir nur etwas Desinfektionsmittel und Verbandszeug aus dem Erste-Hilfe-Kasten.«

»Ja, ja, Sir. Sofort, Mr. MacClaine. Übrigens sind ein Dutzend verschiedener Anrufe gekommen ...«

»Später, Maggie.«

»Aber, Sir, es geht um ...«

»Nicht jetzt.«

»Aus Washington ist auch schon ...«

»Später, Maggie«, sagte er, schnitt ihr einfach das Wort ab und drückte die Klinke seiner Bürotür herunter, um in sein Büro zu gehen. »Bringen Sie mir ein sauberes Hemd und eine Hose aus dem Schrank, und schicken Sie einen der jüngeren Agenten zum Flughafen, um diesen Computerfreak aus Washington abzuholen, okay?« Da MacClaine oft die Nacht im Büro verbrachte, wenn er an einem Fall arbeitete, hatte er immer ein paar Sachen zum Wechseln zur Hand.

»Der Computerfreak hat eine frühere Maschine genommen und ist mit einem Taxi vom Flughafen hierher gekommen. Danke«, sagte eine forsche weibliche Stimme aus dem Büro.

Maggie zuckte mit den Schultern, als sie den Medizinschrank öffnete. »Ich wollte Sie ja warnen.«

»Bringen Sie mir einfach die Sachen, die ich brauche«, sagte MacClaine, als er sein Büro betrat. Im ersten Moment war er verblüfft, als er die attraktive Frau sah, die im Sonnenlicht vor dem Fenster stand. Sie trug ausgeblichene Jeans, ein weißes T-Shirt unter einer leichten Baumwolljacke und Turnschuhe, und neben ihren Füßen stand ein roter Rucksack.

Kurzes braunes Haar umrahmte braune Augen und einen reizenden Mund, der MacClaine an etwas erinnerte. Er ließ sich jedoch nichts anmerken und verbarg als erfahrener Agent nicht nur seine Überraschung, dass Conklin ein *Rock* war – wie Frauen beim FBI genannt wurden –, sondern dass sie ein ganz *reizender Rock* war. Stattdessen fragte er mit müder Stimme: »Was wollen Sie tun?«

»Ich bin Erika Conklin, Informatikerin aus Wash ...«

»Ich weiß, *wer* Sie sind. Sie sind diejenige, die den Japanern die Schuld gibt«, unterbrach er sie, zog seine Jacke aus, hielt sie gegen das Licht und verzog das Gesicht, als er den zerrissenen Stoff betrachtete. Er hatte zweihundert Dollar im Men's Warehouse dafür bezahlt. »Ich habe Sie gefragt, *was* Sie tun wollen?«

»Haben Sie die Nachricht nicht erhalten?«, fragte sie, stemmte ihre schmalen Hände in die Taille, ließ eine Schulter sinken und streckte die Brust heraus.

MacClaine atmete schwer, nahm seinen leeren Pistolenhalfter ab und knöpfte sein Hemd auf. Nachdem er so übel zusammengeschlagen worden war, stand ihm nicht der Sinn danach, mit irgendjemandem zu reden, und am wenigsten mit einer Computerexpertin aus Washington.

»Sollten wir uns nicht erst mal richtig bekannt machen, bevor Sie sich ausziehen?«

MacClaine grinste verhalten. »Ein schlechter Tag heute, Conklin. Freut mich, Sie kennen zu lernen«, sagte er und drückte ihre Hand. Der feste Griff, den sie trotz ihrer zarten Hände hatte, überraschte ihn angenehm. Er hasste es, schlaffe Frauenhände zu schütteln.

»Was ist denn mit Ihnen passiert?«, fragte Erika, als MacClaine sein Hemd auszog und nicht nur einen kräftigen Rettungsring entblößte, sondern auch eine riesige blaurote Wunde, die sich über seinen ganzen Oberkörper zog.

»Fans. Sie konnten die Hände nicht von mir lassen.«

In diesem Moment kam Margaret Crawford ins Büro, legte die Sachen auf den Schreibtisch und reichte MacClaine eine Flasche Peroxyd und einen Beutel Baumwolltupfer. Außerdem gab sie ihm ein nasses Handtuch.

»Wären Sie wohl so freundlich, Maggie?«, fragte er und drehte seiner Sekretärin seine aufgeschürfte Schulter zu.

»Ich bin Ihre Sekretärin und nicht Ihre Krankenschwester oder Mutter.« Mit diesen Worten drehte sie sich um und verließ sofort wieder den Raum. MacClaine starrte auf die Sachen in seiner Hand.

Er warf Erika einen flehenden Blick zu und hielt ihr das Desinfektionsmittel und die Baumwolltupfer wie ein Friedensangebot unter die Nase.

»Ich glaube nicht«, sagte sie stirnrunzelnd und verschränkte die Arme.

»Dachte ich's mir doch«, murmelte MacClaine, riss den Plastikbeutel auf, tränkte ein paar Baumwolltupfer mit Peroxyd und rieb seine linke Schulter ab. »Okay, Conklin. Wie ist Ihr Plan?«

Erika setzte sich auf einen der beiden Stühle vor seinen Schreibtisch. MacClaine blieb vor dem Fenster stehen, rieb den Schmutz von seiner Schulter und verzog das Gesicht.

»Zuerst einmal müssen wir jemanden von der Verkaufsabteilung bei Akita kontaktieren. Ich dachte daran ...«

»Ich fürchte, das wird nicht nötig sein«, unterbrach MacClaine sie. »Das habe ich heute Morgen versucht, und dabei habe ich mir diese schönen Wunden zugezogen.«

Erika sprang auf. »Sie haben schon Kontakt zu Akita Elektronics aufgenommen?«, fragte sie in scharfem Ton.

»Heute Morgen.«

Erika stemmte einen Arm in die Hüfte und fuchtelte mit der anderen durch die Luft. »Wie ... wie können Sie es wagen? Wer hat Ihnen die Erlaubnis gegeben, diese Ermittlung ohne mich zu beginnen?«

»Immer mit der Ruhe«, erwiderte MacClaine, ohne sie anzuschauen. Er warf die benutzten Wattetupfer in den Papierkorb und fischte noch ein paar aus dem Beutel.

»Kommen Sie mir nicht so, Mister, sonst rufe ich Washington an.«

»Hören Sie. Ich wollte einfach schon mal anfangen. Diesen Fehler habe ich doch wohl teuer genug bezahlt.«

Erika schwieg einen Moment und schaute ihn abschätzend an. Allmählich beruhigte sie sich wieder, atmete tief ein, ging auf ihn zu und zeigte auf die blaurot verfärbte Haut auf seinen Rippen.

»Tut das weh?«

Er nickte. »Und wie!«

Sie stieß mit einem Finger in die Wunde.

»Verdammt!«, schrie er und sprang zur Seite. »Das tut wirklich weh, verdammt!«

»Gut«, erwiderte sie. »Ich möchte Sie nämlich an etwas erinnern, Agent MacClaine. Wenn ich auch nur die Informatikerin bin, die an diesem Fall arbeitet – der Computerfreak aus Washington –, habe ich dennoch ein Mitspracherecht, zumindest nach den Worten von Palenski. Denken Sie daran, dass alle Spuren, die Sie und der Rest der FBI-Supermänner verfolgt haben, zu nichts geführt haben. Außer meiner Theorie bleibt keine mehr übrig, und das bedeutet, dass wir die Ermittlungen gemeinsam durchführen. Dieser Fall liegt mir sehr am Herzen, und ich werde nicht zulassen, dass Sie alles vermasseln. Kapiert? Jetzt erzählen Sie mir *genauestens,* was Sie heute Morgen gemacht haben.«

MacClaine starrte mit grimmigem Gesicht auf den kleinen blutigen Baumwolltupfer in seiner Hand. Erika verschränkte die Arme und funkelte den in El Paso geborenen Agenten an.

Brent nahm das nasse Handtuch und rieb sich langsam das Gesicht ab.

»Das ist ja lächerlich«, sagte sie und griff nach dem Telefonhörer. »Ich rufe Palenski an.«

»Beruhigen Sie sich«, lenkte MacClaine ein und lehnte sich gegen die Fensterbank. »Kein Grund, gleich durchzudrehen. Ich erzähle Ihnen, was bisher passiert ist.«

»Ich gebe Ihnen fünf Minuten. Wenn mich das, was Sie sagen, nicht zufrieden stellt, wähle ich die Nummer.«

Es dauerte tatsächlich zehn Minuten, bis MacClaine alles berichtet hatte. Er achtete darauf, nichts auszulassen, und erzählte ihr alles, was von dem Moment an, als er den kurzen Bericht erhalten hatte, bis zu dem Augenblick, als er das Büro betreten hatte, geschehen war. Nach der ausführlichen Darstellung verflüchtigte sich Erikas anfängliche Wut. Sie empfand Mitleid und Bewunderung für diesen rücksichtslosen, ungehobelten und doch mutigen, einfallsreichen Fremden.

»Die haben Sie einfach gekidnappt? Nur weil Sie telefonisch ein Treffen vereinbaren wollten?«

»Ich habe ja erwähnt, dass ich Nakamura in Zusammenhang mit den Unfällen sprechen wollte.«

»Trotzdem.« Erika biss sich auf die Unterlippe und entblößte strahlend weiße Zähne. »Warum sollten sie ein derart großes Risiko eingehen? Dadurch hat sich dieses Unternehmen, das nur einen bestimmten Computerchip nicht mehr gekauft hat, richtig verdächtig gemacht.«

»Tja, die haben ja nicht damit gerechnet, dass ich ihnen entwische. Ich sollte verhört und dann erledigt werden. Stattdessen bin ich jetzt eine wandelnde Zielscheibe.«

»Tut mir Leid für Sie.«

»Eigentlich ist das gar nicht so schlecht«, entgegnete er. Dann klebte er mit einem Pflaster eine Kompresse auf seine Schulter und zog sich ein sauberes Hemd an. »Jetzt wissen wir ganz genau, mit was für Typen wir es zu tun haben.«

»Ich hoffe, Sie nehmen mir den Kommentar nicht übel, aber ich hätte einen weniger frontalen Angriff gewählt ...«

Nach einem kurzen Augenblick fuhr sie fort. »Ich hatte mir überlegt, die Verkaufsabteilung von Akita anzurufen und mich als Handelsvertreterin eines europäischen Halbleiterherstellers vorzustellen.« Sie fischte ein paar Visitenkarten aus dem Rucksack und gab MacClaine eine.

Melissa Ackmann
Handelsvertreterin
Siemens Electronics, Ltd.

»Und was wollten Sie denen erzählen?«

»Ich wollte ihnen einen Chip anbieten, der dem TI6500 entspricht, aber schneller und billiger ist. Siemens ist tatsächlich dabei, einen zu entwickeln. Ich habe Siemens schon kontaktiert. Sie wollten mir einige Muster zur Verfügung stellen, um mir den Rücken zu decken. Nach dem Gespräch mit der Verkaufsabteilung hätte ich sicher genug erfahren, um weitere Spuren zu verfolgen.«

MacClaine nickte, schaute sich die Karte an und erkannte seinen Fehler. Frontalangriffe hatten in der Vergangenheit oft gut funktioniert, aber es stand fest, dass er die Sache diesmal vermasselt hatte.

Erika nahm die Visitenkarte und warf sie in den Rucksack. »Das ist ja jetzt dank Ihrer kleinen Vorführung gelaufen. Meine Nummer mit der Handelsvertreterin kann ich auch vergessen, sonst passiert mir noch das Gleiche wie Ihnen.«

Ob sie nun Computerfachfrau war oder nicht, auf jeden Fall hatte sie Recht. Diese Frau mit dem hübschen Gesicht hatte Köpfchen.

»Durch ihren Überfall wissen wir jedenfalls, dass sie ganz sicher mit der Sache zu tun haben. Jetzt müssen wir herausfinden, was genau sie wissen.« MacClaine wandte seinen Blick von Erika ab. »Wenn wir nur eine Möglichkeit hätten, an Nakamura heranzukommen ...«

»MacClaine?«

»Ja?«

»Wollten die Ihnen wirklich einen Sack mit einer Ratte über den Kopf stülpen?«

Brent nickte mit ernster Miene. »Conklin, in den zwanzig Jahren beim FBI ist mir schon manches passiert. Ich wurde getreten, angeschossen, gestochen, mit der Faust niedergestreckt, gebissen, zerkratzt, verbrannt und fast ertränkt, aber das mit der Ratte war eine Premiere.«

Erika atmete tief aus, schob ihre Unterlippe vor und zerzauste ihren Pony, sodass MacClaine schnell einen verstohlenen Blick auf sie werfen konnte. Dann stützte sie die Hände auf die Fensterbank und schaute durchs Fenster.

»Das war unsere letzte Spur. Es hat uns nicht weitergebracht, die vermissten Techniker zu suchen. Wir wissen zwar nicht, wer seine Hände hier im Spiel hat, aber auf jeden Fall verwischen die ihre Spuren sehr gut.«

MacClaine schloss die Augen. Ihm blieb keine Wahl. »Jetzt bin ich eine richtige Zielscheibe«, sagte er, ging zu einem großen Safe in der Ecke des Raumes und stellte die Kombination ein. »Ich glaube, ich weiß, wie wir das zu unserem Vorteil nutzen können.«

»Wie denn?«

Er öffnete die Tür und holte eine Beretta 92F heraus, eine 9-mm-Pistole, die wie sein Modell 659 fünfzehn Schuss hatte. Außerdem nahm er eine kleine Walther PPK und schob sie in den Halfter an seinem Fußknöchel. »Tragen FBI-Informatiker Waffen?«

Erika schüttelte den Kopf.

»Nichts?«

»Ich bin Informatikerin, Computerspezialistin mit einer kurzen Einführung in die Ermittlungsarbeit. Ich bin kein Bulle oder Agent.«

»Warten Sie«, sagte er, griff in eine Schublade und gab ihr

eine kleine Dose Pfefferspray. »Einfach zielen und drücken. Es hat eine Reichweite von drei Metern. Wenn Sie das Spray versprüht haben, treten Sie ihm in die Eier und rennen um Ihr Leben. Kapiert?«

»Warum sollte ich so etwas brauchen ...?«

»Nur zur Sicherheit, Conklin. Sie können es auch mit nach Hause nehmen und als Andenken ans sonnige Kalifornien aufbewahren.«

Erika schaute sich die kleine Metalldose an und steckte sie in die Hosentasche.

»Jetzt sind Sie bewaffnet und gefährlich«, sagte MacClaine grinsend.

Erika grinste auch, aber völlig humorlos.

Brent nahm die Jeans vom Schreibtisch und gab ihr ein Zeichen, sich umzudrehen. »Es sei denn, Sie möchten zusehen.«

Erika drehte sich um und verschränkte die Arme. »Und wie wollen Sie jetzt einen Durchbruch bei den Ermittlungen erzielen?«

MacClaine schaute ihr auf den Rücken. Er war enttäuscht, dass die Baumwolljacke ihren sicher schönen Hintern verdeckte. Schade, dass er zu alt und zu fett war. »Das erkläre ich Ihnen unterwegs.«

Als sie durchs Vorzimmer gingen, sagte die Sekretärin: »Mr. MacClaine?«

»Wir müssen los. Was gibt's?«

Sie reichte ihm ein Dutzend rosa Notizzettel. »Hier. Das können Sie ja unterwegs lesen.«

»Was ist das?«

»Heute Nachmittag sind viele Anrufe reingekommen, darunter zwei aus dem Büro des Bürgermeisters, zwei von Senator Horton, einer vom Bürgermeister von San Francisco und drei vom Gouverneur. Sie sind alle sehr beunruhigt, dass das FBI japanische Unternehmen, die im Staate Kalifornien Geschäfte betreiben, schikaniert.«

Brent blieb sofort stehen. »Was? Warum haben Sie mir das nicht früher gesagt?«

Margaret Crawford verdrehte die Augen.

»Belästigung? Was soll der Scheiß?«

Erika nickte. »Da macht wohl jemand Druck.«

»Was?«

»Druck. Die machen indirekt Druck.«

MacClaine nickte und dachte an den Fall, an dem er vor ein paar Jahren mitgearbeitet hatte. Einige japanische Geschäftsmänner, besonders diejenigen mit guten Beziehungen in Amerika, hatten eine Möglichkeit gefunden, Agenten indirekt unter Druck zu setzen. Er erinnerte sich daran, wie die beiden führenden Detectives des Dezernates für Computerverbrechen in San José in der lokalen Presse als Rassisten dargestellt wurden. Plötzlich stießen ihnen schlimme Dinge zu. Autokredite wurden abgelehnt und Kreditkarten nicht erneuert, und einer verlor das Sorgerecht für sein Kind. MacClaine hatte plötzlich ein ganz ungutes Gefühl bei dieser Ermittlung. Nach einem bloßen Telefonat war er gekidnappt, zusammengeschlagen und von einer Ratte fast entstellt worden. Dann hatte er es geschafft zu entkommen, und jetzt stellte sich heraus, dass er die Japaner schikanierte.

»Darum war ich für eine weniger direkte Annäherung.«

»Gehen wir, Conklin. Und Maggie, falls irgendjemand anruft und meckert, weil ich die Japaner nicht mag, leiten Sie das Telefonat auf mein Handy um.«

»*Falls* sie noch mal anrufen, Sir.«

»Wie meinen Sie das?«

»Zumindest Senator Horton und der Gouverneur haben gesagt, dass sie ihre Beschwerden direkt nach Washington weiterleiten werden.«

»Großartig«, brummte MacClaine und rieb sich über seine wunde Nase, als er auf die Tür zusteuerte. Seine geschwollene Wange pochte. »Die können mich mal!«

8

Der Japanische Geheimdienst

Oruku »Willie« Matsubara schob eine schwarze Trennwand zur Seite und ging ins Wohnzimmer einer seiner *bettakus,* jener Wohnungen, die er für seine Mätressen, von denen die meisten Amerikanerinnen waren, unterhielt. Er war nackt und trug zwei Sektkelche mit glitzerndem Dom Perignon in der Hand, die er neben drei nach Gardenien duftenden Kerzen, ein Handy und eine kleine Schale Soja-Sauce auf einen schwarz lackierten Cocktailtisch stellte. Eine hübsche Frau lag rücklings auf mehreren *daiwan*-Kissen, die auf der Matte verstreut waren. Ihre seidige Haut schimmerte in dem flackernden Kerzenschein.

Mit Stäbchen in der Hand setzte er sich zu ihr und pickte von ihrem Bauch ein *nigiri sushi* auf, ein mundgerechtes Reishäppchen, das mit zerhacktem Seeigel belegt war. Ein Dutzend Häppchen lagen zwischen ihrem blonden Schamdreieck und der Mitte ihres perfekt geformten Busens. Dieser hatte ihn tausend Dollar gekostet, denn so viel Geld hatte er für eine Operation in einer Schönheitsklinik in Beverly Hills bezahlt. Willie Matsubara stippte das Häppchen mit der belegten Seite in die Soja-Sauce, steckte es sich in den Mund, atmete tief ein und zerkaute es mit geschlossenen Augen. Dann nahm er ein Glas in die Hand, spritzte ein paar Tropfen Champagner auf ihren linken Oberschenkel und küsste sie anschließend weg. Sie lächelte und räkelte sich auf den Kissen, als ein kalter Tropfen zwischen ihre Beine lief.

Willie Matsubara, ein hübscher Asiat, lächelte ebenfalls,

während er sich ein weiteres Reishäppchen in den Mund schob. Er hatte diese Frau vor zwanzig Minuten geliebt, und nach dem Essen würde er es noch einmal tun.

Das Handy klingelte. Matsubara nahm es in die Hand.

»Hai?«, sprach er in das kleine Hitachi-Gerät.

»Matsubara-san?«

Es war Hashimoto. Seine Stimme klang erregt.

»Hai.«

»Es hat ... hm ... Schwierigkeiten gegeben.«

Matsubara wusste genau, was sein Untergebener meinte. Er legte die Stäbchen auf den Tisch und sagte schnell auf Japanisch: »Wir treffen uns in zwanzig Minuten am gewohnten Treffpunkt.«

»*Arigato gozaimasu*, Matsubara-san.«

Matsubara schaltete das Handy aus.

»Es tut mir Leid, Liebling, aber wir müssen das ein anderes Mal beenden«, sagte er, nahm ein letztes Häppchen und noch einen Schluck Champagner, stand auf und zog die Sachen an, die er vor dreißig Minuten über ein schwarzes Ledersofa geworfen hatte.

»Oh, Willie«, seufzte sie und machte eine Schnute wie ein kleines Mädchen. Dann schüttete sie die restlichen Sushi-Reishäppchen in eine kleine Plastikdose, die unter dem Tisch stand. »Jetzt werde ich den ganzen Nachmittag traurig sein.« Sie stand auf und streckte ihren Busen provokativ heraus.

Matsubara schlüpfte in seine lässigen Designer-Klamotten, griff in seine Gesäßtasche, zog fünf zerknitterte Hundert-Dollar-Scheine heraus und legte sie auf den Tisch. »Kauf dir etwas Schönes, *hai?*«

»Du bist ganz schön clever, Willie.«

Matsubaras harte Gesichtszüge wurden weicher. Seine amerikanischen Freundinnen hatten ihm den Spitznamen »cleverer Willie« verpasst, weil er immer genau wusste, was er sagte oder tat, niemals die Haltung verlor und immer die

Selbstkontrolle bewahrte, was seine Mätressen unglaublich reizvoll fanden. Natürlich gefiel ihnen auch die Tatsache, dass er ein Vermögen dafür ausgab, sie zu verwöhnen. Matsubara gefiel der Spitzname, weil er ihm das Gefühl gab, wichtig zu sein, doch dieses Gefühl hatte er schon sein ganzes Leben.

Oruka Matsubara war der Reichtum in die Wiege gelegt worden, als er in Sendai, der größten Stadt zwischen Tokio und Sapporo geboren wurde. Als einziger Sohn des Multimilliardärs Harachi Matsubara genoss Oruka alle Privilegien eines königlichen Prinzen. Er wurde in Tokios besten Schulen erzogen, ehe er die renommierte Tohoku-Universität in Sendai besuchte, wo er zwei Diplome in Wirtschaftswissenschaft und Strafrecht erwarb. Anschließend machte er einen Magister in internationalem Recht an der Stanford Universität in Palo Alto, Kalifornien. Als er nach Hause zurückkehrte, setzte sein Vater ihn ein, um als Verbindungsmann zwischen der japanischen Privatindustrie und der Regierung zu arbeiten. Der junge Matsubara verbrachte fünf Jahre in Sitzungssälen und beschäftigte sich mit den vielen schwierigen Fragen, mit denen die einst allmächtige High-Tech-Industrie des Landes zu tun hatte, die jetzt von den florierenden amerikanischen Halbleiter-Unternehmen auf den zweiten Platz gedrängt wurde. In diesen turbulenten Zeiten, als die japanische Wirtschaft ihre erste Rezession erlebte, verlor Matsubaras Familie Millionen und musste fast Konkurs anmelden. Hinzu kam die Schande, die damit einherging und den Familiennamen beschmutzte. In diesen quälenden Monaten hatte Oruku Matsubara Konichi Tanaka, den Kopf des japanischen Geheimdienstes getroffen. Diese beiden verschworen sich unter der Schirmherrschaft von Fuji Yokonawa, Japans Wirtschaftsminister, und schmiedeten gemeinsam den Plan, Japans Sieg im Wettrennen der Spitzentechnologie zu sichern. Im Gegenzug erhielt Matsubara die finanzielle Unterstützung, damit das

Familienunternehmen in Sendai wieder gewinnbringend arbeiten konnte. Oruku Matsubara, der entschlossen war, das Unternehmen seines Vaters zu retten, war vor drei Jahren ins Silicon Valley gekommen. Der japanische Geheimdienst und bestimmte japanische Unternehmen, die in Amerika Geschäfte betrieben, deckten seine Machenschaften in Amerika, damit er diesen Plan mit Unterstützung von Tanakas Agenten ausführen konnte.

Für den »cleveren« Willie bot Amerika viele Möglichkeiten, die es in seinem Heimatland nicht gab, wie zum Beispiel die Möglichkeit, Verbrechen zu begehen, ohne überführt zu werden. In Japan wurden 99 Prozent aller Verbrechen aufgeklärt und die Täter überführt. In Amerika sank diese Zahl auf weniger als 15 Prozent. Schon allein dieser Tatsache hatte es Matsubara zu verdanken, dass er seine geheimen Operationen mit einem geringen Risiko, entlarvt zu werden, ausführen konnte.

Als sich Matsubara mit Hilfe seiner amerikanischen Mätresse anzog, spürte er, dass er zum ersten Mal die Kontrolle verlor und nicht sicher war, wie er vorgehen sollte. Bisher war er bei allem, was er getan oder seinem Team befohlen hatte, nach einem sorgfältig ausgearbeiteten Plan vorgegangen, und jede Abweichung wurde nach zuvor aufgestellten Regeln, die alle auf dem Prinzip der Priorität beruhten, behandelt.

Matsubara küsste die Frau, verließ sie und ging den Korridor des Ocean Breeze Apartments hinunter. Das Gebäude passte wunderbar zu den Nachbarhäusern der Mittelklasse. Doch das hier war kein gewöhnliches Gebäude. Der ganze Komplex gehörte Tohoku Exports, Ltd., einer hundertprozentigen Tochtergesellschaft von Matsubara Industries, des Unternehmens, das jetzt von Japans Wirtschaftsministerium finanziell unterstützt und geleitet wurde, bis Oruku Matsubara seine Arbeit in Amerika abgeschlossen hatte. Anschließend sollte die Leitung dieses Unternehmens wieder an ihn übergeben werden. Das Wohnhaus war nach dem Kauf vollkommen renoviert worden – allerdings nur innen. Von außen sah das Haus nach wie vor recht verfallen aus, damit keine unerwünschte Aufmerksamkeit erregt wurde. Das ganze Gebäude war hübsch möbliert und mit der modernsten Überwachungsanlage ausgestattet. Es wurde von den zuverlässigsten Sicherheitsbeamten bewacht und ausschließlich und diskret von japanischen Geschäftsleuten benutzt, die sich dort ihre Mätressen hielten.

Matsubara erreichte die Eingangshalle des einstöckigen Gebäudes und verneigte sich leicht vor den beiden Türstehern, die unmittelbar rechts neben der einzigen Eingangstür hinter der Empfangstheke saßen. Beide Japaner, die erfahrene Judo- und Karatekämpfer waren, standen auf.

»*Konichiwa,* Matsubara-san«, sagte der eine, als er sich verneigte.

Willie Matsubara verneigte sich ebenfalls, antwortete aber nicht, sondern stieß sofort die kugelsichere Glastür auf und trat hinaus. Es war ein herrlicher Nachmittag. Der Armani-Anzug saß perfekt auf seinem schlanken, aber athletischen Körper. Er setzte sich eine Designer-Sonnenbrille auf und drückte auf den Knopf seiner NSX-Fernbedienung, die ein paar Mal piepte, ehe die Fahrertür entriegelt wurde. Bevor er in den Wagen stieg, warf er schnell einen Blick auf den Lexus, der hinter seinem Sportwagen parkte, und überzeugte sich, dass seine Bodyguards nicht schliefen.

Als er losfuhr, bildeten sich auf seiner Oberlippe Schweißperlen. Willie fingerte an der Klimaanlage herum und seufzte. Es fehlten ihm Richtlinien für das weitere Vorgehen. Es gab keinen Notfallplan für die Schwierigkeiten, die heute Morgen aufgetreten waren, als er vier von Tanakas Agenten losgeschickt hatte, damit sie sich um einen neugierigen FBI-Agenten kümmerten.

Prioritäten.

Alles, was Matsubara getan hatte, um seine Mission auszuführen, entsprach dem Originalplan, und falls sich Situationen ergaben, die von dieser Strategie abwichen, gab es eine Reihe von Prioritäten, nach denen er handelte.

Aber in diesem Fall?

Wie sollte er mit diesen Komplikationen umgehen, wenn Komplikationen dieser Art überhaupt nicht zu erwarten waren, da der Plan vorsah, alle möglichen Fehler auszuschalten?

Der Plan.

Matsubara überdachte den Plan und erinnerte sich an die vielen Besprechungen mit den JDA-Agenten, ehe sie damit begonnen hatten, Kandidaten von amerikanischen Firmen abzuwerben. Die Zielpersonen hatten ein besonderes Profil, das von Tokios besten Experten in amerikanischer Verhaltenspsychologie ausgearbeitet worden war. Das Team suchte amerikanische Ingenieure, die beträchtliche Schulden hatten und Singles waren. Darüber hinaus mussten sie verärgert sein, weil andere und nicht sie befördert wurden. Daher wünschten sie sich einen Wechsel und ein besseres Leben, und irgendwie wollten sie sich sogar an ihren Arbeitgebern rächen. Auf die ersten Kontakte folgte eine Reihe von Treffen an verschiedenen Orten wie Einkaufszentren, Restaurants oder Fitnesscentern. Wenn eine Einigung zustande gekommen war, erfolgte eine Anzahlung, und die Schulden wurden getilgt. Außerdem wurden den Kandidaten nach der Erfüllung ihrer Aufträge interessante Summen in Aussicht gestellt. Die winzige Veränderung der Prototypen war innerhalb weniger Minuten durchzuführen und einfach zu vertuschen, da sie in den mangelhaften Revisionssystemen unterging und von den Standard-Kontrollsystemen nicht erfasst wurde.

Matsubara umklammerte das lederumwickelte Lenkrad, als er die 101 erreichte und Richtung Norden gen Mountain

View fuhr. Er blickte kurz auf den in der Sonne glitzernden Goldring, den er an der linken Hand trug und der ihn als Mitglied des Yamato Ichizotu auswies, einer Geheimverbindung innerhalb des JDA, der er beigetreten war, um das Familienimperium vor der Schande eines Bankrotts zu retten. Das Emblem des Ichizotu oder des Clans – ein gebogenes Kreuz mit einem Kreis – war in Onyx oben in den Ring graviert und verdeckte eine winzige Zyankalikapsel. Eine tausendjährige Tradition rief die Mitglieder des Yamato Ichizotu auf, in den Ring zu beißen und die Pille zu schlucken, falls man lebend gefangen genommen wurde, um das Geheimnis des Clans zu bewahren. Der Yamato Ichizotu hatte seinen Namen von den legendären Kriegern aus früheren Jahrhunderten übernommen, die von Nord-Kiuschu gekommen waren und sich ihren Weg ostwärts über die japanischen Inseln erkämpft hatten. Sie hatten viele kleine Königreiche in dem Gebiet erobert, das Land vereinigt und ihr Recht geltend gemacht, ganz Japan zu beherrschen. Im Zuge dieser Eroberungen hatten die Yamato-Anführer viele der größten japanischen Städte gegründet, unter anderem Osaka, Nara und Kyoto. Einige der Yamato-Elitesamurai beschützten ihren Clan, indem sie feindliche Streitkräfte ausspionierten oder geheime Mordaufträge ausführten und feindliche Herrscher ermordeten. Yamato-Samurai waren die geheime Macht, die für öffentliche Ordnung sorgte, viele Jahrhunderte lang Recht in Japan sprach und Angriffe aus dem In- und Ausland verhinderte, indem sie potenzielle Gefahren ausschaltete, ehe sie zur Gefahr wurden.

Oruku Matsubara betrachtete sich selbst als einen Yamato-Samurai, einen Kämpfer der modernen Zeit, der im Verborgenen für Japans Recht der Vorherrschaft in der High-Tech-Welt kämpfte.

In einer Gesellschaft, in der Züge und Flugzeuge nach Fahrplan starteten und ankamen, in der alles von Haushaltsgeräten über Autos bis hin zu Industriemaschinen zuverlässig funktionierte und der Einzelne nicht arbeitete, um selbst vorwärts zu kommen, sondern um die Gesellschaft voranzubringen, wurden Fehler nicht toleriert. Und daher hatte die japanische Gesellschaft die Tatsache, dass sie im High-Tech-Wettstreit hinter den unvollkommenen Amerikanern auf Platz zwei zurückgefallen war, mit einer Wucht getroffen, die stärker war als das Erdbeben, das Kobe 1995 heimgesucht hatte. Da die japanische Regierung kein Versagen akzeptierte und nicht zugab, dass ihre perfekte Wirtschaftsmaschinerie in der Tat von den Amerikanern und ihrer Halbleiter-Technologie besiegt worden war, hatten mutige Träumer in der japanischen Regierung ihre verwegensten Kämpfer aus den Bereichen Technologie, Finanzen und Geheimdienst aufgerufen, eine Lösung für diese Katastrophe zu finden. Der Yamato Ichizotu war sofort aktiv geworden, um die Ehre Japans zu retten.

Matsubara beschleunigte das Tempo und wechselte die Spur. Die schlechten Nachrichten stimmten ihn mehr als nachdenklich. Bisher war alles nach Plan und genauso, wie es seine Vorgesetzten vorhergesagt hatten, verlaufen. Die kleine Armee der angeworbenen Ingenieure hatte ihre Arbeit getan und war zurückgekehrt, um die noch ausstehenden Gelder zu verlangen. Tanakas Männer, die ihr ganzes Leben lang Mitglieder des Yamato Ichizotu waren, hatten sich um die letzte Phase und die Beseitigung der Leichen gekümmert. Es hatte keine Spuren mehr gegeben, die Amerikas mehr als ungenügendes Polizeisystem hätte verfolgen können, und wieder einmal hatten seine Vorgesetzten richtig gehandelt. Keiner der Fälle wurde jemals aufgeklärt.

Alles ist so gelaufen, wie wir es geplant haben, dachte er, als er den Highway verließ und auf eine der besseren Wohngegenden oben auf den Bergen westlich des Silicon Valley zusteuerte. Jetzt stand Matsubara der schwierigen Aufgabe gegenüber, Schadensbegrenzung zu betreiben, wie es die Amerikaner nannten, etwas, was man in Japan selten hörte.

Er fuhr zuerst an den weniger prächtigen Häusern vorbei, doch als er den Hügel hinauffuhr, wurden die Anwesen immer luxuriöser. Es begann mit einer Ranch von einer halben Million Dollar am Fuße des Hügels und endete mit einem Anwesen, das mehrere Millionen gekostet haben musste und das Silicon Valley überragte. Zu Matsubaras Haus, das wie ein Aussichtspunkt über dem Tal lag, gehörte ein halbes Hektar Land. Es hatte über zehn Millionen Dollar gekostet – die Hälfte davon das Land, das Fundament und die Dutzende von Stahlbalken, die tief in den Berg gerammt worden waren, um das Anwesen vor Erdrutsch zu schützen. In dem umzäunten Anwesen befanden sich Wohnungen für Matsubara und seine engsten Mitarbeiter, und für die JDA-Agenten standen immer Wohnungen bereit. Keinem Außenseiter wurde je erlaubt, die schmiedeeisernen Tore zu passieren, die wie das gesamte Grundstück rund um die Uhr bewacht wurden.

Das schwere Tor ging auf, und Matsubara fuhr auf die kopfsteingepflasterte Einfahrt, die von einem gepflegten Garten umgeben war. Der Lexus folgte ihm, blieb aber sofort hinter dem Tor am Wachhaus stehen.

Die Straße bog nach links zu dem zweistöckigen viktorianischen Herrenhaus ab, das einst dem Generaldirektor eines schon seit langem in Vergessenheit geratenen amerikanischen Unternehmens gehörte, das Mitte der Achtziger Bankrott gemacht hatte. Damals hatten japanische Unternehmen DRAM-Speicherchips zu Niedrigpreisen auf den Weltmarkt geworfen und Marktanteile an sich gerissen, wodurch die Konkurrenz auf die hinteren Ränge verwiesen wurde. Matsubara hatte das Anwesen vor drei Jahren über Sakata Elektronics gekauft und mit seinem verfügbaren Vermögen vollkommen renoviert. Im Rahmen der Modernisierungsmaßnahmen waren auch modernste Überwachungsanlagen, ständig geschaltete Daten-, Video- und Audio-Satellitenverbindungen installiert worden, um jederzeit mit Tokio kommunizieren zu können. Auf dem Grundstück befand sich sogar ein *rotemburo,* ein beheizter Pool unter freiem Himmel, der an einen großen Weiher erinnerte und von Ahornbäumen und Zypressen umringt war. Heißes Wasser floss über Bambusrinnen in den Pool, und als Matsubara den Motor ausschaltete und das leise Surren des NSX verstummte, war das Plätschern des Wassers zu hören.

Vielleicht war ein kurzes Bad in dem dampfenden Wasser, um *yudedako* zu praktizieren und den höchsten Grad der Entspannung zu erreichen, indem er ein paar Minuten nackt in das dampfende Wasser tauchte, genau das, was Matsubara jetzt brauchte. Doch er dachte nicht mehr daran, als er den JDA-Agenten Hioki Hashimoto erblickte, der mit verschränkten Armen an einer Säule vor dem Haus lehnte. Matsubara betrachtete dessen Methoden als mittelalterlich und war der Meinung, dass sie in krassem Gegensatz zum modernen JDA standen. Hashimoto war jedoch ein notwendiges Übel im Yamoto Ichizotu in diesen äußerst kritischen Zeiten, in denen es darum ging, sein Land beim High-Tech-Wettrennen und in dem Prozess, die amerikanische Halbleiter-Industrie zu demütigen, wieder auf den vordersten Platz zu bringen.

»*Konichiwa*, Matsubara-san.« Hashimoto verneigte sich leicht. Er trug den Ring mit der Selbstmordkapsel am Ringfinger der linken Hand.

Matsubara erwiderte den Gruß nicht, etwas, das er vor drei Jahren niemals getan hätte. Aber da er nun schon so lange in Amerika lebte, hatte er sich von einigen traditionellen Werten verabschiedet, besonders wenn Probleme anstanden, und dann ersetzte er sie durch ungehobeltes amerikanisches Benehmen. »Lassen wir die Formalitäten, *hai?* Sagen Sie mir, was passiert ist.«

Hashimoto, der eine Jeans und ein schlichtes Hemd trug,

rieb sich mit der linken Hand über die Brust und verzog offenbar schmerzhaft das Gesicht. Als der aristokratische Geschäftsmann auf dessen schiefe Zähne und das ungekämmte Haar sah, fragte er sich, warum Tanaka so eine Gestalt ausgesucht hatte, um den japanischen Geheimdienst in dieser Mission zu vertreten.

»Der amerikanische Agent ... Wir haben ihn unterschätzt«, begann Hashimoto, und es dauerte zehn Minuten, bis er genau erklärt hatte, was passiert war.

Matsubara, der immer wütender wurde, als er sich die Geschichte anhörte, riss sich zusammen, um nicht die Beherrschung zu verlieren. Er war sofort, als Hashimoto heute Morgen diesen Vorschlag gemacht hatte, dagegen gewesen und hatte diesem Vorgehen nur widerwillig zugestimmt, nachdem Tanaka selbst den Angriff gebilligt hatte. Zu dem Zeitpunkt schien es wie ein riskanter, aber doch vernünftiger Schritt, den FBI-Agenten einfach verschwinden zu lassen, besonders in Anbetracht der Tatsache, dass das FBI schon eine ganze Reihe von Spuren verfolgt hatte, um Fälle zu lösen, zu denen auch die der vermissten Agenten gehörten. Auf der anderen Seite wäre ein einfaches Treffen zwischen Fuji Nakamura, der genaueste Anweisungen erhalten hatte, und dem FBI-Agenten vielleicht einfacher gewesen, aber Matsubara wusste nicht, welche Fragen der Geschäftsführung von Akita möglicherweise gestellt werden sollten. Als Verbindungsmann war es sein Job, den Ruf der japanischen Unternehmen zu schützen. Um so eine riskante Konfrontation zu vermeiden, hatte er zugestimmt, Nakamura zu decken und das Kidnapping zu unterstützen, um Informationen zu sammeln. Von den dabei angewendeten Verhörmethoden wollte Matsubara jedoch lieber nichts wissen. Letztendlich war diese Vorgehensweise fehlgeschlagen.

Matsubara runzelte die Stirn und dachte über das Ausmaß des Problems nach. Er hatte heute Morgen nach der Konferenz mit Tanaka seine Beziehungen spielen lassen und Politiker und Journalisten kontaktiert, um Druck auf das FBI auszuüben, damit die Ermittlungen bei Akita Electronics aufgrund von Rassendiskriminierung eingestellt wurden. Diese Taktik funktionierte gewöhnlich bei japanischen Unternehmen, die in Amerika arbeiteten, sehr gut. Im Laufe der Jahre hatte Matsubara durch Akita und Sakata Electronics in großem Maße Wahlkämpfe von Bürgermeistern, U.S.-Senatoren und Kongressabgeordneten und sogar des Gouverneurs von Kalifornien unterstützt. Er hatte heute Morgen mehrere Telefonate geführt, um etwas Druck auf das FBI auszuüben. Doch seine Bemühungen erschienen jetzt sinnlos, da MacClaine sicher trotz des Drucks, den ein Senator oder Gouverneur auf das FBI ausübte, keine Lust hatte, die Ermittlungen einzustellen, nachdem er fast getötet worden war.

Das ist alles Tanakas Schuld, dachte er und bemerkte, dass diese Reaktion von seinen Jahren in Amerika beeinflusst wurde. Er konzentrierte sich auf das *Wer,* wie es in Amerika üblich war, und nicht auf das Wie, die japanische Art, Probleme anzugehen. Matsubara zwang sich dazu, sich daran zu erinnern, dass man ein Problem am besten löste, indem man sich darauf konzentrierte, *wie* man ein Problem löste, anstatt herauszufinden, *wer* für das Problem die Verantwortung trug. Amerikaner verbrachten zu viel Zeit mit Schuldzuweisungen und machten sich Gedanken darüber, wessen Kopf rollen würde, anstatt Probleme zu lösen. Aber es war besonders schwer für Oruku Matsubara, weil sein ganzer Familienbesitz auf dem Spiel stand. Versagen bei dieser Mission würde als *hangyaku,* als Landesverrat, Treulosigkeit seinem Land gegenüber, das ihn vor der Schande eines Bankrotts bewahrt hatte, angesehen werden. Das würde den Verlust des Familienimperiums in Sendai und den Verlust seiner Familienehre bedeuten. Seine jüngeren Brüder und Schwestern, seine ganzen Verwandten, jeder Matsubara in Sendai würde *buraku-*

min, unerwünscht, unberührbar werden und für viele Generationen in Schande leben. Seine Schwestern würden keine passablen Männer heiraten können. Seine Brüder würden keine Bräute finden. Niemand würde sie einstellen oder ihnen Unterkunft gewähren. Sein Familienname würde aussterben.

»Ima kono gotagota o katazukete okanai to, watakushitachi wa ato de taihen na me ni au desho!«, fluchte Matsubara, nachdem Hashimoto verstummt war. Er sagte dem JDA-Agenten, dass es sie teuer zu stehen kommen würde, wenn sie dieses Chaos nicht sofort bereinigen würden.

»Koko de akiramenaide tsuzukenasai!«, erwiderte Hashimoto und blinzelte mit den Augen.

»Ich gebe nicht auf, aber es ist von größter Bedeutung, dass wir das schnell lösen, sonst wird unsere Mission scheitern.«

»*Rirakussu suru!* Meine Leute beobachten das FBI-Büro. Wir werden bald eine neue Chance bekommen.«

»Kono shigoto wa taisetsu dakara!«, sagte Matsubara kopfschüttelnd.

»Ich weiß, dass diese Mission sehr wichtig ist«, erwiderte Hashimoto, der die Hände hob und offensichtlich versuchte, ihn zu beruhigen. *»Hema o shite koto o dainashi ni shiani yo ni shimasho!«*

»Wir dürfen nichts unternehmen, was unsere Operation gefährdet. Ich glaube, es ist zu spät dazu! Was meinen Sie wohl, was das FBI jetzt machen wird, da es weiß, dass Akita Electronics definitiv mit der Sache zu tun hat?«

Hashimoto zuckte mit den Schultern. »Sie haben keine Beweise dafür. Der *gaijin* hat sich nie mit Nakamura getroffen. Soweit es ihn betrifft, ist keiner zu dem Treffen erschienen. Das FBI hat nichts in der Hand. Das sind doch alles reine Vermutungen.« Den Ausdruck *gaijin* benutzten die Japaner, um jemanden zu bezeichnen, der kein Japaner, keiner der ihren war.

Matsubara dachte darüber nach. Er hatte nichts zu befürchten und Akita Electronics auch nicht. Alles, was das FBI hatte, waren blaue Flecke. Der Agent hatte keine Beweise für ihr Vergehen, nur *kuzu.* »Okay. Ich werde sicherstellen, dass sich Nakamura aus dem offiziellen Amt bei Akita zurückzieht. Aber wie schrecken wir das FBI ab, damit es nicht weiter ermittelt?«

»Wir machen es genauso, wie unsere Vorfahren mit ihren Feinden verfahren sind.« Hashimoto zeigte Matsubara seinen Ring mit der Selbstmordpille. »Wir sind Yamato Ichizotu, die besten der *bushi,* der Samurai! Wir werden sie verschwinden lassen und auch ihre Familien in Verlegenheit bringen. Diesmal werden wir keine Schande über unsere Vorfahren bringen.«

Matsubara runzelte die Stirn.

Hashimoto fuhr fort. »Ich habe Tanaka-san schon kontaktiert. Alle meine Ichizotu sind eingeteilt, und wir werden innerhalb der nächsten vierundzwanzig Stunden noch weitere Agenten bekommen.«

Matsubara gefiel das gar nicht, aber er sah auch keine andere Möglichkeit. Sie mussten Japan schützen, und das bedeutete, dass sie die japanischen Unternehmen um jeden Preis schützen mussten. Sie mussten Zeit schinden, bis die anderen manipulierten Chips versagten und so viele Katastrophen ausgelöst wurden, dass die amerikanische Halbleiter-Industrie unwiderruflich zum Erliegen kam und ihr ein Schlag versetzt wurde, von dem sie sich nie mehr erholen würde. Der Nikkei-Index war schon um über fünfhundert Punkte gestiegen, während der Dow Jones fast um ebenso viele Punkte gefallen war. Die Welt verlor allmählich das Vertrauen in Amerikas Spitzentechnologie, ähnlich wie sie amerikanische Automarken in den frühen Achtzigern abgeschrieben hatte. Und wenn ein Staat erst einmal zurückgefallen war, wie Amerikas drei große Industriezweige es vor zwei Jahrzehnten erfahren hatten und Japan kürzlich erleben musste, brauchte es mehr als technische Innovation, um wieder an die Spitze zu gelangen. Wenn der Wettbewerb in einem unaufhaltsamen Tempo fortschritt, war es nicht möglich, den Vorsprung aufzuholen.

Aber wir bauen unseren Vorsprung aus, dachte der clevere Willie Matsubara, der vor seinem luxuriösen Anwesen stand, das das Silicon Valley überragte. *Ein totes Tal, wenn wir sie erst in die dunkle Höhle zurückgedrängt und ihnen einen Schlag verpasst haben, von dem sie sich nie mehr erholen werden.*

★ ★ ★

Ein Computerfehler verursachte eine Explosion in einer Ölraffinerie in Pasadena, Texas (CNN) – über dreihundert Arbeiter kamen ums Leben und Tausende wurden verletzt, als am frühen Morgen durch das Versagen eines computergesteuerten Sicherheitsventils flüssiges Erdöl austrat und eine riesige Explosion auslöste, auf die eine Reihe weiterer Explosionen und ein loderndes Feuer folgten. Der Unfall war der erste in Pasadena seit der Explosion 1989 in einer Kunststofffabrik der Phillips Petroleum Co., wobei 22 Menschen starben und mehr als 80 Personen verletzt wurden.

Um die Mittagszeit breitete sich das Feuer auf das nahe gelegene Pasadena aus und zwang Tausende, ihre Häuser zu verlassen. Das Feuer entwickelte sich zur schlimmsten Brandkatastrophe in der Geschichte dieser südtexanischen Stadt. Der Gouverneur von Texas erklärte Pasadena zum Katastrophengebiet und forderte sofort staatliche Hilfe an. »Ich werde innerhalb der nächsten vierundzwanzig Stunden staatliche Hilfe bekommen«, zitierte ein Sprecher die Worte des Gouverneurs, die er bei einem kurzen Treffen nach einem Rundflug mit dem Hubschrauber über die Region geäußert hatte. »In der Zwischenzeit«, fügte der Gouverneur hinzu, »werden die Rettungsmannschaften Tag und Nacht arbeiten, um die Verletzten in Sicherheit zu bringen und das Feuer unter Kontrolle zu bringen. Ich werde auch eine Untersuchungskommission einrichten, um die Ursache dieser Katastrophe herauszufinden und sicherzustellen, dass so etwas nie wieder geschieht.«

Ein Sprecher des Weißen Hauses gab vor genau einer Stunde eine Pressemitteilung heraus und erklärte, dass der Präsident Kontakt zum texanischen Gouverneur aufgenommen habe, um über staatliche Hilfe zu sprechen.

9

Dringlichkeitssitzung

DAS WEISSE HAUS, WASHINGTON, D.C.

Präsident Lester Williams saß hinter seinem Schreibtisch und hielt einen Football und eine Fernbedienung für das Fernsehgerät, das heute Morgen in das Oval Office gebracht worden war, in der Hand. Er hatte nach einem kurzen Gespräch mit dem texanischen Gouverneur soeben den Hörer aufgelegt und sah sich jetzt Bilder der Katastrophe in Pasadena an. Bei ihm waren einige seiner Topberater: der Außenminister, der Verteidigungsminister, der Staatssekretär für innere Sicherheit und der Direktor des FBI.

Der Präsident schaltete den Ton des Fernsehgeräts ab, als CNN Werbung brachte, und legte die Fernbedienung auf den Schreibtisch. Die plötzliche Stille in seinem Büro belastete alle Anwesenden so sehr wie der Ernst der Lage. Seit dem Eisenbahnunglück in Südflorida hatten vier weitere Katastrophen, die durch Computerfehler ausgelöst worden waren, das Land erschüttert. Nach der Kollision der Flugzeuge über Chicago standen sie jetzt dem Inferno in Pasadena gegenüber. Die Erdölraffinerie brannte trotz des mutigen Einsatzes einer Armee von Feuerwehrleuten aus ganz Texas noch immer.

Präsident Williams drückte seine Finger in den ledernen Football, der aus der Zeit stammte, da er die Marineakademie besucht hatte. Auf dem Schweinsleder stand Navy 21, Army 20. Genau dieser Football hatte Williams einst Glück gebracht. Wann immer der Druck stieg, griff er automatisch nach diesem Glücksbringer auf dem Marmorständer, der auf einer Ecke des Schreibtisches stand, und spielte damit. Heute fragte er sich, ob er das Land noch ohne regieren konnte.

»Das Feuer ist noch immer nicht unter Kontrolle«, sagte Präsident Williams laut, als er abwesend die dunklen Stiche auf dem Football betrachtete. Er hatte keinen der Männer direkt angesprochen. »Keine halbe Meile von der Feuersbrunst entfernt steht ein Chemiewerk, und der Wind bläst die Flammen in diese Richtung ... Wann sind die Helfer von der Armee dort unten?«, fragte er Verteidigungsminister James T. Vuono, der ebenfalls ein ehemaliger Marineoffizier war.

Der untersetzte Minister, der noch immer den Bürstenhaarschnitt aus seiner Marinezeit trug, erwiderte: »Unser bestes Sprengkommando wird in einer Stunde dort sein, Mr. President. Einige der Leute haben geholfen, den Ölbrand 1991 in Kuwait zu löschen.«

Williams nickte und schloss die Augen. »Seit die Computerchips versagen, sind schon über tausend Menschen ums Leben gekommen und Zehntausende wurden verletzt oder obdachlos. Der letzte Bericht, den ich gesehen habe, schätzt den finanziellen Schaden auf über drei Milliarden Dollar. Natürlich wird dabei der Verlust, der bis heute für die Wall Street entstanden ist, nicht berücksichtigt. Und es ist offensichtlich kein Ende in Sicht.« Das Staatsoberhaupt schaute auf die stummen Bilder, die über den Bildschirm liefen. »Und jetzt weiß die Presse auch, dass die Unfälle alle miteinander in Verbindung stehen und ein Irrer an Chips herumbastelt.« Trotz aller Anstrengungen des FBI, die Sache geheim zu halten, war das Geheimnis der manipulierten Chips bei IBM durchgesickert. Zwei Reporter von der *Washington Post* hatten eine Verbindung zwischen dem IBM12000 und dem TI6500 hergestellt. CNN hatte diese Nachricht vor drei Tagen an die Öffentlichkeit gebracht. Innerhalb eines Tages erreichte die Nachricht die *Post* – der Gewährsmann war ein anonymer Techniker von Motorola, der zu dem Team gehörte, das die Fehleranalyse des versagenden Chips durchführte, der das Blackout in Denver ausgelöst hatte. Die Beschreibung der Sabotage passte zu den anderen. Die Nachricht hatte die Nation schockiert. Jemand von der Bundesluftfahrtbehörde hatte die Information, dass das Computerversagen im Midway-Kontrollturm in Chicago auch auf einen in Amerika hergestellten Chip zurückzuführen sei, an die Presse weitergegeben. Inlandsflüge waren seit dem Artikel in der *Post* um 15 Prozent zurückgegangen, und dann war die Nachricht in Dutzenden Zeitungen im ganzen Land nachgedruckt worden. High-Tech-Aktien waren im Durchschnitt um zwanzig Punkte gesunken, selbst wenn die Unternehmen kein Versagen eines Chips zu beklagen hatten.

Und es wurde immer schlimmer.

Präsident Williams wandte sich an den FBI-Direktor. »Palenski, wie ist die Lage beim FBI?« Williams leitete seine Angelegenheiten im Oval Office in der gleichen Weise, wie er vor fünfzehn Jahren erfolgreich das Kommando auf einem Flugzeugträger geführt hatte. Während einer Krise versammelte er immer seine engsten Berater, Männer, auf deren Urteil er vertraute, und er hörte sich ihre Meinungen aufmerksam an, ehe er seine eigene Strategie entwickelte.

Palenski rutschte auf dem Stuhl hin und her. Es war ihm offenbar unangenehm, jetzt im Mittelpunkt zu stehen. »Alle anfänglichen Theorien haben zu nichts geführt. Die Suche nach den vermissten Technikern ist erfolglos geblieben. Alle Spuren sind im Sande verlaufen. In diesem Augenblick verfolgen wir die Theorie, dass die Japaner dahinterstecken könnten, Mr. President. Eine meiner besten Informatikerinnen arbeitet mit Special Agents aus dem Büro in San José zusammen.«

Williams legte den Football auf den Tisch und beugte sich vor. Es war das erste Mal, dass Palenski eine mögliche Täterschaft für die Sabotage erwähnte.

»Die Japaner?«

»Ja, Sir.«

»Warum?«

Palenski räusperte sich und beugte sich vor, um zu antworten, aber Außenminister Christopher Milley, ein erfahrener Diplomat und ehemaliger Wirtschaftswissenschaftler, mischte sich ein. »Wirtschaftliche Überlegenheit, Mr. President. Das ergibt Sinn.« Milley, der in seinem Nadelstreifenanzug tadellos gekleidet war, schob seine Brille auf die Nase und fügte hinzu: »Unsere High-Tech-Industrie hat Japan vor ein paar Jahren auf den zweiten Platz verwiesen, und seitdem ist das Land noch weiter zurückgefallen, vor allem durch die jüngsten Aktivitäten von Südkorea, Taiwan und neuerdings auch China in der High-Tech-Welt. Wenn man erst einmal zurückgefallen ist, erfordert es mehr Anstrengungen, den Verlust wieder aufzuholen, als die Führung zu halten, wenn man auf dem ersten Platz steht und weiterhin in die richtige Forschung und Entwicklung investiert. Bis vor einigen Monaten standen die amerikanischen Halbleiterhersteller an der Weltspitze der technischen Innovation, und unser Land erzielte die höchsten Umsätze und Gewinne. Es hätte eines schrecklichen Fehlers in der Strategie und Ausführung von Seiten der amerikanischen Unternehmen bedurft, diese Vorherrschaft zu verlieren. Dass jemand in Japan zu solchen Maßnahmen greift, um wieder an die Spitze zu gelangen, ist ein wahrer Indikator für den Zustand ihrer Industrie und den Grad ihrer Verzweiflung.«

Der Präsident drückte seine Handflächen gegen den Football. »Palenski? Stimmt das mit Ihrer Theorie überein?«

Palenski nickte. »Ja, Sir. In den vergangenen Jahren haben japanische Unternehmen eine Reihe technologischer

Rückschläge erlitten, einige durch uns und einige durch Südkorea, Taiwan und China. Diese Länder haben in den vergangenen Jahrzehnten viel Geld in die Forschung und Entwicklung gesteckt, um die richtige Infrastruktur zu schaffen, damit sie ihre Produkte, die oft zu einem Bruchteil der Kosten der teureren japanischen Produkte hergestellt werden, auf den Markt werfen können. Meiner Meinung nach hat sich dadurch eine radikale Verbrechergruppe innerhalb der japanischen Unternehmen, die wahrscheinlich mit einer Hand voll korrupter Regierungsbeamten zusammenarbeitet, gezwungen gesehen, zu Industriesabotage zu greifen, um das Tempo des Wettbewerbs zu verlangsamen und der eigenen Industrie eine Chance zu geben, den Verlust wieder aufzuholen.«

Williams spielte mit dem Football. »Welche Beweise haben Sie, dass es die Japaner sind?«

Palenski klärte die Runde über die Verkaufszahlen aller amerikanischen Unternehmen mit sabotierten Halbleitern auf. In allen Fällen hatten japanische Kunden keine Komponenten mehr bestellt, und zwar unmittelbar bevor die manipulierten Chips in die Produktion gingen. »Als einer meiner Agenten sich einem Geschäftsführer von Akita Electronics näherte, um ihm Fragen über eine mögliche Verbindung zu stellen, wurde er gekidnappt, und die Entführer waren seiner Meinung nach Japaner. Glücklicherweise konnte er entkommen. Das bestätigt im Wesentlichen unsere Theorie.«

Williams drückte den Football gegen sein Kinn, als er über Palenskis Darstellung nachdachte. »Okay. Nehmen wir also einmal an, dass es eine Gruppe Radikaler in Japan ist. Wie gehen wir vor? Soll ich mich mit dieser Vermutung an den japanischen Botschafter oder sogar den Premierminister wenden?«

Milley, Vuono und Palenski schüttelten alle gleichzeitig den Kopf. Milley ergriff das Wort.

»Die Japaner halten fest zusammen, wenn es darum geht, ihre eigene Industrie zu schützen, Sir, besonders wenn diese Katastrophen ihnen scheinbar die Oberhand in der High-Tech-Welt sichern. Ich glaube nicht, dass irgendjemand in der japanischen Regierung ohne eine richtige Motivation bereit sein wird, uns zu helfen. Sicher werden sie verständnisvoll sein und versprechen, uns auf jede erdenkliche Weise zu unterstützen, aber es wird absolut nichts geschehen.«

»Derselben Meinung bin ich auch, Mr. President«, sagte Verteidigungsminister Vuono, der sich vorbeugte, und dessen donnernde Stimme den Präsidenten an ihre gemeinsame Marinezeit erinnerte, als Commander Vuono, der damals zweiter Offizier des Konteradmirals Lester Williams war, die Befehle des Kommandanten an die Besatzung des Flugzeugträgers weiterleitete. »Meine Erfahrung mit den Japanern sagt mir, dass sie sich nicht rühren, wenn wir ihnen nicht zeigen, dass wir am längeren Hebel sitzen, und das ist im Moment nicht der Fall. Unsere Verhandlungsposition ist schwach.«

»Wir müssen die Liste finden, Gentlemen«, sagte Palenski.

Alle drehten sich zu ihm um.

»Die Liste?«, fragte der Präsident.

»Ganz genau, Mr. President. Wenn unsere Theorie stimmt, glauben wir, dass jemand im Besitz der Originalliste der manipulierten Komponenten ist.«

»Wie kommen Sie darauf?«, fragte Vuono.

»Um Industriesabotage im großen Stil zu betreiben, wie es bei Texas Instruments, IBM und Motorola passiert ist, bedarf es einer durchstrukturierten Planung im Vorfeld, einer Reihe von Strategien, um die richtigen Techniker zu rekrutieren, und einer guten Koordination, um die Sache so tadellos auszuführen, wie sie es gemacht haben. Derjenige, der dieses Projekt leitet, muss eine Liste von den Gesellschaften haben, die Ziel dieser Sabotageakte wurden. Jemand hat offensichtlich die japanischen Gesellschaften über geheime Kanäle gewarnt, weiterhin bestimmte amerikanische Halbleiter zu kaufen.«

»Das ergibt Sinn«, sagte Milley.

»Fahren Sie fort, Mr. Palenski«, forderte der Präsident ihn auf.

»Unsere beste Strategie wird sein, verdeckte Operationen durchzuführen, um die Originalliste zu finden und die manipulierten Komponenten vom Markt zu nehmen, ehe noch mehr Menschen sterben müssen.« Er erklärte den Plan von MacClaine, der ein großes Risiko, aber auch ein Potenzial für neue Spuren barg.

»Wo könnte Ihrer Vermutung nach diese Liste sein?«, fragte Vuono.

»Das hoffe ich zu erfahren, wenn wir unserer aktuellen Spur folgen.«

»Das Problem ist«, warf Minister Milley ein, der kurz innehielt, um über seine Bemerkung nachzudenken, ehe er fortfuhr, »dass der Ort dieser Liste in Japan und nicht in Amerika sein könnte. Was machen wir dann?«

»Wir gehen hin und greifen sie uns«, erklärte Vuono, ohne zu zögern.

»Wir greifen sie uns?«, fragte Minister Milley, der seinen Krawattenknoten richtete.

»Was haben wir sonst für eine Wahl? Sie sehen ja, was in unserem Land los ist.« Er zeigte auf die bunten Bilder auf dem Bildschirm. Flammen zerstörten ein Gebäude.

»Was schlagen Sie vor?«, fragte Milley.

»Denken Sie an Agenten vom CIA oder FBI?«, fragte Palenski.

»Nein«, erwiderte Vuono. »Wenn die Agenten vom FBI oder auch vom CIA herausbekommen haben, wo die Liste mit großer Wahrscheinlichkeit liegt, schicken wir die SEALs, um sie zu holen.«

Präsident Williams Blick wanderte zu einem gerahmten Foto, auf dem sein Stiefsohn am Tag seines Abschlusses von der Marineakademie vor achtzehn Jahren abgebildet war. Korvettenkapitän Derek Ray war kurz nach Annapolis, gerade rechtzeitig für Grenada, Panama und später Desert Storm, zur Marineelitetruppe, den SEALs gegangen und hatte an der entscheidenden Mission vor der Küste Kuwaits teilgenommen, die als Köder diente, um die Iraker hereinzulegen. Man wollte sie glauben machen, dass der gemeinsame Einfall von See und nicht von der Saudischen Küste erfolgte. Er kommandierte jetzt die SEAL-Einheit Fünf, die in San Diego, Kalifornien, stationiert war, bis seine Versetzung ins Pentagon in wenigen Monaten durchgesetzt war. Ray hatte vor zwei Jahren eine Frau aus San Diego geheiratet, und in fünf Monaten sollte er Vater werden. Auf Drängen seiner jungen Frau und seiner Mutter, der First Lady, hatte Ray eingewilligt, sich von den SEALs zurückzuziehen und einen strategischen Marineposten im Pentagon anzunehmen. Präsident Williams liebte Derek Ray wie seinen eigenen Sohn, und er hatte ihn ein paar Jahre, nachdem der Vater in Vietnam gestorben war, adoptiert. Das war kurz nachdem er die Mutter des Jungen geheiratet hatte.

Präsident Williams stand mit dem Football in der Hand auf. Der Interessenkonflikt bereitete ihm Magenschmerzen. Als Staatsoberhaupt wusste er, dass die von Ray befehligte SEAL-Einheit Fünf am besten für diesen Job qualifiziert war. Als Vater und baldiger Großvater hoffte er jedoch, dass die Marine diese Mission einer anderen Einheit übertragen würde. Aber als Oberbefehlshaber unterließ es Williams, einen derartigen Vorschlag zu machen. Ray war vor allem Marineoffizier, der seinem Land diente, und sein Land war im Moment in arger Bedrängnis. »Okay. Wir werden eine SEAL-Einheit vorbereiten, und wir werden die beste schicken, die wir haben.«

»Ja, Mr. President.«

Williams wandte sich wieder an Palenski. »Wie lange, glauben Sie, wird es dauern, bis Ihre Leute alles vorbereitet haben?«

»Wir schreiten ohne Verzögerung zur Tat und stellen ihnen jetzt eine Falle. Den Köder, den wir benutzen, werden sie wohl kaum ablehnen können.«

»Sehr gut. Noch etwas, Gentlemen?«, fragte der Präsident.

»Wie sollen wir mit den Beschwerden der japanischen Gemeinschaft wegen angeblicher FBI-Diskriminierung gegen sie vorgehen?«, fragte Palenski. »Vom Gouverneur von Kalifornien bis hin zu den Bürgermeistern von San José und San Francisco haben alle Beschwerden über das FBI wegen Schikanierung erhalten.«

»Wir machen es so wie sie«, schlug Minister Milley vor. »Wir werden Entschuldigungen und Zusicherungen herausgeben, dass wir uns mit äußerster Dringlichkeit um die Sache kümmern. Die Tatsache, dass sie sich beschweren, ist eine gute Nachricht. Das sagt mir, dass wir auf der richtigen Fährte sind.«

Der Präsident nickte und schaute sich wieder die Bilder an, die über den stummen Bildschirm liefen. Wasserstrahlen stiegen zu den Flammen hoch, die aus den Fenstern eines Wohnhauses in Pasadena schossen. Rauchschwaden loderten zum Himmel von Südtexas. Männer, Frauen und Kinder drängten sich in Decken eingehüllt auf der Straße. Krankenwagen sausten mit aufblitzenden Lichtern herbei. Sanitäter liefen mit ihren Ausrüstungen auf eine Gruppe Umherstehender zu und drängten sich durch die Menschenmenge. Chaos, Zerstörung, Qualen, Tod.

»An die Arbeit, Gentlemen«, befahl der Präsident, ohne seinen Blick vom Bildschirm abzuwenden, auf dem die farbigen Bilder in krasser Klarheit gezeigt wurden. Ein Vorort brannte in der Nähe der Erdölraffinerie. Häuser stürzten ein,

Staub, Rauch und brennende Trümmer schossen in die Höhe und schwärzten die Gesichter der Feuerwehrleute.

Präsident Lester Williams schaute sich die Szenen schweigend an.

10

Ruhe vor dem Sturm

SANTA CLARA COUNTY

Erika Conklin war allein in ihrer Suite im siebten Stock des Milpitas Sheraton. Vom Fenster aus konnte sie den Teich mit dem Wasserfall sehen. Jenseits des Hotels breitete sich hinter den Palmen und dem gepflegten Grundstück das Silicon Valley und die Hügelkette aus, die sich bis nach San Francisco zog. Erika, die es sich auf dem Bett gemütlich gemacht hatte, trug ein Paar alte Shorts und ein extra langes T-Shirt, das bis zur Mitte ihrer Oberschenkel reichte. Als ihr Blick auf das Mondlicht fiel, das sich im Wasser spiegelte, schossen ihr zahllose Gedanken durch den Kopf. Sie hatte CNN eingeschaltet und sich in den letzten fünf Minuten die neuesten Berichte aus Pasadena angesehen. Das Feuer war schließlich unter Kontrolle und hatte den größten Teil der Stadt verschont, aber fünfzehn Wohnblocks in der Nähe der Raffinerie waren den Flammen zum Opfer gefallen.

Erika stöhnte. *Was für ein verrückter Tag.*

Es war wirklich ein enttäuschender Tag gewesen. MacClaines Plan hatte sich bisher als erfolglos erwiesen. Der FBI-Agent hatte sich selbst als Köder angeboten und war allein in seiner Wohnung geblieben, während ihn zwanzig Agenten, die sich im Gebäude und ringsherum verteilt hatten, beschützten. Die Japaner hatten entweder beschlossen, sich zunächst zurückzuhalten, oder sie hatten die Falle gerochen und entschieden, auf eine bessere Gelegenheit zu warten. Welchen Grund es auch immer dafür gab, so hatte sie schließlich den ganzen Tag hinten in einem Lieferwagen verbracht, der auf der anderen Straßenseite des Wohnhauses stand. Um sich zu zeigen, hatte MacClaine zweimal das Haus verlassen, einmal, um eine Zeitung aus einem Automaten vor dem Wohnhaus zu ziehen, und einmal, um auf der anderen Straßenseite eine Tasse Kaffee zu trinken. Niemand hatte ihn angegriffen. Am Ende des Tages hatte MacClaine sie mit einem bewaffneten Agenten zu ihrem Schutz ins Hotel geschickt. Dieser Agent bewachte nun den Korridor.

Das fahle Licht des Vollmondes fiel durch die Glastüren, die zu einem kleinen Balkon führten, und vermischten sich mit dem Schein der wechselnden Bilder auf ihrem siebzehn Zoll großen Sony-Fernsehschirm.

Erika schaute auf die Berge im Norden, die sich bis San Francisco und auf der anderen Seite der Bucht bis Oakland erstreckten. Sie dachte an die fruchtbaren Täler von Napa und Sonoma. Sie dachte an zu Hause.

Sie hätte gerne zu Hause angerufen, um ihrem Dad zu sagen, dass sie in der Stadt war, aber FBI-Vorschriften verboten ihr, während eines Einsatzes private Telefongespräche zu führen. Stattdessen freute sie sich einfach, in Kalifornien zu sein, und genoss den Blick auf die Berge und die frische, kalte Luft.

Diese Freude war jedoch getrübt. Unschuldige Menschen starben durch die Hand der Japaner.

Erika setzte sich hin und betrachtete abwesend die Bilder der Zerstörung, die über den Bildschirm liefen.

Es muss doch eine Möglichkeit geben ... irgendwie.

Sie atmete tief ein, nahm die Fernbedienung vom Nachttisch, schaltete den Fernseher aus, ging zum Schreibtisch im Salon ihrer Suite und schaltete ihr Compaq Presario Notebook an, das mit einem digitalen kabellosen PCMCIA-Modem vorprogrammiert war und über Satellit eine Standverbindung zur FBI-Zentrale in Washington bereitstellte. Das System wurde gebootet, aber es dauerte zwanzig Sekunden, bis Windows 2000 geladen wurde.

Erika tippte das Passwort ein, um den Virus, den sie vor zwei Jahren für FBI-Laptops geschrieben hatte, zu deaktivieren. Dieses Virenprogramm war eine Sicherheitsmaßnahme, falls ein Notebook, auf dessen Festplatte sich heikle FBI-Informationen befanden, gestohlen oder verlegt wurde. Ein Dieb konnte das entsprechende Passwort nicht eingeben und würde daher unabsichtlich den Virus aktivieren, der dann veranlassen würde, dass das System ganz normal bootete, während heimlich eine spezielle FBI-Nummer in Washington gewählt wurde und über den Remote Determination Satellite Service (RDSS – Satelliten-Positionsfernbestimmungssystem) die sofortige Verbindung herstellte. Diese Technologie funktionierte nach dem gleichen Prinzip wie das bekannte Global Positioning System (GPS – Globales Ortungssystem) – nur umgekehrt. Erikas kabelloses PCMCIA-Modem diente als Bodensender und sendete ein Signal, das von zwei oder mehr Satelliten im System empfangen wurde. Indem die unterschiedliche Ankunftszeit des Signals gemessen wurde, berechnete RDSS mit Hilfe dreidimensionaler Geometrie den Ort der Erdübertragung. RDSS konnte dann den FBI-Informatikern in Washington die genauen Koordinaten des gestohlenen Laptops liefern, wobei die Genauigkeit rund zehn Meter betrug. Die Agenten, die sich in der Nähe dieses Ortes befanden, wurden beauftragt, das System zurückzuholen und den Dieb zu verhaften. Als zusätzliches Sicherheitsfeature versteckte der Virus auch alle geheimen Informationen vor dem unbefugten Benutzer und schützte heikle Daten, bis die FBI-Agenten kamen, um den gestohlenen Laptop zurückzuholen.

Erika hatte für diesen praktischen Virus eine weitere wertlose Plakette und zweihundert Dollar bekommen. Sie musste schriftlich bestätigen, dass sie niemals mit jemandem, der nicht zum FBI gehörte, über dieses Sicherheitsfeature sprechen würde.

Erika schob eine Weihnachts-CD in das Laufwerk des Notebooks und lauschte Bing Crosbys Interpretation von *White Christmas.* Aus den im Notebook eingebauten Lautsprechern ertönte die Melodie, während sie wartete, bis der Virenscanner ihr System überprüft hatte. Sie hatte die Signatur ihres eigenen Sicherheitsvirus von der Signatur des Virenscanners entfernt, um zu verhindern, dass das System jedes Mal stockte, wenn sie den Computer bootete.

Ehe sie sich wieder dem Bildschirm zuwandte, warf sie einen Blick auf die Tür neben der Minibar und überprüfte, ob sie die Tür verriegelt hatte.

Kompletter Virencheck
Keine bekannten Viren gefunden
235.190.345 Bytes frei
Drücken Sie irgendeine Taste,
um fortzufahren

Nur noch 235 MB frei. Erika nahm sich vor, das System zu durchforsten und alte Dateien zu löschen, wenn sie nach Washington zurückkehrte, um mehr Platz zu schaffen.

Sie wählte sich ins FBI ein und wollte ihre E-Mails lesen, um über die Aufgaben, die sie ihren Mitarbeitern übertragen hatte, bevor sie Washington verlassen hatte, auf dem neusten Stand zu sein, doch stattdessen beschloss sie, ihre Abteilungs-Chat-Line zu überprüfen. Um diese späte Zeit zeigte sich nur einer auf ihrer privaten Adressenliste aktiv: Charles Chang. Sie klickte auf das Log-in-Symbol, und das System stellte ihr einen leeren Bildschirm für ihre Chat-Session zur Verfügung.

Erika: Hallo, Charlie. Wir steht's?

Chang: Hallo, Chef. Wie war der Flug? Wie ist Kalifornien?

Erika: Flug ohne besondere Vorkommnisse. Kalifornien ist großartig. Mir fehlt das Land sehr, und in meinem Zimmer gibt es keine Küchenschaben. Wie geht es Ihnen? Gibt es im Büro neue Erkenntnisse?

Chang: Gute Nachrichten von Motorola.

Erika: Ach ja?

Chang: Sie haben einen veränderten Prototypen gefunden, als sie ihre Archive überprüft haben. Der M32050, ein Mikrocontroller, der ausschließlich ans Militär verkauft wird, hatte eine verengte Leiterbahn.

Erika ballte ihre Hand zur Faust und streckte sie in die Luft. *Ja!*

Sie hatte wenig Hoffnung gehabt, dass die Unternehmen bereit sein würden, größere Summen für diese Aufgabe auszugeben, besonders jene, die noch nicht von der Sabotage betroffen waren. Aber Motorola, das schon durch das Versagen des M98000 hart getroffen worden war, hatte die Bitte um Überprüfung offensichtlich ernst genug genommen, um bei der Suche ein anderes manipuliertes Layout zu finden. Das war eine sehr aufwendige Arbeit, besonders wenn Standard-Überprüfungsmethoden wie Top-Level-Kontrollen die Sabotage nicht aufdeckten und die Konstrukteure zwang, ihre Überprüfungen auf dem Zell-Niveau durchzuführen, was die Arbeit erheblich erschwerte.

Erika: Das ist ja toll!

Chang: Ja. Einer weniger. Hoffentlich finden noch mehr Unternehmen manipulierte Chips.

Erika: Ich drücke die Daumen.

Chang: Diese Entdeckung macht die Theorie zunichte, dass ein einfacher Vergleich der Verkaufszahlen uns zu der Spur aller manipulierten Chips führen könnte. Dieser Chip wurde nur ans Pentagon verkauft, doch er wurde wie die anderen manipuliert.

Erika: Sie haben Recht. Aber durch den Vergleich könnten wir noch zusätzliche Chips finden. Auf diese Weise können wir das Problem einfach nicht vollständig lösen.
Chang: Wir suchen weiter.
Erika: Apropos suchen. Wie kommen Sie bei der Suche weiter?

Erika hatte Chang angewiesen, in ihrer Abwesenheit eine Liste aller amerikanischen Halbleiterhersteller zusammenzustellen und einen umfassenden Vergleich ihrer Verkaufszahlen durchzuführen, um nach einem Schema zu suchen, nach dem die japanischen Kunden ihre Aufträge storniert hatten.

Chang: Bisher noch nichts, aber wir suchen weiter. Wir haben schon sieben Unternehmen überprüft, hatten jedoch bis jetzt kein Glück.
Erika: Wie sieht es mit den Passwörtern aus?
Chang: Wir haben drei Roots für Akita und zwei für Sakata. Bei Mitsui hatten wir kein Glück. Es steht alles in meiner E-Mail. Passwörter sollten für vierundzwanzig Stunden ab drei Uhr Pazifik-Zeit heute gelten.
Erika: Gute Arbeit.

Chang hatte die Schlüssel-Passwörter geknackt, um in die japanischen Unternehmen eindringen zu können, indem er eine verbesserte Version des Passwort-Knack-Tools benutzt hatte, durch den sie Schwierigkeiten mit dem FBI bekommen hatte. Sie lächelte über diese Ironie des Schicksals. Die verbesserte Version beinhaltete ein Verschlüsselungsprogramm, das verhinderte, dass die Gesellschaften die Spur zurück zum FBI verfolgen konnten.

Chang: Sie haben gute Arbeit geleistet. Es ist Ihre Arbeit wie auch Detroit II.

Erika lächelte. In den vergangenen Monaten hatte sie einen Teil ihrer Freizeit damit verbracht, die Originalversion des Detroit-Virus zu verbessern.

Erika: Ihnen gefällt mein neuer Welpe?
Chang: Der neue Welpe hat scharfe Zähne.

Erika hatte verschiedene Versionen des Virus geschrieben, und zwar jeweils mit einer unterschiedlichen Mutationssequenz, und jeder nistete innerhalb der anderen. Durch dieses einfache Verfahren veränderte sich der Virus auf ganz unvorhersehbare Weise, und es war unmöglich, ihn mit der aktuellen Technologie zu knacken. Sie hatte diesen Trick von einem Professor in Berkeley gelernt. Natürlich funktionierte der Trick nur, wenn der ursprüngliche Virus wie der Detroit-Virus sehr komplex war. Ein bereits gefährlicher Virus wurde durch diese Technik in ein Monster verwandelt, das einfach nicht zu knacken war.

Erika: Arbeiten Sie weiterhin so gut und speichern Sie Detroit II in einem Offline-System. Ich will nicht, dass dieses Schätzchen in die Nähe einer Netzwerk-Verbindung gelangt.
Chang: Was dagegen, wenn ich versuche, ihn zu knacken?
Erika: Nur zu! Wenn es klappt, lade ich Sie zum Essen ein.
Chang: Abgemacht.
Erika: Ich muss Schluss machen. Bye.
Chang: Bye, Chef.

Erika loggte sich aus dem Chat-Room aus und startete ihre E-Mail-Software. Als sie die einhundertzwanzig neuen E-Mails sah, die seit gestern Abend eingegangen waren, runzelte sie die Stirn und gähnte. Dann schaute sie auf die Uhrzeit in der rechten Ecke des Bildschirms.

Kurz nach neun.

Das würde eine lange Nacht werden.

11

Köder

Brent MacClaine hielt sich in seiner Wohnung in San José auf und schaute mit gerunzelter Stirn auf die Uhr.

Die Japaner traten nicht in Aktion.

Er stand langsam von der alten Ledercouch im Wohnzimmer auf, einem der wenigen Besitztümer, die seine Frau ihm überlassen hatte. Die Barhocker vor der Theke, die diesen Raum von der kleinen Küche abteilte, wo ein Stapel dreckiger Teller in der Spüle die Physikgesetze herausforderte, während sich die Teller immer höher stapelten, waren ihm auch geblieben.

Seine Rippen pochten, und sein Mund war trocken und klebrig. MacClaine ging zum Kühlschrank und nahm eine Dose Diät-Cola heraus, der einzige Versuch, sein Gewicht zu kontrollieren. Sein Rennrad, das er sich kurz nach seinem Umzug nach Kalifornien gekauft hatte, um wieder in Form zu kommen, hatte er schon lange nicht mehr benutzt. Er war zweimal damit gefahren, und jetzt gehörte es zum Inventar des Wohnzimmers und stand rechts neben einem 25-Zoll-Fernseher, einem weiteren Gegenstand, den er nach der Scheidungsvereinbarung behalten durfte.

Brent leerte die Cola innerhalb von Sekunden, versuchte das Aufstoßen zu unterdrücken und ging zur Toilette. Er zuckte vor Schmerzen zusammen, als der rötlich verfärbte Urin in die Toilettenschüssel strahlte und ihn an die Tage erinnerte, als er sich von einer Tracht Prügel erholte, die ihm eine Gang aus Houston vor ein paar Jahren verpasst hatte.

Anschließend betrachtete er sein Gesicht im Spiegel über dem Waschbecken. Sein einst kantiges Gesicht hatte sich aufgrund der dicken Wangen in ein Mondgesicht verwandelt. Der dunkelrote Streifen unter dem linken Auge war im Laufe des Tages angeschwollen, und der Rand hatte sich gelblich verfärbt. Diese Wunde sah wohl schlimmer aus als sie war, doch seine Nase und die Rippen schmerzten bei jedem Atemzug. Er starrte auf die blutigen Papiertücher im Papierkorb neben dem Waschbecken. In den vergangenen vier Stunden hatte seine Nase dreimal geblutet.

MacClaine hustete und spuckte blutigen Schleim ins Waschbecken.

Ich pisse Blut, ich spucke Blut, und aus der Nase läuft ebenfalls Blut. Das werden diese Schweine bezahlen.

MacClaine schwor, es denen heimzuzahlen, und er hatte eigentlich gehofft, das inzwischen erledigt zu haben, aber niemand hatte versucht, sich ihm zu nähern, seit er in seiner Wohnung angekommen war. Er hatte Erika Conklin davon überzeugt, dass das im Moment ihre beste Taktik war. Allmählich fragte er sich, ob die Japaner seinen Schritt geahnt und sich entschlossen hatten, sich nicht blicken zu lassen.

»Aber früher oder später werden sie es versuchen. Sie können dich nicht am Leben lassen. Du hast ihre Gesichter gesehen.«

»Führen Sie Selbstgespräche, Sir?«

MacClaine schlug auf sein Mikro am Revers, das mit einem winzigen Gerät auf seiner Brust und einer Hörmuschel verbunden war. »Kümmern Sie sich um Ihren Job und schlafen Sie nicht ein!«

»Ja, Sir.«

Diese verdammten Grünschnäbel, dachte MacClaine, ging zum Fenster und schaute auf die Straße hinunter. Er sah zwei Pkws an jedem Ende des Häuserblocks und einen Heckenschützen auf dem Dach des Gebäudes auf der gegenüberliegenden Straße. Zahlreiche Fischer und Köder, aber von dem Fisch keine Spur.

Er dachte daran, Erika Conklin anzurufen, um über den Fall zu sprechen, doch er beschloss, damit noch eine Weile zu warten. Vielleicht waren die Japaner einfach vorsichtig und hatten Angst, sich auf ihn zu stürzen, bevor sie den Ort nicht aus sicherer Entfernung inspiziert hatten.

MacClaine holte die Reinigungsutensilien aus dem Küchenschrank, setzte sich auf einen Hocker, zog die Beretta und die kleine Walther aus den Halftern und reinigte die Waffen, um sich die Zeit zu vertreiben.

Um ein Uhr morgens stieg eine in Schwarz gekleidete Gestalt die Treppe hinauf, erreichte den Treppenabsatz des entsprechenden Korridors, öffnete ganz langsam die schwere Tür und hielt einen Mundspiegel durch die Lücke. Neben der Aufzugtür stand ein Mann in einem Anzug. Bei näherer Betrachtung war unter der Jacke in Brusthöhe eine Beule zu erkennen.

Die Gestalt öffnete abrupt die Tür, sprang auf den Flur und warf mit voller Wucht ein Messer auf den Mann, der die Tür bewachte. Die Klinge erreichte ihr Ziel, blieb im Nacken stecken und durchtrennte den Kehlkopf. Der Mann brach zusammen.

Der Korridor war frei. Die Gestalt zog die Leiche ins Treppenhaus und ging dann zielstrebig auf die Tür zu.

Brent MacClaine sprang vom Sofa hoch, als er Geräusche auf dem Korridor hörte. Seine rechte Hand griff sofort nach der gut geölten Beretta. Die Mündung war auf die Decke gerichtet.

»Vor meiner Tür tut sich was«, flüsterte er in sein Mikro.

»Ein Paar ist in seine Wohnung gegangen. Bereich sauber«, kam sofort die Antwort eines jüngeren Mitarbeiters, der den Korridor bewachte.

Erika Conklin sprang aus dem Bett, als sie hörte, dass Holz zersplitterte. Zitternd sah sie sich um und schaute auf die Uhr. Es war ein Uhr morgens. Sie hatte gerade eine Stunde geschlafen.

Verwirrt und von schrecklicher Angst erfüllt, atmete sie tief ein und lauschte den eiligen Schritten auf den Keramikfliesen des Wohnraumes ihrer Suite und dem klickenden Echo im Schlafzimmer. Erika hielt den Atem an, ihre Gedanken überschlugen sich, und die Angst schnürte ihr die Kehle zu. Jemand war bei ihr eingebrochen, und dieser Jemand würde innerhalb weniger Sekunden das Schlafzimmer erreichen.

Wie ist dieser Jemand an dem Agenten vor der Tür vorbeigekommen?

Jetzt war nicht der richtige Zeitpunkt, darüber nachzudenken. Tu etwas!

Aber was? Ich sitze in der Falle!

Eine Waffe, Erika! Du brauchst eine Waffe!

Sie griff nach dem Pfefferspray und starrte auf die geöffnete Tür des Schlafzimmers. Links von der Tür stand der Fernseher auf einem kleinen Tischchen, und rechts war die Badezimmertür.

Erika schob hektisch zwei Kissen unter die Bettdecke und sprang in die Lücke zwischen dem Fernseher und der Zimmerecke, die für jemanden, der durch den Flur ging, im ersten Moment nicht einzusehen war. Nervös fummelte sie mit dem Daumen an dem Sicherheitsdeckel der kleinen Spraydose herum und konnte ihn schließlich entfernen. Ihr Zeigefinger ruhte auf dem Druckknopf der Dose, die sie in Augenhöhe ins Zimmer richtete.

Die Schritte näherten sich über den Flur. Erika spürte das

Beben des Bodens in ihrem Versteck hinter dem Fernseher. Sie hielt den Atem an und spähte mit dem linken Auge durch die Lücke zwischen Fernseher und Wand auf die Tür.

Zuerst fiel ein Schatten in den Raum, und dann sah sie einen großen Mann, der eine sperrige Waffe in der Hand hielt, an der er Handschuhe trug. Ihr stockte der Atem, als die kräftige Gestalt weniger als zwei Meter von ihr entfernt die Waffe aufs Bett richtete und zweimal abdrückte. Nachdem er das Bett mit kleinen Pfeilen zerstochen hatte, riss er das Betttuch hoch und trat beim Anblick der Kissen überrascht zurück.

Erika hatte panische Angst und atmete ganz langsam ein. Ihre zitternde Hand hielt die Spitze der Spraydose auf die Kapuze des Mannes gerichtet, während der Eindringling in dem ganzen Raum seine Pfeile abschoss.

Der Blick des Mannes blieb auf ihr haften, ehe er das ganze Zimmer unter Beschuss genommen hatte. Asiatische Augen flackerten, als er sie durch die großen Löcher in seiner schwarzen Kapuze ansah und erkannte.

Erika drückte mit aller Kraft auf die Spraydose. Sofort erklang ein zischendes Geräusch, und zwischen ihr und dem Unbekannten breitete sich der Pfeffernebel aus.

»Aghh ... Chikuso!«

Der Eindringling ließ die Waffe sinken, presste beide Hände auf seine Augen und schrie. Erika, die nicht genau wusste, was sie jetzt machen sollte, blieb stehen, doch plötzlich schoss ihr der Rat von Brent MacClaine durch den Kopf.

Treten Sie ihm in die Eier, und dann rennen Sie um Ihr Leben.

Der Mann schrie vor Schmerzen, und Erika trat ihm mit dem nackten Fuß kräftig zwischen die Beine. Der Typ fiel zu Boden und krümmte sich wie ein Säugling. *»Hoooo ... kogan ... hoooo, hoooo«*, stöhnte er mit tiefer Stimme, während er sich mit geschlossenen Augen die Leiste hielt und Tränen den dunklen Stoff rings um seine Augen nässten.

Erikas Fuß pochte. Sie hielt das Pfefferspray noch immer in der Hand, dann fiel ihr Blick auf die Waffe, und im ersten Moment wollte sie sie aufheben. Ihr Herz klopfte, als sie die seltsame Waffe mit dem sperrigen Schalldämpfer kurz inspizierte und sich an die Pfeile erinnerte, die der Mann aufs Bett geschossen hatte. Dieser Mann wollte sie nicht töten, sondern kidnappen. Sie überlegte, ob sie die Waffe an sich nehmen sollte.

Wer glaubst du eigentlich, wer du bist? Versteck die Waffe und ruf MacClaine an!

Sie stieß die Pistole mit dem Fuß unter das Bett, schlüpfte in ihre Shorts und das schlabberige T-Shirt und rannte ins Wohnzimmer. Das gedämpfte Stöhnen des Japaners folgte ihr.

Erikas Adrenalinspiegel schoss in die Höhe, als sie ein wachsames Auge aufs Schlafzimmer warf und das Telefon ergriff. Das schwarze Gerät lag auf dem kleinen Tisch neben ihrer Computertasche.

Das Telefon klingelte, ehe sie es ergreifen konnte.

Als es klingelte, riss sie die Hand zurück.

Wer ruft mich um diese Zeit an? MacClaine?

Das Telefon klingelte ein zweites Mal.

Soll ich ...?

Das Telefon klingelte ein drittes Mal.

Sie schaute auf die Schlafzimmertür, als brauchte sie die Erlaubnis des verwundeten Eindringlings, und dann beschloss sie abzuheben. »Hallo?«

Stille.

Klicken in der Leitung.

Sie warf das Telefon aufs Sofa und hatte das Gefühl, sich übergeben zu müssen, konnte es aber unterdrücken. Aus dem Schlafzimmer drangen Geräusche. Der Eindringling hatte sich wieder hochgerappelt und taumelte auf den Flur. Eine Hand hatte er auf sein Gesicht und die andere auf die Leiste gepresst.

Erika schrie wie am Spieß, richtete noch einmal die Spraydose auf ihn und sprühte das Pfefferspray auf sein Gesicht. Der Japaner fluchte und fiel auf die Knie.

Erika griff nach ihrer Handtasche und rannte hinaus. Sie stolperte, fiel kopfüber, schürfte sich die linke Wange auf, kam wieder hoch und rannte auf den Aufzug am Ende des Korridors zu. Noch immer umklammerte sie mit der rechten Hand das Pfefferspray. Sie musste hier weg und einen Ort finden, wo sie sich verstecken und MacClaine anrufen konnte. Ihre Beine schmerzten, als sie tief einatmete und fest auf dem Teppichboden des Flurs auftrat.

Ehe sie den Aufzugknopf drücken konnte, sah sie auf die Zahlen, die über der Tür leuchteten. Jemand kam von unten herauf.

Und wenn ...?

Erika rannte links hinunter zum Treppenhaus, als ein Klingelzeichen ankündigte, dass der Aufzug hier anhielt. Sie drückte die schwere Türklinke herunter, öffnete die Tür, quetschte sich hindurch, erreichte den Treppenabsatz im Treppenhaus, ehe sich die Aufzugtür öffnete, und fiel fast über die Leiche des FBI-Agenten, der im Auftrag von MacClaine ihre Suite bewachen sollte.

Erika drehte sich der Magen um, als sie die toten Augen des Agenten im finsteren Treppenhaus anstarrten. Es ging alles so schnell. Sie hatte Angst, die Besinnung zu verlieren.

Konzentriere dich! Du musst dich konzentrieren! Vielleicht kannst du etwas herausbekommen!

Erika öffnete ganz langsam die Tür, die leise quietschte. Ihre Kehle war wie zugeschnürt. Vier Männer stürzten aus dem Aufzug und rannten auf ihre Suite zu.

»Warum, zum Teufel, geht sie ans Telefon?«, fragte ein kahler, dürrer Asiat mit tiefer, krächzender Stimme.

»Ich weiß es nicht ... Polizei! Gehen Sie zurück in Ihr Zimmer!«, schrie ein kräftiger Asiat mit blond gefärbtem

Haar, der eine Dienstmarke zückte, in akzentfreiem Englisch, als sich eine Tür öffnete.

Erika schloss die Tür und wollte gerade die Treppe hinunterlaufen, doch da hörte sie die eiligen Schritte mehrerer Personen, die die Treppe von unten heraufstiegen.

Ihr blieb keine andere Wahl, und daher ging sie auf Zehenspitzen die Treppe bis zum nächsten Stockwerk hinauf, drückte langsam die Klinke herunter und spähte auf den Korridor. Es war niemand zu sehen.

Vorsichtig ging sie zum Aufzug und drückte auf den Knopf. Das war im Moment ihre einzige Chance. Sie waren im Treppenhaus, und in diesem Augenblick würden die Verbündeten des verwundeten Mannes ihre Suite erreichen, ihren kampfunfähigen Kollegen finden und sofort wieder zum Aufzug rennen. Sie konnte entweder bis nach oben fahren, doch dort würde sie dann in der Falle sitzen, oder sie fuhr mit dem Aufzug nach unten, bevor der Eindringling und seine Genossen zurückkehrten.

Das Klingelzeichen ertönte. Erika stand ängstlich mit der Spraydose neben dem Aufzug. Falls sie jemanden im Aufzug entdeckte, würde sie das Pfefferspray versprühen und zurück zum Treppenhaus rennen.

Der Aufzug war leer.

Sie stieg ein und drückte das Kellergeschoss, da die Männer, die sie verfolgten, jemanden in der Eingangshalle zurückgelassen haben könnten.

Die Tür schloss sich. Der Aufzug rumpelte leicht, und fuhr dann nach unten. Erika hielt den Atem an, als sie auf die Digitalanzeige schaute, und legte ihren Daumen vorsichtshalber auf die Notstopptaste, falls der Aufzug sein Tempo verringerte, wenn er die nächste Etage erreichte.

Der Aufzug fuhr weiter.

Erika seufzte erleichtert, lehnte sich gegen die Wand und verschränkte die Arme. Sie zog ihr Handy aus der Handtasche und fluchte leise, weil sie im Aufzug keine Verbindung bekam.

Auf der polierten Metalltür, hinter der das Notruftelefon hing, konnte sie ihr Spiegelbild mit den roten Kratzern auf der linken Wange sehen. Verärgert verzog sie das Gesicht.

Du hast Glück gehabt, dass du nicht mehr abgekriegt hast.

Der Aufzug erreichte das Kellergeschoss. Wieder hielt Erika den Atem an, richtete die Spraydose auf die Tür und wartete, bis diese sich öffnete. Als die Tür aufging, sah sie einen riesigen Maschinenraum. Leitungen, Belüftungsrohre und Kabel zogen sich unter der Decke entlang. Viele waren mit grollenden Geräten, zischenden Heizkesseln und surrenden Ventilatoren verbunden. Die hohe Luftfeuchtigkeit und die Wärme schlugen Erika entgegen, nachdem sie aus dem klimatisierten Aufzug gestiegen war und sich die Türen hinter ihr geschlossen hatten.

Sie verschwand in dem Gewirr ramponierter Maschinen und steuerte auf das Ende des Raumes und das rote Ausgangsschild über einer Metalltür zu.

Vorsichtig rannte sie durch die engen Gänge zwischen den unzähligen Maschinen. Sie hatte Angst, sich zu verbrennen, denn sie konnte die Hitze spüren, die von einigen überhitzten Rohren ausstrahlte, in denen vermutlich heißes Wasser oder Wasserdampf war. Erika brach der Schweiß aus, und ihre offene Wunde fing an zu brennen.

Es dauerte über eine Minute, bis sie das Ende des Kellers erreicht hatte, und im gleichen Augenblick stürzte jemand vorne in den Raum. Das Echo der schnellen Schritte auf dem Betonboden vermischte sich mit dem Grollen der Maschinen.

Erika zögerte einen Moment, duckte sich dann und rannte zum Ausgang. Sie hörte das Klingelzeichen des Aufzugs, die fernen Schritte und das Rumoren der Maschinen.

»Ist sie hier unten?«, fragte eine Stimme mit asiatischem Akzent.

»Sieht nicht so aus«, erwiderte ein Mann ohne Akzent.

»*Chikuso!* Umstellt das Gebäude!«

»Hai!«

Erika wartete benommen. Ihr wurde von der Hitze, die ein zischendes Rohr in der Nähe ausstrahlte, schwindelig. Sie bekämpfte den Schwindel, atmete tief ein und verhielt sich ganz ruhig, bis sie das Kellergeschoss wieder verlassen hatten. Schweißdurchnässt schlich sie durch die Hintertür zur Treppe, die auf der Rückseite des Gebäudes zur Straße führte.

Übelkeit stieg in ihr hoch, als kalter Schweiß über ihr Gesicht und ihre Brust lief. Sie erschauderte. Erika überprüfte, ob ihr Handy jetzt eine Funkverbindung bekam, wartete eine Weile, rannte dann auf die Bäume hinter dem Hotelparkplatz zu und wählte MacClaines Nummer.

Sie versteckte sich hinter einer dicken Eiche. Das Licht des Hotels warf einen gelblichen Schimmer über den Parkplatz und die Bäume, die sich bis zur Zufahrtsstraße zum Highway 880 hinzogen. Erika drückte auf die Anruftaste.

»Ja?«, hörte sie MacClaines mürrische Stimme nach dem zweiten Klingeln. Erika war erleichtert, als sie seine Stimme hörte.

»MacClaine! Sie sind hinter mir her.«

»Conklin? Scheiße! Wo?«

»Sie sind in mein Zimmer im Sheraton eingebrochen. Ihr Mann ist tot. Ich konnte entkommen.«

»Verdammt! Wo sind Sie jetzt?«

»Auf dem Parkplatz vor dem Hotel.«

»Wann wurden Sie angegriffen?«

Sie schaute auf die Uhr. Zehn Minuten waren vergangen, seitdem der Eindringling ihre Tür eingetreten hatte.

»Ungefähr ... ungefähr vor zehn Minuten.«

»Okay. Versuchen Sie, die Ruhe zu bewahren, und geraten Sie nicht in Panik.«

»Ich bin die Ruhe selbst.«

»Okay, okay! Ich schicke sofort einen Wagen.«

Das Surren der Moskitos drang in ihr Ohr. Auf ihrer aufgeschürften Wange brannte der Schweiß.

Zwei Männer rannten aus dem Ausgang, durch den sie gerade gekommen war. Erika erstarrte.

»Conklin? Sind Sie noch dran?«

»Sie sind mir auf den Fersen«, flüsterte sie. »Sie suchen den Parkplatz ab.« Genau in diesem Moment fuhren zwei Lieferwagen in die Mitte des Parkplatzes, der nur zur Hälfte mit Fahrzeugen belegt war. Aus jedem Lieferwagen stiegen vier Männer. »Es sind ungefähr zehn.«

»Okay. Gehen Sie ganz langsam weg, und vermeiden Sie jedes offene Gelände. Bleiben Sie vor allem am Apparat. Ich habe einen Sender in Ihrem Handy installiert. In einer Minute haben wir Sie aufgespürt.«

Erika Conklin atmete ein paar Mal tief durch, um sich zu beruhigen, drang tiefer in das Wäldchen ein und schob Zweige zur Seite, um sich das Gesicht nicht zu verletzen, doch das Gestrüpp zerkratzte ihre nackten Waden. Einen Moment später erreichte sie den äußersten Rand des Parkplatzes, von wo aus sich ein kleiner, grüner Hang bis zur Zufahrtsstraße erstreckte.

»Wo sind Sie jetzt?«

Sie sagte es ihm.

»Können Sie sie sehen?«

»Jetzt nicht mehr.«

»Gut. Das bedeutet, dass man Sie auch nicht sehen kann.«

Erika dachte nach. Nach diesem Chaos einer fast tödlichen Begegnung und dem Wahnsinn, zur Zielscheibe geworden zu sein, konnte sie allmählich wieder klarer denken. Als sie sich jetzt parallel zur Zufahrtsstraße bewegte und sich ein Stück von den Bäumen entfernt hielt, wich langsam die Angst. Sie hatte es tatsächlich geschafft, zehn Männer, die sie verfolgten, zum Narren zu halten. Ohne mit MacClaine zu sprechen, kehrte sie zum Rand des Parkplatzes zurück und entdeckte Gestalten, die eilig zwischen den Autorreihen hindurchliefen und sie suchten. Zwei von ihnen waren ganz in ihrer Nähe.

Erika kauerte sich hinter eine Reihe dicker Büsche, presste das Handy mit beiden Händen an ihr rechtes Ohr und flüsterte: »MacClaine?«

»Ja?«

»Ich bin wieder auf dem Parkplatz. Die Männer suchen mich noch.«

»Was? Sind Sie verrückt? Verdammt, Conklin! Die bringen Sie um! Machen Sie, dass Sie da wegkommen. Sie wissen ja nicht, mit wem Sie es zu tun haben.«

»Hören Sie mir zu, MacClaine«, sagte Erika, die jetzt wieder Selbstvertrauen fasste. »Wenn Ihre Leute hier ankommen, werden diese Typen schon längst über alle Berge sein. Noch haben wir Zeit, sie zu verfolgen. Das wollen Sie doch, oder?«

»Auf keinen Fall, Conklin. Sie sind Informatikerin und keine Agentin. Sie würden keine Minute überleben.«

»Bisher habe ich überlebt ...«

Plötzlich bekam Erika einen kräftigen Fausthieb auf den Brustkorb versetzt. Sie ließ ihr Handy fallen und krümmte sich vor unerträglichen Schmerzen, als ein zweiter Schlag ihre zarte Gestalt in die Luft wirbelte und sie gegen einen Baumstamm prallte. Die Borke zerriss ihr T-Shirt und schürfte ihren Oberkörper auf. Sie lag benommen auf dem Bauch, doch sie spürte deutlich das unkontrollierte Zucken in ihrem ganzen Körper. Die Galle kam ihr hoch, und ihr Blasenmuskel wurde schwach.

Eine Gestalt packte sie an den Haaren und der Hüfte, hob sie mit unglaublicher Leichtigkeit aus dem Gebüsch und schleuderte sie mit tierischer Brutalität an den Rand des Parkplatzes. Sie versuchte, ihre Hände nach vorn zu strecken, aber es gelang ihr nicht. Schon flog sie durch eine Reihe hüfthoher Büsche und landete mit einem dumpfen Aufprall auf dem Rasen auf der anderen Seite.

Sie keuchte vor Schmerzen, ihre Rippen brannten, ihr Gesicht war wie betäubt, und Tränen nahmen ihr die Sicht. Erika Conklin sah verschwommen eine Gestalt, die sich näherte, sah ein Bein, das Schwung holte und machte sich auf das Schlimmste gefasst ...

Der kräftige Tritt traf sie genau unter dem Brustbein, und als der Stiefel gegen ihren Körper prallte, verlor sie die Kontrolle über ihren Blasenmuskel. Ihre Augenlider zuckten, und in ihrem Kopf herrschte Leere. Die Schmerzen waren unerträglich. Blut und Galle stiegen ihr in die Kehle. Ihr war so schwindelig, dass sich alles ringsherum drehte.

Sie hörte eine ferne englische Stimme mit einem starken Akzent. »Hallo, Erika Conklin. Mein Name ist Hashimoto.« Dann verlor sie die Besinnung.

»Verdammte Scheiße!«, schrie Brent MacClaine, der auf die Straße rannte und hinten in den Pkw sprang, der schlingerte, als er die Straße hinuntersauste. »Schneller, verdammt!«, schrie er und wählte auf seinem Handy ungeduldig die Männer an, die er vor fünf Minuten ins Sheraton geschickt hatte.

»Seid ihr da?«

»Fast, Sir.«

Er atmete enttäuscht aus, als sie auf die 101 auffuhren und dann nach Süden rasten, den Highway bei Montague verließen und an Dutzenden Wohnhäusern und Hotels vorbeifuhren, die eingezwängt zwischen High-Tech-Unternehmen lagen. MacClaine ballte seine Hand zur Faust und drückte sie gegen sein Kinn. Er hatte gerade einen seiner besten Männer verloren und jetzt vielleicht auch noch Erika Conklin. Seine Erfahrung sagte ihm, dass der Rettungsversuch seiner Männer erfolglos verlaufen würde. Sein Verdacht bestätigte sich, als der Wagen links in die MacCarthy- und dann rechts in die Barber-Lane einbog, an der Vorderseite des Sheraton vorbeifuhr, wo schon zwei Streifenwagen standen, und auf dem Parkplatz hinter dem Hotel zum Stehen kam. Dort war niemand außer drei Gestalten, die an den Bäumen vorbeigingen, welche den Platz begrenzten. Seine Männer. Zwei Polizisten kamen mit Taschenlampen in der Hand aus dem Hintereingang des Hotels.

Als der Wagen am Rand des Asphalts hielt, sah MacClaine, dass einer seiner Männer, der zwischen den Bäumen hervorkam, ein kleines schwarzes Ding in der Hand hielt. MacClaine untersuchte es, und Enttäuschung machte sich breit. Einen Augenblick hatte er gehofft, dass Erika möglicherweise mit dem Handy gekidnappt worden war, was ihm, wenn es eingeschaltet gewesen wäre, die Möglichkeit gegeben hätte, sie aufzuspüren und vielleicht einzuschreiten, ehe ihr Verhör und ihre sichere Ermordung erfolgten. Aber diese Hoffnung schwand, als er das schwarze Handy in seiner Hand anstarrte.

Der Agent zeigte den Polizisten, die jetzt zu ihm kamen, seine Dienstmarke. Er würde die Beamten eine Weile brauchen.

12

Interessenkonflikt

DAS WEISSE HAUS

Präsident Williams löste den Knoten seines Morgenmantels und stieg in einem Baumwollpyjama ins Bett. Die First Lady, Elizabeth Williams, saß im Bett und las in einer Zeitschrift.

Der Präsident setzte sich eine Brille auf und tat so, als ob er sich einen Pentagon-Beschaffungsplan fürs kommende Jahr ansehen würde, doch in Wirklichkeit quälte er sich mit dem Gedanken herum, wie er ihr die Nachricht beibringen sollte, dass Derek Ray und seiner SEAL-Einheit möglicherweise ein Einsatz in Japan bevorstand.

»Was ist los, Liebling?«, fragte Elizabeth. Ihr blondes Haar fiel anmutig auf ihre entblößten Schultern und erinnerte den Präsidenten an den Tag, da er sie zum ersten Mal in Saigon gesehen hatte. Es war im Sommer 1969, ein Jahr nach dem Tod ihres Gatten, als sie als Oberschwester in einem amerikanischen Militärkrankenhaus gearbeitet hatte.

Williams lächelte freundlich, umarmte sie und küsste sie auf die Stirn. »Wie kommt es, dass du immer weißt, was in meinem Kopf vorgeht, obwohl ich doch der mächtigste Mann der Welt sein soll?«

Sie kniff ihre blauen Augen wie damals zusammen, als sie einem Arzt assistierte, der südvietnamesischen Kindern Poliospritzen gab. »Les, nach dreißig Jahren weiß ich genau, in welcher Stimmung du bist. Ich weiß, dass du etwas auf dem Herzen hast. Was ist los?«

Er nahm die Brille ab und rieb sich über die Nase. »Wir

befinden uns in einer Situation, die möglicherweise das Einschreiten der SEALs erforderlich macht. Es könnte sein, dass Derek weg muss.«

Sie schüttelte den Kopf. »Aber ... aber ich dachte, er sei versetzt worden, jetzt wo das Baby kommt. Wie kann die Marine ihm das antun?«

»Seine Versetzung ins Pentagon steht frühestens in zwei Monaten an.«

Sie umklammerte die Zeitschrift mit beiden Händen und rollte sie fest zusammen. Im ersten Moment fragte er sich, ob sie ihn damit schlagen wollte. »Er hat schon dreimal in Gefechten gedient, Les, und wir haben ihn in Panama und Kuwait fast verloren.«

»Beth, versuche das doch zu verstehen. Bei den SEALs hat sich viel verändert. Es gibt zu viele Neulinge. Er ist einer der erfahrensten Leute in Coronado.«

»Jeder ist zu ersetzen, Les. Das hast du mir selbst immer wieder gesagt. Ich bin sicher, dass es bei den SEALs viele dynamische junge Männer gibt, die geradezu auf einen Einsatz brennen. Warum er? Warum?« Tränen stiegen ihr in die Augen.

Präsident Williams schwieg.

»Wie riskant ist der Einsatz?«

Er zuckte mit den Schultern. »Das ist im Moment schwer zu sagen. Wir sind noch nicht einmal sicher, ob sie einschreiten müssen, aber sie sollen für alle Fälle stationiert werden. Und ich weiß noch nicht, ob es seine Truppe sein wird.«

»Sei ehrlich, Les. Wenn SEALs eingesetzt werden müssen, wird es dann seine Einheit sein?«

Präsident Williams nickte kurz. »Ich glaube ja.«

Eine Träne rollte über ihre Wange. Sie strich sie mit dem Finger weg, gab ihm einen Gutenachtkuss und drehte sich um. Der Präsident machte das Licht aus, schmiegte sich an ihren Rücken und umarmte sie.

»Derek war immer sehr eigensinnig. Ich habe ihn gebeten, nach Kuwait auszusteigen, doch er wollte es nicht. Er hat genauso einen Dickschädel wie sein Vater *und* sein Stiefvater. Aber lass es dir gesagt sein: Ich weiß nicht, ob ich den Gedanken ertragen könnte, ihn wie John zu verlieren. Ich glaube, ich könnte es nicht«, sagte sie schluchzend.

»Ich weiß«, flüsterte er ihr ins Ohr. »Ich weiß. Beten wir, dass es nicht dazu kommt.«

In der Dunkelheit umarmte der Präsident die Frau, die er liebte. Er war entschlossen, alles zu tun, um den Unfällen, die sein Land langsam vernichteten, ein Ende zu bereiten. Der Präsident der Vereinigten Staaten, der zwischen seiner Liebe zu seiner Familie und der Verantwortung für sein Land hin- und hergerissen war, bat in einem stummen Gebet um Weisheit und Kraft.

13

Geschäftsessen

SANTA CLARA COUNTY

Der clevere Willie Matsubara hielt sich im Privatzimmer einer Karaoke-Bar in San José auf. Er sang gemeinsam mit zwei Gästen der Sony-Geschäftsführung und drei fantastischen Blondinen aus Südkalifornien. Die drei Japaner standen in der Mitte eines Kreises, und Matsubara hielt ihnen das Mikro vor den Mund. Die schlanken Models, die sie umringten, klatschten und kicherten über ihre entsetzliche Wiedergabe von Rod Stewarts: *Do you think I'm sexy?*

Matsubara hatte die Geschäftsführer vor vier Stunden im San José International abgeholt und sie auf Bitte von Tokio schon fürstlich bewirtet. Die Frauen hatte er noch im letzten Moment bestellt. Sie arbeiteten alle als Model in der Bay Area und schuldeten Matsubara nicht nur Dank, weil er Geld für ihre Nasen-, Kinn-, Lippenkorrekturen und Brustimplantate – Schönheitsoperationen, die in einer Klinik in San Francisco durchgeführt worden waren – locker gemacht, sondern auch, weil er sie bei der Bay Area Model Agency, die Sakata Electronics gehörte, untergebracht hatte.

Matsubara lehnte sich zurück, als die beiden Sony-Geschäftsführer die Zeilen auf dem Bildschirm sangen. Er flüsterte den beiden Blondinen etwas zu. Diese nickten, umarmten die beiden japanischen Geschäftsführer von hinten und küssten sie auf ihr ergrautes Haar. Einer der Männer, der fast einen Kopf kleiner als das Model war, drehte sich um, umarmte seine Begleiterin, vergrub sein Gesicht in ihrem Busen, kniff ihr in den Hintern und lachte laut. Sie lachte ebenfalls, beugte sich vor, küsste ihn auf den Nacken und löste seinen Krawattenknoten. Der andere setzte sich hin, zog die Frau auf seinen Schoß und glitt mit der Hand unter ihren kurzen schwarzen Rock.

Matsubara legte das Mikro weg, setzte sich ihnen gegenüber hin, lächelte und pfiff die alte Melodie. Seine Begleiterin gesellte sich zu ihm. Er goss Wein in ein Glas und schaute sie freundlich an. Die junge Frau, die auf der Highschool in L.A. einst Schönheitskönigin gewesen war, trank einen Schluck Wein und griff unter dem Tisch an seine Leiste. Er schüttelte den Kopf und schob ihre Hand weg.

»Warum nicht, Willie?«, flüsterte sie ihm ins Ohr, das sie anschließend mit ihrer Zunge kitzelte.

»Später«, sagte er freundlich, aber bestimmt. »Vielleicht später«, fügte er lächelnd hinzu

Sein Handy klingelte.

»Hai?«

»Unsere Verbündeten haben die Fotos erhalten, Matsubara-san. Sie werden an die Presse geschickt. Die Artikel müssten morgen erscheinen.«

»Gut.«

»Die Frau haben wir auch. Kommen Sie zum Lagerhaus.«

Matsubara schaute auf die Uhr und dann auf die beiden Geschäftsführer, die bereits dabei waren, die Models zu entkleiden. Es war Zeit, den Wagen zu rufen und sie alle zum Fairmont bringen zu lassen. »Ich bin in einer Stunde da«, sagte er und beendete das Gespräch.

»Was ist mit mir, Willie?«, fragte das Mädchen.

Matsubara drehte sich zu ihr um. Sie war unglaublich attraktiv. »Du fährst mit Hakashita-san ins Hotel.« Er zeigte auf den höher gestellten der beiden japanischen Männer. »Sie sollen sich lange an diese Nacht erinnern. Verstanden?« Er zwinkerte ihr zu und schenkte ihr ein bezauberndes Lächeln.

»Okay, Willie.«

»Später können wir zwei uns dann amüsieren. Vielleicht fahren wir übers Wochenende nach Tahoe, *hai?* Gefällt dir das?«

Sie nickte. »Das hört sich großartig an«, erwiderte sie und ging zurück zu den Männern.

Matsubara griff in seine Jackentasche, zog eine kleine Plastikdose heraus, entnahm ihr eine kleine, runde Tablette, gab sie dem älteren Geschäftsführer und flüsterte ihm ins Ohr: »Viagra, Hakashita-san. Nehmen Sie sie jetzt, dann können Sie den Abend richtig genießen.«

Der Geschäftsführer, der sich schon mit beiden Frauen eingelassen hatte und dessen Gesicht mit rotem Lippenstift verschmiert war, löste sich von den Lippen der einen Blondine, klopfte Matsubara auf den Rücken und verneigte sich leicht.

Der clevere Willie verneigte sich ebenfalls und rief dann über Handy den Wagen.

14

Nagetiere

Erika Conklin zitterte, als sie langsam zu sich kam. Eiskaltes Wasser durchnässte ihr Hemd und ihre Shorts. Sie hörte Stimmen und versuchte, die Augen zu öffnen, um sich die Männer, die sie überfallen und gekidnappt hatten, anzusehen. Doch sogar das schmerzte, allerdings nicht so sehr wie die unsichtbare Zange, die ihre Rippen bei jedem Atemzug zusammenpresste.

Erika wusste, wie man einen Faustschlag einsteckte. Den ersten hatte sie bei einer Rauferei auf der Ranch mit einem ihrer Brüder erhalten, als sie sich darum gestritten hatten, wer das Pony reiten durfte. Sie hatte den kurzen Kampf gewonnen, aber er hatte ihr und ihrem Bruder auch einen Monat Stallreinigung eingebracht. Seitdem hatte sie den Biss einer Klapperschlange und die Tritte eines wilden Pferdes überlebt. Doch sie war noch nie verprügelt worden.

»Wachen Sie auf, Conklin!« Erika öffnete zitternd ein Auge und starrte einen asiatischen Mann an. Zwei größere Asiaten, von denen einer einen blond gefärbten Bürstenhaarschnitt hatte, standen neben ihm und hielten silberfarbene Wassereimer in der Hand. Sie versuchte, sich zu bewegen, doch sie stellte fest, dass sie an einen Stuhl gefesselt war. Es sah aus wie in einer Lagerhalle. Zu ihrer Rechten stapelten sich verpackte Computerteile bis zu den Dachsparren, auf denen breite Wellblechbahnen lagen. Zu ihrer Linken führten große Garagentore zur Straße. Drei Gabelstapler standen vor einer Tür neben einem schwarzen Sportwagen und den beiden Lieferwagen, die sie vor dem Sheraton gesehen hatte.

»Sie stinkt noch immer«, sagte der kleinere Asiat zu einem seiner muskulösen Gefährten, rümpfte die Nase und wandte sich an Erika: »Sie haben sich vollgepisst.«

»Vielleicht war es gar nicht die Pisse«, sagte der Blonde mit dem Eimer in der Hand verächtlich. »Vielleicht stinken FBI-Schweine so.«

Jetzt erinnerte sich Erika. Als sie vor dem Sheraton verprügelt worden war ...

Auf ein leichtes Nicken des drahtigen Asiaten hin wurde Erika ein weiterer Eimer eiskaltes Wasser über den Kopf geschüttet.

Sie musste niesen, und der stechende Schmerz in ihrem zerquetschten Brustkorb verstärkte das Pochen in ihren Schläfen. Ein kurzer Blick auf ihren Körper zeigte ihr, dass sie die Shorts noch trug. Diese Schweine hatten sie verprügelt, aber zumindest nicht vergewaltigt – bis jetzt.

»Hallo, Agentin Conklin. Mein Name ist Hashimoto«, sagte der kleine, kahlköpfige Japaner, der sich verneigte, grinste und seine gelben Zähne entblößte.

Erika antwortete ihm nicht. Ihre Lippen bebten von der Kälte, und ihre Haut war mit Gänsehaut überzogen. Sie blieb ruhig, aber sie spürte, dass das hier kein gutes Ende nehmen würde. Hinter den drei Japanern sah sie einen Tisch, auf dem ihre geöffnete Laptop-Tasche lag. Der Compaq stand neben der Tasche ... *Eingeschaltet! Natürlich!* Sie hatten ihn eingeschaltet, weil sie hofften, etwas über die laufenden Ermittlungen zu erfahren, als sie bewusstlos gewesen war. Glücklicherweise waren die wichtigen Dateiverzeichnisse auf ihrer Festplatte durch denselben Virus geschützt, der den Laptop über den eingebauten Satellitensender inzwischen mit Washington verbunden haben müsste. Erika schöpfte Hoffnung.

Hashimoto wurde wieder ernst. »Warum interessieren Sie sich für Akita Electronics?«

»Ich weiß nicht, worüber ... worüber Sie reden«, erwiderte sie und nieste wieder, was einen entsetzlichen Schmerz in ihrem Brustkorb zur Folge hatte. Sie versuchte, den Schmerz zu bekämpfen, um sich zu konzentrieren, und hoffte, so viel Zeit wie möglich herauszuschlagen. Sie betete, dass das Signal das FBI in Washington schon erreicht hatte. Zum ersten Mal freute sie sich tatsächlich darauf, Special Agents des FBI zu sehen.

»Wer leitet die Ermittlungen?«

»Er ... Ermittlungen?«

»Wir haben MacClaine beschattet und gesehen, dass Sie mit ihm zusammenarbeiten. Wir haben uns Ihre persönlichen Sachen angesehen. Sie kommen aus Washington. Warum interessiert sich das FBI für Akita? Warum wollte MacClaine mit Mr. Nakamura sprechen?«

Erika neigte den Kopf zur Seite. Das Wasser tropfte noch immer von ihrem nassen Haar in ihre Augen und zwang sie zu blinzeln. »Sehen Sie ... Ich bin nur Informatikerin ... beim FBI. Ich habe noch nicht einmal eine Waffe. Ich mache hier ... hm ... Urlaub. Ich bin in Kalifornien aufgewachsen.«

»Ich gebe Ihnen noch eine zweite Chance, Agentin Conklin.«

»Bitte ... Ich bin keine Agentin. Ich bin Informatikerin.«

Ein gut gekleideter Asiat kam zu ihnen. Hashimoto und die beiden Schläger wichen zur Seite.

»Das ist eine schlimme Sache, Erika«, sagte der hübsche Asiat in tadellosem Englisch und beugte sich über ihren Kopf. Sein Atem roch nach Scotch. »Mein Name ist Willie Matsubara. Ich vertrete die Interessen japanischer Unternehmen, die in Ihrem Land Geschäfte betreiben.«

Der Fremde legte behutsam eine Hand unter ihr Kinn und schaute ihr ins Gesicht. »Man sieht, dass sich hinter diesen Kratzern und Quetschungen ein hübsches Gesicht verbirgt.

Wir wollen Ihnen nichts tun. Wir wollen lediglich wissen, warum das FBI mit Nakamura-san sprechen wollte. Sie könnten uns helfen, indem Sie einfach ehrlich sind. Ich gebe Ihnen mein Wort, dass wir Ihnen nichts mehr antun, wenn Sie meinen Rat befolgen.«

Natürlich glaubte Erika diesem Typen kein Wort. Wollte er ihr wirklich weismachen, dass man sie gehen lassen würde, nachdem sie ausgepackt hatte?

Bevor Erika antworten konnte, flüsterte Hashimoto ihm ein paar Sätze auf Japanisch zu und reichte ihm etwas. Es sah aus wie ein Ausweis.

Matsubara schaute sich das an und sagte dann: »Mein Mitarbeiter fragt, warum auf Ihrem Flur im Sheraton ein bewaffneter Agent gestanden hat, wenn Sie hier Urlaub machen?«

»Ein bewaffneter Agent?«

Matsubara runzelte die Stirn und zeigte ihr den Ausweis des FBI-Agenten, der sie ins Sheraton begleitet hatte. »Es tut mir Leid, aber ich kann Ihnen nicht helfen, wenn Sie mir nicht helfen.«

Erika schwieg.

»Ich verstehe.« Er nickte Hashimoto zu und ging zu seinem Sportwagen.

»Warten Sie ... Warten Sie einen Moment ... Bitte«, flüsterte sie. Matsubara drehte sich um.

»Ich arbeite fürs FBI ... Ich arbeite an einem Fall, der verschiedene japanische Unternehmen mit den ... hm ... Unfällen in Verbindung bringt, die durch Computerversagen ausgelöst wurden.«

Matsubara lächelte. »Gut, Erika. Sehr gut.«

»Warum ... Was ist Ihr Motiv?«, fragte sie. »Wirtschaftliche Überlegenheit?«

Matsubara lächelte noch immer. »Auch sehr gut, Erika. Und wie sind Sie auf die Verbindung zu Japan gekommen?«

Erika konnte langsam wieder klar denken. Sie dachte über

die Frage nach und überlegte, wie viele Informationen sie preisgeben sollte, während sie versuchte, selbst Informationen zu sammeln. Wenn Washington tatsächlich mit Hilfe des Senders in ihrem Laptop ihren Aufenthaltsort ermitteln konnte, wäre es nur eine Frage der Zeit, bis das FBI diesen Platz umstellt hatte. Das bedeutete, dass alle Informationen, die sie preisgab, für die Japaner nicht mehr von Nutzen waren. Aber alles, was sie erfuhr, weil diese Kerle, die sie gekidnappt hatten, glaubten, dass sie diesen Ort nicht mehr lebend verlassen würde, könnte ihr später dienen, um den Verantwortlichen für die Sabotage auf die Spur zu kommen. Andererseits wollte sie ihren einzigen Trumpf nicht aus der Hand geben, indem sie eingestand, dass die Verbindung aufgrund der Verkaufszahlen hergestellt worden war.

»Okay«, sagte sie und atmete langsam ein, um zu vermeiden, dass sich ihr Brustkorb dehnte. Sie beschloss, es zu riskieren. »Wir sind darauf gekommen, weil wir die Freundin eines Technikers, den Sie bestochen haben, damit er in das Layout eines Chips von Texas Instruments eingreift, aufgespürt haben.«

Matsubaras harte Gesichtszüge strafften sich, als er die Augen zusammenkniff.

Erika schloss einen Augenblick die Augen. Ihr war schwindelig, doch es war wichtig, dass sich die Story glaubwürdig anhörte. »Ich glaube, der Name war Pasdats? Ja, Gerome Pasdats. Er lebte in Houston. Seine Schwester, die in Little Rock wohnen soll, konnten wir nicht finden ... hm ..., aber seine Freundin.«

Matsubara war offensichtlich verwirrt. »Ich verstehe. Und was hat sie Ihnen gesagt?«

»Mit diesem Teil der Ermittlungen hatte ich nichts zu tun. Ich bin Informatikerin und habe mit den Technikern der Unternehmen, deren Chips versagt haben, zusammengearbeitet, um den Grund des Versagens aufzudecken. Ich weiß nur, dass Akita Electronics aufgrund dieser Ermittlungen zu den Hauptverdächtigen gehört.«

»Gab es noch andere Unternehmen?«

Erika schüttelte ohne zu zögern den Kopf. »Akita ist der einzige Verdächtige. Darum wollten wir auch mit Nakamura sprechen.«

»Nakamura-san wurde in die Geschäftsführung in Osaka zurückgerufen.«

Sie seufzte. »Wer sind Sie wirklich?«

»Das habe ich Ihnen doch gesagt. Ich bin Oruku Matsubara. Es ist meine Aufgabe, japanische Unternehmen in diesem Land zu schützen.«

»Tarnung. Das ist doch nur Tarnung.«

Matsubara lächelte. »Es ist wirklich eine Schande, dass das FBI so eine gute Agentin verlieren wird.«

»Informatikerin.«

»Informatikerin. Ich glaube, ich kann Ihnen jetzt ruhig sagen, dass wir gewissermaßen Kollegen sind. Ich arbeite für den japanischen Geheimdienst.«

Erika schloss die Augen. Der Raum drehte sich. Ein Spritzer kaltes Wasser brachte sie in die Realität zurück.

Hat er gesagt, dass er für den japanischen Geheimdienst arbeitet?

Als sie wieder zu sich kam, ging Matsubara zu seinem Wagen.

»Wie viele ... wie viele ICs sind es noch ...?«

Matsubara blieb stehen, drehte sich um, lächelte und steckte die Hände in seine Jackentaschen. »Das soll Ihre Behörde herausbekommen. Ich kann Ihnen nur sagen, dass es sehr viele sind. Es wird noch viele Überraschungen geben, ehe es vorbei ist. Am Ende wird mein Land wieder in der High-Tech-Welt den Ton angeben.« Er drehte sich zu Hashimoto um. »Überzeugen Sie sich davon, dass sie die Wahrheit gesagt hat.«

Hashimoto nicke leicht. »*Hai*, Matsubara-san.«

Eines der Garagentore hob sich gerade so weit, dass er hinausfahren konnte, ehe es sich wieder senkte und auf den Betonboden knallte.

Hashimoto drehte sich zu dem korpulenten Asiaten mit dem blonden Haar um und sagte: »Bring mir mein Haustier.«

Erika atmete tief ein. Sie wusste ziemlich genau, was dieser Asiat für ein Haustier hatte.

15

Der Profi

Trotz seines Übergewichtes wusste Brent MacClaine noch immer, wie man sich schnell, leise und geschickt bewegte. Seine Sinne waren auf die Umgebung gerichtet. Der ferne Verkehr auf der 101 hallte durch die Gasse. Jetzt wandte MacClaine seinen Blick von dem großen, einstöckigen Gebäude auf der anderen Straßenseite ab.

Er las das Schild *West Coast Distributors* unter dem Scheinwerferlicht, das rings um die Lagerhalle installiert war und einen trüben Lichtschein in jede Richtung warf. Dadurch war es schwierig, sich diesem Gebäude aus Stein und Metall unbemerkt zu nähern.

Der Special Agent schaute auf die Uhr. Drei Uhr morgens. Erika war kurz nach eins gekidnappt worden, und das FBI hatte vor einer Stunde ein Signal von ihrem Laptop erhalten. Washington hatte ihn sofort informiert. Seine Männer hatten gerade gemeinsam mit der Polizei von San José in Erikas Hotelzimmer im Sheraton nach Spuren gesucht. MacClaine hatte sich für eine unbemerkte Annäherung an das Gebäude entschieden, das jetzt von einer kleinen Armee von FBI- und Polizeibeamten umringt war. Vor ein paar Minuten hatte ein Acura NSX die Lagerhalle verlassen und war mit einem Lexus, der draußen geparkt hatte, weggefahren. MacClaine hatte beide Wagen verfolgen lassen.

Special Agent MacClaine näherte sich dem Gebäude allein. Er hatte nicht nur die Beretta bei sich, die er hinten in seine Jeans gesteckt hatte, sondern auch eine Heckler &

Koch Maschinenpistole mit Schalldämpfer. Er ging schräg über die Straße. Seine dunkle Gestalt wurde von dem langen Schatten eines der vielen Masten, über die die zahlreichen Stromkabel verliefen, die das öffentliche Transportsystem von San José benutzte, verdeckt. Der Schatten endete am Fuße des Mastes, wo man durch einen Kanalschacht Zugang zur städtischen Kanalisation erhielt.

MacClaine hatte sich vorbereitet, ehe er hierher gekommen war. Er hatte zehn Minuten über der Skizze des Gebäudes gesessen, die ihm die Polizei von San José zur Verfügung gestellt hatte. Mit einer stabilen Zange zog er an den Metallgriffen des Kanaldeckels. Dann stellte er seine Füße links und recht neben das Loch und hob den Deckel mühsam ein kleines Stück an, damit er ihn auf die Kante legen konnte.

Er ließ den Deckel los, atmete tief ein und spürte wieder stechende Schmerzen im Rücken.

Die ganze Prozedur war anstrengend für ihn, doch hier ging es um Leben und Tod. Also setzte er sich auf das Straßenpflaster, presste beide Füße gegen die Kanten des Deckels und schob ihn so weit zur Seite, dass er durch das Loch kriechen konnte.

Seine Füße tasteten nach der Leiter, die an einer Seite des senkrechten Tunnels angebracht war. MacClaine stieg der schreckliche Gestank in die Nase, der von dem stehenden Wasser auf dem Grund des Kanalschachtes hochstieg. Glücklicherweise musste er nur bis zur Hälfte hinuntersteigen, wo ein waagerechter Tunnel genau ins Lagerhaus führte.

Riesengroße Kakerlaken krabbelten nur wenige Zentimeter von seinem Gesicht entfernt über die Betonwände. Einige flohen, sausten durch die Öffnung und verschwanden in der Nacht.

In fast vollständiger Dunkelheit kletterte der Agent die Leiter hinunter bis zu dem Quertunnel zweieinhalb Meter tiefer. Von dort aus kroch er weiter, bis das Abflussrohr einen rechten Winkel zum Boden des Lagerhauses beschrieb.

Als sich MacClaine aufrichtete, stieß er mit dem Kopf fast gegen ein Metallgitter im Boden. In der Ferne hörte er Stimmen und erkannte eine mit einem starken Akzent wieder. Diese Stimme hatte er gestern gehört.

Hashimoto.

MacClaine musste schnell handeln. Er brauchte nur drei Minuten, um aus dem Rohr zu kriechen und die erste Wache kampfunfähig zu machen. Es war ein Asiat, der hinter den Monitoren im rückwärtigen Teil des Gebäudes inmitten von Kisten mit Bildern von PCs, Druckern, Scannern, Monitoren, Softwarepaketen und anderem Computerzubehör Wache schob. Der Wachposten war auf den Karatehieb, der ihn bewusstlos machte, nicht vorbereitet. MacClaine hätte ihn töten können, aber er hatte sich dagegen entschieden, weil er einige dieser Gestalten lebend gefangen nehmen wollte. Er musste nicht nur Erika Conklin befreien, sondern er hatte eine Mission zu erfüllen und musste Gefangene machen. Das FBI brauchte Hinweise.

Jetzt ging er einen der vielen Gänge zwischen den Bergen von Computerzubehör, die wie ein Gitternetz angeordnet waren, hinunter.

Im Schein der vereinzelten Leuchtstofflampen, die am Ende von langen schwarzen Kabeln baumelten, bog Brent MacClaine in einen Seitengang ein. Er presste den Rücken gegen Holzkisten und umklammerte mit der rechten Hand seine MP5. In der linken Faust hielt er das dreißig Zentimeter lange Stahlrohr, das er dem Wachposten weggenommen hatte. Das Rohr ragte aus seiner Faust, wie er es beim FBI-Training gelernt hatte, und gab ihm die Möglichkeit, eine Anzahl von Schlägen aus der Hüfte auszuteilen, die keine tödlichen Folgen haben würden.

MacClaine hörte, dass sich hinter der nächsten Ecke etwas

tat, und ging in die Hocke. Sein hoher Adrenalinspiegel verstärkte seine Aufmerksamkeit. Als sich Schritte näherten, umklammerte er das Rohr noch fester. Er wollte jedes Geräusch vermeiden, das Erika Conklins Leben hätte gefährden können. Die MP5 war trotz Schalldämpfer noch immer laut genug, um seine Anwesenheit zu verraten.

Zuerst sah MacClaine einen Schatten auf dem Boden, und dann folgte ein breitschultriger Asiat. Es war einer der Schläger, der Hashimoto im Lieferwagen assistiert hatte.

MacClaine sprang mit einer Drehung vor, um die Kraft seines Schlages zu verstärken, und rammte den linken Ellbogen mit voller Wucht in die Seite des Mannes. Mit der gleichen geschmeidigen Drehung schwang seine rechte Hand das Rohr hoch, holte Schwung und traf den Kehlkopf mit solcher Kraft, dass der Mann keinen Laut mehr von sich geben konnte.

Diese Schläge erzielten die gewünschte Wirkung. Der Asiat fiel zu Boden und griff sich mit beiden Händen an den Hals. Er verdrehte die Pupillen, während er verzweifelt nach Atem rang.

Um die Sache perfekt zu machen, hob MacClaine sein linkes Knie, rammte es in das Gesicht des Mannes und zerbrach ihm die Nase. Der Asiat sackte zusammen.

MacClaine benutzte die Socken des Mannes, um dessen Handgelenke und Fußknöchel zu fesseln, und schob ihm noch einen Stofffetzen in den Mund. Anschließend warf er den Mann zwischen zwei Holzkisten und kehrte auf den Gang zurück, um seine Jagd fortzusetzen.

Erika Conklins Magen drehte sich um, als sie das Pelztier in dem Drahtkäfig erblickte. Ein Paar rote Augen und höhnische Reißzähne starrten sie an.

Hashimoto grinste, als er einen Kissenbezug in die Hand nahm.

»Sie perverses Schwein«, zischte Erika, deren Wut plötzlich stärker war als ihre Angst, was sie selbst überraschte. Vielleicht lebte die Stärke ihrer Großmutter noch in ihr. »Ich habe Ihnen alles gesagt, was ich weiß.«

Hashimoto starrte sie einen Moment an und grinste dann wieder. »Das werden wir jetzt herausfinden. Es dauert jeweils dreißig Sekunden.«

Der Asiat stieß die Ratte mit einem Stock an. Das Nagetier wurde wild, und das Fell sträubte sich, als es nach dem Stock schnappte.

Erika schluckte, ihre Kehle war wie zugeschnürt. Sie war schon von Schlangen gebissen und von Spinnen und Skorpionen gestochen worden, aber der bloße Anblick dieser Ratte erfüllte sie mit wahnsinniger Angst.

Hashimoto drehte sich zu ihr um. Sein kahler Kopf glänzte im Licht der Oberbeleuchtung. »Möchten Sie uns noch etwas anderes sagen?«

»Nein«, erwiderte Erika.

Hashimoto öffnete den Kissenbezug und stülpte das offene Ende über den Käfig, den der blonde Asiat öffnete. Sekunden später herrschte in dem Beutel hektische Bewegung.

⋆ ⋆ ⋆

Brent MacClaine kroch unter einer Werkbank hervor, als sich ein weiterer Wachposten näherte. Der Agent stieß das Ende des Rohres genau unter dem Brustbein in den Unterleib seines Gegners.

Durch den geöffneten Mund des Wachpostens entwich Luft, als er keuchend zu Boden fiel und MacClaine die wertvollen Sekunden lieferte, die er brauchte, um ihm einen Karateschlag in den Nacken zu verpassen und ihn auszuschalten.

Drei Wachen erledigt.

Er erreichte die Vorderseite des Gebäudes, eine offene Zone, die ungefähr die Größe von zwei Basketballfeldern hatte.

Zwei Lieferwagen und ein paar Gabelstapler belegten einen Teil des Platzes.

MacClaines Blick erfasste die drei Asiaten, die vor der an einen Stuhl gefesselten Erika Conklin standen. Er atmete erleichtert auf. Sie lebte also noch.

Es dauerte eine weitere Sekunde, bis er begriff, was vor sich ging. Hashimoto näherte sich Erika mit dem Kissenbezug, in dem sich die Ratte befand.

Als erfahrener Agent wusste er, dass sich in dem Gebäude möglicherweise mehr als sechs Schützen aufhielten und er sich die Zeit nehmen sollte, das zu überprüfen. Aber die Zeit hatte er nicht.

Für Erika Conklin zählte jetzt jede Sekunde. Er flüsterte in sein Mikro.

Für Erika Conklin war das Ende niemals so nah gewesen. Es war offensichtlich, dass diese Gestalten ihr die Behandlung zukommen lassen würden, der Brent MacClaine so knapp entkommen war. Dabei war es völlig gleichgültig, was sie sagen würde.

Erika versuchte, ruhig zu bleiben, und starrte auf ihre durchnässten Shorts, als der blonde Asiat ihren Kopf auf ihre Schenkel drückte. In diesem Moment sah sie das Bild von Karla Conklin vor sich. Ihre Großmuter hätte gekämpft.

Aber wie?

Der Kissenbezug wurde ihr über den Kopf gestülpt, und sie starrte auf die glitzernden Zähne des Nagetieres. Zum ersten Mal seit vielen Jahren hatte Erika richtige Angst, aber mit diesem Gefühl des nackten Entsetzens kam ihr auch eine Idee, ein Gedanke. Erika erinnerte sich an die Gutenachtgeschichten ihres Vaters.

Dann sprang ihr die große Ratte entgegen.

Brent MacClaine zielte aus einer Entfernung von fünfzehn Metern. Er wählte den Einzelschussmodus der MP5, feuerte schnell hintereinander und fluchte leise, weil seine Unterstützung so lange brauchte, um die Lagerhalle zu stürmen. Der Asiat links von Hashimoto fiel rücklings auf den Boden. Die 9-mm-Parabellum-Kugeln hatten seinen Brustkorb zerfetzt. Der blonde Asiat und Hashimoto gingen hinter Erika, die zuckte und gegen den Strick, der sie an den Stuhl fesselte, ankämpfte, in Deckung.

MacClaine machte eine Rolle, verließ den Schutz der turmhoch gestapelten Computerzubehörteile und feuerte zweimal in Bodenhöhe unter den Stuhl. Eine Kugel traf ihr Ziel.

Hashimoto schrie, fiel rücklings auf den Boden und kroch auf einen Stapel Ersatzreifen zu. Seine Wadenwunde hinterließ eine Blutspur.

MacClaine lief die Zeit davon, Erika zu retten. Er zielte noch einmal auf die Asiaten, aber die MP5 war leer.

Er ließ die Maschinenpistole fallen, zog die Beretta, sprang hoch und rannte auf die Frau zu, die sich vor Schmerzen krümmte. Sie zuckte so heftig, dass der Stuhl umkippte und auf den dreckigen Boden fiel. Der Beutel, in dem noch immer hektische Bewegung herrschte, färbte sich rot.

Fünf Asiaten liefen jetzt in den vorderen Teil der Lagerhalle. Alle trugen automatische Waffen bei sich. MacClaine hob die Beretta und drückte mehrmals ab. Ohrenbetäubender Lärm hallte durch die Lagerhalle. Einer der Männer fasste sich an die Brust und fiel um. Ein zweiter sprang zurück, als eine Kugel sein Gesicht streifte, und sank zu Boden. Die anderen richteten ihre Waffen auf MacClaine. Aus den Mündungen donnerten die Schüsse.

MacClaine ging hinter einem gelben Gabelstapler in Deckung. Die Kugeln prallten mit lautem Knall vom Boden zurück. Als er gegen die Wand hinter dem Gabelstapler knallte, fing seine Schulter an zu brennen, und seine zerquetschten

Rippen schmerzten höllisch. Er biss die Zähne zusammen, ignorierte den Schmerz und kroch nach vorn. Die Turnschuhe kratzten über den Boden, als er nur wenige Zentimeter von einem Lieferwagen entfernt hinter dem Hinterrad des Gabelstaplers verharrte.

Das Schussfeuer verstummte, und dann ertönten eilige Schritte. Die Männer trennten sich in der Hoffnung, ihn in die Zange zu nehmen.

Wo bleibt die verdammte Verstärkung?

Er presste den Rücken gegen das Fahrzeug und wartete ein paar Sekunden, ehe er auf den Lieferwagen zusprang, darunterkroch, in die Mitte rollte und mit der Beretta in die Richtung zielte, aus der sich Schritte näherten. Er sah die Beine eines Asiaten ungefähr vier Meter entfernt. Sie hatten ihn noch nicht unter dem Lieferwagen entdeckt.

Ein Vorteil.

Doch den würde er sofort einbüßen, sobald er das Feuer eröffnete, was er jetzt tat. Er drückte einmal ab und traf den Asiaten am rechten Knie.

Qualvolle Schreie ertönten in der großen Halle. Der Asiat fiel hin und hielt sich das verletzte Glied. MacClaine suchte eine neue Zielscheibe und drückte unter dem Lieferwagen zweimal ab, doch diesmal verfehlte er die rennenden Beine.

Der Agent hörte draußen Tumult. Jemand schlug gegen das Garagentor.

Das wird aber auch Zeit!

Er entdeckte noch zwei Beine, die in die entgegengesetzte Richtung liefen, und drückte auf den Abzug, aber nichts geschah. Die Beretta war leer. Er griff nach der Walther PKK, die in dem Halfter an seinem Fußknöchel steckte, aber als er die Waffe umklammerte, war das Ziel verschwunden.

MacClaine warf Erika Conklin einen reumütigen Blick zu. Die FBI-Informatikerin lag noch immer zuckend auf dem Boden.

Die Schritte kamen zurück. Zwei Beine näherten sich von vorn und zwei von hinten.

MacClaine blieben nur Sekunden, um zu reagieren, denn die beiden Männer würden im nächsten Moment genau die Lücke unter dem Lieferwagen unter Beschuss nehmen.

Prioritäten.

Es war klar, dass der Typ, der ihm am nächsten stand, sein erstes Ziel sein musste. MacClaine richtete die kleine Waffe auf den Asiaten, der eine Uzi umklammerte.

Als er mit der PKK auf ihn zielte, ertönten zwei Schüsse. Das Opfer sackte zusammen, und die Uzi schlitterte zu Erika Conklin, die sich nicht mehr bewegte.

Auch der letzte Mann wurde das Opfer eines unerwarteten Pistolenschusses.

»FBI. Lassen Sie die Waffen fallen!«, schrie einer seiner Männer von den Regalwänden.

MacClaine hörte einen Motor, der mit Vollgas lief, laute Schüsse und Metall, das gegen Metall prallte. Ein Garagentor sprang auf. Agenten in blauer Uniform und Polizeibeamte stürmten die Lagerhalle.

MacClaine rollte unter dem Wagen hervor, sprang hoch und sah, dass Hashimoto von den Beamten wegkroch und in seine Hand biss. Der Asiat bekam plötzlich einen Anfall, als zwei Beamte in seine Nähe gelangten und sich abmühten, ihn auf den Boden zu pressen. Sekunden später bewegte er sich nicht mehr.

»Zyankali, Sir«, schrie einer der Agenten, nachdem er sich über ihn gebeugt hatte. »Sieht aus wie ein Selbstmordring.«

Motorrauch vermischte sich mit dem Geruch des Schießpulvers. Brent steckte die Walther in seine Jeans und rannte zu der reglosen FBI-Informatikerin. Er hatte Angst vor dem, was er entdecken würde. Erika Conklin hatte die Kapuze mindestens drei Minuten auf dem Kopf gehabt.

Seine Männer suchten nach Überlebenden. Zwei weitere

Asiaten hatten in ihre Ringe gebissen und lagen jetzt zuckend auf dem Betonboden.

»Hinten sind noch welche«, schrie MacClaine. »Ich will sie lebend.«

Während zwei Agenten Erika hochhoben, löste MacClaine schnell den Knoten. Er bemerkte, dass in dem Sack keine Bewegung mehr war. Als er den Sack wegzog, wusste er, warum.

Ein Agent wich entsetzt zurück. Der andere schwieg. Brent MacClaine hatte so etwas in all den Jahren beim FBI noch nie gesehen. Seine Augen trafen Erika Conklins irren Blick, die es geschafft hatte, den Nacken der Ratte mit den Zähnen zu fassen und ihr das Genick zu brechen. Und um sicherzugehen, dass die Ratte auch tot war, hatte sie sie nicht mehr losgelassen, bis sie sie MacClaine jetzt vor die Füße spuckte. Dann atmete sie tief ein. Ihre Lippen und ihr Kinn waren mit Blut verschmiert. Ihr hübsches Gesicht war vor tierischer Wut verzerrt. Sie sah aus wie ein Raubtier, das genau in dem Moment gefasst worden war, als es seine Beute verschlang.

»Wir sind sofort gekommen, als wir ...«, sagte MacClaine.

»Zur Hölle mit euch allen«, brüllte sie.

»Hetzen Sie mich nicht, Lady«, erwiderte MacClaine und schnitt die Schnur durch. »Ich werde früh genug dort hinkommen, aber hoffentlich nicht heute.« Er reichte ihr die Hand, um ihr hoch zu helfen. »Sind Sie okay?«

Erika schüttelte heftig den Kopf. Ihr nasses Haar klebte an ihrem Kopf und umrahmte ihr ovales Gesicht, das ein paar Kratzer und blaue Flecke aufwies.

MacClaine betrachtete sie voller Ehrfurcht. »Ich glaube, Sie werden sich schnell davon erholen, Conklin. Es wird Ihnen bald wieder besser gehen.«

16

Explosion in der Nacht

LUFTWAFFENSTÜTZPUNKT NELLIS, NEVADA

Der F-117A Stealth Jagdbomber verließ das Rollfeld auf dem Luftwaffenstützpunkt Nellis in Nevada und stieg mit zweihundert Knoten in den blauen Himmel auf. Der eckige Düsenflieger, der eine so optimierte Form hatte, dass Radarreflektionen auf ein Minimum herabgesetzt wurden, drang in die Nachtluft, während der Pilot die Nase des Fliegers nach Nordwesten in Richtung des Übungsgeländes ausrichtete, wo er zwei weitere F-117A treffen sollte.

Vollgetankt und mit zwei scharfen, lasergesteuerten Paveway-II-Bomben an Bord, die in ihren vorschriftsmäßigen Bombenschächten steckten, gewann die F-117A an Höhe. Als sie nur zwei Meilen nordöstlich von der Vergnügungsmeile entfernt, auf der um diese Zeit reges Treiben herrschte, den Stadtrand von Las Vegas überflog, hatte sie eine Höhe von sechshundert Metern erreicht.

Der Pilot schaute ganz kurz auf die Stadt, ehe er seinen Blick den Instrumenten zuwandte, auf denen er die meisten der relevanten Daten des Jagdbombers ständig ablesen konnte.

Unmittelbar bevor im Cockpit Alarm ertönte, bemerkte der Pilot ein Flackern auf dem Schirm, der noch einmal flimmerte und dann ausfiel.

Als sein Blick zu den analogen Sicherheitsinstrumenten wanderte, begriff der Pilot plötzlich, dass der Jet an Höhe verlor und mit der Nase nach Südwesten direkt auf die Stadt zudrehte.

Der Düsenflieger reagierte nicht, als der Pilot den Steuerknüppel betätigte. Das Fly-by-Wire-System, das die Steuersignale durch elektrische Leitungen zu den Steuerflächen übertrug, um die Servomotoren anzutreiben, die das Leitwerk steuerten, reagierte ebenfalls nicht. Er hatte die Kontrolle über das Flugzeug verloren.

»Mayday, Mayday. Nellis. Ghost Rider acht zwei acht. Der Bordcomputer fällt aus. Wir stürzen ab. Mayday, Mayday«, rief der Pilot in sein Headset.

Keine Antwort.

Bevor der Pilot noch etwas sagen konnte, drehte sich der Flieger und stürzte senkrecht nach unten. Ein kurzer Blick auf den künstlichen Horizont belehrte ihn, dass er sich nicht herauskatapultieren konnte.

Der Jet sank unter dreihundert Meter. Der Pilot, der eine Hand auf dem Drosselhebel und die andere auf dem Steuerknüppel hatte, kämpfte, um das Flugzeug wieder zu drehen, aber der Bordcomputer übertrug seinen Befehl nicht an die Querruder. Der Stealth-Jet war noch immer auf den Kopf gedreht, als das Sahara-Hotel vor der Windschutzscheibe auftauchte.

Das Flugzeug stürzte völlig unkontrolliert ab, und der Pilot war nicht in der Lage, den Schleudersitz zu betätigen oder den Absturzort auszuwählen. Daher versuchte er wenigstens, den Treibstoff abzulassen. Er streckte seine Hand nach dem Schalter auf der Instrumententafel aus, konnte ihn aber nicht mehr erreichen.

Die Tragfläche traf das Hoteldach zuerst.

Mit voller Wucht.

Flammen verschluckten den Piloten, als eine leuchtende Explosion die Nacht erhellte. Brennende Trümmer begruben nicht nur einen Teil des Hotels, sondern auch die Straße, auf der sich viele Touristen tummelten. Wie eine Strafe Gottes floss der brennende Kraftstoff auf die entsetzte Menge, als der Flugzeugrumpf auseinander brach und die tödliche Last freigab.

Beide Paveway II explodierten mit donnerndem Knall. Die Schockwelle sprengte drei Stockwerke, verwandelte das luxuriöse Innere in ein Inferno und überschüttete die Menge mit geschmolzenem Stahl, Glasscherben und zerbröckeltem Beton.

Das alles passierte innerhalb von dreißig Sekunden. Über siebenhundert Menschen wurden in lodernde Objekte verwandelt oder starben zerquetscht unter Bergen schwelender Trümmer. Brennende Männer, Frauen und Kinder rannten, schrien, fielen zu Boden. Dutzende von ihnen erstarrten, als das Feuer sie verzehrte.

Der erste Krankenwagen kam wenige Minuten nach der Explosion am Unfallort an, aber die Anzahl der Verwundeten überforderte schnell die Sanitäter. Viele Opfer konnten erst eine Stunde später behandelt werden, und die Hälfte von ihnen starb, ohne medizinische Behandlung erhalten zu haben.

Die Feuerwehr von Las Vegas tat alles, was sie konnte, um die Beschädigung des Hotels zu begrenzen, und versuchte, das Feuer mit Wasser und Schaum zu löschen.

Krankenwagen transportierten die Opfer in nahegelegene Krankenhäuser und verstopften die Straßen, während die Polizei Barrikaden errichtete, um den Unfallort abzuriegeln und den Sanitätern und Ärzten den Platz zu geben, den sie brauchten, um die Überlebenden zu behandeln.

Rauchschwaden, die von gelben und roten Stichflammen durchzogen waren, loderten über der Wüste von Nevada, über den Schreien, Sirenen und Hupen in die Höhe, bis sie sich im Nachthimmel verloren.

17

Neuorientierung

SANTA CLARA COUNTY

Zwei Stunden später saß Erika Conklin Brent MacClaine in seinem Büro gegenüber. Sie tranken Kaffee und sprachen über den Fall. Er hatte sie zuerst zur Notaufnahme gefahren, damit ihre Wunden behandelt wurden.

Nur drei Asiaten konnten lebend gefangen genommen werden. Das Polizeirevier in San José hatte sie inhaftiert. Die anderen waren entweder im Kugelhagel gestorben oder hatten in ihre Ringe gebissen und Selbstmord verübt. Brent MacClaine spielte mit einem dieser Ringe, während er die dunkelroten Flecke auf Erikas hellem Kinn betrachtete. Zwei der Asiaten pochten auf diplomatische Immunität. Einer von den dreien war jedoch kein Japaner, sondern amerikanischer Bürger. Er verlangte einen Anwalt.

»Es ist doch wirklich unglaublich, oder?«, brüllte MacClaine, der den Cappuccino trank, den sie sich unterwegs gekauft hatten. »Sie kidnappen eine FBI-Informatikerin, schießen auf einen Agenten, und dann glauben sie, sie kommen straffrei davon, nur weil sie Diplomatenpässe besitzen.«

»Und der Diplomatenstatus schützt sie«, sagte Erika, die das kleine Bad in MacClaines Büro benutzt hatte und jetzt eines seiner weißen Hemden über einem Paar sauberer Shorts trug. Polizeibeamte hatten gerade ihren Koffer aus dem Hotel gebracht. Erika hatte zwar sofort ihre nassen Shorts ausgezogen und ein Paar saubere angezogen, das Hemd des Agenten jedoch anbehalten. MacClaine machte das überhaupt nichts aus, denn er war der Meinung, dass Erika ganz reizend aussah, egal was sie trug, doch in seinem Hemd sah sie ganz besonders bezaubernd aus. Und durch die Ereignisse der letzten Stunden fühlte er sich noch stärker zu der Brünetten mit den hübschen braunen Augen und dem süßen Mund hingezogen.

»Was hat das mit den Ringen auf sich?«, fragte Erika.

MacClaine betrachtete das schwarze Symbol, das in den goldenen Ring graviert war. »Vermutlich eine radikale Verbindung. Offensichtlich so geheim, dass die Mitglieder sich selbst töten müssen, um nicht lebend gefangen genommen zu werden. Unsere Leute werden das mit den entsprechenden Experten überprüfen.«

»Was ist mit dem Amerikaner asiatischer Abstammung? Besteht die Möglichkeit, dass er auspackt?«

MacClaine schaute auf die Uhr. »Er wird in diesem Augenblick von unseren Leuten verhört. Sie müssten mich jeden Moment anrufen.«

»Und Matsubara? Der Typ im Sportwagen?«

MacClaine schaute auf ein Blatt Papier, das auf seinem unordentlichen Schreibtisch lag. »Der Acura NSX ist auf Oruku Matsubara zugelassen. Er hat enge Verbindungen zum japanischen Konsulat und ist langjähriger Vizepräsident von Sakata Electronics. Er genießt ebenfalls den Diplomatenstatus. Ich glaube, die Beziehungen zahlen sich in diesen Tagen aus, besonders wenn die Leute auch noch für den japanischen Geheimdienst arbeiten.« Erika hatte MacClaine in der Zwischenzeit alles, was sich zugetragen und was sie erfahren hatte, berichtet.

Sie führte die Tasse Kaffee an ihren Mund, nahm einen Schluck und verzog das Gesicht. »Diese Schweine«, schimpfte sie, als sie die Tasse wieder hinstellte. »Ich kann noch nicht einmal etwas trinken.«

»Waren Sie schon auf der Toilette?«

Sie nickte. »Ja, der Urin ist etwas rot verfärbt, aber das wird schon wieder. Wo ist Matsubara jetzt? Werden Sie sich einschalten?«

MacClaine schüttelte den Kopf. »Wir haben seine Beschattung dem CIA übergeben.«

»Dem CIA? Ich dachte, der dürfte innerhalb der Vereinigten Staaten nicht operieren.«

MacClaine grinste. »Er darf, wenn es sich um eine Bedrohung aus dem Ausland handelt. Diese Bedrohung rechtfertigt das Eingreifen mit Sicherheit. In Washington soll in diesem Moment ein Treffen auf höchster Ebene stattfinden, um zu entscheiden, wie wir mit der Spur zum JDA verfahren, von der wir durch Sie erfahren haben.«

Erika trank einen Schluck Kaffee, schloss die Augen und runzelte die Stirn. »Ich glaube, ich konnte Matsubara überzeugen, dass wir ihrer Intrige dank der Freundin eines Ingenieurs auf die Spur gekommen sind.«

MacClaine nahm seine Tasse Kaffee in die Hand. »Das muss man Ihnen lassen. Sie haben schnell geschaltet.«

Erika stand auf und reckte sich langsam. Das weiße Hemd war ihr viel zu groß und reichte bis zur Mitte ihrer nackten Oberschenkel. MacClaine genoss schweigend den Anblick, als Erika zum Fenster ging und auf den dämmernden Himmel blickte, der mit gelben und orangeroten Streifen durchzogen war. Der schwache Lichtschein im Hintergrund schimmerte durch das weiße Baumwollhemd, das sie trug. Sie drehte sich um und ertappte ihn dabei, als er auf ihre Beine schaute.

Er suchte nach Worten, um seine Verlegenheit zu überspielen. »Und woher kommen Sie?«

»Aus Nordkalifornien«, erwiderte sie und drehte sich wieder um, um den Sonnenuntergang zu bewundern. »Ich bin östlich von Napa aufgewachsen und in Berkeley zur Schule gegangen.«

»Was machen Sie denn hier im Osten? Konnten Sie die Sonne und die saubere Luft nicht mehr ertragen?«

Sie lachte, erstarrte jedoch sofort und stöhnte leise. »Verdammt, ich kann noch nicht einmal lachen.« Sie beugte sich vorsichtig nach vorn und legte beide Hände auf die Fensterbank. »Das FBI hat mich auffliegen lassen, weil ich einen Virus geschrieben habe, mit dem man Passwörter knacken und in staatliche Behörden eindringen kann. Das war unmittelbar nach meinem Abschluss in Berkeley. Ich konnte mich entscheiden: zehn Jahre in einem Gefängnis ohne die Möglichkeit einer vorzeitigen Haftentlassung oder sechs Jahre ohne Urlaub als Informatikerin beim FBI mit einem mageren Gehalt.« Sie drehte sich um und schaute ihn an. »Ziemlich einfache Entscheidung.«

»Mann, und ich dachte, Onkel Sam hätte mich in der Zange.«

»Willkommen im Club«, erwiderte sie, kehrte zu ihrem Stuhl gegenüber von seinem Schreibtisch zurück und gähnte.

»Was zahlen die Ihnen denn?«

Erika schüttelte den Kopf. »Peanuts im Vergleich zu dem, was ich bei Microsoft bekommen würde. Aber das Gute daran ist, dass ich nicht im Knast sitze. Ich gelte nicht als vorbestraft und habe sogar einige Prämien für ein paar Programme erhalten, die ich fürs FBI geschrieben habe. Dazu gehört auch der praktische Virus, durch den Sie erfahren haben, wo ich gefangen gehalten wurde.«

»Wer weiß darüber Bescheid?«

»Nur ein paar hohe Tiere«, erwiderte sie, womit sie ihren Chef und ein paar andere hochrangige FBI-Beamten meinte. »Und jetzt Sie. Meine Kollegen und die Mitarbeiter des FBI wissen nichts darüber. Ich glaube, meine Chefs wollten mich nicht ganz und gar demütigen.«

Die FBI-Informatikerin tat MacClaine in diesem Moment richtig leid.

»Und Sie, MacClaine? Wie ist Ihre Geschichte?«

Er lehnte sich zurück und grinste. »Meine ist nicht so kompliziert. Ich wurde in El Paso, Texas, geboren und bin dort aufgewachsen. Ich bin in Texas zur Schule gegangen und habe ein Stipendium der Armee bekommen. Nach dem Abschluss war ich vier Jahre in Fort Hood, südlich von Dallas, stationiert, und dann hat das FBI mich eingestellt. Seitdem bin ich FBI-Agent.«

»Keine Familie?«

»Einzelkind. Meine Eltern leben schon lange nicht mehr.«

»Keine Frau oder Kinder?«

Er strich sich übers Kinn und schaute auf einen leeren Bilderrahmen auf der Ecke seines unordentlichen Schreibtisches. In den ersten Monaten nach dem Umzug nach Kalifornien hatte MacClaine noch ein Foto von Jessica aufbewahrt. Damals hatte er gehofft, dass sie wieder zusammenkommen würden, aber nach einem gescheiterten Versuch hatte er das Foto zerrissen und angefangen zu saufen. »Nur eine Ex-Frau.«

Sie neigte den Kopf zur Seite und schaute ihn mitfühlend an. »Das tut mir Leid.«

»Mir auch, aber meiner Ex nicht. Sie hat alles bekommen, und ich habe nur einen gebrauchten Nissan, ein altes Sofa, einen Fernseher und zwei Barhocker behalten. Was ist mit Ihnen? Haben Sie Familie?«

»Meinem Vater gehört die Rancho de las Vistas. Er züchtet Rinder und betreibt außerdem ein kleines Weingut in den Bergen über dem Napa Valley. Und ich habe einen Haufen Brüder.«

»Einen Haufen?«

»Fünf.«

»Das ist eine Menge.«

Sie erwiderte nichts.

»Wissen die von Ihrem Abkommen mit dem FBI?«

Sie schüttelte den Kopf. »Sie glauben, es wäre meine eigene Entscheidung gewesen, an der Ostküste zu arbeiten.«

»Wie erklären Sie ihnen denn, dass Sie keinen Urlaub haben?«

Sie zuckte mit den Schultern und setzte sich hin. »Es ist teuer, durch das ganze Land zu fliegen. Mein Gehalt ist zwar okay, aber um in Washington zu leben, ist es ziemlich knapp. Ich konnte meine Familie im letzten Jahr ein paar Tage über Weihnachten besuchen.«

»Hat Ihr Vater Ihnen den Flug spendiert?«

»Das kann er sich nicht leisten.«

»Warum? Man könnte doch meinen, dass es Ihrer Familie mit den Rindern und dem Weingut sehr gut ginge.«

Sie schüttelte wieder den Kopf. »Der Umsatz ist gut, aber die Gewinnspanne ist minimal, denn die laufenden Kosten sind sehr hoch. Das meiste Geld aus dem Verkauf fließt sofort in die Ranch, um die Kosten zu decken, und der Rest geht für Neuanschaffungen drauf, um wettbewerbsfähig zu bleiben. Es ist ein hartes Geschäft. In manchen Jahren erzielt mein Vater gute Gewinne, aber er muss das Geld für schlechte Jahre zurücklegen, wenn zu viel Regen oder Dürre die Ernte ruinieren. Viehzucht und das Weingut in der Größenordnung von Rancho de las Vistas bedeuten mehr Prestige als Reichtum. Ich musste während des Studiums arbeiten.«

Sie schwiegen einen Moment, setzten dann beide gleichzeitig zum Sprechen an und fingen an zu lachen.

»Sie zuerst«, sagte sie.

»Schon gut. Sie zuerst.«

»Ich habe über unsere nächsten Schritte nachgedacht.«

»Ja?«

Das Telefon klingelte. MacClaine hob ab. »Ja?« Er hörte ein paar Minuten zu. »Ein was? ... Wer sind Sie. Hallo? Hallo?«

Erika beugte sich vor, als MacClaine den Hörer auf die Gabel knallte. »Was ist denn?«

»Offensichtlich steht heute Morgen ein Artikel in der Zeitung, den ich lesen sollte.«

»Wer war das?«

MacClaine zuckte mit den Schultern. »Er wollte mir seinen Namen nicht verraten, aber er hatte einen asiatischen Akzent. Ich habe das unbestimmte Gefühl, dass mir der Artikel sicher nicht gefallen wird.«

»Die wollen wieder Druck machen. Ich glaube nicht, dass wir viel aus den Asiaten herausbekommen. Ich könnte wetten, dass das Außenministerium in wenigen Stunden von Politikern, Lobbyisten und besonderen Interessengruppen ordentlich unter Druck gesetzt wird, um die Freilassung der Männer durchzusetzen.«

»Das Gefühl habe ich auch, Conklin.«

Sie reichte ihm die Hand. »Ich heiße Erika. Ich finde, wir sollten uns nach allem, was wir zusammen erlebt haben, duzen.«

MacClaine gefiel das gut. Er grinste. »Okay, Erika. Ich heiße Brent.«

Sie lächelte, stand auf, holte ihre Laptoptasche, zog den Reißverschluss auf, nahm den Compaq heraus und stellte ihn auf den Schreibtisch. Dann startete sie das System, wartete, bis es hochgefahren war und gab das Passwort ein, um ihren eigenen Virus auszuschalten.

»Was hast du vor?«

»Wir müssen anders an die Sache herangehen, um die Japaner in die Knie zu zwingen. Der Konfrontationskurs bringt uns nicht weiter. Ich habe Matsubara gesagt, dass wir nur einen Verdächtigen haben, Akita Electronics, was bedeutet, dass sie dort mit der höchsten Sicherheitsstufe arbeiten. Aber ich werde es trotzdem mal versuchen.«

Erika versuchte, sich mit den Root-Passwörtern, die Charlie Chang geknackt hatte, einzuloggen, aber wie sie vermutet hatte, waren diese jetzt unbrauchbar.

»Glücklicherweise habe ich auch Roots für Sakata«, murmelte sie.

»Roots?«

Sie wanderte mit dem Finger über das kleine, weiche Pad unter der Tastatur, um sich kabellos Zugang ins Netzwerk von Sakata Electronics zu verschaffen. »Du musst dir das so vorstellen, als hättest du den Hauptschlüssel zu einem Gebäude. Bei einem Computer ist das genauso. Mit einem Root-Passwort kann ich auf jedes Dateiverzeichnis eines Systems zugreifen.«

»Woher hast du die?«

Sie kicherte. »Einer meiner Mitarbeiter hat sie geknackt, indem er eine verbesserte Version meines Virenprogramms, mit dem man Passwörter knacken kann und durch das ich Ärger mit dem FBI bekommen habe, benutzt hat. Palenski macht es nichts aus, wenn ich es benutze, solange es dem FBI dient. Ironie des Schicksals.«

»Wonach suchen wir?« Brent schob seinen Stuhl um den Schreibtisch herum, setzte sich Schulter an Schulter mit Erika, lehnte sich vor und schaute auf den kleinen Farbmonitor.

»Ich weiß es nicht genau. Ich will nur ein paar Sachen ausprobieren. Mal sehen, wohin das führt.«

Erika probierte es mit einem der Root-Passwörter, die sie gestern von Charlie bekommen hatte.

»Ja! Ich bin drin!«

Sakata Electronics, Inc.
Hauptmenue

1. Technik
2. Einkauf
3. Verkauf
4. Rechtsabteilung

5. Marketing
6. Sicherheit
7. Produktion
8. Verwaltung
9. Zurück zur vorherigen Seite
10. Zurück zum Hauptmenue

»Was meinst du? Wo sollen wir mal unser Glück versuchen?«, fragte sie, als sie auf den Monitor schaute.

MacClaine zuckte mit den Schultern. »Wie wäre es mit der Sicherheit?«

»Das schauen wir uns später an. Zuerst einmal versuchen wir es mit dem Einkauf.« Sie klickte die Option an, und auf dem Monitor erschien:

Sakata Electronics, Inc.
Einkauf
1. Ausland
2. Inland
3. Zurück zum vorherigen Menue

Sie wählte die zweite Option.

Sakata Electronics, Inc.
Einkauf – Inland
1. Ausrüstung
2. Service
3. Komponenten
4. Verwaltung
5. Zurück zum vorherigen Menue
6. Zurück zum Hauptmenue

»Schauen wir uns die Komponenten mal an«, sagte sie.

Sakata Electronics, Inc.
Einkauf – Inland
Zulieferer für elektronische Komponenten

1. Nec
2. Toshiba
3. Hitachi
4. Sony Electronics
5. Fujitsu
6. Nikon
7. Seiko-Epson
8. Mitsubishi

Die Liste ging noch weiter. Erika blinzelte mit den Augen. »*Was?* Ich dachte ... Oh, ich verstehe.« Sie klickte auf das Pad und ging zwei Optionen zurück.

MacClaine war verwirrt. »Was ist denn?«

»Ich habe das Menue für inländische Vorgänge ausgewählt, weil ich vorhatte, inländische Unternehmen zu suchen, von denen Sakata elektronische Teile, Mikrochips, kauft. Meine Absicht war, amerikanische Halbleiterhersteller zu finden, die Sakata integrierte Schaltkreise liefern. Aber bei einem japanischen Unternehmen ist das genau anders herum. Inländisch bedeutet für Sakata japanische Unternehmen.« Sie drückte auf Ausland und dann auf Komponenten.

Sakata Electronics, Inc.
Einkauf – Ausland
Zulieferer für elektronische Komponenten

1. IBM
2. Intel
3. Motorola
4. AMD
5. Vlsi Logic

6. Texas Instruments
7. National Semiconductor
8. Fairchild
9. Zilog
10. Analog Devices
11. Dallas Semiconductor
12. Micron
13. Cypress
14. Zurück zum vorherigen Menue
15. Zurück zum Hauptmenue

»Das sieht schon besser aus«, sagte sie und drückte auf Motorola.

Sakata Electronics, Inc.
Einkauf – Ausland
Elektronische Komponenten von:
Motorola, Inc.

1. Einkauf 1996
2. Einkauf 1997
3. Einkauf 1998
4. Einkauf 1999
5. Einkauf 2000
6. Zurück zum vorherigen Menue
7. Zurück zum Hauptmenue

Erika lächelte und klickte auf den Einkauf von Sakata bei Texas Instruments 1997. Das war das Jahr, bevor in die Chipkonstruktion eingegriffen worden war. »Könnte sein, dass wir der Sache näher kommen, Brent.«

»Ich versteh nur Bahnhof.«

Sie lächelte ihn an. »Soweit wir wissen, wurden alle Sabotagen 1998 durchgeführt, und in diesem Jahr haben gewisse japanische Unternehmen auch den Einkauf der ICs eingestellt. Das habe ich herausgefunden, indem ich die Verkaufszahlen von TI, IBM und Motorola von 1997, dem Jahr vor der Sabotage, und von 1998, dem Jahr, als die beschädigten ICs ausgeliefert wurden, miteinander verglichen habe. Es stellte sich heraus, dass die meisten Unternehmen die beschädigten ICs gekauft haben, jedoch nicht die japanischen Unternehmen, die seltsamerweise ihre schon erteilten Aufträge storniert haben. Mit dieser Methode kann man herausbekommen, welche der Millionen amerikanischer Halbleiter-Komponenten verändert wurden – und das machen wir –, aber das kostet extrem viel Zeit, weil es Hunderte amerikanischer Halbleiterzulieferer gibt. Einige von ihnen stellen jedes Jahr Hunderte neuer ICs oder Versionen neuer ICs her. Außerdem ist diese Vorgehensweise nicht systematisch genug. Wir haben schon einen IC von Motorola gefunden, indem Layout-Revisionen überprüft wurden. Dieser IC wurde den Japanern nie verkauft, und daher hätten wir ihn nie durch die Überprüfung der Verkaufszahlen allein gefunden. Aber wir können dennoch einige ICs auf diesem Wege identifizieren. Jetzt werde ich mal die Gegenprobe machen. Ich bin in der Datei eines japanischen Unternehmens und überprüfe amerikanische Komponenten, für die Sakata Electronics zwischen 1997 und 1998 keine Aufträge mehr erteilt hat.«

Sakata Electronics, Inc.
Einkauf – Ausland
Elektronische Komponenten von:
Motorola, Inc. – Einkauf 1997
*** Daten nicht online ***

»Verdammt!« Erika lehnte sich auf ihrem Stuhl zurück und verschränkte die Arme.

»Was ist?«

»Die verdammten Daten sind nicht online.«

»Was bedeutet das?«

»Aufgrund der beschränkten Speicherkapazität nehmen viele Gesellschaften ihre alten Daten von der Festplatte und archivieren sie entweder auf Magnetbändern oder Zip-Disketten.«

»Ich weiß noch so eben, was ein Magnetband ist, aber was ist eine Zip-Diskette?«

»Die sieht genauso aus wie eine normale Diskette, ist aber ungefähr viermal dicker und kann eine Menge Informationen speichern. Daher sind Zip-Disketten ein ideales Backup-Medium.«

»Und wie kannst du Zugang dazu erlangen, nachdem sie archiviert worden sind?«

»Man muss wissen, welches Band oder welche Zip-Diskette es ist. Normalerweise haben Unternehmen automatische Backupsysteme, um die Daten zu schützen, die gegenwärtig in Gebrauch sind. Etwa einmal im Jahr archivieren die Unternehmen die letzten Backups in Schränken im Archivraum. Jemand muss sie aus dem Schrank holen und sie auf einen Server laden.«

»Was ist ein Server?«

»Das sind die großen Rechner, die innerhalb eines Netzwerkes für jeden Mitarbeiter verfügbar sind. Sie stellen den virtuellen Arbeitsplatz der Unternehmen dar.«

»Ich verstehe«, sagte MacClaine und rieb sich übers Kinn. »Also muss jemand bei Sakata tatsächlich zu einem dieser Schränke gehen und ein Band oder eine Zip-Diskette auf einen Server laden?«

»Richtig. Dann kann ich mir die Daten ansehen. Das Problem ist, dass ich nicht weiß, welches Backup es ist.«

MacClaine runzelte die Stirn. »Das hört sich kompliziert an.«

»Ist es auch, und das bedeutet, dass wir nicht an diese Informationen kommen können, wenn nicht jemand in dem

Unternehmen die archivierten Daten für uns auf den Server lädt.«

Sie versuchte es mit 1997, hatte jedoch nicht mehr Erfolg. »Ich kann Charlie wenigstens die Unternehmensliste per E-Mail schicken.«

»Wer ist Charlie?«

»Einer meiner Mitarbeiter in Washington. Er vertritt mich, während ich in Kalifornien Urlaub mache.« Sie stieß ihn leicht mit dem Ellbogen an.

»He, eines Tages wirst du auch noch erfahren, was es für ein Gefühl ist, Urlaub zu machen.«

Sie lächelte, wurde dann aber wieder ernst. »Ich habe zwölf Informatiker, die mit amerikanischen Halbleiterherstellern zusammenarbeiten und ihre Layouts überprüfen, um weitere beschädigte Chips zu finden. Bisher haben wir einen gefunden, bevor es zu einem Unfall kam. Das ist der Motorola-Mikrocontroller, der ausschließlich ans Pentagon verkauft wird. Mit etwas Glück werden wir bald weitere finden. Außerdem überprüfen wir die Verkaufs- und Einkaufszahlen, aber diese Methode hat gewisse Lücken.«

»Zumindest hattest du bei Sakata ein bisschen Glück. Hört sich an, als ob die Unternehmensliste dich weiterbringen könnte.«

Sie nickte. »Akita scheint trotzdem undurchdringlich, und Chang hatte überhaupt kein Glück, Root-Passwörter von anderen Unternehmen herauszubekommen.«

»Hört sich an, als ob sich diese Information bei allen japanischen Unternehmen verbreitet. Sie verschärfen alle ihre Sicherheitsmaßnahmen.«

»Apropos Sicherheit. Wolltest du nicht ihr Sicherheitssystem überprüfen?«

Er zuckte mit den Schultern. »Ja, stimmt.«

Sie rief die Option auf dem Bildschirm auf.

Sakata Electronics, Inc.
Sicherheitsabteilung

1. Gebäude
2. Personal
3. Verwaltung
4. Datensicherung
5. Zeiterfassung
6. Zurück zum vorherigen Menue
7. Zurück zum Hauptmenue

»Gebäude«, sagte MacClaine.

Sie wählte die entsprechende Option, und auf dem Monitor erschien eine Draufsicht eines der drei Gebäude von Sakata Electronics in Santa Clara, die direkt neben Intel standen. Rechts neben der Zeichnung wurden verschiedene Kategorien angezeigt:

Gebäudesicherheit

1. Alarmsystem
2. Magnettüren
3. Videoüberwachung
4. Bewegungsmelder
5. Wachposten
6. Rundgänge des Wachdienstes
7. Zurück zum vorherigen Menue
8. Zurück zum Hauptmenue

Sie klickte auf die erste Option, und der Korridor wurde durch ein Dutzend verschiedene Farben unterteilt, die die unterschiedlichen Alarmzonen darstellten. Links von der Zeichnung waren die Symbole, um ein Gebäude oder einen Flur innerhalb eines Gebäudes auszuwählen. Sie klickte auf Option vier, und die nächste Zeichnung war mit einem Dutzend Rauten übersät, die die genauen Orte der Bewegungsmelder am Boden markierten. Das Gleiche passierte, als sie die Option Videoüberwachung auswählte. Die Wachstationen waren als grüne Kästchen gekennzeichnet. Der ganze Flur konnte in Abschnitte unterteilt werden, indem man die etwa zwanzig Magnettüren aktivierte, die auf der Zeichnung als dicke Linien, die über den Korridor verliefen, eingezeichnet waren. Eine grüne Linie bedeutete, dass die Tür geöffnet war, und eine rote Linie wies auf eine geschlossene Tür hin.

»Ich werde mal etwas ausprobieren«, sagte Erika, glitt mit ihrem Finger über das weiche Pad, tippte zweimal darauf und setzte den Cursor auf eine rote Linie. Ein paar Sekunden später wurde die Linie grün.

»Ich habe gerade eine Tür geöffnet.« Sie klickte schnell noch einmal darauf und schloss sie dann wieder. »Klasse, was?«

»Das kannst du alles von deinem kleinen Computer aus machen?«

»Wenn ich die richtigen Passwörter eingebe. Verstehst du jetzt, warum das FBI mich dafür bestraft hat, dass ich Virenprogramme geschrieben habe, mit denen man Passwörter knacken kann? Denk an den Schaden, den ein Hacker anrichten ...«

Das Telefon klingelte. MacClaine hob ab. »Ja?«

»Sir, Mr. Kojata weigert sich, mit uns zusammenzuarbeiten. Er behauptet, wir seien Rassisten, würden seine privaten Rechte verletzen und ihn schikanieren, weil wir ihm nicht erlauben, Verbindung zu seinem Anwalt aufzunehmen.«

»Schon unterwegs.« Er legte auf und blickte Erika einen Moment an.

»Wer war das?«, fragte sie. Dann versuchte sie noch einmal, einen Schluck Kaffee zu trinken, verzog den Mund und stellte die Tasse wieder auf den Schreibtisch.

Brent stand auf und nahm einen brauen Umschlag vom Schreibtisch. »Wir machen einen Ausflug.«

»Was ist in dem Umschlag?«

Er grinste. »Das wirst du noch erfahren.«

18

Geständnisse

Erika Conklin folgte Brent MacClaine in einen Raum im Polizeirevier von San José, in dem Verhöre durchgeführt wurden. Sie machte sich auf einiges gefasst, und das nicht nur, weil es in dem Raum sehr kalt war, sondern auch, weil hinter einem kleinen Tisch in der Mitte des Raumes der Asiat mit den blond gefärbten Haaren saß, der ihren Kopf auf ihre Schenkel gedrückt hatte, während Hashimoto den Sack mit der Ratte über ihren Kopf stülpte. Der Asiat saß ruhig an dem kleinen Tisch. Seine Hände lagen mit Handschellen gefesselt auf seinem Rücken. Er starrte auf die Wand und ignorierte sie. Links von ihnen war ein Spiegel, der von einer Seite durchsichtig war und hinter dem sich ein halbes Dutzend FBI-Agenten und fast ebenso viele Polizisten aus San José drängten, um zu beobachten, wie MacClaine sein Glück bei dem Häftling versuchte.

»Schlechte Nachrichten, Freddie. Sieht so aus, als hätten Ihre Kumpels Sie fallen lassen.«

Der gut gebaute Asiat Ende zwanzig zuckte nicht mal mit der Wimper und starrte einfach geradeaus.

»Erinnern Sie sich an die Dame, Freddie? So heißen Sie doch, oder? Iko Kojata, auch Freddie genannt. Okay, Freddie, machen Sie noch einmal die Bekanntschaft von Erika Conklin«, sagte MacClaine und zeigte auf Erika, die sich zusammenriss, da sie diesen Moment nicht gerade genoss.

Kojata hob seine dunklen Augen, blinzelte kurz und erstarrte wieder.

»Falls Sie es nicht wissen sollten, Sie Schlaukopf, die Dame ist FBI-Agentin, und Sie haben ihr einen Sack mit einer Ratte über den Kopf gestülpt. Dafür kriegen Sie mindestens zwanzig Jahre.«

Kojata reagierte nicht.

»Und Sie erinnern sich doch sicher auch an dieses hübsche Gesicht.« MacClaine näherte sich Kojatas Gesicht bis auf wenige Zentimeter, doch der Häftling starrte ihn nur verächtlich an. »Und wie geht es diesen Rippen heute, Kumpel?« Er stach Kojata mit dem Finger in den Brustkorb und beobachtete, wie er vor Schmerzen zusammenzuckte.

»Das sind brutale Polizeimethoden«, protestierte Kojata. »Mein Anwalt wird Sie dafür drankriegen. Ich gehöre einer Minderheit an, und Sie diskriminieren mich.«

»Ja, stimmt alles, was Sie sagen, aber wissen Sie, was das Schlimmste ist?«, fragte MacClaine und schlug auf den Tisch, auf dem der dicke braune Briefumschlag lag. Kojata schien einen Moment überrascht zu sein. »Dass Sie diese Schweine decken, die so viel Zerstörung in Ihrem eigenen Land anrichten, dem Land, dem Sie fünf Jahre in der U.S. Army gedient haben.« MacClaine hatte sich die Hintergrundinformationen über Kojata, die das FBI sofort nach seiner Verhaftung gesammelt hatte, noch einmal angesehen. Seine Familie war vor drei Generationen nach Amerika gekommen.

Kojata hob den Blick. »Das Land, das mir keinen Job geben wollte, nachdem ich aus der Armee entlassen wurde.« Nach diesen Worten erstarrte er wieder.

»Das Land, das Ihren Großeltern ein Zuhause gegeben hat, als sie Japan in den Dreißigerjahren verlassen und sich in Los Angeles niedergelassen haben, Sie Arschloch. Dasselbe Land, in dem Sie seitdem ganz gut gelebt haben, und das ist der Dank dafür. Schauen Sie sich das mal an.«

MacClaine öffnete den Umschlag und legte ein 20 x 25 Zentimeter großes Farbfoto vor ihn auf den Tisch. Erika schnappte nach Luft, griff sich mit der Hand an den Mund und wandte sofort ihren Blick ab, nachdem sie das zusammengeschrumpfte, graue Gesicht eines Kindes mit geschwollenen, milchigen Augen gesehen hatte. Das schwarze Haar war glatt über den Kopf gekämmt, sodass man eine zentimetertiefe Wunde, die sich über die ganze Stirn des Kindes zog und MacClaine an Herman Munster erinnerte, sehen konnte. Der Kopf war noch mit einem Teil des Oberkörpers, der nicht von den Alligatoren gefressen worden war, verbunden. Eiter sickerte aus Ohren und Mund. Ein Stück des Rückenmarks hing lose über dem Rumpf.

»Wissen Sie, was das ist? Schauen Sie sich das mal genau an!«

Freddie Kojata blickte auf das Bild, schluckte und schloss die Augen.

»Das sind die sterblichen Überreste eines elfjährigen Jungen, der bei lebendigem Leibe von Alligatoren aufgefressen wurde, nachdem der *Silver Comet* in den Everglades entgleiste, weil ein Computerchip beschädigt wurde, und zwar von den Leuten, die *Sie* decken.«

MacClaine blätterte die Akte durch. »Hier, das ist auch ein sehr schönes Bild.« Er legte ein anderes Foto vor Kojata auf den Tisch.

Erika drehte sich der Magen um, als sie ein Gesicht erblickte, das wie gebratener Speck aussah und dem Haare, Augen und Augenlider fehlten. Aufgedunsene Lippen gingen unmittelbar in die verbrannte Nase ohne Nasenlöcher über. Auf dem verbrannten Hals der Leiche war noch das Loch des Luftröhrenschnittes der Notoperation zu sehen.

»Die Rettungsmannschaften haben diese Frau lebend gefunden, Freddie. *Lebend.* Können Sie sich einen Moment lang die Qualen vorstellen, die sie erlitten haben muss? Können Sie sich vorstellen, was in ihrem Kopf vorging, als sie bei lebendigem Leibe in einem Waggon des *Comet* verbrannte?«

Kojata schluckte.

»Und wissen Sie was?«

Kojata schloss die Augen und schüttelte langsam den Kopf.

»Ihr Name war Yoko Sakamoto. Sie und ihr Ehemann machten gerade ihre Hochzeitsreise. Sie fuhren mit dem *Comet* von New York nach Miami, um eine Kreuzfahrt in der Karibik zu machen. Sie stammten aus Osaka, Freddie. Ist das nicht Ironie des Schicksals?«

Der junge Amerikaner asiatischer Abstammung atmete schwer. Die Bilder hatten ihn offensichtlich aus der Fassung gebracht.

»Was würden Ihre Eltern in L.A. dazu sagen?«

Kojata kniff die Augen zusammen und drehte sich plötzlich zu MacClaine um.

»Ich weiß, ich weiß. Sie glauben, dass ihr Sohn bei einem privaten Sicherheitsdienst unten im Tal arbeitet. Und so hat es ja auch angefangen, nicht wahr, Freddie? Durch Ihre Armeezeit waren Sie für einen Job als Wachmann bei Sakata Electronics prädestiniert. Dann ist irgendjemand zu Ihnen gekommen und hat Ihnen angeboten, mehr Knete zu verdienen. Wahrscheinlich mussten Sie nicht mehr tun, als gewissen Leuten zu folgen und über ihren Aufenthalt zu berichten. Vielleicht Japaner beschützen, während sie heißblütige Blondinen vögelten. Doch dann ist etwas passiert. Vielleicht hatten Sie sich an den Zusatzverdienst gewöhnt. Vielleicht wollten Sie noch mehr Kohle. Auf jeden Fall sind Sie dann auf Hashimoto gestoßen, einen JDA-Agenten, und traten hauptsächlich als Auftragskiller und Mitarbeiter eines ausländischen Geheimdienstes in Erscheinung. In diesem Land bezeichnen wir Leute wie Sie als Verräter. Aber was kostet die Welt? Jetzt hatten Sie selbst richtig Kohle gemacht und sausten mit einem BMW-Kabrio durch die Gegend. Plötzlich fuhren tolle Weiber auf Sie ab, und Sie mussten nicht mehr tun, als bei der Lösung einiger Probleme zu helfen, wie zum Beispiel der Entführung von Erika Conklin und mir. Jetzt haben wir Sie geschnappt, und Sie sitzen ziemlich in der Scheiße, denn Ihre japanischen Freunde haben Sie fallen lassen. Letztendlich sehen Sie vielleicht aus wie sie, mögen sie sogar ein wenig und möchten so mit dem Geld um sich werfen wie sie, aber Sie sind nicht wirklich einer von ihnen. Sie sind Amerikaner. Sie sind einer von uns. Sie können keine diplomatische Immunität geltend machen und nach Hause fahren. Sie sind ein Verräter, der schlimmste aller Verbrecher. Sie gehen in den Knast, und da wird Sie irgendjemand so lange in den Arsch ficken, bis Ihnen die Augen aus dem Kopf treten.«

MacClaine zog seelenruhig ein drittes Foto aus dem Umschlag und legte es vor Kojata auf den Tisch, dessen Augen weicher geworden waren und in denen sich jetzt echte Sorge spiegelte.

Erika sah einen schwer verbrannten, entstellten Mann. Die Haut über den Wangen, dem Mund und Kinn war verbrannt, hatte mit Ruß überzogene Kieferknochen freigelegt und Zähne entblößt, die in einem makabren Grinsen erstarrt waren. Auch Kehle und Nacken waren verbrannt, sodass man unmittelbar die Wirbelsäule des Mannes betrachten konnte. Erika schüttelte den Kopf, atmete tief durch und schloss kurz die Augen, um ihre Übelkeit zu bekämpfen. Sie war wütend, weil die Bilder sie so aus der Fassung brachten.

»Alles in Ordnung?«, fragte MacClaine.

»Ja, alles in Ordnung«, flüsterte sie schließlich, doch es war ihr fast unmöglich, das Schaudern zu unterdrücken.

»Natürlich«, flüsterte MacClaine. »Aber falls dieses Aschgrau nicht deine normale Gesichtsfarbe sein sollte, kannst du dich gerne in den Ruheraum am Ende des Flures legen.«

Erika warf ihm einen vernichtenden Blick zu.

MacClaine wandte sich wieder an den Häftling. »Das Foto stammt von dem Flugzeugunglück über Houston. Der arme

Bursche saß gerade zu Hause auf dem Scheißhaus, als ihm der Himmel auf den Arsch fiel, und das wieder dank eines Computerchips, den Ihre japanischen Freunde zerstört haben. Insgesamt sind Tausende von Amerikanern wie Sie und ich ums Leben gekommen, und viel, viel mehr wurden verletzt.«

Jetzt hatte MacClaine seinen Häftling so weit, dass er sich alle drei Fotos nervös ansah.

»Möchten Sie noch mehr Fotos sehen?«, fragte MacClaine und hielt ihm den Stapel unter die Nase. »Ich habe alle Altersklassen, alle Rassen und alle Religionen. Es ist also für alle sexuellen Vorlieben etwas dabei.«

Kojata schüttelte den Kopf.

»Sie sind keiner von denen, Freddie. Sie sind einer von uns. Sie hatten einen Ring, nicht wahr?«

Freddie antwortete nicht, atmete aber noch immer schwer.

»Man hat Ihnen einen Ring gegeben und Ihnen befohlen, sich zu töten, wenn Sie geschnappt werden, stimmt's?«

Kojata nickte.

»Und warum haben Sie das nicht getan, Freddie? Meine Leute haben mir gesagt, dass Sie bei Bewusstsein waren, als man Sie in der Lagerhalle gefunden hat. Warum haben Sie nicht in den Ring gebissen und die Kapsel geschluckt?«

Kojata blieb stumm.

MacClaine beugte sich zu ihm hinunter. Sein Gesicht war nur wenige Zentimeter von Kojatas entfernt. »Ich werde es Ihnen sagen, Freddie. Weil Sie nicht wie die anderen sind. Sie sind Amerikaner, und ob Sie nun so aussehen oder nicht, so denken Sie doch wie ein Amerikaner, und wir glauben nicht an so einen Mist. Jetzt haben Sie die Wahl. Entweder Sie arbeiten mit uns zusammen, und dann verspreche ich Ihnen, dass das FBI ein gutes Wort für Sie beim Richter einlegen wird, damit Ihre Gefängnisstrafe auf ein Minimum verkürzt wird. Sie wären in weniger als fünf Jahren wieder auf freiem Fuß. Oder Sie machen mit Ihrem Theater weiter, und dann werden Sie an einem Ort landen, der schlimmer ist als die Hölle. Jetzt frage ich Sie noch ein letztes Mal. Sind Sie bereit, mit uns zusammenzuarbeiten?«

Freddie Kojata schloss die Augen und nickte fast unmerklich.

19
Druck

Zwanzig Minuten später kaufte MacClaine bei einem Jugendlichen, der die Zeitungsautomaten vor dem Polizeirevier auffüllte, eine Zeitung. Er überflog schnell die Seiten. Erika schaute ihm über die Schulter. Auf der dritten Seite der *San José Mercury News* fielen ihm zwei Fotos auf. Das erste zeigte ihn mit einer Flasche Jack Daniels an einer Bushaltestelle. Das zweite war von Erika, die halb nackt auf einem Tisch tanzte. Beide Fotos erschienen unter der Überschrift: *FBI-Agenten vor dem Disziplinarausschuss.*

Erika wurde kalkweiß. MacClaine fluchte und las weiter. Der Artikel, der nach den Worten der *Mercury News* von dem UPI-Reporter R. Hooks stammte, erklärte, dass die Abteilung für innere Angelegenheiten des FBI über die Suspendierung und eventuelle Strafverfolgung des Special Agent Brent MacClaine und der Informatikerin Erika Conklin nachdenke, da die beiden Agenten in zahlreichen Fällen in Nordkalifornien lebende japanische Bürger schikaniert haben sollen. Der Artikel betonte, es sei nicht das erste Mal, dass MacClaine mit japanischen Bürgern in Amerika aneinandergeraten sei. Der Agent wurde beschuldigt, vor zwei Jahren mehrere japanische Geschäftsmänner von Hitachi-America beschimpft und schikaniert zu haben. Dann wandte sich der Artikel dem Privatleben des Agenten zu und behauptete, dass seine Ehe aufgrund des rüpelhaften Verhaltens gegenüber seiner Ehefrau mit einer Scheidung endete. Auch sein Alkoholismus wurde angeführt und die Tatsache, dass er jetzt – um seiner persönlichen Vorteile und seines beruflichen Fortkommens willen – zu Erpressung und Schikanierung gegenüber den hart arbeitenden Japanern greife. Dann wandte sich der Artikel Erika Conklin zu, einer ehemaligen Stripperin und angeblichen Prostituierten, die eine ganze Reihe von Professoren an der Universität in Berkeley verführt haben sollte, um ihren Abschluss zu bekommen, und die nun beim FBI angestellt war, wo sie angeblich zahlreiche Affären mit hochrangigen Beamten gehabt habe. Eine Quelle, die lieber anonym bleiben wollte, hatte angedeutet, dass Erika Conklin zumindest einmal mit Direktor Roman Palenski mitten in der Nacht allein in seinem Büro gewesen sei. Der Artikel erklärte, dass die Familie, der eine Ranch in Nordkalifornien gehöre, kontaktiert worden sei, um sich dazu zu äußern, aber bisher habe niemand auf die Anrufe der Zeitung reagiert.

Erika schlug die Hände vors Gesicht. Aus ihren Augen rannen Tränen. »Oh, mein Gott ... diese Schweine.«

»Jetzt machen die richtig Druck«, sagte MacClaine und umarmte sie. »Jetzt machen die wirklich *richtig* Druck.«

20

Yudedako

Der clevere Willie Matsubara ging in das Badehaus, welches unmittelbar an sein viktorianisches Herrenhaus über dem Silicon Valley anschloss. Er schritt mit nackten Füßen über die kalten Fliesen. Die Schlichtheit dieses Ortes stand in starkem Kontrast zu dem verschwenderisch eingerichteten Herrenhaus.

Er hängte einen *yukata* – einen Baumwollhausmantel – auf einen Eisenhaken an die mit Eichenholz getäfelte Wand und nahm sich ein Stück Seife, das auf einem Holzkästchen neben einem großen Bambusbottich lag. Mit einer Handpumpe, die er aus einem Heilbad östlich von Kiuschu importiert hatte, füllte Matsubara den Bottich und tauchte ein *furoshiki* – ein Stück gefärbten Stoff – ins Wasser und rieb es mit Seife ein, wobei bläulicher Schaum entstand. Matsubara saß nackt auf einem Holzschemel und fing an, sich mit dem *furoshiki* kräftig abzureiben. Er schrubbte jeden Zentimeter seines Körpers, bis die Haut prickelte, und dann spülte er sie mit dem warmen Wasser aus dem Bottich ab.

Er atmete tief ein und zwang sich dazu, sich zu entspannen. Vor einer Stunde hatte er die Nachricht erhalten, dass Hashimoto die FBI-Informatikerin geknackt und sie gezwungen hatte, die Namen und Adressen von drei Agenten, die mit dem Fall zu tun hatten und zu denen auch Brent MacClaine gehörte, preiszugeben. Ihre Leiche, die mit fünfzig Pfund schweren Ketten umwickelt worden war, lag jetzt auf dem Grund der San Francisco Bay.

Matsubara ließ die Seife und den *furoshiki* in dem rustikalen Badehaus zurück und ging über den kurzen, mit Steinfliesen ausgelegten Gang, an dessen Seiten Bambus und Kiefern standen, zum *rotemburo,* dem Swimmingpool unter freiem Himmel. Die mit Erdgas betriebenen Brenner, die hinter den Bäumen versteckt waren, erhitzten das Wasser auf genau fünfundsechzig Grad. Von der Oberfläche stieg Dampf auf, der wie Morgennebel drei Meter über dem Pool schwebte. Das Wasser lief gluckernd von den Brennern über Bambusgitter zum *rotemburo.* Matsubara hatte über hunderttausend Dollar für diese künstliche heiße Quelle ausgegeben, um für sich und seine Leute das richtige Ambiente zu schaffen und die Tradition seiner Landesgenossen zu wahren, die meilenweit fahren würden, um in eine heiße Quelle tauchen und *yudedako,* den triumphalen Schritt auf dem Weg zu perfekter körperlicher Gesundheit, praktizieren zu können.

Als Matsubara seinen linken Fuß in das dampfende Bad tauchte, bekam er einen leichten Schock und hielt kurz die Luft an, aber dann grinste er vergnügt. Sofort tauchte er den Fuß tiefer ins Wasser, trat auf eine Granitplatte und dann auf eine tiefer liegende Platte, bis er vollkommen ins Wasser getaucht war und von dem belebenden heißen Wasser eingeschlossen war.

Bald, dachte er. *Bald haben wir es geschafft.*

Matsubara atmete tief ein, als das heiße Wasser seine magische Wirkung vollbrachte und seinen Geist von aller Angst und allem Stress reinigte. Er schloss die Augen und hörte dem Surren der Insekten und Zwitschern der Vögel zu, Töne, die sich mit dem gluckernden Wasser vermischten.

Der Artikel in den *Mercury News* gegen die führenden FBI-Agenten, die den Fall bearbeiteten, war ausgezeichnet und im traditionellen japanischen Stil geschrieben. Wenn man jemanden ruinieren wollte, musste man ihn nur öffentlich anprangern. Ob sich herausstellte, dass die Behauptungen stimmten oder nicht, war egal, weil die menschliche Natur sich nur an die Behauptungen erinnerte. Selbst wenn die Person später entlastet wurde, fragte sich jeder, ob die Person wirklich unschuldig war. Auch wenn Erika Conklin bereits tot war, so waren ihr Name und der ihrer Familie für immer beschmutzt. Das Gleiche galt für Brent MacClaine.

Matsubara atmete die heiße Luft über dem Wasser ein, und die Anspannung wich. Es stand so viel auf dem Spiel. So viel. Der Ruf und die Zukunft seiner Familie ruhten auf seiner Fähigkeit, diese Mission erfolgreich auszuführen. Nur dann würde die japanische Regierung ihm sein Unternehmen zurückgeben. Versagen bedeutete Entehrung, ein Schicksal, das schlimmer war als der Tod. Matsubara atmete die heiße Luft ein, reinigte sich von Gedanken des Versagens und konzentrierte sich auf den Erfolg und auf sein Leben in Sendai nach der Mission. Vielleicht fand er dann eine gute japanische Frau, die besser war als die amerikanischen Huren, die er sich leistete, aber insgeheim verachtete, weil sie das Vulgäre und das Barbarische repräsentierten, das er so an Amerika hasste.

Zehn Minuten später war seine Haut durch das heiße Wasser leicht gerötet, und Matsubara grinste zufrieden, weil er *yudedako* praktiziert hatte. Er hatte den großartigen Zustand der Ekstase erreicht, der ihn auch mit dem Vertrauen erfüllte, dass der Yamato Ichizotu seine jahrtausendelange Tradition des Geheimnisses und der heiligen Mission zum Ruhme seiner Vorfahren und zum Ruhme Japans fortsetzen würde.

21
Würdige Gegner

DAS WEISSE HAUS

Präsident Lester Williams saß hinter dem Schreibtisch und umklammerte seinen Football, während er über die Ratschläge der drei Männer, die ihm gegenübersaßen, nachdachte. Da inzwischen bekannt war, dass der japanische Geheimdienst in die Sabotage verwickelt war, bekam der Fall eine ganz andere Dimension.

Williams wandte sich an Donald Bane, den Direktor des Geheimdienstes, der zwischen FBI-Direktor Roman Palenski und Verteidigungsminister James T. Vuono saß.

»Klären Sie mich mal auf.«

Bane, der so groß war wie Palenski, aber volles graumeliertes Haar und ein faltiges Gesicht hatte, legte eine der braunen Mappen, die er in der Hand hielt, vor den Präsidenten auf den Tisch. Unten auf dem Umschlag stand in Rot: Tanaka – CIA Top Secret.

»Kenichi Tanaka ist der Kopf des JDA, Mr. President«, begann Bane. »Er ist in der Welt des Geheimdienstes eine Legende, einer der vielen Agenten, die wir für die japanische Regierung in den späten Fünfzigern und frühen Sechzigern ausgebildet haben. Sein Vater war eine Schlüsselfigur des Tokko, Japans größter Gegenspionage-Organisation im Zweiten Weltkrieg. Durch die Beziehungen seines Vaters, besonders zu Hoichi Yamasaki, der den JDA viele Jahre leitete, war Tanaka in der Lage, innerhalb des japanischen Geheimdienstes schnell aufzusteigen. Er hatte als Mitglied des Diplomatenstabes verschiedene Posten inne: 1959 Berlin, 1962 Seoul, zwei Jahre später Manila, 1969 Taiwan, 1972 Peking, 1975 Madrid und in den frühen Achtzigern Washington, bis er 1987 wieder nach Tokio versetzt wurde. Er stieg 1989 zum stellvertretenden Leiter des JDA und ein Jahr später, als Yamasaki in den Ruhestand ging, zum Leiter auf. Er arbeitet sehr eng mit dem Militär und der Industrie zusammen. Wir glauben tatsächlich, dass über die Hälfte der JDA-Mittel für Industriespionage verwendet werden. Einige der Agenten, die als Studenten in unserem Land lebten, ergatterten in den Semesterferien Jobs bei allen großen amerikanischen Unternehmen. Im letzten Jahr konnten wir ein Dutzend von ihnen schnappen und in ihre Heimat zurückschicken, aber erst nachdem sie ihren Arbeitgebern bereits geheime Unterlagen entwendet und sie auf verschiedenen Wegen – unter anderem auch per E-Mail – nach Hause geschickt hatten. Tanaka führt ein strenges Regiment. Er ist ein würdiger Gegner in der Welt der Industrie- und Gegenspionage. Er hat es geschafft, eine Reihe unserer Operationen in Übersee zu stoppen, allerdings konnten auch wir schon zahlreiche seiner Operationen in diesem Land aufdecken.«

Williams nickte, legte den Football neben die Akte, öffnete sie und blätterte die zahlreichen Fotos, Geheimberichte und Zeitungsausschnitte durch. »Glauben Sie, dass er verschlagen und geschickt genug ist, um diese Intrige einzufädeln? Oder ist es möglich, dass sich die Sache ohne seine Kenntnis auf einem unteren Niveau abspielt?«

Donald Bane schaute in die Ferne und strich mit dem Finger über eine tiefe Narbe neben seinem linken Auge, die von einer militärischen Operation während des Golfkriegs herrührte. Er schlug die Beine übereinander und schüttelte langsam den Kopf. »Im japanischen Geheimdienst passiert nichts ohne Tanakas persönlichen Segen. Er muss von Anfang an eingeweiht gewesen sein.«

»Das bedeutet, dass Tanaka derjenige ist, der am besten

über diese Operation Bescheid weiß«, meinte Palenski und klemmte die Daumen unter seine Hosenträger.

Bane nickte. »Es ist exakt sein Stil. Er hat alle Fäden in der Hand. Er vertraut sehr wenigen, höchstens einer Hand voll von Leuten, die er persönlich eingestellt und ausgebildet hat, um sie bei dieser Operation in Schlüsselpositionen zu bringen.«

»Wie Matsubara«, sagte Palenski und zeigte auf die andere Akte in Banes Hand.

»Ganz genau«, stimmte Bane zu und reichte dem Präsidenten die Akte, der sie über die Akte von Tanaka legte und aufschlug. Bane fügte hinzu: »Oruku Matsubara gehört zu Tanakas engsten Mitarbeitern. Er hat ein paar Jahre in Kalifornien gelebt. Der Mann hat als Sohn eines vermögenden japanischen Industriellen eine gute Ausbildung genossen und arbeitet jetzt als Mittelsmann zwischen der Industrie und dem JDA. Er genießt diplomatische Immunität. Wir glauben, dass er die Operationen ausführt, die Tanaka ausgebrütet hat.«

»Wo ist er jetzt?«

»Noch in unserem Land. Wir beschatten ihn, um zu sehen, wohin er uns führt.«

Williams lehnte sich zurück und legte beide Hände auf den Schoß. »Was schlagen die Herren vor? Wie sollen wir vorgehen? Und ehe Sie mir antworten, teile ich Ihnen hiermit offiziell mit, dass ich jeden vernünftigen Plan billigen werde, der uns Informationen bringt, um die Katastrophen, die durch Computerversagen ausgelöst werden, zu beenden. Wenn Japan tatsächlich hinter dieser Intrige steckt – und Sie scheinen genug Beweise dafür zu haben –, so betrachte ich das als Kriegserklärung gegen die Vereinigten Staaten. Ich erwarte von Ihnen, dass Sie alle verfügbaren Mittel und Ihr ganzes Geschick einsetzen, um diesem Wahnsinn ein Ende zu bereiten.«

Nach einem kurzen Moment des Schweigens ergriff Bane

zuerst das Wort. »Ich brauche Ihre Zustimmung, um Matsubara in unsere Gewalt zu bringen, Mr. President.«

Williams mochte Donald Bane, einen aufrechten Burschen, der seine Absichten eher direkt vorbrachte, als irgendetwas heimlich zu machen wie viele seiner Vorgänger. Der Präsident nickte und erteilte dem CIA die Erlaubnis, einen japanischen Diplomaten aus Gründen der inneren Sicherheit zu entführen.

»Es besteht natürlich das Risiko«, gab Minister Vuono zu bedenken, »dass Matsubara nur ein Auftragskiller ist, der einige Schritte der Operation ausführt, aber nicht in die ganze Intrige eingeweiht ist.«

»In diesem Fall könnte der große Fisch durch die Entführung von unseren Absichten erfahren«, sagte Palenski.

»Damit komme ich zu meiner Bitte, Mr. President«, erklärte Verteidigungsminister Vuono. »Ich möchte Konichi Tanaka entführen. Aufgrund meines bisherigen Kenntnisstandes ist er derjenige, der die Originalliste der beschädigten Computerchips besitzen müsste.«

Williams nahm den Football in die Hand und rieb mit den Fingerspitzen über das Leder. »Woran denken Sie, Mr. Vuono? Die SEALs?«

Vuono nickte. »SEAL-Einheit Fünf ist bereits an Bord der *Polk* im japanischen Meer und hat sich nach unserem letzten Gespräch auf eine mögliche Mission in dem Gebiet vorbereitet. Die vom CIA und DIA gesammelten Informationen über Tanaka deuten darauf hin, dass er die meisten Wochenenden am Kap Muroto auf der japanischen Insel Schikoku verbringt, wo er ein Haus auf den Felsen über dem Pazifik besitzt. Wir arbeiten an verschiedenen Angriffsplänen.«

»Wie groß ist Ihr Vertrauen, dass diese Information stimmt?«, fragte der Präsident.

Vuono drehte sich zu Bane um, der die Beine übereinander schlug und erklärte: »Sechzig Prozent.«

»Das bedeutet«, sagte Vuono, der sich wieder an den Präsidenten wandte, »dass es möglicherweise mehr als einen Versuch geben wird, um ihn zu schnappen.«

»Gibt es eine Möglichkeit, Ihre Gewissheit zu steigern?«

»Wir arbeiten daran«, erwiderte Vuono. »In der Zwischenzeit bereitet sich die SEAL-Einheit Fünf auf mehrere Angriffe vor.«

Lester Williams wandte seinen Blick dem silbergerahmten Foto seines Stiefsohnes zu und nickte. Vuono und Bane hatten es ihm offen ins Gesicht gesagt. Zumindest hatten sie die kluge Entscheidung getroffen, SEAL-Einheit Fünf auszuwählen, und das nicht etwa, weil diese Eliteeinheit zufällig vom Stiefsohn des Präsidenten kommandiert wurde. Williams gefiel der Gedanke nicht, dass Derek Ray ein Einsatz bevorstand, aber solange er auf dem Präsidentenstuhl saß, musste er seine Gefühle aus dem Spiel lassen und das Richtige für sein Land tun, selbst wenn das bedeutete, dass Rays Leben auf dem Spiel stand.

Williams nickte. »Wie lange dauert es, bis die Mission ausgeführt werden kann, wenn wir diese Möglichkeit ins Auge fassen?«

»Bei einem Durchbruch in unserer Informationssammlung, Sir, schätze ich innerhalb der nächsten zweiundsiebzig Stunden, wenn wir davon ausgehen, dass Tanaka sein Haus am Meer aufsuchen wird, und zwar an diesem Wochenende.«

»In Ordnung. Machen Sie es.«

»Jawohl, Mr. President.«

»Wir brauchen technische Unterstützung, wenn wir Tanaka geschnappt haben«, sagte Palenski, der sich über seinen kahlen Schädel strich.

Vuono und Bane drehten sich zu ihm um. »Technische Unterstützung?«

Der FBI-Direktor nickte. »In diesem Fall geht es um High-

Tech-Sabotage. Das macht die Unterstützung von mindestens einem meiner Informatiker vor Ort erforderlich.«

»Denken Sie an eine bestimmte Person, Sir?«, fragte der Präsident.

»Die gleiche Informatikerin, die auf die Theorie mit Japan gekommen ist und die während ihrer kurzen Gefangenschaft in Erfahrung bringen konnte, dass die Spur zum JDA führt.«

Der Präsident nickte. »Ja, ja. Ich habe in Ihrem Bericht von ihr gelesen. Eine erstaunliche Frau.«

Palenski seufzte. »Das ist sie, Sir.«

»Wie konnten Sie denn eine so gute Informatikerin einstellen, Palenski? Ich war der Meinung, dass die meisten erstklassigen Informatiker auf hohe Prämien und Aktienvorkaufsrechte aus seien, die die Privatindustrie bietet«, wunderte sich Lester Williams.

»Mr. President«, erwiderte Palenski nach einem kurzen Moment des Zögerns. »Ich glaube, das möchten Sie lieber nicht wissen.«

Williams lächelte verhalten. »Okay, Palenski. Sie und Mr. Vuono kümmern sich um die technische Unterstützung vor Ort, um die Verzögerung unserer Informationssammlung möglichst gering zu halten. Sonst noch etwas?«

Vuono nickte. »Ist es dennoch sinnvoll, sich an Matsubaras Fersen zu heften?«

Williams wandte sich an Bane.

»Auf jeden Fall, Mr. President. Matsubara könnte nicht nur Kenntnis von der Liste, sondern auch über den exakten Aufenthaltsort von Tanaka haben, was die Chancen einer erfolgreichen SEAL-Mission steigern würde.«

Vuono kniff die Augen zusammen, überdachte kurz die Argumentation des CIA-Direktors und sagte schließlich zu Bane: »Das ist wirklich eine interessante Überlegung.«

»Alles, was wir über Tanaka erfahren können, ist das Risiko wert, solange es richtig gemacht wird. Wir wollen auf keinen Fall, dass Tanaka gewarnt wird«, entgegnete der Direktor des CIA.

»Es gibt noch einen anderen Grund, warum wir uns an Matsubara hängen sollten, und zwar jetzt sofort«, sagte Palenski. »Tanaka weiß bereits, dass das FBI in Zusammenhang mit seinen Operationen ermittelt. Ich bin sicher, dass Matsubara ihn schon kontaktiert hat. Wenn ich an Tanakas Stelle wäre, würde ich versuchen, die Beweiskette zu unterbrechen.«

»Es müssten nur die Leute, die Tanaka verraten könnten, ausgeschaltet werden«, sagte Vuono fast zu sich selbst. »Wie Oruku Matsubara ... Wir müssen diesen Kerl unbedingt schnappen, bevor seine Leiche in irgendeinem Kanal schwimmt, Mr. President.«

»Es bleibt also bei meiner ursprünglichen Entscheidung«, sagte Williams. »Noch etwas?«

»Ja, Sir«, meldete sich Palenski wieder zu Wort, der die Beine übereinander schlug und die Daumen unter die Hosenträger steckte. »In der Presse steht heute ein Artikel, der meine Agenten beschuldigt, japanische Bürger zu schikanieren. Der Artikel stellt meine führenden Agenten, Erika Conklin und Brent MacClaine, in einem sehr schlechten Licht dar.«

Williams lehnte sich vor. »Weiter:«

»Jemand versucht, sie zu vernichten und mich auch. In dem Artikel steht, dass ich eine Affäre mit Conklin gehabt haben soll.«

Der Präsident nickte. »Wer hat den Artikel gedruckt?«

»Mehrere Tageszeitungen, unter anderem die *Post.* Es wird behauptet, dass die Informationen von einem UPI-Reporter namens Hooks stammen, aber als mein Büro bei UPI anrief, wurde behauptet, dass dort niemand mit dem Namen arbeite und sie außerdem keine Ahnung haben, wie der Artikel in die Zeitung komme.«

»Beliebte Taktik radikaler Gruppen in der japanischen Geschäftswelt«, erklärte Bane. »Gewissenlose Schurken in Japan praktizieren das ständig. Das war auch eine beliebte Taktik des alten KGB, Falschmeldungen in der Presse zu verbreiten. Skandale werden jetzt in Japan von rücksichtslosen Geschäftsmännern als Waffen gegen feindliche Firmen benutzt. Wenn es erst mal in der Zeitung steht, ist es vorbei, sogar wenn sich herausstellt, dass es eine Falschmeldung war. Bis dahin ist das Opfer schon zurückgetreten, und eine neue Geschäftsführung hat die Firmenleitung übernommen. Sie haben diese miese Tour auch bei meinen Leuten, die in Tokio und Osaka gearbeitet haben, angewandt, und wir haben nie erfahren, woher die Gerüchte stammten, obwohl wir immer vermuteten, dass es skrupellose Generaldirektoren waren, die versucht haben, ihre Spuren zu verwischen. Irgendwie verläuft die Spur immer im Sande. Sie werden niemals herausbekommen, wer angeordnet hat, diesen Artikel zu veröffentlichen. Niemand will dafür verantwortlich sein, und wenn Sie sich laut genug beschweren, werden Sie allerhöchstens erreichen, dass hinten in der Zeitung eine kleine Notiz erscheint, in der sich die Zeitung für den Fehler entschuldigt. Bis dahin hat der Artikel jedoch bereits genug Schaden angerichtet. Ich habe schon oft gesehen, dass Leute auf diese Weise ruiniert wurden. Letzte Woche musste ich einen meiner Männer nach Hause bringen lassen, weil in einem Artikel in der Lokalpresse behauptet wurde, er hätte eine ganze Reihe Kinder in einer Tagesstätte in Tokio missbraucht. In Wahrheit stand er nahe davor, einen Spionagering zu knacken, der mit der High-Tech-Mafia in diesem Land in Verbindung stand. Die japanische Regierung hat zwar versucht, uns bei der Schadensbegrenzung zu helfen, aber am Ende hat uns der Artikel um Monate zurückgeworfen.«

»Wir können MacClaine und Conklin nicht von dem Fall entbinden«, sagte Palenski. »Die Tatsache, dass wir von denen attackiert werden, sagt mir, dass wir tatsächlich auf der richtigen Fährte sind, was Conklins Theorie bestätigt. Wir müssen mehr Druck denn je machen, aber gleichzeitig würde ich gerne etwas Druck auf die Zeitungen ausüben, damit sie vorher überprüfen, was sie veröffentlichen. Ich hätte fast Lust, dieses Spiel auch mit ihnen zu spielen.«

»Meine Leute werden sich um die Presse kümmern.«

»Danke, Sir.«

»Noch etwas?«

»Ja, Mr. President«, fuhr Palenski fort. »Das führt mich zu meiner nächsten Bitte. Meine Behörde möchte sich dem Fall indirekter nähern. Ich glaube, wir könnten mehr Erfolg haben, wenn wir nicht den Konfrontationskurs wählen und raffinierter vorgehen würden. Wir sollten es ihnen mit gleicher Münze heimzahlen.«

»In Ordnung. Was brauchen Sie?«

»Ihr Einverständnis für das heimliche Eindringen in ein japanisches Unternehmen.«

»Das müssen Sie mir erklären.«

Palenski skizzierte den Plan, den er vor ein paar Stunden von seinem Special Agent Brent MacClaine erhalten hatte. Er nutzte das Geständnis eines gefangenen Amerikaners asiatischer Abstammung, der zugestimmt hatte, mit dem FBI zusammenzuarbeiten, nachdem er begriffen hatte, dass seine inhaftierten japanischen Kollegen den nächsten Flieger nach Tokio nehmen würden, während er zurückgelassen und unter Anklage gestellt wurde.

»Hört sich riskant an«, meinte Bane, »aber es gefällt mir. Doch ich würde den gleichen Einwand machen wie bei Matsubaras Gefangennahme. Wir brauchen so viele Informationen wie möglich, ehe die SEALs in Aktion treten können, und dabei könnten wir großes Glück haben und die Originalliste der Komponenten finden.«

Williams nickte und stand auf, woraufhin sich seine drei Gäste auch sofort erhoben. »In Ordnung, meine Herren. Nehmen Sie das Problem von allen Seiten in Angriff, und gehen Sie ein so großes Risiko ein, wie es Ihrer Meinung nach notwendig ist. Stellen Sie sicher, dass Sie die Liste der manipulierten Komponenten so schell wie möglich in diesem Büro abliefern. Wenn Palenskis Einschätzung stimmt, könnte der Angriff auf unsere Spitzentechnologie diese Nation auf den technologischen Stand des Steinzeitalters zurückwerfen.«

22

Schmutzige Wäsche

SANTA CLARA COUNTY

Erika und Brent saßen vorne in seinem Wagen, tranken Starbucks-Kaffee und schauten von dem Rand eines verlassenen Parkplatzes in Mountain View auf den Abendhimmel über dem Silicon Valley. Brent MacClaine hatte sich den ganzen Tag mit Papierkram beschäftigt, und Erika hatte mit Charlie Chang und dem Rest ihres Teams über Modem gearbeitet. Sie hatten nicht über den Artikel gesprochen und stattdessen ihre Arbeit gemacht, während sie auf die Zustimmung des Präsidenten für ihren Plan warteten. Vor einer Stunde hatten sie beschlossen, eine Kleinigkeit zu essen und einen Kaffee zu trinken.

»Es war während meines zweiten Studienjahres in Berkeley«, sagte Erika, die den Kaffeebecher mit beiden Händen umklammerte und auf die Häuser unten im Tal schaute. »Meine Zimmergenossin und ich wurden von ein paar Studenten zu einer Party eingeladen. Ich schwöre, ich hatte nur ein Glas Wein getrunken, und dann erinnere ich mich nur noch daran, dass ich am nächsten Morgen halb nackt in meiner Studentenbude aufgewacht bin. Ein paar Idioten müssen mir einen Streich gespielt haben.«

»Was ist passiert?«

»Nichts, Gott sei Dank. Wenn meine Zimmergenossin nicht gewesen wäre, die mich schreiend und tretend aus dem Haus der Studenten gezerrt hat, hätte ich wahrscheinlich ...«

»Und das Bild?«

Sie zuckte mit den Schultern. »Jemand muss es gemacht

haben, bevor mich meine Freundin von dort weggebracht hat. Ich weiß es nicht genau.« Sie schaute auf die zusammengefaltete Zeitung auf dem Armaturenbrett. »Aber es ist scheußlich, nicht wahr?«

Brent MacClaine runzelte die Stirn. »Es tut mir Leid, dass du da hineingezogen wirst. Palenski hat mir sein Wort gegeben, dass er alles, was in seiner Macht steht, tun wird, damit unsere Namen reingewaschen werden. Er hat mir auch versichert, dass es eine diesbezügliche interne Untersuchung nicht gibt. Das FBI und der ganze Verwaltungsapparat des Weißen Hauses stehen hinter uns.«

»Ich weiß, aber ich muss das alles noch meinem Vater und meinen Brüdern erklären. Ich habe sie in Bezug auf meine Arbeit an der Ostküste immer angelogen. Vermutlich muss ich ihnen früher oder später die Wahrheit beichten.«

MacClaine hob seinen Becher. »Wenn du es ihnen gestanden hast, wirst du dich besser fühlen.«

»Vielleicht werde ich dann auch enterbt.« Sie schüttelte den Kopf. »Verdammt.«

Sie schwiegen einen Moment.

»Ich habe sie niemals angerührt«, sagte MacClaine. »Ich habe sie sicher bei schwierigen FBI-Fällen vernachlässigt. Manchmal habe ich auch zu viel getrunken. Bestimmt war ich auch nicht immer da, wenn sie mich brauchte. Aber ich habe nie, niemals meine Hand gegen sie erhoben – nicht einmal. Ich habe sie niemals betrogen. Ich habe nie gespielt und nie Drogen genommen, und ich habe sie immer fair und mit Respekt behandelt, selbst als sie mich bei der Scheidung ausgenommen hat wie eine Weihnachtsgans. Jetzt verzapfen diese Schweine diesen Unsinn.«

»Na ja«, begann Erika nach einem Moment des Schweigens. »Wenn sie versuchen, uns davon abzuhalten, die Ermittlungen weiterzuführen, werden sie eine große Überraschung erleben, weil das der beste Beweis dafür ist, dass wir genau auf der richtigen Spur sind. Indem sie versuchen, unsere Ermittlungen zu stoppen, erreichen sie doch genau das Gegenteil.«

»Sie haben uns ganz persönlich angegriffen. Vielleicht funktioniert diese Mickymaus-Taktik ja in Japan, und Geschäftsführer springen von Hochhäusern, weil man ihre Namen mit Verleumdungen wie diesen in den Dreck gezogen hat. Aber bei mir erreichen sie nicht mehr, als dass sie mich ankotzen, und es wird ihnen noch Leid tun, denn ich werde diese Schweine schnappen, und wenn es das Letzte ist, was ich tue.«

»Darauf trinke ich.«

Er schaute auf die Uhr. »Wir müssen jetzt los. Im Büro wartet jemand auf uns.«

»Wer denn?«

Er grinste. »Das ist eine Überraschung.«

23

Eine schöne Überraschung

Es war neun Uhr abends, als sie das FBI-Gebäude erreichten. MacClaine griff unter die Jacke und umklammerte seine Waffe, als sie aus dem Wagen stiegen und auf den Haupteingang zusteuerten. Sie fuhren mit dem Aufzug in den dritten Stock, wo sein Büro lag.

Als der Aufzug nach oben fuhr, schaute MacClaine wieder auf die Uhr. »Jetzt müsste er hier sein.«

»Wer denn, Brent? Wer müsste jetzt hier sein?«

Er grinste. »Ich habe dir doch gesagt, dass es eine Überraschung ist.«

Sie strich seufzend durch ihr kurzes Haar. »Ich glaube nicht, dass ich heute noch viele Überraschungen verkraften kann.«

»Mit dieser wirst du schon klarkommen. Vertrau mir.«

Erika Conklin betrat den Eingangsbereich des FBI. MacClaine folgte ihr auf den Fersen.

Sie erstarrte. Ihr Vater! Er saß zwischen zwei FBI-Agenten auf einem Sofa.

»Dad!«, rief sie und rannte auf ihn zu. Ihr Vater, der sehr kräftig und fast einen Kopf größer war als sie, stand sofort auf. Auf dem gebräunten Gesicht mit dem vollen, graumelierten Haar breitete sich ein etwas missglücktes Lächeln aus.

»Wie geht es dir, Prinzessin?«, fragte er, als er die Augen schloss und sie umarmte.

»Es ging mir schon mal besser«, erwiderte sie und wischte sich die Tränen weg, als sie sich hinsetzten. MacClaine schnippte mit den Fingern, und die beiden Agenten verschwanden. »Aber wie kommst du denn hierher?«

»Agent MacClaine und ich haben uns heute Nachmittag ein Weilchen unterhalten. Er war so freundlich, mir einen Hubschrauber zu schicken, um mich abzuholen. Ich kann trotzdem nicht lange bleiben. Du weißt ja, dass es auf der Ranch immer viel Arbeit gibt.«

Erika drehte sich zu MacClaine um, zwinkerte ihm zu und sagte: »Danke.«

MacClaine lächelte und ging in sein Büro.

»Wie geht es euch? Wie geht es Terry, Lee, Doug, John und Jerry? Oh, mein Gott, ich vermisse euch so sehr!« Sie setzten sich hin und hielten sich bei den Händen.

Er lächelte verhalten. »Deinen Brüdern geht es gut. Sie haben viel Arbeit, wenn du dich noch daran erinnerst, wie es war.«

Erika nickte. Große Sehnsucht überkam sie. »Ich erinnere mich daran, und ich vermisse die alten Zeiten.«

»Wir würden uns freuen, wenn du zurückkommen würdest. Wir vermissen unsere Weinexpertin.«

Sie lächelte. Tränen traten ihr in die Augen, und sie schlang ihre Arme um seinen Nacken, drückte ihren Vater an sich und fing an zu weinen. »Mein Gott, ich habe dich so vermisst.«

Er streichelte ihr über den Rücken. »Und jetzt erzählst du mir alles, Prinzessin. Was geht hier vor? Du hast mir nie erzählt, dass du fürs FBI arbeitest. Und woher hast du diese schlimmen Schrammen? Die kannst du auch nicht unter Make-up verdecken. Du siehst aus, als hätte ein Pferd auf dir herumgetrampelt. Hast du Schwierigkeiten?«

Erika senkte den Blick. »Ich weiß gar nicht, wo ich anfangen soll.«

Er legte eine Hand unter ihr Kinn. »Warum beginnst du nicht ganz von vorn?«

Das tat sie, und es dauerte fast zwanzig Minuten, bis sie ihm alles erzählt hatte. Sie sprach über ihren Ärger mit dem FBI, ihre Verpflichtung, sechs Jahre für die Behörde zu arbeiten, ihr Leben in Washington und ihren Konflikt, weil sie sich nicht getraut hatte, ihm die Wahrheit zu beichten. Dann sprach sie über die Ereignisse der letzten Tage und den neuen Fall. Die Sache mit der Ratte ließ sie aus, und sie sprach auch nicht über das Foto in der Zeitung.

»Dann arbeitest du also an dem Fall, über den in allen Zeitungen berichtet wird? Die Industriesabotage?«

Sie nickte. »Ja, MacClaine und ich haben die Ermittlungen übernommen, und darum wurde dieser Artikel auch veröffentlicht. Ich bin dem Motiv für die Sabotage und den Verantwortlichen auf die Spur gekommen. Der Zeitungsartikel bestätigt unsere Vermutung. Die wollen versuchen, uns von den Ermittlungen abzuhalten.«

»Als ich das Bild gesehen und die Lügen gelesen habe ...«, begann Sam Conklin, doch dann versagte seine Stimme. »Ich hätte den Kerl, der das geschrieben hat, am liebsten umgebracht. Ich kenne meine Tochter, schließlich habe ich sie erzogen.«

Sie erklärte ihm schnell, wie das Foto vermutlich entstanden war.

»Was wirst du jetzt machen?«, fragte er.

»Weiter ermitteln. Mit diesem Artikel haben sie mich nur in dem Glauben bestärkt, dass wir auf der richtigen Fährte sind. Ich werde jetzt nicht aufhören, Dad. Die können über mich schreiben, was sie wollen. Ich werde nicht aufhören. Wir müssen diese Katastrophe beenden.«

Er schmunzelte. »Ich hätte von meiner Tochter auch nichts anderes erwartet. Du wirst diese Scheißkerle schnappen, und mach dir keine Sorgen um die Ranch. Wir drücken dir alle die Daumen.«

»Danke, Dad.«

24

Riskantes Unternehmen

DAS WEISSE HAUS

Der Präsident ging auf Zehenspitzen durch die Wohnung, um die First Lady nicht zu wecken. Er betrat ganz leise das Badezimmer mit dem begehbaren Kleiderschrank, zog sich einen Pyjama an, wusch sich das Gesicht und putzte sich die Zähne. Langsam ging er durch die Dunkelheit, kroch ins Bett und schloss die Augen.

»Sie werden eingreifen, nicht wahr?«, flüsterte Elizabeth Williams.

Der Präsident drehte sich zu ihr um. »Höchstwahrscheinlich.«

Sie erwiderte nichts. Stattdessen drehte sie sich zu ihm um, schmiegte ihren Kopf an seine Schulter und legte ein Bein über seines.

»Keine Mission ist einfach, Beth, aber diese ist weit weniger gefährlich als Panama oder Kuwait. Der Einsatz ist in null Komma nichts vorbei, und wir rechnen mit wenig Widerstand. Außerdem haben wir keine andere Wahl. Zu viele unschuldige Menschen sind schon gestorben, und viele werden noch sterben, bevor es vorbei ist, wenn wir diese Anschläge nicht beenden.«

Sie umarmte ihn. »Ich weiß, aber ich mache mir trotzdem Sorgen, und er wird doch jetzt Vater. Ich habe gestern mit Melissa telefoniert. Das Baby soll in einem Monat kommen, Les, und es wird ein Junge. O mein Gott, ich hoffe, es geht nichts schief. Ich war so erleichtert, als er ins Pentagon versetzt wurde, und ich freue mich so, dass sie hierher ziehen.

Ich werde meinen Sohn und meinen Enkel ganz in meiner Nähe haben.«

»Und genau das wird auch passieren, Beth. Dein Sohn und dein Enkel werden in Kürze hier bei dir sein.«

»Ich glaube nicht, dass ich noch ein zweites Panama ertragen könnte. Diese ganzen schlaflosen Nächte, bis er sich endlich von seinen Verletzungen erholt hatte. Und dann Kuwait, diese Wochen, als ich nicht wusste, ob er tot war oder noch lebte.«

»Liebling, ich habe es dir doch gesagt, das hier ist nicht Panama oder Kuwait. Das ist eine einfache Mission. In wenigen Stunden wird alles vorbei sein, und wir rechnen kaum mit Widerstand.«

»Ich weiß nicht, was ich mache, wenn ich meinen kleinen Jungen verliere.«

»Dein kleiner Junge ist achtunddreißig und der beste SEAL in der Marine, Beth. Er kann besser auf sich aufpassen als jeder andere Mann, den ich kenne.«

»Er ist mein kleiner Junge, und er wird, solange er lebt, mein kleiner Junge bleiben.«

Williams drückte sie fest an sich, schloss die Augen und schlief langsam ein, aber vorher betete er noch schnell für das Wohl seines Stiefsohnes und die SEAL-Einheit, die dieser kommandierte.

25

Die Elitekampftruppe

USS JAMES POLK, Japanisches Meer

Korvettenkapitän Derek »Sting« Ray saß allein in der mit Neonlicht beleuchteten Messe des U-Bootes der Sturgeon-Klasse. Es war kurz nach drei Uhr morgens, und das U-Boot, das die SEAL-Einheit Fünf vier Meilen vor der Ostküste Südjapans absetzen sollte, kreuzte unentdeckt mit fünfzehn Knoten in einer Tiefe von hundert Metern.

Schweigen herrschte an Bord des Schiffes, und Ray hatte die nötige Ruhe, um sich richtig zu konzentrieren. Er überdachte die letzte Fassung des Einsatzplanes, den er mit dem Fregattenkapitän seiner SEAL-Truppe in Coronado, Kalifornien, in der Nähe von San Diego, dem Standort der Marine-Elitetruppe Eins, ausgearbeitet hatte.

Ray lehnte sich auf dem Aluminiumstuhl zurück, der auf dem Schiffsboden festgeschraubt war, gähnte und rieb über seine blutunterlaufenen Augen.

»Verdammt, bin ich müde«, murmelte er, als er nach einem Glas Wasser griff, das auf dem Tisch stand, und einen Schluck trank. Auf der anderen Seite der Messe hackten zwei Matrosen, die blaue Overalls und Gasmasken trugen, Zwiebeln. Neben ihnen stand noch ein Matrose, der ebenfalls eine Gasmaske trug und einen Sack Kartoffeln schälte.

Ray nahm seine Brille ab, rieb sich über den Nasenrücken und schloss kurz die Augen, um das unangenehme Brennen, das die geschälten Zwiebeln verursachten und das ihm trotz des hervorragenden Luftzirkulationssystems des U-Bootes in die Augen stach, zu lindern. Wahrscheinlich trug der

Zwiebelgeruch auch zu seinen geröteten Augen bei, aber der wahre Grund für seine Erschöpfung hatte mit den Aktivitäten der letzten achtundvierzig Stunden zu tun, seitdem die Entscheidung getroffen worden war, SEAL-Einheit Fünf einzusetzen. Ray hatte mit Melissa gerade einen Kursus besucht, um sich auf die Geburt ihres ersten Kindes vorzubereiten.

Er runzelte die Stirn. Die Entscheidung hatte ihr natürlich nicht gefallen. Nach den Worten der Marine war seine Berufung ins Pentagon mit einer Beförderung zum Fregattenkapitän schon durchgesetzt. Er hatte sich bereits darum gekümmert, seine Verantwortung als Ausbilder in Coronado abzugeben und seine Vorgesetzten darin zu unterstützen, noch vor seiner Versetzung in zwei Monaten für seine SEAL-Truppe einen neuen Befehlshaber auszuwählen. Doch von höchster Stelle war der Befehl gekommen, dass die unter dem Kommando von Korvettenkapitän Derek Ray stehende SEAL-Truppe Fünf sich sofort auf einen Einsatz vorbereiten müsse.

Derek Ray hatte seiner Frau wie einst sein Vater seiner Mutter einen Abschiedskuss gegeben und war zur Basis nach Coronado gefahren, von wo aus seine Mannschaft von acht SEALs, eine halbe Mannschaft für den Aufklärungseinsatz am Ufer und zwanzigtausend Pfund Ausrüstung an Bord eines Transportflugzeuges nach Südkorea geflogen wurden. Dort wurden sie auf drei MH-53 Pavelow-Hubschrauber verteilt, die sie und ihre Ausrüstung vor vierundzwanzig Stunden zur *Polk* geflogen hatten.

»Sting?«

Ray drehte sich um. Oberleutnant zur See Dan Bishop stand in dem Gang, der zu dem vorderen Torpedoraum führte. Bishop, ein großer, korpulenter Mann, war Rays rechte Hand, der stellvertretende Befehlshaber der SEAL-Einheit Fünf. Im Gegensatz zu den Gepflogenheiten in allen anderen

U.S.-Streitkräften sprachen die SEALs ihre Vorgesetzten während einer Mission nicht mit Titel an und duzten sich.

»Du solltest dich aufs Ohr hauen, Bishop«, sagte Ray.

Bishop, der eine Tarnhose und ein weißes T-Shirt trug, ging zum Tisch und setzte sich auf einen Stuhl. Der Oberleutnant war so korpulent, dass man seine bloße Anwesenheit als psychologische Kriegsführung bezeichnen konnte. Er erinnerte Ray immer an einen Riesen.

»Ich kann nicht schlafen, bis ich weiß, dass die Planung abgeschlossen ist.« Er stützte die Arme auf den Tisch und beobachtete den befehlshabenden Offizier, während er über eine große Narbe auf seinem linken Unterarm strich. »Ich brauche kein zweites Panama.«

Der Befehlshaber der SEALs ließ seine Finger durch sein kurzes, schwarzes Haar gleiten und betastete die haarlose Narbe genau über der linken Schläfe, die ein Streifschuss einer feindlichen Kugel vor zehn Jahren hinterlassen hatte. Diese Wunde und die Schrapnellladung, die sein ganzes Kinn entstellt hatte, erinnerten ihn an Panama und die Männer, die er verloren hatte, als sie den Paitilla-Airport übernommen und General Manuel Noriegas Learjet kampfunfähig gemacht hatten. Er erinnerte sich mit Bitterkeit an den Befehl von oberster Stelle, der ihn mitten im Einsatz erreichte und ihm befahl, den Zeitplan um fünfzehn Minuten nach vorne zu verlegen. Dadurch waren die SEALs gezwungen, in Position zu gehen – eine Bewegung, die den panamaischen Soldaten, die die Flugzeughalle bewachten, ihre Anwesenheit verriet. Noriegas Streitkräfte eröffneten das Feuer, als die SEALs eindrangen. Ray forderte Luftverstärkung an, um überhaupt eine Chance gegen die feindlichen Soldaten zu haben, doch dieser Befehl erreichte den in der Nähe kreisenden Kampfhubschrauber nicht. Eine Funkstörung wurde später dafür verantwortlich gemacht. Doch auch ohne Unterstützung aus der Luft schafften es die SEALs, sich den Weg frei zu schießen und das Flugzeug mit einer 40-mm-Granate kampfunfähig zu machen, aber vier Männer starben und neun wurden verwundet, darunter Ray und Bishop.

»Ich habe keine Lust, mir noch mehr hübsche Narben einzufangen«, sagte Ray und zeigte auf den Einsatzplan.

»Ist das MK VIII klar fürs Übersetzen?«, fragte Bishop, der der Meinung war, dass sie für ihren Einsatz das Mini-U-Boot, das am Schiffsrumpf befestigt war, benutzen würden.

»Das Mini-U-Boot steht für den Spähtrupp bereit. Wir nehmen ein Gummiboot für den Einsatz«, erklärte Ray. Das Zodiac, ein aufblasbares Boot, sollte von Deck der *Polk* zu Wasser gelassen werden, nachdem die Aufklärungsphase der Mission mit dem Mini-U-Boot beendet war. Ray zeigte auf einem Satelliten-Farbfoto der japanischen Insel Schikoku, das vor zwanzig Stunden von einem U-2-Spionageflugzeug aufgenommen worden war, auf das felsige Ufer vier Meilen südlich von Muroto. »Dieses Gebiet wird wegen der Felswand nicht bewacht. Vom Strand aus kann man die Spitze der Felsen nur durch eine nette, kleine Klettertour erreichen.«

»Durchladen und sichern. Das gefällt mir«, sagte Bishop und zog seinen rechten Mundwinkel nach oben. Durchladen und sichern war ein militärischer Ausdruck, der *bereit zum Gefecht* bedeutete. Für die SEALs bedeutete er jedoch viel mehr. Durchladen und sichern, das war ihr Kredo, ihr Geisteszustand, und es bedeutete für sie, dass sie immer bereit waren und in einem Zustand ständiger Bereitschaft für alle Befehle, die ihre Vorgesetzten ihnen übertrugen, lebten.

»Hier klettern wir hoch. Sieht aus wie eine senkrechte Klettertour von sechzig Metern.«

»Mit ein paar Seilen müsste es zu schaffen sein.«

»Ja. Das Anwesen scheint nur leicht bewacht zu sein«, sagte Ray und zeigte auf ein anderes Foto. »Ich sehe nur fünf Wachen. Zwei am Pool und drei andere vor dem Haupteingang. Sie haben alle Automatikwaffen.«

»Es könnten im Wald rund um das Haus noch weitere sein.« Er zeigte auf den Wald, der das Anwesen und die gepflegten Grünanlagen und Gärten umgab.

Ray nickte. »Das würde auch erklären, warum dort kein Zaun ist. Wir müssen um den Wald herumgehen und alle Wachen unschädlich machen, ehe wir uns dem Haus nähern.«

»Und anschließend haben wir keine Deckung mehr ...« Er zeigte auf eine Lichtung zwischen dem Haus und dem Wald. »Könnten etwa dreißig Meter sein.«

Ray schaute sich das Foto genau an.

»Wie viel Zeit haben wir?«, fragte Bishop.

»Eine Stunde vom Strand bis hinauf zu den Felsen und dreißig Minuten, um die Wachen unschädlich zu machen und Tanaka zu finden. Dann holt uns ein Hubschrauber von der *Blue Ridge* ab, einem Raketenkreuzer, der außerhalb ihrer Gewässer liegt, und bringt uns sofort aus dieser Hölle heraus.«

»Was ist das denn da?«, fragte Bishop, der auf ein Satellitenfoto schaute und auf eine Anlage drei Meilen nördlich vom Ziel entfernt zeigte.

Ray schüttelte den Kopf. »Das willst du sicher nicht wissen. Ich konnte es selbst nicht glauben, als die Leute in Washington es mir gesagt haben. Es ist ein japanischer Armeestützpunkt.«

Bishop riss die Augen auf.

»Aber nicht irgendein Armeestützpunkt.«

Bishop schwieg.

»Es ist ein Trainingslager für Japans Elitekampftruppen, in dem Einheiten für Gegenangriffe und ihre besten Luftlandetruppen ausgebildet werden.«

»Das sind zähe Burschen. Mit denen würde ich lieber nicht aneinander geraten.«

Ray schlug seinem kräftigen Untergebenen auf den Rücken. »Denk daran, dass nur eine Hand voll von ihnen die harte Ausbildung in Coronado überstehen würde. Diese Mission ist verglichen mit dem Irak und Panama für uns nur ein kleiner Ausflug. Und was meinst du wohl, wer ihre Ausbilder ausgebildet hat?«

»Wir?«

»Nicht ganz. Kein anderes Land erfährt von uns, wie die SEALs ausgebildet werden. Das ist eine reine Vorsichtsmaßnahme, falls einmal eine Mission wie diese ansteht. Darum sind wir im Vorteil. Sie werden wie die Rangers ausgebildet, und du weißt ja, wie einfach es für uns ist, sie zu besiegen.«

Der riesige Oberleutnant zur See nickte und schaute dann wieder auf den Plan. »Was weißt du genau über unsere Zielperson?«

»Das Pentagon glaubt, dass dieser Typ den Schlüssel für die manipulierten Computerchips hat.«

»Dann wäre ich froh, wenn ich diesem Scheißkerl die Liste selbst aus der Hand reißen könnte. Das Autoersatzteilgeschäft meines Bruders wurde während des Blackouts geplündert.«

»Davon hast du mir nichts erzählt.«

Bishop zuckte mit den Schultern. »Es sah so aus, als könnte ich nichts tun, aber jetzt sieht die Sache anders aus.«

Ray drehte sich zu einem vergrößerten Satellitenfoto des Armeestützpunktes um. »Aufgrund der Nähe zum Zielobjekt birgt der Stützpunkt natürlich eine gewisse Gefahr.«

Bishop zeigte auf lange, dunkle Formen, die an einer Seite des Stützpunktes eingezeichnet waren. »Ist es das, was ich vermute?«

»Ja. Schwarze Hawk-Hubschrauber, die noch immer zu den besten Kampfhubschraubern gehören. Es sind etwa zwanzig, zumindest soweit wir es erkennen können. In der Flugzeughalle könnten noch mehr versteckt sein.«

»Wie alt ist die Information auf diesem Foto?«, fragte der ängstliche Oberleutnant.

Ray fischte unter den Farbfotos ein Fax heraus. »Zwölf Stunden. Die Typen vom DIA sagen, auf das Foto sei Verlass. Der CIA bestätigt das.«

»Diese Geheimdienstler stärken sich immer gegenseitig den Rücken.« Bishop las den Bericht des Defence Intelligence Agency einschließlich der Bestätigung vom CIA. »Irgendwann einmal sollten wir einige dieser Typen mitnehmen. Sie sollten mal zu spüren bekommen, wie es ist, mit unzulänglichen Infos durchzuhalten.«

Ray grinste. »Ach, Bishop. Du solltest ihnen schon ein wenig Vertrauen schenken. Am Golf haben sie gute Arbeit geleistet.«

Bishop rieb sich über die Augen und verzog das Gesicht. »Meine Fresse, gute Arbeit! Sie hatten nur Glück. Und selbst wenn es kein Glück war, traue ich ihnen trotzdem nicht, ebenso wie ich auch Politikern nicht traue. Nichts für ungut.«

Ray zuckte mit den Schultern. Es verging keine Woche, ohne dass jemand die Tatsache – wenn auch hintergründig – auf den Tisch brachte, dass er der Stiefsohn des Präsidenten war. In vielerlei Hinsicht wäre es ihm lieber gewesen, wenn alles wieder so gewesen wäre wie vor den Wahlen, als man ihn kannte, weil er zu den besten SEALs der Marine gehörte. Ray erinnerte sich noch daran, als drei Agenten vom Geheimdienst in Coronado aufgetaucht waren und darauf bestanden hatten, ihm auf Schritt und Tritt zu folgen. Ray hatte jedem Agenten eine Uniform, wie sie die SEAL-Anwärter der Basis Underwater Demolition-Einheit (BUD/S) trugen, in die Hand gedrückt und sie mit den anderen SEAL-Kandidaten mit zum Training genommen. Er erklärte den Agenten, dass sie ihm überall hin folgen müssten, wenn sie wirklich sein Leben beschützen wollten. Als SEAL musste sich Ray auf gefährlichen Wegen und unter schlimmsten Bedingungen an finstere Orte begeben. Jeder, der sein Leben beschützen wollte, musste das Gleiche tun. Zwei der Geheimdienstagenten brachen am dritten Tag vor Erschöpfung zusammen. Der letzte schaffte es noch bis zum vierten Tag, musste dann aber auf einer Trage weggebracht werden. Der Geheimdienst belästigte ihn nie mehr.

»Da ist noch etwas«, sagte Ray.

»Ich bin gespannt.«

»Zwei Zivilisten werden an Bord des Rettungshubschraubers der *Ridge* sein.«

Bishop runzelte die Stirn. *»Zivilisten?«*

»FBI-Agenten, die zu Hause an diesem Fall arbeiten. Da uns die Zeit davonläuft, wünscht Washington, dass sie vor Ort sind, um die ganze Hardware und Software zu suchen, die bei den Ermittlungen helfen könnte. Außerdem möchten sie unsere Geisel so schnell wie möglich verhören, weil sie hoffen, die fehlerhaften Komponenten sofort zu identifizieren. Sie möchten noch nicht einmal diese eine Stunde warten, bis der Rettungshubschrauber zur *Ridge* zurückgekehrt ist.«

»Warum brauchen wir sie da? Warum können wir nicht die ganze Hardware, die wir finden, mitnehmen, Tanaka alle Informationen entreißen und ihnen alles übergeben, während sie auf der *Ridge* warten?«

»Offensichtlich können diese Typen sehr schnell feststellen, was die richtige Hardware ist und ob die Informationen von Tanaka richtig oder falsch sind.«

Bishop beugte sich zu Ray hinunter und flüsterte: »Wie ich schon gesagt habe, traue ich den Typen vom Geheimdienst nicht. Ebenso wie ich diesen überfütterten U-Boot-Kapitänen nicht traue.«

Ray blickte kurz auf die Matrosen, die Küchendienst hatten. »Warum?«

»Ich habe heute zufällig gehört, was der Kapitän gesagt hat. Er scheißt sich vor Angst fast in die Hosen, weil er so nahe ans Ufer heranfahren muss, um uns dort abzusetzen.«

»Das ist sein Problem. Er hat eindeutige Befehle. Wir sind

seine Fracht, und er wird uns nach unseren Anweisungen zum richtigen Zeitpunkt genau an der richtigen Stelle absetzen.« Er schaute auf seine G-Shock Casio Armbanduhr. »Was übrigens in weniger als zwölf Stunden passiert.«

»Dann ist also alles geklärt.«

»Bisher gilt es als abgemacht. Das Mini-U-Boot wird in acht Stunden zu Wasser gelassen. Wir folgen vier Stunden später, nachdem wir grünes Licht vom Spähtrupp und die letzte Bestätigung aus Coronado erhalten haben. Wir haben bereits das Okay für die Aufklärung, aber noch nicht fürs Eingreifen. Wenn der Geheimdienst die Liste, die in Tanakas Besitz sein soll, in den nächsten zwölf Stunden nicht findet, steht es meiner Meinung nach so gut wie fest, dass wir einschreiten.«

Bishops Gesicht verhärtete sich, als er die Augen zusammenkniff. »Hoffentlich versauen uns diese Anfänger nicht die Tour, sonst werden sie Dan Bishop kennen lernen.«

Derek Ray schaute auf die Leitungen und Rohre, die sich über die Decke und die Wände des U-Bootes zogen. Fünf Neulinge hatten altgediente SEALs, die kürzlich in den Ruhestand gegangen waren, ersetzt. Auch wenn die mörderischen sechs Monate extremer physischer und psychischer Belastung während des BUD/S-Trainings gute Arbeit leistete und Schwächlinge aussonderte, konnte nichts praktische Erfahrung ersetzen. »Entspanne dich, Bishop. Sie haben das Training absolviert, und damit sind sie ausgebildete SEALs. Sie werden gute Arbeit leisten. Außerdem haben wir noch Loca Mendez, um sie bei der Stange zu halten.«

Jetzt lächelte Bishop. Der erstklassige Leutnant zur See Norma Mendez, die bei den SEALs nur Loca oder die Verrückte genannt wurde, gehörte zu den härtesten Ausbildern der Marine-Elitekampftruppe. Norma Mendez war eine der wenigen SEALs, die dem Panama-Fiasko unversehrt entkommen waren und die eine entscheidende Rolle bei der Rettung der Truppe gespielt hatte, besonders nachdem Ray und Bishop vom Feind außer Gefecht gesetzt worden waren. Sie hatte Rays Haut noch einmal beim Unternehmen Desert Storm gerettet, als Sand seine MP5 blockiert hatte. Er hätte fast ins Gras gebissen, als er plötzlich zwei irakischen Soldaten mit AK-47ern während eines Raketenangriffs im Südirak gegenübergestanden hatte. Mendez hatte beide Iraker ausgeschaltet, ehe sie auf Ray schießen konnten. Sie hatte eine angeborene Fähigkeit, nicht nur zur rechten Zeit am rechten Ort zu sein, sondern auch den schwierigsten Situationen unversehrt zu entkommen. Aufgrund ihrer kleinen Statur war sie sehr geschickt im Felsenklettern, einer Fähigkeit, die bei dieser Mission von größter Bedeutung sein würde. Ray stellte immer sicher, dass sie viel Zeit mit BUD/S Kandidaten in Coronado verbrachte, weil er hoffte, dass sie einen Teil ihres Überlebensinstinktes an die Rekruten weitergab.

Ray würde dieses Leben nach seinem Wechsel ins Pentagon sicher vermissen, aber da Melissa ein Kind erwartete, spürte der SEAL, dass es an der Zeit war, eine weniger gefährliche Aufgabe zu übernehmen. Außerdem hatte er in seinen achtzehn Jahren bei den SEALs so viel erlebt, dass es für achtzehn Leben reichte. Die meisten der Männer, die das BUD/S-Training mit ihm durchlaufen hatten, waren entweder schon im Ruhestand oder versetzt worden, einige davon erst kürzlich. Das war der Grund dafür, dass in der SEAL-Truppe Fünf heute so viele Neulinge waren. Ray war einer der Letzten, die dort noch ihren Dienst taten. Die Zeit war endgültig gekommen, dass die Jüngeren zeigten, was sie konnten.

»Ich weiß nicht, wie es mit dir ist«, sagte Ray und reckte sich, »aber ich werde noch mit dem Kapitän ein Wort über die letzten Einzelheiten der Mission wechseln, und dann lege ich mich schlafen, bis es so weit ist.«

Als Ray zwanzig Minuten später in den hinteren Torpedoraum ging, hatte er das Gefühl, zwei volle Tage schlafen zu können. Er ging an Bishop vorbei, der schon in einer der unteren Kojen schnarchte, und sah Leutnant Norma Mendez hinten in dem Raum neben zwei MK-42-Torpedos, die sicher an der Wand festgeschnallt waren. Sie machte an einem Rohr über ihrem Kopf mit einer Hand Klimmzüge.

»Vielleicht ist es besser, wenn du etwas schlafen würdest, Loca. Dir steht eine kleine Klettertour bevor.«

Mendez, eine Kubanerin, die Castros Regime an Bord eines Floßes, das aus Schläuchen gebaut worden war, entkommen konnte, drehte sich zu Ray um. Die drahtigen Muskeln ihres rechten Armes pochten unter der glänzenden honigfarbenen Haut. Ihr Körper war gebräunt, weil sie in Coronado, wo sie BUD/S-Anwärter in SEALs verwandelte, seit Jahren der Sonne ausgesetzt war. »Ich habe lange genug geschlafen, Sting«, sagte sie, ließ das Rohr los und landete sachte auf dem Boden. Sie sah ihrem Vorgesetzten ins Gesicht. »Wie hoch müssen wir klettern?«

»Etwa sechzig Meter. Senkrecht.«

Sie lächelte. »Kein Problem. Durchladen und sichern. Wann geht es los?«

Schweißperlen rannen von den Schläfen ihres schmalen Gesichtes in den Nacken und auf ihr weißes T-Shirt, das schon schweißnass war.

»In zwölf Stunden. Sobald die Aufklärungsphase beendet ist. Genauso wie wir es auf dem Weg hierher geplant haben.«

Sie schaute auf ihre G-Shock Casio, die an ihrem schmalen Handgelenk viel zu groß wirkte. »Da haben wir ja noch eine Menge Zeit. Ich werde die Kinder in zehn Stunden wecken und sie noch etwas aufwärmen.« Sie blinzelte ihn an.

Ray grinste, und seine blauen Augen schauten auf eine Frau, deren Vergangenheit so interessant war wie ihr Akzent, der bisweilen spanisch und bisweilen europäisch klang. »Sei nicht zu streng zu ihnen«, sagte er und stieg in eine leere Koje. »Ich möchte nicht, dass sie bei ihrer ersten Mission übermüdet sind.«

»Keine Sorge. Das werden die zähesten Männer sein, die du je gesehen hast, wenn wir auf dem Boot sind.«

Ray nickte, legte seinen Kopf auf ein kleines Kissen, stellte den Wecker seiner Uhr auf sieben und schloss die Augen. Er schlief innerhalb von Sekunden ein.

Norma Mendez trainierte noch zwanzig Minuten, bis sie ein wenig erschöpft war und sich in eine leere Koje neben Bishop fallen ließ. Mit diesem Riesen aus Colorado war Norma seit einem Jahr befreundet. Bishop und Ray schnarchten friedlich, doch Norma lag noch dreißig Minuten wach. Ihre Gedanken wanderten, als sie auf das Drahtgeflecht schaute, das die obere Koje abstützte. Sie hatte Schwierigkeiten einzuschlafen, aber nicht, weil sie noch außer Atem war und sich von dem harten Training erholen musste. Dämonen ihrer Vergangenheit bevölkerten ihren Geist. Norma Mendez erinnerte sich an die warme Brandung, als sie half, das voll bepackte Floß über die Wellen bei Varadero Beach in Havanna zu treiben, und immer ein wachsames Auge auf Daniel, ihren zwei Jahre alten Sohn, warf. Norma hatte keine andere Wahl gehabt, als das Kleinkind mit auf die gefährliche Reise zu nehmen. Als Angehöriger eines Deserteurs von Castros Miliz wäre Normas Sohn von den ehemaligen Militärkameraden ermordet worden, sobald ein Wort ihrer Flucht den Nationalpalast erreicht hätte. Die kubanische Regierung verfuhr mit Kindern von Verrätern äußerst rücksichtslos, und besonders mit Verrätern ihres eigenen Militärs.

Sie verschränkte die Hände im Nacken und erinnerte sich an die Reise. Wieder sah sie im Geiste die peitschenden Wellen vor sich, die brennende karibische Sonne und die pechschwarzen Nächte. Noch einmal spürte sie die feindlichen Blicke der fünfzehn Männer und Frauen, mit denen sie das

Floß teilte. Sie war aufgrund ihrer früheren Verbindung zu Castros Militär unerwünscht. Die bösen Blicke hatten sich in verbale Drohungen verwandelt, als Norma am dritten Tag ihre Periode bekam. Das Blut lief ihre Beine hinunter ins Wasser, und es bestand die Gefahr, dass das Blut die Haifische anlockte. Die anderen stimmten einstimmig dafür, einen Schlauch zu lösen und sie mit einer Flasche Wasser und einem zerbrochenen Holzruder den Wellen zu überlassen. Norma musste entscheiden, ob sie ihren Sohn mit sich auf den Schlauch nahm oder ihn an Bord des Floßes mit den feindlichen Fremden und ihren schwindenden Vorräten zurückließ.

Eine Träne rann über ihre Wange. Das war die schwerste Entscheidung ihres Lebens gewesen.

26

Eine schwere Entscheidung

SANTA CLARA COUNTY

Willie Matsubara, dessen Hände mit Handschellen auf dem Rücken gefesselt waren, saß in einem Raum im fünften Stock des Polizeireviers. Irgendwie hatten die Amerikaner die Sache mit dem Yamato Ichizotu und dem Selbstmordring erfahren, denn sie hatten ihm den Ring Sekunden nach seiner Ergreifung vor einem Restaurant in San Francisco vom Finger gezogen.

Gegenüber von dem kleinen Verhörtisch mitten im Raum saß einer der Männer, die ihn in den blauen Lieferwagen gestoßen hatten. Seine Bodyguards, die normalerweise in ihrem Lexus vor dem Restaurant warteten, waren verschwunden.

Vielleicht waren sie auch verhaftet worden.

Matsubara versuchte, einen klaren Gedanken zu fassen. In der letzten Stunde war er von drei Männern, die sich als Staatsbeamte vorgestellt hatten, verhört worden. Von seinem Anspruch auf diplomatische Immunität wollten sie nichts wissen, und sie verboten ihm zu telefonieren. Daher konnte er seinen Anwalt, der Hashimoto und seine Agenten und auch Tokio hätte warnen können, nicht kontaktieren. Er wollte auch seine amerikanischen Verbündeten aus Politik und Presse sprechen, damit sie mehr Druck ausübten, um die Ermittlungen gegen japanische Unternehmen zu stoppen. Obwohl er gefasst worden war, hatte Matsubara noch immer Hoffnung, dass der JDA, solange er die Liste der manipulierten Chips geheim hielt und das FBI gleichzeitig richtig unter Druck gesetzt wurde, weil es japanische Staatsbürger schikanierte, noch immer eine Chance hatte, sich wieder aus der Affäre zu ziehen. Das würde jedoch von ihm erfordern, das letzte Opfer für sein Land zu bringen.

Matsubara schaute auf den großen Spiegel auf der linken Wand des Raumes. Er war ziemlich sicher, dass der Spiegel von einer Seite durchsichtig war und er beobachtet wurde. Zweifellos würden die Beamten schon bald Drogen einsetzen, um ihm Informationen zu entreißen. Während seiner JDA-Ausbildung war er über alle Verhörmethoden, die von den verschiedenen Geheimdiensten der Welt eingesetzt wurden, informiert worden. Die Amerikaner und Briten gehörten zu den zivilisiertesten. Israels Mossad und Iraks Mukhabarat gehörten zu den brutalsten. Matsubara wusste dennoch, dass er die Fähigkeiten der Amerikaner nicht unterschätzen sollte, wenn es um Methoden ging, einem Gefangenen Informationen zu entlocken. Wenn sie ihm die Liste der manipulierten Komponenten entreißen würden, wäre alles verloren, und das nicht nur für Japan, sondern auch für seine Familie, die *burakumin* werden würde, Ausgestoßene ihres Volkes.

»Möchten Sie uns noch etwas anderes sagen?«, fragte der große Detective, dessen kräftige Muskeln man unter der braunen Sportjacke erahnen konnte. Er öffnete den obersten Knopf seines weißen Hemdes und lockerte seine Krawatte.

Matsubara schüttelte den Kopf. »Ich möchte nur mit meinem Anwalt sprechen.«

»Alles zu seiner Zeit. Zuerst einmal müssen Sie uns helfen, und anschließend werden wir Ihnen dann helfen.«

Matsubara stöhnte und drehte sich zu dem Fenster um, das sich auf der gegenüberliegenden Wand von dem großen Spiegel befand. Von diesem Stockwerk aus konnte er den starken Verkehr auf der 101 beobachten.

»Denken Sie darüber nach«, sagte der Detective und stand auf. »Denken Sie gut darüber nach, denn die Leute, die jetzt mit Ihnen sprechen werden, sind nicht sehr freundlich.« Daraufhin verließ er den Raum.

Matsubara bedauerte es jetzt, nicht in den Selbstmordring gebissen zu haben, als sich ihm die kräftigen Männer genähert hatten. Zu dem Zeitpunkt hatte er noch gehofft, dass seine Bodyguards ihm zu Hilfe eilen würden, aber die waren verschwunden. Jetzt war es zu spät. Er saß in der Falle und war den Amerikanern ausgeliefert, die den richtigen Weg beschritten, um die Sabotage aufzudecken. Und sein Geständnis würde ihnen viel mehr Einzelheiten liefern, als sie je erwartet hätten. Matsubara hatte sich viele Aspekte der Operation eingeprägt. Er kannte die Namen der Ingenieure, ihrer Unternehmen und der manipulierten Computerchips und ihren jeweiligen Einsatzort. Außerdem kannte er Details von JDA-Aktivitäten in der ganzen Welt, die Namen vieler Agenten, Mitarbeiter und auch der Menschen, die in Japans »Schuld« standen. Viele davon waren Amerikaner, die meisten Politiker, Lobbyisten, Geschäftsleute, Gesetzeshüter und Journalisten. Außerdem kannte Matsubara die Hauptmitglieder des Yamato Ichizotu.

Darum trägst du einen Selbstmordring!

Seine Augen starrten wieder auf die große Fensterscheibe. Er hatte keine andere Wahl. Er musste die Ehre seiner Familie, seines Clans, seiner Behörde, seiner Mitmenschen und seines Landes retten. Ein ehrenhafter Tod war seine einzige Möglichkeit.

Er schaute ein letztes Mal auf den großen Spiegel, lächelte und sprang trotz seiner gefesselten Hände plötzlich auf. Dann rannte er durch den kleinen Raum, stieß sich dreißig Zentimeter vom Fenster entfernt mit beiden Beinen vom Boden ab, sprang gegen die Glasscheibe, durchstieß sie mit Kopf und Schultern und hechtete hindurch. Sein Kopf brannte, als die Glasscherben seine Kopfhaut zerschnitten und ihn mit Blut überströmten. Dann hörte er unten auf der Straße

Schreie. Matsubara schloss die Augen und atmete noch ein letztes Mal tief ein, als der Wind über sein Gesicht strich. Eine Frau schrie, und eine Autohupe ertönte. Sein letzter Gedanke, ehe er auf dem Betonbürgersteig aufprallte, galt dem Bedauern, dass er nicht lange genug gelebt hatte, um zu bezeugen, wie die sorgfältig geplante Sabotage Amerikas High-Tech-Industrie vernichtete.

27

Düsentreibstoff

WASHINGTON, D.C.

Flug 1907 der American Airlines mit Ziel Dallas-Fort Worth verließ das Rollfeld des Dulles International Airport und stieg über West Virginia auf eine Flughöhe von zehntausend Metern hoch. Doch die computergesteuerten Treibstoffpumpen, die das Steuerbord-Triebwerk versorgten, funktionierten nicht richtig und verschütteten Treibstoff über alle Elektrokabel, die das Enteisungssystem der Tragflächen kontrollierten. Der explosive Treibstoff entflammte beim Kontakt mit den Heizspiralen unter der Aluminiumschicht der Tragflügel. Einen Augenblick später hüllten Rauchwolken die Tragflügel ein und erreichten das Triebwerk. Die Turbine, die sich mit Tausenden von Umdrehungen pro Minute drehte, zerfiel einen Moment später und zerbarst in Millionen Metallteile. Die Metallsplitter des zerstörten Jets zerstachen Tragflügel und Rumpf mit donnerndem Knall. In der Boeing starben Dutzende von Menschen in den ersten Sekunden nach der Explosion, als die Metallteile die Aluminiumschicht des Flugzeugs durchbrachen und die Passagiere trafen.

Im Passagierraum brach das Chaos aus. Ein Flugbegleiter fiel über schreiende Passagiere, als ein Metallstab durch seine Brust drang. Eine Mutter, die ihren blutenden Sohn im Arm hielt, schrie in Todesangst. Ein Jugendlicher schrie vor Entsetzen, als er an der Schnalle seines Sitzgurtes herumfingerte, nachdem ein langes Metallteil den Mann neben ihm enthauptet hatte und das Blut aus seinen durchtrennten Arterien schoss. Laute Schreie hallten durch den sinkenden Jetliner, als die überlebenden Stewardessen den Gang zum Piloten hinunterliefen. Dieser befahl ihnen über Lautsprecher, die Passagiere auf eine Notlandung vorzubereiten.

Das Triebwerk brach ab und nahm einen Teil der Tragflächen mit.

Die zerstückelte Boeing, die nur noch durch das Backbord-Triebwerk ungleichmäßige Schubkraft erhielt, kippte auf die linke Seite und stürzte senkrecht in die Tiefe. Im Cockpit kämpfte der Pilot, um die Kontrolle über das Flugzeug zurückzugewinnen, während Alarm ertönte und der Copilot ein Notsignal sendete. Der Pilot drosselte seine noch intakten Triebwerke, um das Flugzeug abzufangen. Das Manöver gelang, aber jetzt fehlte der Boeing 757 die Kraft, sich in der Luft zu halten, und sie verlor an Höhe. Das Flugzeug flog zu niedrig und war zu weit entfernt, um nach Dulles zurückzukehren. Pilot und Copilot suchten verzweifelt nach einem Ort, um in der großen Weite der Berge, Flüsse und Täler von West Virginia notzulanden.

Flug 1907 traf auf ein Meer von Grün, als er in einem steilen Winkel in die Tiefe stürzte und unter hundertfünfzig Meter sank. In diesem Moment entdeckte der Pilot einen breiten Fluss, der sich an den Bergen entlang schlängelte. Er ließ das Backbord-Triebwerk aufheulen, und das Flugzeug beschrieb eine Linkskurve auf den Fluss zu.

Bei einer Höhe von dreißig Metern konnte der Pilot die Flugbahn nicht verlassen, ohne das Triebwerk zu drosseln. Er konnte den Fluss nicht ganz erreichen, und schon schlitzten die hohen Bäume die Unterseite des Rumpfes auf.

»Achtung! Notlandung!«, rief der Pilot, als das Wasser durch die Plexiglasscheiben ins Cockpit drang.

Der hintere Teil des Flugzeugs brach vom Rumpf ab und landete im Fluss, während die Maschine noch eine Geschwindigkeit von über hundertsechzig Meilen pro Stunde hatte. Die Tragflächen sausten an beiden Ufern des Flusses weitere dreißig Meter durch den Wald, ehe sie ebenfalls vom Rumpf abbrachen. Der Treibstoff in den Tragflächen explodierte beim Aufprall, und durch die Schockwelle zerbrach der Rumpf in drei Teile. Der vordere Teil der 757 schoss an einer Flussbiegung geradeaus in den Wald und verschwand hinter einer Feuerwand. Die brennenden Tragflächen entzündeten den hinteren Teil, der in tausend Teile zerbarst. Nur der mittlere Teil blieb ganz und überflog das Wasser fast hundert Meter, bis auch er vor einer Flussbiegung ungefähr an der Stelle zum Stehen kam, an der das Vorderteil ein großes Stück Wald am linken Flussufer niedergemäht hatte.

Nur eine Handvoll Passagiere überlebte. Sie krochen aus dem Wrack und wateten durch den Fluss zum südlichen Ufer, wo Rettungsmannschaften sie eine Stunde später fanden.

28

Lücken im High-Tech-System

SANTA CLARA COUNTY

Brent MacClaine lief schnell über den verlassenen Parkplatz von Sakata Electronics. Verstohlen glitt sein Blick über das große Gebäude vor ihm, doch er konnte nichts erkennen, das ihm Schwierigkeiten bereiten würde. Er war ganz in Schwarz gehüllt, um in der Dunkelheit nicht aufzufallen. Die Gefahr, von den Überwachungskameras, die außen am Dach des Gebäudes angebracht waren, entdeckt zu werden, bestand nicht mehr, da Erika die Kameras vor 60 Sekunden außer Betrieb gesetzt hatte.

MacClaine erreichte einen breiten Lieferanteneingang an der Südseite des Gebäudes. Ein Magnetschloss sicherte die große Metalltür, die fast drei Meter hoch war. Er presste seinen Rücken gegen die Steinmauer neben der Tür und sprach ins Mikro in seinem Revers.

»Ich befinde mich außerhalb der Kamera-Reichweite.«

Erika, die zwei Häuserblocks von Sakata entfernt hinten in einem unauffälligen FBI-Lieferwagen saß, sagte: »Okay« und reaktivierte sofort die Dachkameras. Sicherheitswachen, die der kurzfristige Videoausfall auf dieser Seite des Gebäudes hätte beunruhigen können, würden sich sicher beruhigen, wenn die Kameras wieder funktionierten. Sie würden den kleinen Zwischenfall notieren, damit die Techniker das am nächsten Morgen überprüfen konnten.

Erika tippte auf das Laptop-Pad, stellte den Pfeil in dem Diagramm auf ihrem Bildschirm auf die verschlossene Tür des Lieferanteneingangs und klickte darauf. Die rote Linie wurde grün.

»Die Tür ist unverschlossen. Ich gehe hinein«, sagte MacClaine.

Erika atmete tief ein und hoffte, dass sie das japanische Sicherheitssystem nicht unterschätzt hatte. Aber bisher funktionierten die gestohlenen Root-Passwörter.

»Okay, Brent. Hoffen wir, dass es klappt«, sagte sie und klickte auf das Alarmsymbol auf der oberen linken Seite des Bildschirms. Alle Sicherheitsschranken auf den Korridoren des Gebäudes wurden automatisch geschlossen und trennten das Gebäude von dem diensthabenden Wachpersonal ab. Die Schranken auf ihrem Bildschirm wechselten von Grün auf Rot. Gleichzeitig setzte sie die Kontrolltafeln in den vier Sicherheitsstationen, die in jeder Ecke des Gebäudes lagen, außer Betrieb und verhinderte dadurch, dass die Wachen ihre Befehle rückgängig machen konnten. Auch das Telefonsystem schaltete sie ab und verhinderte so jeden Hilferuf.

»Geradeaus«, sagte Erika, die die Skizzen auf ihrem Bildschirm aufmerksam betrachtete. »Hinter der Schranke kommt gleich linker Hand eine Treppe. Geh da hinauf.« Sie setzte den Pfeil auf die Sicherheitsschranke, und als sie darauf klickte, wurde sie grün. Dann überprüfte sie die anderen Schranken und stellte sicher, dass sie rot blieben, besonders diejenigen, die das Sicherheitspersonal einschlossen. »Die Treppe führt in den zweiten Stock. Oben auf der Treppe rechts und dann durch eine Reihe Glastüren zu deiner Linken. Dort sitzt die Geschäftsführung.«

Brent MacClaine, der hauchdünne Handschuhe trug, eine Betäubungswaffe in der Hand hielt und dessen Beretta hinten in der Jeans steckte, rollte sofort, als sich die Schranke hob, durch die Lücke. »Ich bin durch«, flüsterte er und rannte den Flur hinunter. Das leise Quietschen seiner Turnschuhe vermischte sich mit dem Surren des Motors, der die Tür hinter ihm schloss. Er erreichte die Treppe, stieg hinauf und achtete nicht auf seine schmerzenden Rippen. Sie pochten, wenn er tief einatmete. Auf seiner Oberlippe hatte sich schon Schweiß gebildet. Er musste wieder in Form kommen. Vielleicht sollte er wieder Fahrrad fahren. Oder vielleicht ...

Konzentration!

Die Treppe führte zu einem anderen, mit Teppichboden ausgelegten Flur. Eine Schranke versperrte den Zugang. Die Metalltür hob sich. MacClaine zwängte sich hindurch, ging noch fünfzehn Meter weiter und erreichte eine Glastür, die wie durch Zauberhand geöffnet war.

MacClaine blieb in der Mitte der Räumlichkeiten der Sakata-Geschäftsführung auf dem dunkelgrünen Teppich stehen und inspizierte den halbrunden Empfangsraum, der von Büros mit Glaswänden umringt war. Er konnte den Parkplatz unten und die nächtliche Skyline von San José im Hintergrund sehen.

In jedem Büro stand ein Glasschreibtisch auf einem grauen Marmorsockel. MacClaine ging an den grauen Ledersofas und den Sesseln im Wartebereich vorbei, die die Mitte des Halbkreises einnahmen, und las die gold-grauen Namensschilder vor jedem Büro. »Ich bin drin. Verschließ die Tür.«

»Sind schon verschlossen«, erwiderte sie. »Hast du das Büro gefunden?«

»Warte ... Da ist es.«

MacClaine blieb vor einer Mahagonitür stehen. »Freddie hatte Recht. Sieht so aus, als hätte Matsubara ein Büro hier.« Das Büro erschien auf Erikas Bildschirm in der linken oberen Ecke. Kojatas Informationen schienen bisher richtig zu sein. Nach seinen Angaben hatte Matsubara ein

Büro bei Sakata Electronics, in dem Kojata ihn jede Woche zwei oder drei Tage hatte arbeiten sehen, besonders spät in der Nacht, wenn der Geschäftsführer an seinem PC, der entsprechend ausgerüstet war, private Videokonferenzen mit Tokio abhielt. Kojata hatte auch mitbekommen, dass Matsubara an bestimmten Tagen der Woche in seinem Büro mit den Glaswänden mit einem alten Mann gesprochen hatte. Nachdem sie Kojata mit Genehmigung des CIA Fotos von führenden Beamten des japanischen Geheimdienstes gezeigt hatten, konnte er den alten Mann als Konichi Tanaka identifizieren.

Das System, ein Fujitsu-PC, der die linke Seite des Schreibtisches aus Glas und Marmor in Beschlag nahm, war – wie Erika vermutet hatte – ausgeschaltet. Das war die sicherste Methode, um den Inhalt des Netzwerkes zu schützen, wenn der Nutzer abwesend war.

»Du hattest Recht. Er ist ausgeschaltet.«

»Schalt ihn ein.«

MacClaine drückte die entsprechende Taste, doch das System reagierte nicht. »Klappt nicht.«

»Überprüf das Stromkabel. Sieh nach, ob es in der Steckdose steckt.«

MacClaine beugte sich vor, um sich die Rückseite des PCs anzusehen. Dort steckte ein schwarzes Kabel, das bis zu einer Steckdose an der Wand neben dem Schreibtisch verlief.

»Das Kabel steckt in der Steckdose.«

»Okay. Ist irgendwo vorne am System ein Schlüsselloch?«

Er suchte und fand eins neben dem Fujitsu Logo.

»Ja. Und jetzt?«

»Öffne das kleine Kästchen, das ich dir gegeben habe.«

MacClaine nahm seinen Rucksack ab und zog ein kleines Kästchen heraus, Erikas Computer-Werkzeugzubehör.

»Okay.«

»Pass auf. In dem Kästchen ist ein silberner Gegenstand,

der aussieht wie ein Schraubenzieher, aber die Spitze ähnelt eher einem gewellten Zylinder. Das ist ein Hauptschlüssel für PC-Schlösser. Versuch es damit.«

Er nahm das Werkzeug, steckte das Ende in das Schlüsselloch und drehte es im Uhrzeigersinn. »Es dreht sich ... Das System startet.«

»Gut. Jetzt leg das Werkzeug zurück in die Schachtel und entspann dich«, sagte Erika, die ein neues Fenster auf ihrem Bildschirm öffnete, um durch Sakatas Dateiverzeichnis zu surfen und Matsubaras System zu suchen, das jedoch wieder nicht erreichbar war. Sie hatte es vorhin schon einmal versucht.

»Entspannen? Rede mit mir. Was machst du?«

»Ich will mir seine persönlichen Dateien ansehen. Mal sehen, was ich finde.«

»Es gefällt mir hier nicht. Ich komme mir vor wie auf dem Präsentierteller.«

Während Erika wartete, dass Matsubaras System hochfuhr, öffnete sie das Fenster, das den aktuellen Stand des Sicherheitssystems anzeigte. Alle Schranken zeigten rot, und Telefone und Videokameras waren außer Betrieb.

»Niemand kann zu dir gelangen. Bleib nur von den Fenstern weg.«

»Das ist ja das Problem. Hier sind *überall* Fenster.«

Erika lächelte, als sie einen tiefen Seufzer durch die Lautsprecher des Lieferwagens hörte. Ein FBI-Agent saß auf dem Fahrersitz, und zwei weitere befanden sich hinten bei Erika. MacClaine hatte angeordnet, dass diese drei Agenten Erika Conklin rund um die Uhr bewachten.

Eine Minute später wurde Matsubaras System auf dem Bildschirm sichtbar. Sie verkleinerte das Fenster des Sicherheitssystems, um auf ihrem Bildschirm dafür Platz zu schaffen. Mit Hilfe ihres Root-Privilegs griff sie auf Matsubaras Festplatte zu und browste durch sein Windows NT Dateiverzeichnis. Schließlich fand sie sein E-Mail-Verzeichnis, das nur rund ein Dutzend Mitteilungen enthielt, von denen keine älter als ein Tag war. Der Rest war entweder gelöscht worden oder möglicherweise von dem automatischen Backupsystem gesichert worden. Die meisten Gesellschaften verfügten über ein solches System, damit ihre Daten im Falle eines Absturzes nicht verloren gingen.

Als Erika das Netzwerk-Dateiverzeichnis überprüfte, stellte sie fest, dass Matsubaras Festplatte eine von Tausenden war, die jeden Tag automatisch auf einen der Dutzend Disk-Server heruntergeladen wurde. Diese wiederum wurden einmal pro Woche auf Zip-Laufwerken im Server-Raum gesichert und heruntergeladen.

Beliebtes Verfahren, dachte Erika. Die kleinen Festplatten wurden alle auf größere Disk-Server kopiert und lieferten sofortigen Zugang zu Daten, die nicht älter als vierundzwanzig Stunden waren, falls eine Festplatte abstürzte. Als zusätzliches Sicherheitsfeature wurden die Daten auf dem Server einmal pro Woche archiviert. Dadurch wurde sichergestellt, dass der Benutzer schlimmstenfalls nicht mehr als die Arbeit einer Woche verlor, falls Festplatte und Server beide am gleichen Tag abstürzten. Sie verfolgte seine Backups auf ABSS67-24, einem automatischen Backupsystem-Server Nummer siebenundsechzig, Zip-Diskette Nummer vierundzwanzig.

Erika schüttelte den Kopf. Japanische Gesellschaften in Amerika hatten scheinbar keinen Humor. Amerikanische High-Tech-Firmen personifizierten gerne Server und anderes Computerzubehör, indem sie Namen von *Star Trek,* berühmten Banditen, Dinosauriern, Raubtieren bis zu Buchstaben *M*A*S*H*, Cheers* und *Seinfeld* benutzten.

Sie überprüfte Matsubaras E-Mails. Bei den meisten handelte es sich um höfliche kurze Mitteilungen, die an die meisten Mitarbeiter der Firma geschickt worden waren. In einer wurde das Tagesgericht der Firmen-Cafeteria beschrieben. Eine andere erinnerte jeden daran, seine Teilnahmebestätigung für das bevorstehende Picknick im Great-America-Freizeitpark in Sunnyvale im nächsten Monat einzureichen. In einer E-Mail wurde eine neue Reiseversicherung skizziert.

Ziemlich nutzloses Zeug.

Erika ging zurück zum Hauptmenue, überflog die Namen im Dateiverzeichnis und fand die Datei, in der die Videokonferenz-Software gespeichert war. Sie startete die Software, öffnete das Adressbuch und fand zwei Abteilungen, eine für Firmennummern und eine für private.

»Mal sehen, was wir finden«, murmelte sie.

»Was war das?«

»Ich führe Selbstgespräche.«

»Ist das Gebäude noch sicher?«

»Oh, ich schaue mal nach.« Sie klickte die Gebäudeskizze wieder an, um eine kurze Überprüfung vorzunehmen, ehe sie Matsubaras privates Adressbuch öffnete. »Ich habe ein Videokonferenz-Telefonbuch gefunden ... Oh, Mist!«

»Was ist los?«

»Die Tore! Einige sind wieder grün.«

»Grün? Wie zum Teufel ist das passiert? Ich denke, du hast alles im Griff?«

»Ich ... hm ... ich weiß nicht, wie es passiert ist. Vielleicht können sie es manuell verändern oder vielleicht ...«

»Das ist doch jetzt egal! Schließ sie wieder.«

»Mach ich.«

»Und bring mich hier raus! Such einen Weg, der noch sicher ist.«

»Aber du musst noch ins Archiv gehen.«

»Was?«

»Das Archiv. Es liegt auf dem Weg.«

Brent MacClaine umklammerte die Betäubungswaffe und fluchte, als er die Räume der Geschäftsführung verließ. Gleich würden die Sicherheitsbeamten auftauchen. Und diese Frau wollte, dass er noch schnell im Archiv vorbeiging, um eine verdammte archivierte Diskette zu holen!

»Wo entlang?«

»Rechts und dann geradeaus zur Treppe. Ich werde die Schranken hinter dir schließen.«

»Und was ist mit den Schranken vor mir? Kommen die Wachen nicht aus jeder Richtung?«

»Geh einfach weiter! Ich weise dir den Weg.«

MacClaine rannte auf die Treppe zu. Seine schwarzen Turnschuhe quietschten, und seine Rippen protestierten gegen die Anspannung. Eine Stahlschranke am Ende des Korridors hob sich. MacClaine rollte hindurch, und seine Gedanken wanderten kurz zurück zu einer Zeit, als das Rollen noch viel leichter und viel weniger schmerzhaft war.

»Okay. Ich habe die erste Schranke passiert.«

»Steig die Treppe bis zum dritten Stock hinauf und geh dann nach rechts.«

Das Tor hinter ihm ratterte kurz, als es sich wieder senkte. »In den dritten Stock? Ich denke ...«

»Kleiner Umweg. Ich versuche die unsicheren Sektionen zu vermeiden.«

Er stieg die Treppe hinauf, atmete schwer, umklammerte mit einer Hand die Betäubungswaffe und presste die andere gegen die linke Seite seines Oberkörpers. Als er den ersten Treppenabsatz erreichte, erstarrte MacClaine. Er hörte über sich Geräusche. Von oben kamen Leute herunter!

Er rannte die Treppe hinunter. Seine Nasenflügel bebten, als er tief Luft holte. Sein Herz hämmerte in dem Brustkasten, und Schweiß rann über die Schläfen.

MacClaine hatte den Korridor, den er gerade verlassen hatte, wieder erreicht und stand nun vor einer der Türen aus

Stahl und Glas. Er drehte an dem Knauf. Die Tür war verschlossen.

Oben auf der Tür sah er die Zahl 257.

»Öffne die Tür zwei fünf sieben.«

»Was?«

»Verdammt! Öffne die Tür Nummer zwei fünf sieben. Schnell.«

»Okay.«

Er starrte ängstlich auf die Treppe, denn er erwartete, dass im nächsten Moment die Wachposten auftauchten. Als er hörte, wie das Magnetschloss der Tür klickte, warf er sich mit der Schulter dagegen, drehte an dem Knauf, ging durch die Tür und schloss sie sofort hinter sich. Dann hockte er sich hin und presste seinen Rücken gegen die Wand neben der Tür.

Schritte mehrerer Personen waren im Korridor zu hören, die einen Augenblick stehen blieben und den Korridor dann weiter hinuntergingen. Er atmete erleichtert ein.

MacClaine schaute sich um. Er befand sich in einem Sitzungssaal. An einem langen Tisch standen ein Dutzend Stühle. Er drehte sich um, schaute auf Brusthöhe durch ein kleines Glasrechteck in der Tür und sah drei Männer mit Waffen und Funksprechgeräten.

»Scheiße!« Sicherheitsbeamte in High-Tech-Firmen trugen normalerweise keine Waffen. *Diese ja!* MacClaine schaute auf die kleine Betäubungswaffe in seiner Hand und runzelte die Stirn. Er zog seine Beretta und schob das kleine elektrische Spielzeug in seine Jeanstasche, nachdem er es vorsichtig gesichert hatte. Der Gedanke, sich selbst auszuschalten, gefiel ihm nicht.

»Was ist passiert?«

»Drei bewaffnete Männer. Ich bin ihnen auf der Treppe fast in die Arme gelaufen. Ich dachte, du wolltest mich durch sichere Korridore schleusen.«

»Ich ... hm ... ich ... ja, das hatte ich vor. Die Korridore im dritten Stock zeigen noch für alle Schranken rot.«

»Wie, in Gottes Namen, konnten die Wachen, die im ersten Stock eingeschlossen waren, so schnell in den dritten Stock gelangen?«

Erika überprüfte die Skizze des zweiten und dritten Stocks und erkannte sofort ihren Fehler. Die Schranken waren zwar geschlossen, aber sie hatte die Aufzüge nicht außer Betrieb gesetzt. Ein Sicherheitsteam hatte einen Aufzug vom ersten in den dritten Stock benutzt. Sie hatte in zwei Dimensionen operiert und die Aufzüge vergessen, die eine dritte Verbindung zwischen den Stockwerken schufen.

»Die Aufzüge, Brent. So sind sie dahingekommen.«

»Sind die drei anderen Trupps vom Korridor im ersten Stock abgeschnitten, oder tauchen die auch gleich hier auf?«

Als Erika noch einmal die Skizze überprüfte, wurden die Tore grün. Sie versuchte, sie wieder zu schließen, aber sie blieben grün. Jemand hatte tatsächlich das automatische Sicherheitssystem überlistet und öffnete nach und nach alle Schranken des Gebäudes. MacClaine rannte die Zeit davon.

Sie sah sich den Weg an, den MacClaine nehmen wollte. Er schien frei zu sein.

»Geh weiter«, forderte sie ihn auf und betete, dass sie nichts übersehen hatte. »Und sei vorsichtig. Ich verliere langsam die Kontrolle über das Gebäude.« Während sie das sagte, stürzte Matsubaras PC ab. Entweder hatte Matsubaras System versagt oder jemand hatte sie ausgeloggt.

Brent MacClaine umklammerte mit der linken Hand seine Beretta, stieß die Tür des Sitzungszimmers langsam auf und blickte links und rechts den Korridor hinunter.

Er rannte zurück zur Treppe, blieb aber diesmal unten einen Augenblick stehen, ehe er hinaufrannte. Da er kein Geräusch hörte, stieg er bis zum dritten Stock hinauf. Auf seiner Oberlippe bildeten sich Schweißperlen. Der Aufzug war ganz in der Nähe. MacClaine wunderte sich, dass die Aufzugtür geöffnet war. Selbst wenn ein Aufzug auf einer Etage hielt, waren die Türen eigentlich immer geschlossen.

Mit der 92F im Anschlag ging er vorsichtig weiter, und dann fiel der Groschen. Die Sicherheitsbeamten hatten den Notfallknopf gedrückt und den Aufzug damit blockiert. So verhinderten sie, dass der Eindringling ihn im zweiten Stock benutzte.

MacClaine, der ihre Taktik durchschaute, löste die Blockierung und wählte den ersten Stock. Die Tür schloss sich, und er spürte die Abwärtsbewegung, während auf der Anzeige über der Tür zuerst die Ziffer Drei, dann Zwei und Eins erschien. Eine weibliche Stimme kündigte den ersten Stock zuerst auf Englisch und anschließend auf Japanisch an, und schon schoben sich die Türen in die Wand.

MacClaine presste seinen Rücken gegen die Seitenwand und richtete die 9-mm-Pistole auf die immer größer werdende Öffnung. Er holte tief Luft, und als die Lücke groß genug war, ging er vorsichtig hinaus.

»Brent? Wo bist du?«

»Im ersten Stock. Am Ende des Korridors ist ein Schild, auf dem steht Ausgang.«

»Das ist der Südeingang. Er führt zu der Seite, die dem Parkplatz, über den du gekommen bist, gegenüberliegt.«

»Sieht ruhig aus. Ich nehme den Weg.«

»Warte.«

MacClaine blieb abrupt stehen. »Was ist?«

»Das Archiv.«

»Was ist damit?« Er schlich weiter an der Wand entlang und schwenkte die Waffe ständig von links nach rechts, um beide Seiten zu sichern.

»Es liegt genau in der Mitte des Korridors.«

»Vergiss es. Du verlierst die Kontrolle über das Gebäude. Besser ich hau hier ab, solange es noch geht.«

»Ich bin aus Matsubaras System rausgeworfen worden. Ich brauche unbedingt das Backup seiner Festplatte, sonst war die ganze Sache umsonst. Ich glaube, ich kann dich da reinbringen. Warte ...«

MacClaine runzelte die Stirn. Er beschleunigte seine Schritte, denn er wurde allmählich nervös. Mitten auf dem Korridor gab er eine schöne Zielscheibe ab, und das bereitete ihm Unbehagen. Wenn an einem Ende des Flurs Sicherheitsbeamte aufkreuzten, gab es keine Möglichkeit, Deckung zu suchen.

Er richtete seine Waffe auf den Aufzug und blieb so lange stehen, bis er sich versichert hatte, dass dort niemand in Sicht war, ehe er zum Ausgang ging, wo ...

Zwei Wachen, deren weiße Uniformen sich deutlich von den schwarzen schmalen Gürteln, Stiefeln und Kappen abhoben, versperrten den Weg. Einer sprach in ein kleines Funkgerät, der andere richtete seine Pistole auf MacClaine.

»Bleiben Sie stehen!«, schrie er mit einem starken japanischen Akzent.

MacClaine lief zum Aufzug zurück, wo drei weitere Wachen warteten. Zwei umklammerten ihre Waffen, und die dritte presste ein Funkgerät an das Ohr und zeigte auf ihn.

»Los!«, sagte Erika, als eine schwere Tür gegenüber von ihm entriegelt wurde. Er sprang auf die Tür zu, warf sich mit der Schulter dagegen, stieß sie auf, rannte in den kalten Raum, stolperte über einen Stuhl, fiel auf den erhöhten Boden und knallte mit der Stirn gegen eine Maschine.

MacClaine richtete sich wie betäubt auf, fluchte und presste die Hand gegen seinen pochenden Kopf. »Verschließ die Tür! Verschließ die Tür! Schnell!«

Das Magnetschloss rastete ein. Auf Schritte folgte ein lautes Hämmern, das sich durch die dicke Tür etwas gedämpft anhörte.

»Sie stehen vor der Tür. Ich sitze in der Falle. Ich sehe schon die Schlagzeilen von morgen vor mir: *FBI schikaniert weiter japanische Gesellschaften*«, sagte er, atmete langsam ein und aus und setzte seinen Kopf dem kalten Luftstrom aus, der durch ein kleines Loch in einer großen weißen Kachel, mit denen der ganze Raum verkleidet war, drang. Er schloss die Augen und genoss den Luftzug einen Augenblick.

»Siehst du das Archiv?«

Brent stützte sich auf den Stuhl, über den er gestolpert war, und schaute sich um. Dutzende von Regalen, die vom Boden bis zur Decke reichten, waren mit Zip-Disketten, die dicker als normale Disketten waren, beladen. Sie standen neben Maschinen, die die Größe von Gefrierschränken hatten. MacClaine ging durch die Gänge und ließ seinen Blick zwischen der Tür, gegen die die Wachmänner mit den Fäusten hämmerten, und den Roboterarmen, die aus den Gefrierschränken herausragten, hin und her gleiten. Die Roboterarme packten die Disketten aus den angrenzenden Regalen und schoben sie mit unglaublicher Präzision und Schnelligkeit in die vielen Lücken des Gefrierschranks, während überall scheinbar unkontrolliert Tasten blinkten.

»Wo bin ich?«, fragte er und spürte schon, dass sich auf seiner Stirn eine Beule bildete. Silberne Arme zuckten rings um ihn im Rhythmus ihrer Hochgeschwindigkeits-Servomotoren.

»Im Archiv. Dort müssten große Disk-Server und viele Magnetbänder oder Zip-Disketten mit Backups sein. Ein sehr kostspieliger und wichtiger Raum.«

»Keine Bänder, nur diese Zip-Disketten. Es sieht hier eher wie in einem Technograb aus. Und diese Typen da vor der Tür haben größere Waffen als ich. Sie werden jeden Moment die Tür aufbrechen. Ich sitze in der Falle.« Das Rattern und Hämmern wurde lauter.

»Archivräume werden normalerweise wie feuersichere Tresore gebaut. Dadurch gewinnst du etwas Zeit.«

»Etwas Zeit wofür? Um mir einen Abschiedskuss auf den Arsch zu drücken?« MacClaine starrte noch immer auf die computergesteuerten Aktivitäten, die ihn an den *Terminator* erinnerten. Ein Roboterarm stellte eine Zip-Diskette oben in ein Regal und griff blitzschnell eine andere Diskette aus einem mittleren Regal. »Es gibt nur einen Weg hier heraus, und zwar durch die Vordertür.«

»Du kommst da schon wieder raus. Es gibt noch eine andere Möglichkeit«, sagte Erika und erklärte ihm das kurz. »Aber zuerst musst du ein paar Zip-Disketten für mich suchen.«

Brent folgte mit klopfendem Herzen Erikas Anweisungen. Er atmete die kalte Luft ein, suchte einen Server namens ABSS67 und entdeckte ihn am Ende der surrenden Geräte. Das Hämmern und Schreien draußen wurde von Sekunde zu Sekunde lauter.

»Okay. Ich hab ihn gefunden.«

»Großartig. Jetzt Diskette Nummer vierundzwanzig. Auf der finden wir das Backup von Matsubaras Festplatte.«

Über MacClaines Wangen rann kalter Schweiß, als er beeindruckt den schnellen Roboterarm, der das Regal mit den Zip-Disketten bediente, betrachtete. Das Gerät mit den legierten Stangen, Kabeln und Motoren bewegte sich mit wahnsinniger Geschwindigkeit. Er konnte unmöglich über den Server greifen und eine archivierte Diskette aus dem Regal nehmen, ohne Gefahr zu laufen, von den Haken an den um sich schlagenden Armen aufgespießt zu werden.

»Kann man das Ding hier irgendwie abstellen?«

»Da muss irgendwo ein Schalter sein.«

Brent fand den Schalter, einen großen roten Knopf, der ihn

an den Knopf in den Aufzügen erinnerte. Er drückte darauf, und der Roboterarm hielt mitten in der Bewegung inne, als er nach einer Diskette im unteren Regal greifen wollte. Im Server verminderten sich die Geräusche, als die sich drehenden Disketten langsam zum Stehen kamen. Es hörte sich an, als ob das Triebwerk eines Flugzeugs seine Geschwindigkeit drosselte.

Brent sprang über den Server, packte den kalten Arm, um nicht das Gleichgewicht zu verlieren, griff nach der Zip-Diskette und presste sie an seine Brust.

»Ich hab sie.«

»Gut. Jetzt schau dich mal um. Siehst du irgendwelche Schränke oder Regale mit Zip-Disketten, die nicht bei den Servern stehen?«

Brent MacClaine drehte sich schnell zur Tür, als er hörte, dass ein Gegenstand dagegen gerammt wurde. Der gedämpfte Schlag hallte durch den Raum. »Ja«, erwiderte er, als er ein paar Dutzend Diskettenregale erblickte.

»Sieh dir die Etiketten auf den Regalen an und suche diejenigen vom Einkauf.«

MacClaine brauchte dreißig Sekunden, um durch die schmalen Gänge zu laufen. Links standen Regale mit Zip-Disketten, rechts die Server. Auf die Regale mit technischen Datenbanken folgten die Archive der Marketingabteilung, auf die wiederum Verkauf und Einkauf.

Er erinnerte sich, dass der Einkauf in In- und Ausland unterteilt gewesen war, als er über Erikas Schulter auf den Monitor geschaut hatte. Das half ihm, seine Suche auf ein Regal zu beschränken, das die Einkaufszahlen ausländischer Kunden von 1985 bis 1997 enthielt. Die Jahre waren weiter nach der Art der Einkäufe unterteilt. Es gab vier Kategorien, die mit den Optionen in dem Menue, das er sich am Tag zuvor mit Erika angesehen hatte, übereinstimmten: Ausrüstung, Service, Komponenten und Verwaltung.

»Ich habe die archivierten Disketten für den Einkauf ausländischer Komponenten für die Jahre 1996 und 1997 gefunden«, sagte er und stopfte sie in seinen kleinen Nylonrucksack.

»Du bist großartig, Brent.«

»Das kannst du mir sagen, wenn ich mit meiner Beute hier rausgekommen bin.«

»Zieh jetzt die Maske an, wie ich es dir gesagt habe.«

Er spähte zur Tür, lauschte kurz dem Tumult draußen und ging schnell zur anderen Seite des Raumes. Hinter Glas wurde dort die Notfallausrüstung aufbewahrt. »Wenn das funktioniert, werde ich auf ewig dein Sklave sein.«

»Das werde ich mir merken.«

Er lehnte sich zurück, sicherte die Beretta, packte die Waffe an der Mündung und schlug mit dem Griff das Glas ein. Es zersplitterte und fiel auf den Boden.

»Okay«, sagte er. »Ich habe die Maske.«

»Zieh sie über.«

MacClaine stülpte sich die schwarze Maske über den Kopf und bedeckte Augen, Mund und Nase. Er hob sie nur ein wenig an, um sprechen zu können. »Fertig.«

»Jetzt versteck dich und warte.«

Er wartete nervös, entsicherte wieder seine Waffe und hockte sich unter das Notfallschränkchen, das man von der Tür aus nicht sehen konnte. Jetzt wurde die Tür aufgebrochen, und Brent hörte Schritte.

»Sie sitzen in der Falle!«, schrie jemand.

»Wenn Sie herauskommen, schießen wir nicht«, rief ein anderer.

MacClaine blieb auf dem zersplitterten Glas hocken und sicherte seinen Blickwinkel mit der Beretta. Zahlreiche Schritte eilten um die Server herum.

Schnell gesprochene japanische Sätze übertönten das Geräusch der klickenden Schritte und der surrenden Geräte.

Brent MacClaine wartete noch ein paar Sekunden. Er kniff die Augen zusammen wie ein Raubtier, das seine Beute noch tiefer in die Falle lockt. Noch mehr Männer traten zögernd hinzu. Ihre Schatten wurden an die hohe Decke geworfen. Sie liefen auf der Suche nach ihm kreuz und quer durch den Raum.

MacClaine drückte auf einen Knopf an einer Seite der Maske, und sofort strömte Sauerstoff aus einem kleinen Kanister, der an der Seite des Sauerstoffgerätes angebracht war, heraus.

Er atmete tief ein, bevor er den Griff in dem Notfallkasten fest herunterdrückte.

Eine laute, heulende Sirene ertönte im Archivraum, und rote und gelbe Lichter blitzten auf. Die Japaner schrien erregt.

Ein bläuliches Gas trat plötzlich aus Dutzenden von Düsen aus der gefliesten Decke des Raumes und strömte auf Menschen und Maschinen nieder.

MacClaine rannte in der Hocke zum Ausgang. Er lief an zwei Wachen vorbei, die schon auf Händen und Knien laut hustend zum Korridor krochen. Sie schnappten nach Sauerstoff, der schnell von dem Halongas verdrängt wurde. Brent MacClaine bemerkte ihre ringlosen Finger. *Richtige Sicherheitsleute.*

Das trockene Feuerlöschsystem, das die Ausrüstung im Falle eines Feuers schützen sollte, funktionierte genau so, wie Erika es vorhergesagt hatte. Wasser hätte das High-Tech-Material beschädigen können. Das stattdessen zum Einsatz kommende Gas setzte die Wachen lange genug außer Gefecht, damit MacClaine den Raum verlassen konnte.

Der FBI-Agent riss sich die kleine Maske vom Kopf und warf sie auf den Boden, als er den Korridor erreichte. Sofort stürmte der erfahrene Agent mit der Beretta im Anschlag zum Ausgang, den er Sekunden später erreichte. Er drückte die Klinke herunter und rannte durch die Metalltür in die kalte Nacht. Dann verschwand Brent MacClaine mit dem Nylonrucksack, der sicher über seinen Schultern hing, in der Dunkelheit.

29

Sonnenaufgang

TOKIO

Der Nachthimmel, der mit zartroten Streifen durchzogen war, wich allmählich einem strahlend blauen Himmel, als in der größten Metropole der Welt ein neuer Tag anbrach. Das Tageslicht schien auf die gepflegten Gärten und Jahrhunderte alten Gräben, die den Kaiserpalast umsäumten. Er lag an dem Ort der legendären Burg Edo, der Heimat vieler Generationen der Tokugawa-Shogune, die zu Beginn des 17. Jahrhunderts an die Macht gekommen waren. Bis zu ihrer Absetzung 1868, als Kaiser Meiji wieder selbst die Regierungsgewalt übernahm, hatten sie die Herrschaft inne. Von dieser ruhmreichen Zeit war wenig geblieben. Die meisten Schlösser und Tempel waren während der Unruhen zurzeit der Wiedereinsetzung des Kaisers zerstört worden.

Jogger wärmten sich auf dem kleinen Hof am Sakuradamon-Tor auf, einem der vielen Tore, durch die man von den verstopften Straßen rings umher Zugang zum Kaiserpalast hatte. Im Licht des frühen Morgens konnte man auch viele Jogger sehen, die schon die drei Meilen lange Strecke um den Palast liefen, ein Ritual, das jeden Tag im Morgengrauen begann und unabhängig vom Wetter bis zur Abenddämmerung andauerte.

Östlich des heutigen Palastes, der 1968 fertig gestellt worden war, lag das Zentrum der japanischen Wirtschaft. Handelshäuser, Großbanken, Investment- und Versicherungsgesellschaften flankierten die breite Avenue, die den Palast mit dem alten, aus roten Ziegelsteinen erbauten Bahnhof von Tokio verband. Tokio Station war nach dem Vorbild des Amsterdamer Bahnhofs gebaut worden. Zu dieser frühen Stunde herrschte in dem Viertel schon reges Treiben, unaufhörlich strömten Menschen aus den vielen Ausgängen des Gebäudes. Hupen ertönten, Fahrer schrien, Busse, Taxis und Privatwagen kämpften gegen die anhaltende Welle der Fußgänger um das Recht der Straße.

Dieses schrille Konzert war noch jenseits des Wirtschaftszentrums zu hören, das im Südwesten von weniger prächtigen Gebäuden auf der Sakura-dori begrenzt wurde. Die Straße führte vom Sakuradamon-Tor nach Süden mitten durch das Zentrum der japanischen Regierung. Hier befanden sich zahlreiche Ministerien, unter anderem die Zentralregierung, das Verteidigungs- und Erziehungsministerium und die Ministerien für Auswärtige Angelegenheiten, Kommunikation, Internationalen Handel, Arbeit, Energie und Industrie.

Am unteren Ende der Sakura-dori stand ein älterer Mann im Anzug am Fenster seiner Ecksuite im obersten Stock, die ihm einen Panoramablick über den ganzen Wirtschaftsbezirk und den Kaiserpalast lieferte. Er trank heißen Tee aus einer kleinen Porzellantasse und schaute auf den Berufsverkehr. In der Ferne verlangsamte der Shinkansen sein Tempo, als er sich Tokio Station näherte. Der weltberühmte Superexpress stellte eines von mehreren Haupttransportmitteln dar, mit denen man die große Metropole erreichen konnte, in der achtundzwanzig Millionen Menschen lebten.

Fuji Yokonawa, der Wirtschaftsminister, ließ sich seinen Morgentee schmecken, während er auf die Ankunft von Konichi Tanaka, den Chef des japanischen Geheimdienstes, wartete. Einmal pro Woche trafen sich die beiden, um unter vier Augen über die Fortschritte ihrer Geheimoperation in Amerika zu sprechen. Auf dem schwarz lackierten Schreibtisch neben ihm lag die internationale Ausgabe der *New York*

Times vom Vortag. Das jüngste Flugzeugunglück war noch nicht auf einen fehlerhaften Computerchip zurückgeführt worden. Es war nur eine Frage der Zeit, bis ein weiteres amerikanisches Unternehmen einen ernsthaften Rückschlag erleiden und einen Teil seines Marktanteiles an japanische Konkurrenten abgeben würde.

Der Wirtschaftsbericht der letzten Woche gab an, dass Amerika sehr schnell seinen Status als weltweiter Marktführer der modernsten Halbleitertechnik verlor, was teils auf finanzielle Rückschläge und teils auf Rufschädigung, die den zahlreichen versagenden Computerchips zu verdanken war, zurückzuführen sei. Amerikanische Firmen gaben weniger Geld für Forschung und Entwicklung aus, und viele Ingenieure waren beunruhigt, weil ihre Namen mit den Katastrophen, die ihre Gesellschaften heimsuchten, in Zusammenhang gebracht wurden. Einige verließen das sinkende Schiff und wechselten zu ausländischen High-Tech-Unternehmen. Viele der in den USA ansässigen Firmen gehörten Japanern.

Tausende von Ingenieuren von IBM, Intel, AMD, Cypress und anderen großen Halbleiterherstellern hatten eine große Jobbörse im Stadtzentrum von San Francisco besucht, die die Bay Area Job Finder Corporation, eine hundertprozentige Tochter von Sony America, Ltd., veranstaltet hatte.

Yokonawas Haussprechanlage klingelte. Er schnippte mit den Fingern, um das Gerät zu aktivieren. *»Hai?«*

»Yokonawa-san, Tanaka-san ist da.«

»In Ordnung«, erwiderte er, stellte die Teetasse auf den Schreibtisch und schaute noch einmal auf den Himmel über Tokio. »Er möchte bitte hereinkommen.«

Die Automatiktür gegenüber von seinem Schreibtisch schob sich in die Wand. Tanaka, der auch einen dunklen Anzug trug, stand mit einer Aktentasche in der Hand vor der Tür.

»*Ohayo gozaimasu,* Yokonawa-san«, sagte Tanaka mit einer leichten Verbeugung und betrat das Büro.

»Guten Morgen«, erwiderte der Minister, der sich ebenfalls verbeugte. »Möchten Sie eine Tasse Tee trinken?«

Tanaka schüttelte den Kopf. »*Kekko desu.* Ich habe schon gefrühstückt.«

Yokonawa zeigte auf einen Stuhl an seinem Schreibtisch. Tanaka nahm Platz, stellte seine Aktentasche auf den Boden, richtete den Krawattenknoten und schlug die Beine übereinander.

»Welche Neuigkeiten bringen Sie mir, mein Freund?«

Der ältere Geheimdienstbeamte sagte: »Ich habe gestern von Matsubara-san einen kurzen Bericht über die Entführung der FBI-Informatikerin Erika Conklin erhalten. Das Verhör war erfolgreich, und wir haben die Namen von drei FBI-Agenten erhalten, die an den Ermittlungen arbeiten. Einer von ihnen ist MacClaine-san.«

»Wo ist die Frau jetzt?«

Tanaka erklärte es ihm.

»Welche Schritte planen Sie als Nächstes?«

»Hashimoto-san hat seine Männer auf die drei Agenten angesetzt. Ich habe ihm zehn zusätzliche Männer geschickt, die ihn unterstützen sollen. Sie müssten morgen früh ankommen.«

Yokonawa stand auf, schaute aus dem Fenster und beobachtete eine Gruppe Jogger, die im Garten des Kaiserpalastes zwischen den Bäumen verschwanden. Tanakas Gewissensentscheidung, die er vor ein paar Tagen getroffen hatte – indem er der Entführung des FBI-Agenten MacClaine zustimmte –, hatte ihn enttäuscht, und zwar vor allem, weil der *gaijin* Nakamura nur einige Fragen stellen wollte. Dieser erste Angriff hatte nur den Verdacht des FBI geweckt, dass Japan hinter den zahlreichen Unfällen, die durch Computerversagen ausgelöst worden waren, steckte. Jetzt waren sie gezwungen,

Schadensbegrenzung zu betreiben, und die konnte ins Auge gehen, wenn sie nicht richtig betrieben wurde.

»Haben wir unsere amerikanischen Kontakte genutzt, um das FBI zu bestärken, die Ermittlungen einzustellen?«

Tanaka nickte. »Wir haben gestern damit begonnen, und heute werden noch weitere Aktionen folgen. Wir sind verhalten optimistisch, dass sie von den Ermittlungen zurücktreten.«

Yokonawa runzelte die Stirn. »Das würden sie tun, wenn sie Japaner wären, aber sie sind *gaijin.* Sie sind nicht wie wir. Es könnte sie stattdessen wütend machen.«

Tanaka schwieg.

»Wie viele unserer manipulierten Chips haben schon zu Unfällen geführt?«

Tanaka nahm seine Aktentasche in die Hand und zog aus einem braunen Umschlag ein Blatt mit der Liste der manipulierten Komponenten heraus. Yokonawa hatte eine ähnliche Liste, die in dem Tresor eingeschlossen war, der sich hinter einem bunten Landschaftsgemälde befand. Auf ihr waren alle siebenundvierzig Computerchips verzeichnet, die von dreiundzwanzig Ingenieuren in siebzehn amerikanischen Halbleiterunternehmen manipuliert worden waren.

»Mit dem Flugzeugunglück über West Virginia sind es sieben. Die anderen müssten etwa innerhalb der nächsten zwei bis acht Wochen ausfallen.«

»Wann erhalten Sie neueste Informationen von Matsubara-san?«

»Morgen. Wir haben morgen früh eine Videokonferenz.«

Yokonawa nickte, als sein Blick über das große Grundstück des Kaiserpalastes wanderte. Ieyasu Tokugawa, der Herrscher von Kanto, des reichsten Gebiets Japans, hatte 1590 sein Schloss dort erbaut. Tokugawa hatte in jener Zeit der Feudalkriege beschlossen, sein Königreich zu befestigen. Er entwickelte ein dreifaches Sicherheitssystem aus Burggräben, Kanälen und dem verzweigten Sumida Fluss, das die Burgen, Paläste und Villen seines Hofes, der sich über zweihundert Hektar Land und die Wasserwege ringsum erstreckte, schützen sollte. Außerdem gab Tokugawa das Land, das seine innere Stadt umgab, seinen Verbündeten und treuesten Untergebenen, die es in Vorposten verwandelten. Diese bildeten auf dem Flachland eine kreisförmige Verteidigungslinie, die fast undurchdringlich war. Jenseits dieser Vorposten siedelte Tokugawa die Fürsten an, denen er am wenigsten vertraute. Er versorgte sie mit Land und Männern, um einen noch größeren Verteidigungsradius zu schaffen. Um sich deren Loyalität zu sichern, bestand Tokugawa darauf, dass ihre Frauen und Kinder in Palästen innerhalb der Stadt lebten. Er hielt sie tatsächlich als Geiseln, um die Fürsten zu zwingen, für das Shogunat zu kämpfen. Ieyasu Tokugawas Vorsichtsmaßnahmen funktionierten gut, denn sein Shogunat genoss über zweihundertfünfzig Jahre Frieden.

Minister Yokonawa ließ seinen Blick noch immer auf den fruchtbaren Gärten des Kaiserpalastes ruhen, während er über die zahlreichen Vorsichtsmaßnahmen nachdachte, die Japans berühmtester Shogun ergriffen hatte, um den Erfolg seiner Dynastie zu sichern. Tokugawa hatte sich selbst mit Puffern umgeben, Sicherheitszonen, die die feindlichen Mächte lange genug aufhielten, um ihm die Möglichkeit eines Gegenschlages zu geben. Falls die Garnisonen der Fürsten angegriffen wurden, kämpften sie und schlugen den Feind entweder zurück oder verringerten zumindest seine Anzahl. Dann traten die zig Tausend Kämpfer im Flachland, das das Schloss und das riesige Netzwerk von Wasserstraßen umgab, in Aktion, und dezimierten weiterhin den vorrückenden Feind. Falls der Feind es schaffte, die zweite Verteidigungslinie zu durchstoßen, wurde er durch die zahlreichen Burggräben und Wälle jenseits der Ebene entmutigt, und nur die entschlossensten – oder verrücktesten – Heere rückten weiter vor. Hinter den Wällen warteten die besten Streitkräfte des Shoguns. Sie waren frisch und mit den modernsten Waffen ausgerüstet, und viele von ihnen gehörten dem Yamato Ichizotu an – sie waren bereit zu sterben, um ihren Shogun zu beschützen.

Yokonawa hatte seine Operation in ähnlicher Weise strukturiert. Er benutzte die amerikanischen Ingenieure als erste Verteidigungslinie und eliminierte sie, nachdem sie ihre Aufträge erledigt hatten. Dem Feind war es so nicht möglich, herauszubekommen, woher der Angriff kam. Matsubara und Hashimoto bildeten eine zweite Verteidigungslinie. Sie hatten den Befehl, um jeden Preis das Geheimnis der Mission zu schützen – auch mit ihrem Leben.

Tanaka und der gesamte japanische Geheimdienst bildeten die dritte Verteidigungslinie. Sollte der Feind es schaffen, bis hierher zu gelangen, würde Tanaka sich opfern, wodurch das Ministerium geschützt wurde. Denn das bildete eine vierte Verteidigungslinie, um den Premierminister selbst zu schützen, den Mann, der diese Mission indirekt gebilligt hatte. Der Premier hatte Minister Yokonawa befohlen, irgendeinen Weg zu finden, Japan wieder den ersten Platz in der Spitzentechnologie zu sichern. Sein Ziel war es, die Wirtschaft anzukurbeln.

Vor zwei Monaten hatte die Arbeitslosigkeit einen Nachkriegsrekord von 4,6 Prozent erreicht. Die Warenbestände stiegen ebenfalls auf einen neuen Rekord, und das obwohl die Industrie beim letzten Jahresabschluss einen Produktionsrückgang von 1,1 Prozent aufwies. Sogar die offizielle Abwertung des Yen gegenüber dem Dollar, ein Schritt, der die Preise für Japans Exportartikel senkte, hatte nicht bewirkt, dass die riesigen Lagerbestände in Japan und der ganzen Welt abgebaut werden konnten. Der Umsatz des Einzelhandels war im Vergleich zum Vorjahr um einen halben Prozentpunkt gesunken, was noch größere Absatzeinbußen bedeutete. Die Industrie kämpfte, um die wachsenden Lagerbestände zu reduzieren. Das Ergebnis waren weitere Entlassungen, was zu noch höheren Arbeitslosenzahlen führte, während das Land in eine tiefe Rezession stürzte.

Minister Yokonawa nahm die Teetasse und schaute wieder durch das Fenster auf die hoch aufragenden Gebäude, in denen Japans größte Banken untergebracht waren. Trotz einer Niedrigzinspolitik der Regierung hatten die meisten Banken den Zinssatz angehoben, um sich selbst gegen eine Flut von Kreditrisiken zu schützen, was der Abwärtsspirale noch mehr Schwung verlieh.

Wie konnten die Dinge nur so außer Kontrolle geraten?, fragte sich Yokonawa, der einen Schluck Tee trank, um seinen aufgewühlten Magen zu beruhigen. Doch er kannte die Antwort nur zu gut. Er erinnerte sich an die alten Zeiten, als Japan den schlafenden Vereinigten Staaten die Technologieführung aus der Hand gerissen hatte. Arbeit war damals billig in Japan. Die Durchschnittsbevölkerung, die sich noch immer vom Zweiten Weltkrieg erholte, war gewillt, für ein Minimum an Lohn zu arbeiten und zu produzieren, während die Vereinigten Staaten ihre Produkte nach Übersee exportierten.

In den späten Siebzigern hatte Japan die Zügel der Welttechnologie an sich gerissen und die Welt in seine Richtung gelenkt. Sein Heimatland übernahm die besten Ideen von Amerika, verwandelte sie in Industrieerfolge und verbesserte mit der Zeit die Produkte, bis sie fast perfekt waren. Aber dann wurde Japans Erfolg sein eigener Untergang. Bald stieg der Lebensstandard auf ein Niveau, das viel höher war als das der Nachbarn. Schon bald hatte der durchschnittliche japanische Arbeiter einen Collegeabschluss und verlangte höhere Löhne, Zulagen, Krankengeld und Aktienvorkaufsrechte. Schon bald stellte Japan fest, dass es zu kostspielig war, Produkte im Land selbst herzustellen, wenn es wettbewerbsfähig bleiben wollte. Die Fabriken wurden daraufhin in andere Länder wie China, Südkorea, Taiwan und sogar die Vereinigten Staaten verlegt.

Kurze Zeit später erwachte Amerika schließlich aus seinem langen Schlaf, und Unternehmen wie Intel, Compaq, Lucent Technologies, AMD und Microsoft wurden die Weltführer in der Spitzentechnologie und überließen es Japan, ihren Siliziumstaub zu fressen.

Als sein Blick auf dem Kaiserpalast verharrte, schwor Minister Fuji Yokonawa insgeheim, Japan wieder erfolgreich auf seinen rechtmäßigen Platz als Führer der High-Tech-Industrie zu setzen. Um ein so ehrgeiziges Ziel zu erreichen, musste er sicherstellen, dass sich die Ermittlungen des FBI niemals ohne sein Wissen vollzogen, welche Konsequenzen dies auch haben mochte. Als Führer des Yamato Ichizotu war auch er bereit zu sterben, um die Ehre Japans und die Ehre seiner Vorfahren zu retten.

30
Videokonferenz

SANTA CLARA COUNTY

Erika Conklin saß hinter MacClaines Schreibtisch und tippte auf das weiche Pad ihres Laptops. Sie browste auf dem externen Zip-Laufwerk, das mit dem PSMCIA ihres Laptops verbunden war, durch die Dateiverzeichnisse der archivierten Disketten. Mit Hilfe eines bestimmten Programms kopierte Erika ein Dateiverzeichnis nach dem anderen auf einen Teil der Festplatte, die durch einen Virus geschützt wurde. So konnte sie sicher sein, dass eventuelle Viren in Matsubaras Dateien nicht auf ihre Festplatte übersprangen.

Sie hatte sich schon die Einkaufszahlen der zweiten Zip-Diskette angesehen und die Komponenten, die Sakata Electronics 1996, 1997 und 1998 gekauft hatte, miteinander verglichen. Dabei war sie auf vier integrierte Schaltkreise gestoßen, von denen zwei von Dallas Semiconductor, einer von AMD und der Letzte von IBM hergestellt worden waren. Sie hatte Charlie Chang die Information per E-Mail zugeschickt, der diese Unternehmen sofort verständigen sollte. Von ihnen würde dann überprüft werden, ob die Layouts fehlerlos waren. Mit etwas Glück würden einige dieser ICs Zeichen einer Sabotage aufweisen. Rasch könnte man sie vom Markt nehmen, bevor sie wie bei dem jüngsten Flugzeugunglück in West Virginia – hier wurde mittlerweile ein weiterer manipulierter Chip als Ursache angesehen – im Einsatz versagten.

»Das hat mir gerade noch gefehlt«, schimpfte Brent Mac-

Claine, der auf der anderen Seite des Schreibtisches saß und sich einen Eisbeutel auf die Stirn presste. »So schlecht habe ich mich lange nicht gefühlt.«

Erika hob den Blick und sah ihn über den Monitor hinweg an. Kurz nachdem MacClaine den FBI-Lieferwagen, der zwei Häuserblocks von Sakata entfernt gestanden hatte, erreicht hatte, war die violette Beule mächtig angeschwollen. Auch wenn die Wunde schlimm aussah, konnte man sie nicht mit den Schlägen, die sie am Tag zuvor verpasst bekommen hatte, vergleichen. In ihrem Urin war zwar kaum noch Blut, aber ihr Oberkörper tat noch immer weh, besonders wenn sie sich hinsetzte oder aufstand. Doch sie nahm den Schmerz genauso gelassen hin, wie sie gelernt hatte, ihr erzwungenes Gastspiel beim FBI zu ertragen – eine Erfahrung, deren Ende sie kaum erwarten konnte.

Erika zuckte mit den Schultern, als sie auf MacClaines neue Wunde schaute. »Und ich dachte, FBI-Agenten wären zähe Burschen.«

MacClaine seufzte laut. »Bitte erspar mir deinen Kommentar.«

Sie lächelte, schaute wieder auf den Bildschirm, überprüfte noch einmal Matsubaras E-Mail-Verzeichnis und sah sich die Mitteilungen vom Vortag an. Die E-Mails machten einen ebenso harmlosen Eindruck wie diejenigen, die sie vorhin, kurz nachdem MacClaine Matsubaras System bei Sakata Electronics eingeschaltet hatte, gelesen hatte.

Es war nichts Interessantes dabei.

Erika löschte das E-Mail-Verzeichnis von ihrer Festplatte und lud die Videokonferenz-Software herunter. Während das externe Zip-Laufwerk surrte und das gewünschte Verzeichnis auf ihre Festplatte lud, trommelte sie mit den Fingern auf den Schreibtisch. In der Mitte des Monitors öffnete sich ein Fenster. Das System informierte sie, dass die Übertragung fünfundvierzig Sekunden dauern würde. In der Ecke des Bildschirms erschien eine digitale Anzeige und zählte von fünfundvierzig herunter.

»Du machst das großartig, Erika«, sagte MacClaine, der die Augen noch immer geschlossen hatte.

Erika schaute ihn freundlich an. Brent MacClaine konnte trotz seiner rauen Schale gelegentlich ziemlich charmant sein. Er war auf ihrer Sympathieleiter auf jeden Fall ein Stück gestiegen, nachdem er ihren Vater zum FBI hatte fliegen lassen.

»Vor allem für einen Rock«, fügte er hinzu.

Sie runzelte die Stirn. »Das ist ein Teil deines Problems, Brent.«

»Hm?«

»Du kannst ein ausgesprochener Chauvinist sein.«

»Was hab ich denn gesagt?«

»Ach, egal.« Sie schüttelte den Kopf und schaute auf den Bildschirm. Es erschien ein neues Fenster und informierte sie, dass der Datentransfer erfolgreich abgeschlossen war.

Erika startete die Software für die Videokonferenz, und ein neues Fenster wurde geöffnet. Oben war eine Menueleiste, auf der Optionen wie »Wahl«, »Optionen«, »Adressbuch«, »Schauplätze« und »Hilfe« standen. Innerhalb des Fensters informierte sie ein kleineres Fenster, dass die Software für die Videokonferenz keine Kamerainstallation in ihrem System entdeckt hatte. Sie hatte zwei Optionen: »Ignorieren« oder »Abbrechen«.

Erika beschloss, die Warnung zu ignorieren.

Das kleine Fenster verschwand und ein anderes Fenster informierte sie, dass das Fehlen einer Kamera auf ihrer Seite bedeutete, dass der Gesprächspartner sie nicht sehen konnte. Als »Fortsetzen Ja/Nein« erschien, wählte sie Ja.

Sie lud das Adressbuch herunter, und ein neues Fenster bot ihr neun verschiedene Optionen:

Ort	Schnellwahl#
Matsubara Sendai	*01
JDA 050 Tokio	*02
Sakata Tokio Konf. A	*03
Sakata Tokio Konf. B	*04
Sakata Osaka Konf. A	*05
Akita America Konf. A	*06
Akita America Konf. B	*07
Mitsubishi Osaka A	*08
Mitsubishi Osaka B	*09

Erika lehnte sich zurück und schürzte die Lippen.

»Wonach suchst du?«, fragte MacClaine.

»Ich bin mir nicht sicher, aber ich glaube, ich komme der Sache näher.«

»Was immer du auch findest, wird besser sein als das, was wir von Matsubara erfahren haben. Ich kann noch immer nicht glauben, dass er gesprungen ist.«

Erika schüttelte den Kopf. »Seltsame Menschen.«

»Wirklich ziemlich verrückt. Man weiß nie, was man von ihnen zu erwarten hat.«

Erika klickte in paar Mal auf die Maus und sagte: »Ich habe gerade eine Videonummer des japanischen Geheimdienstes gefunden.«

»Videonummer?«

Sie nickte. »Mein PC kann diese Nummer mit Hilfe der Videokonferenz-Software aufrufen, und dann würde auf meinem Monitor ein Fenster erscheinen, das die Kameraeinstellung am anderen Ende der Leitung zeigt.«

MacClaine stand auf, ging um den Schreibtisch herum und beugte sich über den Monitor. Erika tippte mit ihrem kurzen Fingernagel gegen den Plasma-Schirm und zeigte auf die JDA-Adresse.

»Wozu soll das gut sein?«, fragte er.

»Wenn wir richtig vorgehen, könnte uns das weiterbringen.«

MacClaine ließ seine Hand mit dem Eisbeutel sinken. »Ich fürchte, ich verstehe nichts.«

»Wie lange ist es her, dass Matsubara entführt wurde?«

MacClaine schaute auf die Uhr. »Drei Stunden.«

»Und du bist sicher, dass niemand von seinem Tod weiß?«

Er nickte. »Meine Leute haben schnell reagiert und die Leiche weggeschafft, ehe sich am Unfallort eine Menschenmenge bilden konnte. Die Polizei hilft uns, ein paar Reporter hinzuhalten, die uns belästigen.«

»Okay. Und wo hat er sich zwischen der Episode in der Lagerhalle und dem Moment, als deine Leute ihn geschnappt haben, aufgehalten?«

Brent griff nach einer blauen Mappe auf seinem Schreibtisch, schlug sie auf und ließ seinen Finger über die Aufzeichnungen der Beamten, die ihn beschattet hatten, gleiten. »Von der Lagerhalle fuhr er zu seinem Haus in Mountain View, wo er die Nacht verbracht hat. Dank Freddie Kojata wussten wir genau, welche Art von Nachricht wir Matsubara zu Hause hinterlassen mussten, um ihm weiszumachen, dass in der Lagerhalle alles glatt gelaufen ist. Am nächsten Morgen – also heute Morgen – fuhr er nach Carmel und spielte in Pebble Beach Golf. Anschließend ist er nach San Francisco gefahren, wo er im Cypress Club am Jackson Square früh zu Abend aß. Gleich danach haben wir ihn geschnappt – kurz bevor ich bei Sakata Electronics eingebrochen bin.«

»Und dann hat er sich umgebracht.«

»Hast du irgendetwas Bestimmtes im Sinn?«

»Der JDA weiß also vermutlich nicht, dass etwas schief gegangen ist, stimmt's?«

Brent schaute auf die Uhr. »Vermutlich. Obwohl ich sicher bin, dass der Geheimdienst ziemlich misstrauisch wird, wenn so viele Agenten keinen Bericht abliefern. Matsubara hatte schon länger keinen Kontakt mehr ... Was hast du vor?«

Sie zeigte auf den Bildschirm. »Ich habe eine Nummer des JDA in Tokio. Erinnerst du dich daran, was Freddie uns über Matsubaras Videokonferenz erzählt hat, die er mehrmals pro Woche am späten Abend mit Konichi Tanaka abhält?«

»Ja?«

»Kennst du die genauen Tage und Zeiten der Videokonferenzen?«

Brent zuckte mit den Schultern. »Ich bin sicher, wir können die Informationen von Freddie bekommen, aber warum ist das so wichtig?«

»Kapierst du das nicht? Wenn es stimmt, dass der japanische Geheimdienst nicht weiß, dass etwas schief gelaufen ist, können wir ihn sicher in dieser Ansicht bestärken. Wir müssen ihm vorgaukeln, dass Matsubara noch immer Videokonferenzen abhält. Wir können den Geheimdienst mit Falschinformationen füttern und vielleicht sogar sicherstellen, dass Tanaka zum Zeitpunkt des SEAL-Angriffs in seinem Strandhaus ist. Wer weiß, vielleicht haben wir Glück und bekommen Informationen über die manipulierten ICs selbst.« Erika und MacClaine hatten vor einer Stunde die Information erhalten, dass der SEAL-Angriff unmittelbar bevorstand. Denn jetzt stand fest, dass keine zusätzlichen Informationen von den jüngsten Entführungen zu erwarten waren.

MacClaine sah verwirrt aus. »Wie willst du denn den japanischen Geheimdienst glauben machen, dass Matsubara eine Konferenz mit ihm abhält, wenn er tot ist?«

»Warst du in letzter Zeit mal im Kino, Brent?«

»Eigentlich nicht.«

»Dann leih dir mal einen Film von James Cameron aus. Sie sind voller Spezialeffekte.«

»Ich verstehe nicht ...«

»Und die meisten Spezialeffekte werden hiermit gemacht.« Sie schlug auf ihren Compaq. »Wenn Computer uns vorgaukeln können, dass Camerons *Titanic* real war, kann ich sicher auch Tanaka davon überzeugen, dass Oruku Matsubara eine Videokonferenz mit ihm abhält. Dazu brauche ich nur etwas digitalisiertes Filmmaterial von ihm, ein paar Clips seiner Stimme – am besten auf Japanisch –, denn ich vermute, dass er in dieser Sprache telefonieren wird, und natürlich einen Übersetzer. Ich spreche kein Japanisch. Damit kann ich einen virtuellen Oruku Matsubara erschaffen.«

»Und was willst du Tanaka erzählen?«

Erika hob die Hände. »Bin ich der Geheimdienst, Brent? Ich bin nur die Informatikerin, die die Leitung herstellt. Der CIA wird schon wissen, welche Nachrichten wir ihm zuspielen sollen.«

31

Mit den gleichen Waffen kämpfen

DAS WEISSE HAUS

»Mr. Palenski, was schlagen Sie vor?«, fragte Präsident Lester Williams, der in dem Säulengang neben der Terrassentür stand, die zum Oval Office führte. Wieder hielt er den Football umklammert. Es war eine schöne Nacht, und der Präsident wollte ein wenig frische Luft schnappen, während er die neuesten Informationen von Palenski erhielt, der neben Donald Bane, dem Chef des Geheimdienstes, stand.

Der Direktor des FBI klemmte beide Daumen unter seine grauen Hosenträger und schaute auf den Rosengarten. »Meinen Leuten ist es gelungen, bei Sakata Electronics einzudringen, Mr. President. Wir bereiten einen Kontakt zu Tanaka vor.«

Der Präsident drehte sich um. »Kontakt? Wie?«

Palenski klärte ihn auf.

»Das hört sich riskant an. Stimmen Sie dem zu, Bane?«

Done Bane nickte. »Gestern lag meine Gewissheit, dass Tanaka an diesem Wochenende in seinem Strandhaus am Kap Muroto sein würde, bei sechzig Prozent. Palenskis Plan würde diese Gewissheit auf neunzig Prozent steigern.«

Der Präsident betrachtete den Sternenhimmel. »Vuono sagte mir, dass die SEALs in Position sind und auf die Order warten, anzugreifen. Ich würde gerne ihre Erfolgschancen maximieren. Sie haben doch selbst gesagt, dass Tanaka unsere beste Chance darstellt, die Liste der manipulierten Chips zu ergreifen. Es wäre doch sehr schade, wenn die SEALs zum Angriff starten und das Haus leer vorfinden.«

»Dann müssten wir mit dem FBI-Plan fortfahren«, erwiderte Bane.

Der Präsident, der noch immer auf den Nachthimmel über Washington schaute, sagte: »Viel Glück, meine Herren.«

Palenski und Bane ließen den Präsidenten nun mit dem Sternenhimmel allein. Williams fragte sich, wie viele andere amerikanische Präsidenten sich den Sternenhimmel von genau dieser Stelle aus schon angesehen hatten. Williams dachte an Lincoln, Wilson, Roosevelt, Truman, Johnson und Bush, Präsidenten, die die schwierige Aufgabe hatten, das Land in Kriegszeiten zu regieren. Er dachte an die vielen Situationen, in denen sie mit Entscheidungen gerungen hatten, die für die Zukunft der Nation und sogar für die Zukunft der ganzen Welt von großer Bedeutung waren.

Er versuchte sich in Lincolns Lage zu versetzen, der vor der schwierigen Entscheidung gestanden hatte, die Einheit des Landes zu wahren und Brüder gegeneinander in den blutigsten Krieg zu schicken, den diese Nation je erlebt hatte. Dann dachte er an Roosevelt, den Meisterstrategen, der die Streitkräfte der Welt koordiniert hatte, um Hitler zu schlagen. An Truman, den Präsidenten, der die schwierige Entscheidung getroffen hatte, Atombomben auf Japan zu werfen, weil es sich geweigert hatte, zu kapitulieren.

Williams ging zurück ins Oval Office, blieb in der Mitte des Raumes stehen und schaute auf das Präsidentensiegel, das in den hellblauen Teppich gewebt war. Eine Verbrecherbande innerhalb der japanischen Regierung griff Amerika an und löste einige der schlimmsten Unfälle in seiner Geschichte aus. Doch er wusste, dass das keine Unfälle waren, sondern vorsätzliche Sabotageakte. Und sie zielten darauf ab, die High-Tech-Industrie seines Landes zum Erliegen zu bringen und Amerikas Zukunft zu gefährden. Schon heute verursachten diese Ereignisse eine wirtschaftliche Rezession, denn der Börsenhandel ging täglich zurück, da die Unternehmen in dieser von Katastrophen geschüttelten Zeit ums Überleben kämpften.

Präsident Williams nahm seinen Glücksbringer, umklammerte ihn mit beiden Händen und grub seine Finger in das Leder. Er erinnerte sich an die Zeit auf der Marineakademie und seine Verpflichtung, seinem Land zu dienen und es zu beschützen, damit das Volk gedeihen konnte. Er erinnerte sich auch an den Eid, den er auf den Stufen des Kapitols abgelegt hatte, und an das Versprechen, das er seinem Land, das jetzt angegriffen und von einem rücksichtslosen Fcind belagert wurde, gegeben hatte.

Der amerikanische Präsident faltete seine Hände hinterm Rücken, drehte sich um, schaute auf die Flagge neben seinem Schreibtisch und wiederholte flüsternd sein Versprechen. Er gelobte leise, dem Eid Folge zu leisten und das zu tun, was er in dieser Situation für sein Land tun musste,

Und wenn mir jemand dabei in die Quere kommt, dann gnade ihm Gott.

32
Illusionen

SANTA CLARA COUNTY

Erika Conklin surfte durch die neueste Version ihrer DigiSoft-Videosoftware von DreamWorks. Ein verblüffter Brent MacClaine schaute ihr über die Schulter, als sie die Gesichtszüge von Oruku Matsubara auf das Gesicht von Kenny Tozai, einem vertrauenswürdigen FBI-Special-Agent aus San Francisco, übertrug. Die Aufnahme von Matsubara stammte von einem Videoclip, der während seines Verhörs vom San José Police Department aufgenommen worden war. Tozai stand vor der Digitalkamera, die auf ein Stativ gesetzt worden war. Video- und Audiokabel verbanden die Kamera mit Erikas Laptop.

Erika klickte zweimal auf Matsubaras Mund und färbte ihn leicht grau. Sie wählte einen Image-Link im Menue aus. Der Befehl übertrug die Lippen vom oberen auf das untere Bild. Das Gleiche machte sie mit Matsubaras Augen, die auch auf Tozais Augen auf dem unteren Bild übertragen wurden.

»Jetzt sagen Sie etwas, Kenny«, forderte sie den Agenten auf und klickte auf einen Button unter dem Fenster, das Tozais verändertes Bild zeigte. Dann animierte sie das Bild, wobei Matsubaras Kopf Tozais überdeckte.

Der FBI-Agent kratzte sich am Kopf. »Wollte ich denn zum Film?«

Die alte Software, die vor einiger Zeit und unter ihrer Mitwirkung in einem Gemeinschaftsprojekt entstanden war, funktionierte genauso, wie Erika es erwartet hatte. Matsubaras Lippen bewegten sich in Einklang mit Tozais, und auch die Augen reagierten wie programmiert und blinzelten, wenn Tozai blinzelte. Doch das Ergebnis war alles andere als befriedigend. Während sich Matsubaras Lippen bewegten, blieb sein Kiefer reglos. Außerdem war Matsubaras Gesicht schmal und lang im Vergleich zu Tozais kantigem Gesicht. Die Koteletten und Ohren des Agenten, die hinter Matsubaras schmalem Gesicht hervorragten, wirkten riesig.

Erika benutzte das Zoom-Feature der Software, um den unteren Teil des Gesichts zu vergrößern. Sie hob die linke Seite hervor, begann genau unter der Wange und arbeitete weiter bis zum Kinn. Die Software bot automatisch fünfzehn Punkte zum Ansetzen innerhalb des ausgewählten Gesichtsbereiches, der zirka zwanzig Quadratzentimeter groß war. Sie verschob vier Punkte an den Rand und drei weitere von der imaginären Gesichtslinie, die den Kiefer von den Wangen trennte. Die Punkte verbanden die Bilder der Gesichter an diesen speziellen Stellen. Sie wiederholte diese Prozedur an der rechten Seite des Gesichts, wechselte zum normalen Bildausschnitt und meinte dann: »Okay, Kenny. Versuchen Sie es noch einmal.«

»Ich hatte nie den Wunsch, zum Film zu gehen.«

Diesmal bewegte sich Matsubaras Kiefer in Einklang mit den Lippen. Es sah ziemlich natürlich aus, aber Erika musste sich noch um die Ohren der ungleichen Kopfformen kümmern.

Sie benutzte wieder das Zoom-Feature, um die rechte Seite des Bildes zu vergrößern. Mit einem feinen »Radiergummi«, Teil der Software, entfernte sie die überstehende Haut von Tozais Gesicht und wiederholte die virtuelle Operation auf der anderen Seite. Dann schaute sie hoch. »Noch einmal.«

»Ich habe keine Lust, im Film aufzutreten.«

Erika grinste. Brent MacClaine klopfte ihr auf die Schulter. »Ich werd verrückt.« Es war fast perfekt.

»Jetzt noch die letzten Feinheiten«, fuhr sie fort und wählte einen Pinsel, mit dem sie die Farbe von Matsubaras Gesicht mit Tozais Nacken verbinden konnte. »Fertig. Noch einmal, Kenny. Bewegen Sie Ihren Kopf jetzt so, als würden Sie ganz normal sprechen.«

Das Ergebnis war jetzt so gut wie die Spezialeffekte in neuen Filmen. Ihre Software, die jeden Quadratmillimeter von Matsubaras Gesicht digitalisiert hatte, bewegte das Gesicht automatisch in Einklang mit den Bewegungen, die das lebende Bild darunter ihm vorschrieben und wie Erika es durch die strategisch gesetzten Punkte übertragen hatte.

»Und was ist mit der Stimme?«, fragte MacClaine, der sich auf den Schreibtisch gesetzt hatte und Erika anschaute.

»Das war schwieriger, aber ich bin so nahe dran, dass der Gesprächspartner am anderen Ende es nicht bemerken wird. Ich konnte es so machen, dass es wie eine schlechte Audioverbindung klingen wird. Dadurch wird die Stimme noch zusätzlich verzerrt.«

Bane zeigte auf die Uhr. »Freddie hat uns gesagt, dass Matsubara seine Videokonferenz in einer Stunde abhalten würde. Glauben Sie, dass Sie es bis dahin schaffen?«

»Ich bin mit dem virtuellen Matsubara jetzt fertig. Auch die Bilder der San José Skyline im Hintergrund habe ich digitalisiert.«

Matsubaras Videokamera hatte großen Fenstern gegenübergestanden, die über dem Parkplatz lagen und die Stadt in der Ferne einfingen. »Daran erinnere ich mich«, sagte MacClaine.

»Dann ist der Kanal fertig. Weißt du, was du sagen willst?«

MacClaine nickte.

33

Dai Rokkan

TOKIO

Konichi Tanaka schaute auf die Uhr, als das Videobild von Matsubara live auf dem Bildschirm erschien. Sein Untergebener trug einen Anzug, den er kannte, und saß in seinem Büro bei Sakata Electronics. Das Bild war ein wenig grobkörnig.

»*Konban wa*, Matsubara-san.«

»Guten Abend, Tanaka-san«, erwiderte Matsubara nach ein paar Sekunden, als ob es eine Verzögerung in der Leitung gäbe. Sein Mitarbeiter hörte sich auch anders an als sonst. Seine Stimme wirkte krächzend. Er schien sich außerdem etwas langsamer zu bewegen. Normalerweise war Matsubara immer etwas zappelig.

»Sind Sie krank, mein Freund?«

»Seit gestern bin ich nicht richtig fit. Ich glaube, ich habe mir ein Grippevirus eingefangen.«

»Dann sollten Sie sich ausruhen, damit Sie wieder gesund werden.«

Ein leichtes Nicken erfolgte nach einer Verzögerung von drei Sekunden. »Wir haben scheinbar keine gute Verbindung. Soll ich auflegen und noch einmal neu wählen?«

»Das ist nicht nötig. Ich habe nicht viel Zeit. Welche Neuigkeiten haben Sie?«

»Seit dem letzten Bericht von Hashimoto hat sich nichts geändert. Er kümmert sich sehr eifrig um unser Problem.«

»An allen drei Orten?«

Matsubara nickte. »Ich habe heute kurz mit ihm gesprochen. Ich soll Ihnen sagen, dass der Fisch, der uns beim ersten Mal entwischt ist, so gut wie gefangen ist. Er ist auch den beiden anderen dicht auf den Fersen.«

Alles schien planmäßig zu funktionieren, doch Tanaka fühlte sich nicht wohl. Sein *dai rokkan* – sein sechster Sinn – sagte ihm, dass etwas nicht stimmte. »Sind die zusätzlichen Männer angekommen?«

Der Online-Übersetzer, ein Sprachexperte aus dem FBI-Büro in Los Angeles, übersetzte.

»Die zusätzlichen Männer?«, fragte MacClaine, der Kopfhörer und ein Mikro am Revers trug, wodurch er in direkter Verbindung mit dem Übersetzer stand. MacClaine konnte auch über eine fleischfarbene Ohrmuschel direkt mit dem Special Agent Tozai kommunizieren. »Welche Männer?«

»Beruhige dich, Brent«, sagte Erika, die neben ihm saß und Tastatur und Maus bediente. Auch sie war mit Kopfhörern und Mikro ausgerüstet, um Tozai coachen zu können. Sie hatte sein digitalisiertes Bild in ihr System eingegeben, und DigiSoft passte Matsubaras Gesicht Tozais Gesichtsbewegungen an. Das veränderte Bild wurde dann auf einen Hintergrund übertragen, der San José bei Nacht ähnelte, so wie MacClaine es beschrieben hatte.

Die Software benötigte drei Sekunden, um Tozais Originalbild umzuwandeln. Erika hoffte, dass Tanaka diese Verzögerung der Übertragung nicht misstrauisch machen würde. Bisher sah es so aus, als ob sie damit durchkämen. Aber sie mussten aufpassen, wie sie seine Fragen beantworteten. Zum Glück war Tozai von allen, die an dem Fall arbeiteten, über die ganzen Hintergründe gut informiert worden.

»Bitte wiederholen Sie das, Tanaka-san. Die Verbindung ist schlecht«, sagte der Übersetzer sofort über die Kopfhörer, nachdem Tozai schnell auf Japanisch geantwortet hatte.

Das war das vorher vereinbarte Signal für Erika, einige

Geräusche in die Leitung einzuspielen, um etwas Zeit für schwierige Fragen zu gewinnen. Sie klickte auf ein Menue an der Seite des Monitors. Der Schirm wurde körnig, und atmosphärische Störungen trübten einen kurzen Augenblick die Übertragung.

Tanaka runzelte die Stirn, als der Bildschirm flackerte und ein Rauschen die Verbindung störte. Sobald Japan wieder an der Spitze der High-Tech-Welt stand, würde eine seiner ersten Anweisungen an die Industriepartner des JDA sein, sich um eine höhere Zuverlässigkeit bei Video/Audio-Halbleitern für eine verbesserte Satelliten-Kommunikation zu kümmern.

Er beugte sich vor und stützte beide Ellbogen auf den Schreibtisch. »Können Sie mich jetzt hören?«

Nach einer kurzen Verzögerung nickte Matsubara. »Ja, jetzt kann ich Sie hören. Wiederholen Sie bitte Ihren letzten Satz.«

»Ich habe zusätzliche Männer geschickt, mein Freund. Sie hätten schon vor ein paar Stunden ankommen müssen, um dabei zu helfen, die Fische zu fangen.«

Nach einer Verzögerung nickte Matsubara. »Ich habe die Bestätigung vor dem Gespräch erhalten. Sie sind schon auf den Booten.«

MacClaine nahm seinen Kopfhörer und das Mikro ab, sprang von seinem Stuhl hoch und lief in das angrenzende Büro, um seine Männer anzurufen, die Matsubaras Haus und die Lagerhalle bewachten. Er musste sie unverzüglich über die unmittelbar bevorstehende Ankunft weiterer JDA-Agenten informieren. Er ordnete an, die Japaner auf der Stelle zu verhaften.

MacClaine kehrte ins Büro zurück, als das Gespräch fortgesetzt wurde. Er setzte die Kopfhörer wieder auf. »... FBI versucht, andere Unternehmen zu kontaktieren?«

Tozai schüttelte den Kopf. »Kein Unternehmen hat etwas Außergewöhnliches berichtet, außer dass in dieses Gebäude in der letzten Nacht eingebrochen wurde. Einer der Wachmänner hat mir gesagt, dass jemand letzte Nacht illegal ins Gebäude und in die Räume der Geschäftsführung eingedrungen sei, ehe die Sicherheitsbeamten den Eindringling bemerkten. Er konnte entkommen.«

Erika und MacClaine schauten sich an, als die Übersetzung durchkam. Sie hatten mit der Entscheidung, ob sie Tanaka über den Zwischenfall informieren sollten, vor dem Anruf gerungen. Letztendlich hatten sie sich dafür entschieden, weil sie der Meinung waren, dass Matsubara, der das Bindeglied zwischen den japanischen Gesellschaften und dem JDA war, über den Einbruch Bescheid wissen musste. Insbesondere, da er dieses Gespräch ja angeblich von seinem Büro bei Sakata Electronics aus führte. Wenn er es nicht erwähnte und Tanaka schon über einen anderen Kanal Kenntnis davon erlangt hatte, würde der Chef des JDA sicher vermuten, dass etwas nicht stimmte. Genau das wollte das FBI aber verhindern, damit er seine geplante Reise ans Kap Muroto nicht verschob.

»Irgendetwas *yukuefumei*?«

»Die Sicherheitsabteilung von Sakata prüft das noch, aber bisher sieht es nicht so aus, als ob aus den Räumen der Geschäftsführung etwas gestohlen wurde.«

»Glauben Sie, dass es damit zusammenhängen könnte, dass der *gaijin* uns entwischt ist?«

»Ich bin mir nicht sicher. Es ist nicht ungewöhnlich, dass im Silicon Valley Sicherheitssysteme durchbrochen werden. Geistiges Eigentum ist heutzutage sehr begehrt. Ich warte auf das Ergebnis der laufenden Ermittlungen.«

Tanaka nickte. Scheinbar stellte ihn diese Erklärung zufrieden.

»Im Moment gibt es nicht mehr zu berichten, aber ich würde Sie gerne sofort kontaktieren, falls es ein Problem geben sollte. Wo kann ich Sie bis zu unserem nächsten Telefonat erreichen?«

Nach den Worten von Freddie Kojata war Matsubaras nächstes Gespräch für Montag geplant. Erika hatte bei der Vorbesprechung, in der Agent Tozai in den Fall eingeweiht worden war, vorgeschlagen, diese letzte Frage zu stellen. So konnte sie Tanaka dazu bringen, seinen Aufenthaltsort am kommenden Wochenende zu bestätigen.

»Ich werde das Wochenende wie gewöhnlich in meinem Strandhaus verbringen. Benutzen Sie die Standleitung nur in Notfällen, ansonsten kontaktieren Sie mich wie geplant am Montag.«

MacClaine schaute Erika kurz an und flüsterte ihr dann ins Ohr: »Erinnere mich daran, dich zu umarmen, wenn das hier vorbei ist.«

»Es reicht, wenn du mir die Hand schüttelst«, erwiderte sie lächelnd.

»*Arigato*, Tanaka-san. Wir bleiben in Verbindung«, sagte Tozai.

»Sayonara«, erwiderte der Chef des JDA.

Das Video erstarrte, als die Verbindung getrennt wurde. Erika bedankte sich bei Tozai, und MacClaine griff sofort zum Telefon. Als Erika die Video-Software herunterfuhr und die Version von DigiSoft in den Hintergrund trat, rief MacClaine Palenski an, um ihm Bericht zu erstatten.

Tozai und der Übersetzer verließen das Büro. Erika nahm sich eine Diät-Cola aus MacClaines kleinem Kühlschrank, lehnte sich auf ihrem Schreibtischstuhl zurück, trank einen Schluck und schaute sich um. In MacClaines Büro herrschte das totale Chaos.

MacClaine legte den Hörer auf und schaute sie schelmisch an. »Rate mal.«

»Ich glaube, ich will es gar nicht wissen.«

»Du hast Recht. Wir haben Order erhalten, nach Japan zu fliegen.«

Sie öffnete sprachlos den Mund.

»Palenski möchte, dass wir Tanakas Residenz nach wichtiger Software und Hardware durchsuchen. Wir sollen außerdem vor Ort sein, wenn der CIA ihn nach seiner Gefangennahme verhört. Sie wollen keine Minute länger warten, um die Liste in unsere Hand zu bringen.«

»Aber ... hm ... aber das war nicht abgemacht. Palenski hat davon nie etwas gesagt.«

»Ich weiß. Neue Order. Palenski schickt uns eine Bubird, die uns am Morgen aufnehmen soll«, sagte MacClaine, womit ein Flugzeug des FBI gemeint war. »Sie wartet in Moffet Field auf uns. Das ist ein nahe gelegener Marine ...«

»Ich weiß, wo das ist. Ich bin hier aufgewachsen. Schon vergessen?« Ihre Stimme klang ein wenig gereizt. »Ich weiß auch, dass ich keine andere Wahl habe, nicht wahr?«

»Eigentlich schon, aber das ist keine einfache Entscheidung. Palenski hat mich gebeten, dich an eure Abmachung zu erinnern.«

Sie lehnte sich zurück und verschränkte die Arme. »Großartig!«

»Was hat er denn damit gemeint? Wenn ich überhaupt fragen darf.«

Sie seufzte, schürzte die Lippen und zerzauste ihren Pony. »Der Rest meiner FBI-Zeit wird automatisch gestrichen, wenn ich mich in diesem Fall hundertprozentig engagiere.«

MacClaine klopfte ihr auf die Schulter. »Tut mir Leid, Erika. Hört sich an, als hätten die dich ... Du weißt schon, was ich meine.«

»Ja, stimmt genau, und ich kann nichts dagegen tun.«

»Sieh es doch mal so«, schlug MacClaine vor, der sich auf den Schreibtisch setzte. »Keine Woche mehr, und dann kannst du machen, was du willst.«

»Und bis dahin bin ich Palenskis Sklavin.«

»Aber es ist zumindest für eine ehrenwerte Sache.«

Sie nickte. »Das ist der einzige Grund, warum ich ihm nicht sage, dass er sich dieses Abkommen an den Hut stecken kann. Wir müssen diese Unfallserie beenden.« Sie verstummte und stützte ihr Kinn auf ihre gefalteten Hände, als ob sie beten würde. »Und wie sieht der Plan genau aus?«

MacClaine beschrieb kurz den Einsatz der Marine und erklärte ihr, dass sie nach der Aktion mit den SEALs und Tanaka an Bord des Hubschraubers zurückfliegen würden. Der Plan sah für Erika fünfzehn Minuten vor, um in Tanakas Anwesen alles aufzutreiben, was ihnen helfen könnte, die Liste der manipulierten Komponenten zu finden. Der CIA hatte schon überprüft, dass das Strandhaus des JDA-Chefs, das MacClaine eher als eine Festung denn ein Wochenendhaus beschrieb, mit zwei ISDN-Hochgeschwindigkeitsleitungen ausgestattet war. Diese Information bestätigte die Existenz von Hardware und Software vor Ort.

»Großartig«, sagte sie. »Da stehen wir ja wieder an vorderster Front. Als hätte ich in letzter Zeit nicht genug erlebt.« Sie strich über die Schrammen auf ihrer Wange. Seit man sie vor vierundzwanzig Stunden zusammengeschlagen hatte, war ihr linker Mundwinkel angeschwollen und hatte sich bläulich verfärbt. Die blauen Flecke auf der rechten Wange und unter dem linken Auge waren jetzt dunkelrot.

»Ich glaube, du könntest einen Drink vertragen«, sagte er lächelnd. »Wie wäre es mit einem Essen und ein paar Drinks – natürlich im Büro?«

Sie schüttelte den Kopf. »Tut mir Leid, aber ich verkehre nicht privat mit FBI-Agenten. Das hat nichts mit dir persönlich zu tun.«

Er grinste. »Da bin ich aber froh. Ich finde trotzdem, du könntest einen starken Drink und ein gutes Essen vertragen. Wir haben morgen einen langen, langweiligen Flug vor uns.

An Bord der Bubird gibt es keinen Service, und ich kann dich alleine nirgends hingehen lassen. Darum bist du also an mich gebunden, oder du kannst dir etwas aus dem Automaten auf dem Flur ziehen. Wir könnten ja auch eine Pizza bestellen.«

Sie überdachte die verschiedenen Möglichkeiten einen Moment und nickte dann. »Okay, Brent, aber ich warne dich. Versuch nicht, mich anzubaggern.«

»Ich bin ein Gentleman«, entgegnete er grinsend.

»Das habe ich bemerkt.«

34

Ein Gentleman

Um neun Uhr abends gingen sie in das Restaurant Fish Market auf der El Camino Street. Erika hatte sich eine saubere Jeans und eine gestärkte, langärmelige, weiße Bluse angezogen. Sie hatte auch etwas Make-up aufgelegt, um die Schrammen zu überdecken, besonders die unter ihrem Auge. Ihr Pony fiel über die Wunde auf der Stirn, sodass man sie kaum sehen konnte. Die Wartezeit in dem beliebten Fischrestaurant betrug eine halbe Stunde, und daher steuerten sie auf die Bar zu, um dort zu warten, bis ihre Namen über Lautsprecher aufgerufen wurden.

MacClaine beugte sich über die Theke und flüsterte dem Barkeeper etwas zu. Dieser nickte und sprach kurz mit der Kellnerin, die daraufhin wegging.

»Was hatte denn das zu bedeuten?«, fragte Erika.

»Eine Überraschung. Setz dich hin.«

Sie setzten sich beide an die Theke. MacClaine nahm ein paar Salzbrezeln aus der Schale, die der Barkeeper ihnen hingestellt hatte.

»Wollen wir etwas zu trinken bestellen?«, fragte sie.

»Ich ... hm ... ich habe dir schon was bestellt.«

Sie schüttelte den Kopf. »Ich verstehe nicht ...«

Die Kellnerin kehrte zurück und brachte auf einem Tablett eine gekühlte Flasche Sauvignon Blanc von Vista Wineries.

»Brent ... du bist so aufmerksam. Zuerst fliegst du meinen Dad zum FBI und dann das. Vielen Dank.« Erika beugte sich vor und küsste Brent MacClaine auf die Wange.

Er zuckte mit den Schultern. »Das ist das wenigste, was das Büro tun kann, nachdem wir dir die ganze Scheiße eingebrockt haben. Nimm es als Dank für deine Hilfe in diesem Fall. Ohne dich würden wir noch immer nach den Familien der Ingenieure suchen, die die Sabotagen durchgeführt haben, ohne einen Hinweis zu haben, dass die Japaner von Anfang an dahinter steckten.«

Der Barkeeper stellte Erika ein Weinglas hin, öffnete die Flasche und gab ihr den Korken, an dem sie mit geschlossenen Augen schnupperte.

MacClaine goss Erika einen Schluck Wein ein. Sie nahm das Glas in die Hand und drehte es wie ein echter Weinkenner. Der Wein benetzte das Glas, ohne jedoch über den Rand zu schwappen. Dann trank sie einen Schluck. »Zum Teufel mit dem Essen«, sagte sie, kniff die Augen zusammen und schaute MacClaine freundlich an. »Das ist genau das, was ich heute Abend brauche.«

Der Barkeeper stellte auch Brent ein Glas hin, doch der Agent schob es höflich zurück. »Nur ein Soda für mich, bitte.«

»Willst du mich betrunken machen, Brent?«, fragte sie und stieß ihn leicht mit dem Ellbogen an.

MacClaine nahm sich noch ein paar Brezeln. »Es stimmt, was in der Zeitung stand. Ich bin Alkoholiker oder eher *trockener* Alkoholiker. Ich habe schon seit acht Monaten keinen Schluck mehr getrunken.«

Erika stellte ihr Glas auf den Tresen, legte eine Hand auf seinen Unterarm und drückte ihn leicht. »Oh, mein Gott, Brent. Das tut mir Leid. Ich wusste nicht ...«

»Schon gut«, beschwichtigte er sie und tätschelte ihre Hand. »Ich hoffe, dass ich es eines Tages lerne, nur ein oder zwei Gläser zu trinken und dann aufzuhören. Wenn ich allerdings jetzt einen Schluck trinken würde, könnte ich nicht mehr aufhören, bis ich total voll wäre. Das ist kein schöner Anblick.«

Erika schob ihr Glas weg.

»Nein, nein, nein. Trink ruhig. Es macht mir nichts aus.«

Sie zögerte.

MacClaine beugte sich vor und flüsterte ihr ins Ohr: »Falls du es noch nicht bemerkt haben solltest, aber hier trinken alle. Trink deinen Wein. Genieße ihn. Du hast es verdient, einen guten Wein zu trinken, nach allem, was du durchgemacht hast. Zuerst musstest du die Prügel einstecken, und dann wurdest du in diesem verdammten Zeitungsartikel noch beschimpft.«

»Okay.« Sie nahm das Glas und leerte es innerhalb weniger Minuten. MacClaine schenkte ihr nach.

»Weißt du«, sagte sie, als sie den Wein trank, »eigentlich bin ich froh, dass dieser Artikel in der Zeitung stand. Dadurch war ich gezwungen, meinem Dad endlich reinen Wein einzuschenken. Diese Lügerei in den letzten vier Jahren war auch nicht angenehm. Jetzt habe ich das Gefühl, mir sei eine Last von den Schultern genommen worden. Danke, Brent.« Sie hob ihr Glas. »Danke, dass du ihn hergebracht hast.«

Als ihre Namen durch den Lautsprecher aufgerufen wurden, war Erika schon bei ihrem dritten Glas, und ihr Blick war leicht verschwommen. Der Oberkellner führte sie zu einem kleinen Ecktisch und gab ihnen die Speisekarten. Die Kerze warf einen verführerischen Schein auf ihre helle Haut. MacClaine schaute sie über die Tischdecke, die Weinflasche, das Besteck und die Gläser hinweg an. Sie grinste schelmisch zurück und blickte sich dann in dem vollen Restaurant um.

»Nett hier. Ist das Essen gut?«

Er nickte. »Ausgezeichnet.«

»Schön«, sagte sie und gab ihm die Speisekarte. »Dann bestell mir was.«

Er bestellte ein Dutzend Austern in der halben Schale und eine große Platte gegrillten Fisch für zwei Personen.

»Wie ist das eigentlich mit euch Agenten?«, fragte sie. Ihre Augen flackerten beim Sprechen.

Er stützte beide Ellbogen auf den Tisch, beugte sich vor und schnupperte an ihrem Parfum. »Wie meinst du das?«

»Warum tust du das, was du tust? Warum machst du einen Job, bei dem du ständig dein Leben riskierst?«

Er hob die Augenbrauen. »Es mag sich vielleicht kitschig anhören, aber ich mache es nur, weil es getan werden muss und andere keine Lust dazu haben.«

»Prost!« Sie hob ihr Glas und ließ es wieder sinken. »Ich? Ich werde dem FBI nie vergessen, dass es mich so in die Zange genommen hat. Ich helfe aus, weil ich es vielleicht schaffen könnte, diese Unfallserie zu beenden, aber wenn das vorbei ist, heißt es für mich *adios muchachos,* und dann geht es ans Geldverdienen. In den letzten vier Jahren kam ich mir vor wie eine Sozialempfängerin. Es gefällt mir nicht besonders, von der Presse als Nutte bezeichnet zu werden. Und eine Affäre mit Palenski? Ich bitte dich! Hast du gesehen, wie der aussieht? Und er kaut immer auf seinen Zigarren herum. Puh!«

MacClaine amüsierte sich ein wenig über diese Bemerkungen, die Erika wegen des Alkohols vom Stapel ließ. Aber das zeigte, was sie fühlte. Betrunkene logen nicht gut. Brent MacClaine wusste das besser als jeder andere, und da Erika Conklins Zunge jetzt gelockert war, sprach sie so, wie ihr der Schnabel gewachsen war.

»Bist du es nicht dennoch leid?«, fuhr sie fort und goss sich noch etwas Wein sein, verfehlte jedoch das Glas und verschüttete ein paar Tropfen auf der Decke.

»Du solltest nichts mehr trinken, bevor das Essen kommt.«

Sie starrte ihn mit verschwommenem Blick an. »Will das FBI mir jetzt sagen, wann und wie viel ich trinken darf?«

»Nein, das war nur ein Tipp von mir. Du bist alt genug und kannst für dich selbst entscheiden.«

Erika stützte beide Ellbogen auf den Tisch, beugte sich vor und flüsterte: »Jetzt hör mir mal zu, Brent. Mir steht's bis hier. Ich habe diese ganze FBI-Scheiße satt, die mein Leben bestimmt. Ich meine, was ist nur los mit euch? Warum lässt du mich nicht einfach allein? Stattdessen werde ich gezwungen, in einer von Verbrechen heimgesuchten Stadt für einen Hungerlohn zu arbeiten und in einem von Schaben verseuchten Apartment zu wohnen, und dabei könnte ich bei einer High-Tech-Firma gute Dollar verdienen. Ich wurde verprügelt, von der Presse gedemütigt, und jetzt werde ich gezwungen, schon wieder mein Leben zu riskieren, indem ich mit den SEALs an vorderster Front stehe. Wenn ich also diese ganze verdammte Flasche trinken will, die mich so sehr an das Leben erinnert, das ich zurückgelassen habe, dann werde ich es tun, und zwar vor deinen Augen.«

»Du hast das Gesetz übertreten, Erika. Du hast ein Verbrechen begangen. Eigentlich solltest du dich glücklich schätzen, dass du nicht in einem Gefängnis sitzt und nicht jede Nacht von lesbischen Wachen oder anderen Insassen belästigt wirst.«

Sie lehnte sich zurück und verschränkte die Arme. Tränen traten ihr in die Augen. »Du solltest diese Worte für richtige Verbrecher aufheben, Brent. Mein Virus, mit dem ich Passwörter knacken konnte, hat niemandem geschadet. Absolut niemandem. Doch das FBI wollte ein Exempel statuieren. Das FBI wollte jedem Hacker dort draußen im Land eine Botschaft übermitteln, und sie haben mich als abschreckendes Beispiel benutzt.« Sie trank noch einen Schluck. »Ich habe Hunger. Wo bleibt denn das Essen?«

MacClaine bedauerte schon, ihr die Flasche Wein bestellt zu haben, aber andererseits tat sie ihm Leid. Sechs Jahre waren ein verdammt harter Preis für eine Sache, durch die sie offensichtlich niemandem geschadet hatte.

Die Kellnerin kam mit den Austern. Erika griff sofort zu,

träufelte etwas Zitronensaft auf eine Auster, pickte sie mit einer winzigen Gabel auf, stippte sie in Meerrettich und Cocktailsauce und aß sie auf.

»Wie sind sie?«

»Herrlich«, schwärmte sie und machte sich schon über die nächste Auster her. »Ich sterbe vor Hunger.«

Sie verschlangen die Vorspeise innerhalb weniger Minuten. MacClaine bestellte noch einmal zwölf Austern, bevor das Hauptgericht gebracht wurde. Erika trank die Flasche leer, während sie mit Krabbenfleisch gefüllte Garnelen aß.

»So, Brent«, sagte sie ein wenig lallend. »Nun zu dir. Hast du deinen Job nicht irgendwann mal satt?«

»Doch, schon lange. Meine Frau hat mich wegen des Jobs verlassen. Sie wollte Kinder, aber ich war zu sehr damit beschäftigt, die Welt zu retten.«

»Aber trotzdem ... Kann ich noch etwas zu trinken haben?«

»Was möchtest du denn?«

»Ein Bier.«

MacClaine lächelte, als er die Kellnerin heranwinkte und ein Corona für Erika und ein Soda für sich bestellte. Sie tranken schweigend, und dann sagte Erika: »Danke, dass du meinen Dad hergeflogen hast.« Sie stand auf und küsste ihn auf die Wange, plumpste aber sofort wieder auf den Stuhl.

Die Gäste an den Nebentischen warfen ihr missbilligende Blicke zu.

MacClaine legte so viel Geld auf den Tisch, dass es für den Verzehr und fürs Trinkgeld reichte, und verließ schnell mit Erika das Restaurant. Er legte einen Arm um ihre Schultern, damit sie das Gleichgewicht nicht verlor.

Vor der Tür brach sie kichernd in seinen Armen zusammen. Er stützte sie und war erstaunt, wie leicht sie war.

»Mein Gott, du bist soooo streng«, lallte sie, als ihr Kopf auf seine Brust fiel und sie die Augen schloss.

MacClaine führte sie zum Beifahrersitz, schnallte sie an und fuhr los. Seine Wohnung lag Ecke Lawrence und 101. Er schaltete sein Handy ein, um zu überprüfen, ob die neuen JDA-Agenten schon aufgekreuzt waren. Seine Männer, die Matsubaras Haus beschatteten, hatten noch niemanden gesehen.

»Weißt du was? Als wir uns zum ersten Mal gesehen haben, warst du schäbig. Aber dann warst du soooo nett ... soooo nett. Aber es ist soooo schade, weil ich nichts mit FBI-Agenten anfange.«

MacClaine schaute sie kurz an. Ihre Augen waren geschlossen, und ihr Kopf lehnte am Fenster. Er ging nicht auf die Bemerkung ein, sondern konzentrierte sich auf den starken Verkehr an der Kreuzung von El Camino und Lawrence und fuhr die Lawrence Richtung Norden.

»Schäbig ... schäbig, schäbig«, flüsterte sie.

Er fuhr an dem Haus, in dem er wohnte, vorbei. In einer Seitenstraße der Lawrence hielt er vor einem Gasthof an. Das Risiko, in seine Wohnung zu gehen, war ihm zu groß. Es war zu befürchten, dass es hier von JDA-Agenten wimmelte. Stattdessen nahm er eine Suite für eine Nacht und fuhr zur Rückseite des zweistöckigen Gebäudes, da sie nach hinten heraus lag.

Er trug Erika bis zum Zimmer im zweiten Stock und bemühte sich, gleichzeitig die Tür aufzuschließen und sie nicht fallen zu lassen.

Als er die Tür öffnete, sprang Erika auf ihre Füße, schaute sich mit glasigem Blick um und war verwundert, als sie die ihr unbekannte Umgebung sah.

»Ich glaube, das Schlafzimmer ist geradeaus«, sagte er und schloss die Tür ab.

Erika erwiderte nichts, sondern zog sich auf dem Weg ins Schlafzimmer schon aus, sie ließ ihre Bluse und ihre Jeans einfach im Flur auf den Boden fallen. Sie trug keinen BH und einen knappen schwarzen Slip, und fast ihr ganzer linker Oberkörper war mit schlimmen blauen Flecken übersät.

Schöne Beine, dachte MacClaine, und als sie ins Badezimmer ging, konnte er die Muskeln unter der zarten Haut sehen. Wieder spürte er, dass ein Teufel in ihm erwachte, aber er konnte sie nicht anmachen, denn sie war vollkommen betrunken. Als ehemaliger Alkoholiker wusste er, dass sich Erika morgen kaum noch an den heutigen Abend erinnern würde. Er wusste auch, dass die FBI-Informatikerin am nächsten Morgen entsetzliche Kopfschmerzen haben würde.

MacClaine schaltete das Licht im Flur an und folgte ihr ins Bad, um aufzupassen, dass sie nicht hinfiel. Erika lag schon im Bett und hatte sich wie ein Säugling zusammengerollt. Eine Hand hatte sie unter ihr Kinn geklemmt, und die andere lag auf ihrer Hüfte. Er musterte sie im Mondlicht, das durch die Fenster drang. Ihr Busen war für ihre Größe recht ausgeprägt, und auf einer der kleinen rosa Brustwarzen war ein Muttermal.

»Kalt«, flüsterte sie und rollte sich noch mehr zusammen.

MacClaine beugte sich übers Bett, schob einen Arm unter ihre Seite, hob vorsichtig ihren Po etwas hoch, um die Decke unter ihr wegzuziehen, legte sie dann über sie und stopfte sie unter die Matratze.

Erika öffnete die Augen.

»Brent?«

»Ich decke dich nur zu«, sagte er und strich ihr über die Schulter.

»Wo ... wo ...?«

»In einem Hotel. Hier bist du sicher. Schlaf jetzt. Wir haben morgen einen langen Flug vor uns.«

»Okay«, sagte sie, schloss die Augen, räkelte sich kurz und schlief sofort ein.

MacClaine hatte schon angefangen, sich auszuziehen, ehe ihm der Gedanke kam, dass es sicher das Beste wäre, wenn zumindest einer von ihnen angezogen blieb. Er nahm sich ein Kissen, ging ins Wohnzimmer und machte die Schlafzimmertür zu.

Der FBI-Agent setzte sich auf die Couch, schob die Beretta unter das Kissen und schloss die Augen. Er zwang sich, sich zu entspannen, nicht mehr an Computerchips, an gewalttätige Unfälle, japanische Verbrecher und die SEALs zu denken. Jetzt erinnerte er sich an Erikas Worte, die auch Jessica seltsamerweise vor langer Zeit zu ihm gesagt hatte. Warum machst du einen Job, bei dem du ständig dein Leben riskierst? Hatte sie Recht? Machte es MacClaine wirklich nichts aus? War dieser Job tatsächlich all seine persönlichen Opfer wert?

MacClaine dachte an den gepfefferten Preis, den er bezahlt hatte und noch immer bezahlte, um das Leben eines staatlichen FBI-Agenten zu führen. Seine Ehe war jämmerlich gescheitert, und das war größtenteils seine Schuld, denn er hatte seine Frau nicht genug unterstützt. Er hatte Jessicas Wunsch, eine Familie zu gründen, ein normales Leben zu leben und Zeit mit ihm zu verbringen, nicht verstanden.

Du bist doch mit deinem Job verheiratet, Brent.

Im Zwielicht des Raumes hallten Jessicas Worte in seinem Geist wider. Sie hatte ihn oftmals gedrängt, seinen Job zu überdenken, seine vielen Jahre beim FBI zu nutzen, um einen Schreibtisch-Job zu fordern und mehr Zeit zu Hause zu verbringen, anstatt manchmal wochenlang als Undercover-Agent zu arbeiten. Aber Brent MacClaine wollte nichts davon hören. Das FBI war sein Leben. Während der Durchführung seiner Aufträge blühte er auf. Er konnte es kaum erwarten, den nächsten zu beginnen, sobald eine Aufgabe erledigt war. Eines Tages war er in ein leeres Haus zurückgekehrt.

MacClaine hatte plötzlich schreckliches Verlangen nach einem Bier. Das Verlangen war so stark, dass er aufstand und auf die Tür zusteuerte.

Wohin gehst du Brent? Du kannst nicht mit Alkohol umgehen. Wenn du erst einmal angefangen hast, kannst du nicht mehr aufhören. Das FBI braucht einen nüchternen Agenten.

Zum Teufel mit dem FBI. Das ist der Grund, warum mein Leben so versaut ist! Ich will ein Bier, und zwar jetzt!

Er wollte schon die Klinke herunterdrücken und das Zimmer verlassen, als er Erika schreien hörte.

MacClaine wusste gar nicht, dass er noch so schnell laufen konnte. Er rannte den Flur hinunter und stürzte durch die Tür ins Schlafzimmer. Erika lag auf der Seite, hatte die Arme um ihren Körper geschlungen und stöhnte.

»Was ist los? Alles in Ordnung?«

»Nein ... bitte ... nicht ... aufhören ...«

Sie schrie und stöhnte.

»Erika? Bist du in Ordnung?«

»Hilfe ... bitte, hilf mir ...«

Er setzte sich aufs Bett und begriff, dass sie einen Albtraum hatte. Sie schwitzte stark und hatte die Decke bis zur Hüfte heruntergezogen.

MacClaine stellte den Ventilator auf dem Weg ins Bad an, machte ein Handtuch nass und tupfte ihr die Stirn ab.

»Beruhige dich«, flüsterte er ihr ins Ohr, kniete sich vors Bett und rieb langsam ihr Gesicht und ihren Nacken ab. »Bei mir bist du in Sicherheit, Erika. Du bist in Sicherheit.«

Sie entspannte sich, streckte ihren linken Arm nach ihm aus und zog ihn zu sich heran. Sie küsste ihn auf die Lippen, lächelte und erschlaffte. Einen Moment später räkelte sie sich kurz.

MacClaine war angenehm überrascht, doch dann begriff er, dass sie noch immer sehr betrunken war und träumte. Er zog langsam ihren Arm weg, richtete sich auf und tupfte den Schweiß von ihrer Stirn, bis sie regelmäßig atmete. Noch einmal klemmte er die Decke fest. Jetzt konnte er nicht anders und gab ihr einen Kuss auf die Schläfe. Sie regte sich und stöhnte leise.

Brent beobachtete sie ein paar Minuten und bekämpfte das Verlangen, zu ihr ins Bett zu kriechen und sie einfach zu umarmen. Er schlief schon so lange allein, dass er sich kaum noch daran erinnern konnte, wie es war.

Dieses Leben hast du dir doch selbst ausgesucht. Du kannst keine Beziehung führen. Du hättest doch sowieso keine Zeit für sie.

Aber ich werde doch älter. Ich werde ruhiger. Vielleicht ist die Zeit für eine Wende in meinem Leben gekommen.

Nimm es nicht persönlich, MacClaine. Du kannst es nicht. Außerdem bist du fünfzehn Jahre älter als sie. Sie hat ihr Leben noch nicht gelebt. Und du hast deins schon ziemlich vermasselt. Flieg nach Japan und beende diese Sache. Sie wird in ihre Welt zurückkehren und du in deine. In ein paar Monaten wirst du Erika Conklin vergessen haben.

MacClaine legte das nasse Handtuch auf den Nachtschrank, glitt mit einer Hand durch sein Haar, schaute Erika noch einmal an und kehrte ins Wohnzimmer zurück. Dort setzte er sich wieder aufs Sofa. Sein Verlangen, etwas zu trinken, war verschwunden. Er dankte Erika im Stillen, als er die Augen schloss und wieder versuchte, alle Gedanken an den laufenden Fall zu verdrängen, und langsam einschlief.

In seinen Träumen sah er sich vor Hashimoto und seinen Killern davonlaufen. Er rannte, so schnell er konnte, bog in eine Gasse ein, rannte an verrosteten Mülltonnen vorbei und stand plötzlich vor einer Steinmauer am Ende der schmalen Gasse. Er griff nach seiner Waffe, doch seine Hand griff in einen leeren Pistolenhalfter. Er drehte sich zu Hashimoto um, doch stattdessen sah er einen Mann mit einem Rattenkopf, der die Gasse versperrte. MacClaine schaute hoch und sah Jessica, die auf einem Balkon stand und einen anderen Mann umarmte. Er schrie um Hilfe. Sie winkte ihm zu und ging mit ihrem Begleiter ins Haus. Er drehte sich zu dem Monster um, das die Gasse versperrte. Es stürzte sich auf ihn. Er spürte einen kräftigen Schlag ins Gesicht, als sich das Monster auf ihn stürzte. MacClaine hob schützend die Hände, um einen zweiten Angriff abzuwehren, doch das Monster konnte seine Verteidigung durchbrechen und stürzte sich immer wieder auf ihn. *Aufhören!,* bettelte MacClaine. *Aufhören!* Doch der Rattenmann hörte nicht auf, schlug wieder auf ihn ein und kreischte laut. Aber die Stimme des Monsters war die einer Frau. MacClaine erkannte sie sofort. Es war die Stimme von Erika Conklin!

»Du Scheißkerl! Du ekelhaftes Arschloch!«

Jetzt ersetzte Erikas Gesicht das der Ratte. MacClaine versuchte, von der Couch zu springen, doch er stolperte, fiel hin und schlug mit der Schulter gegen den Couchtisch.

»Au, verdammt!«

Erika stellte sich mit einem Schuh bewaffnet neben ihn und schlug auf ihn ein. Sie trug ihre Jeans und ihre Bluse, die jedoch nicht zugeknöpft war. Brent konnte ihre Brüste sehen, die hin und her wippten, als sie mit der Waffe auf seine Stirn schlug.

»Hör auf, verdammt!« MacClaine wich zurück und schaffte es schließlich aufzustehen. Er versuchte, sich zu orientieren. Draußen war es noch dunkel.

»Du blödes Arschloch!« Sie schlug schon wieder zu. Doch jetzt riss ihr der Agent den Schuh aus der Hand.

»Wie konntest du nur, Brent? Warum hast du das getan?« Sie schlug mit beiden Fäusten auf seine Brust. MacClaine ergriff ihre Handgelenke und hielt sie fest.

»Was denn? Was soll ich denn getan haben?«

Sie schaute ihn wütend an. »Du hast mich vergewaltigt, du Schwein! Du hast mich betrunken gemacht und dann vergewaltigt. Darum hast du mir diesen verdammten Wein bestellt!

Das war eine geplante Vergewaltigung. *Eine geplante Vergewaltigung!*«

»Nein, ich habe dich nicht angerührt! Du hast getrunken, erinnerst du dich? Ich habe dich hierher gebracht an einen sicheren Ort, um sicherzustellen, dass du nicht noch eine Begegnung mit deinem japanischen Fan-Club hast. Du warst total besoffen, aber du hast das Schlafzimmer noch gefunden und es geschafft, dich auszuziehen. Ich habe nur die Decke festgeklemmt, die Tür zugemacht und hier geschlafen.« Er ließ ihre Hände los und zeigte auf die Couch.

»Und was ist mit dem nassen Handtuch neben meinem Bett? Hast du gedacht, du könntest es einfach wegwischen und ich würde nichts merken? Ich kann wirklich nicht glauben, dass mir so etwas passiert ist. Ich hätte es wissen müssen.«

»Ich habe dich mit dem nassen Handtuch abgetupft!« Er versuchte, ruhig zu bleiben und senkte schnell die Stimme. »Aber *nur* deine Stirn. Du hattest einen Albtraum«, fügte er hinzu. »Du hast geschrien und geschwitzt, Erika, und darum habe ich dein Gesicht und deine Stirn mit einem nassen Handtuch abgetupft.«

Sie kniff die Augen zusammen, sah ihn verwirrt, aber ein wenig freundlicher an und rieb sich mit einem Finger über die linke Schläfe. »Dann ... dann hast du mich gar nicht ...?«

Er schüttelte heftig den Kopf. »Und glaube mir, du hast mir viele Möglichkeiten geboten, doch das ist nicht mein Stil. Ich finde dich wirklich großartig, aber mich an dich heranzumachen, wenn du total betrunken bist, das ist mir echt zu blöd.«

»Aber der Wein und ...«

»Das war kein Trick, Erika. Ich war der Meinung, du hattest nach allem, was du durchgemacht hast, diese kleine Anerkennung vom FBI verdient. Und aus demselben Grunde habe ich deinen Vater hierher fliegen lassen.«

»Als ich aufgewacht bin und gemerkt habe, dass ich nackt bin, und das nasse Handtuch neben dem Bett gesehen habe ... dachte ich ...«

»Du dachtest, ich sei wie die anderen Agenten, mit denen du in D.C. ausgegangen bist?«

Sie nickte, setzte sich hin und presste die Fingerspitzen gegen die Schläfen. »Es tut mir Leid, Brent. Es tut mir schrecklich Leid, dass ich gleich durchgedreht bin. Ich kann mich fast an nichts mehr erinnern. Wir waren im Restaurant, okay, das weiß ich noch, aber danach hab ich echt einen Filmriss. Jetzt habe ich ganz fürchterliche Kopfschmerzen. Oh, mein Gott, warum geht es mir so dreckig?«

»Du hast einen Kater.« MacClaine setzte sich neben sie und knöpfte ihre Bluse zu.

Sie schaute ihn an, hielt ihn jedoch nicht zurück. Vielmehr lächelte sie ihn entschuldigend an. »Ich habe dich verprügelt, weil ich dachte, du hättest mich vergewaltigt, und jetzt ziehst du mich tatsächlich an. Brent, mein Gott, es tut mir so Leid. Ich ...«

»Schon gut. Unter diesen Umständen hätte ich sicher auch so reagiert.«

»Und sieh, was ich getan habe. Entschuldigung.«

MacClaine machte den letzten Knopf zu und legte eine Hand auf ihre Wange. Sie schmiegte ihren Kopf dagegen und streichelte über seine Hand. »Nimm es mir nicht übel. Das war nichts, verglichen mit dem, was ich durchgemacht habe.«

Sie rieb sich wieder über die Schläfen.

Er stand auf und ging zur Tür.

»Wo gehst du hin?«

»Ich hole dir ein paar Aspirin, und dann lege ich dich wieder ins Bett. Wir können noch ein paar Stunden schlafen, bevor wir nach Moffet fahren. Wir haben einen langen Flug vor uns.«

»Ich warte auf dich.« Sie blieb auf der Couch sitzen und lächelte ihn an. Ihr zerzaustes Haar fiel ihr in die Stirn und über ihre zusammengekniffenen braunen Augen. Es kostete ihn große Überwindung, sich nicht wieder zu ihr zu setzen.

Nimm es nicht persönlich, MacClaine. Du hast keine Zeit für eine Beziehung. Du würdest sie ebenso wie Jessica vernachlässigen.

Der Agent in ihm gewann die Oberhand und drängte ihn zur Tür hinaus. Draußen atmete MacClaine tief durch, schüttelte den Kopf und steuerte auf seinen Wagen zu.

35

Teufel mit grünen Gesichtern

USS *JAMES POLK*, *Japanisches Meer*

Dieses Ritual war Korvettenkapitän Ray nur zu vertraut. Er stand vor den Kojen im hinteren Torpedoraum und schaute auf all die Utensilien, die auf der dünnen Matratze verstreut waren.

Er trug eine Tarnuniform mit vielen Taschen und Stiefel, über die er die Socken gestülpt hatte, damit er nicht an den Schuhbändern hängen blieb. An seinem Handgelenk hing seine zuverlässige Uhr, die robuste Casio G-Shock, Gesicht und Nacken waren mit Tarnfarbe eingeschmiert, und im Seitenhalfter steckte eine Sig Sauer 9-mm-Pistole. Ray beugte sich über die Koje und sammelte die anderen Teile seiner Ausrüstung zusammen. Das waren die Utensilien, die er fürs nackte Überleben brauchte. In die Taschen seiner Tarnjacke steckte er eine Landkarte der Gegend, 200 Dollar und 30.000 Yen, einen kleinen Kompass, einen wasserdichten Überzug und acht Meter Fallschirmschnur. Dann packte er ein paar handelsübliche Kraftriegel ein, eine kleine Taschenlampe, eine kleine Rolle Sägedraht und einen Peilsender. Das letzte Teil seiner Überlebensausrüstung war ein Erste-Hilfe-Satz mit Kodein, Morphium und Verbandszeug.

Ray schloss die Augen, überprüfte alle Taschen und überzeugte sich davon, dass er auch in völliger Dunkelheit jedes Teil seiner Überlebensausrüstung fand. Er brachte sie immer an denselben Stellen in der Tarnjacke unter. In eine Tasche auf der linken Seite seiner Brust steckte er ein Motorola MX300 Funkgerät und verband es mit zwei aufgewickelten

Drähten. Einer davon führte zu einer Ohrmuschel, die Ray an seinem rechten Ohr befestigte, der zweite zu einem Kehlkopfmikro, das er mit einem Klettverschluss um seinen Nacken band. Zuletzt legte er eine Schwimmweste an, die er bei Bedarf während des nassen Abschnittes der Mission aufblasen würde, damit er mit der ganzen Ausrüstung nicht ertrank.

Anschließend zog er eine Kampfweste über, in der schon sechs Magazine mit 30 Schuss für sein Heckler & Koch MP5-Maschinengewehr mit Schalldämpfer steckten. Außerdem waren in der Weste vier Magazine mit 15 Schuss für seine Sig Sauer Pistole, drei Granaten, ein Paar Handschellen, Insektencreme, 500ml Ringers Lactat für Infusionen, ein Fertiggericht, ein zweiter Verband, ein Messer, eine Feldflasche mit Wasser, Wasserreinigungstabletten, Stroboskoplicht, eine M-18-Rauchgranate und ein zweites Verbandset.

Diese zweitwichtigste Ausrüstung wog zusätzlich 17 Pfund, wovon die Munition am meisten Gewicht hatte. Die Kampfweste hatte einen Griff, damit man ihren Träger, falls er verwundet wurde und Hilfe brauchte, aus dem Kampfgebiet herausziehen konnte. Norma Mendez hatte Ray an diesem Griff aus Noriegas Flugzeughalle in Panama gezogen, nachdem Ray durch die zahlreichen Kopfverletzungen das Bewusstsein verloren hatte.

Ray sprang hoch, lauschte und befestigte seine Ausrüstung richtig, wenn er meinte, dass etwas ein Geräusch verursachte. Er wiederholte diese Prozedur ein halbes Dutzend Mal, bis nichts mehr zu hören war, wenn er sich bewegte.

Im Rucksack befand sich Rays drittwichtigste Ausrüstung. Dazu gehörten ein PRC-90-Rettungsfunkgerät, Ersatzbatterien für das PRC und für das MX300, drei zusätzliche Magazine für die MP5, zwei weitere Fertiggerichte, ein Poncho, eine Wasserblase, ein kleines Buschmesser, sechs Quadratmeter Tarnnetz, eine Nachtsichtbrille, eine Auswahl an

Zerstörungsmaterial – größtenteils C4-Sprengstoff und Zünder – und drei Claymore-Antipersonenminen. Sie steckten jeweils in einer Schachtel mit Plastiksprengstoff und 700 Stahlkugeln. Er setzte sich den Rucksack auf den Rücken, spürte die vertrauten 60 Pfund seiner Überlebensausrüstung und dankte im Stillen Gott und seinen Ausbildern in Coronado für das mörderische Training, das er in der Marineakademie absolviert hatte. Diese Ausbildung gab ihm die Kraft, seine Ausrüstung meilenweit durch jedes Gebiet zu schleppen.

Ray nahm die MP5, stülpte einen Schutzüberzug über die Mündung des Schalldämpfers, um ihn wasserdicht zu machen, und befestigte die Waffe mit zwei Klettverschlüssen unter seinem linken Arm an der Kampfweste.

»Welche Nachrichten gibt es vom Spähtrupp, Sting?«

Ray drehte sich um. Der kräftige Bishop kam in voller Kampfmontur auf ihn zu. Er schleppte die Munition für das große M-60-Maschinengewehr, das in zwei Gurten von jeweils hundert Schuss, die sorgfältig am Oberteil seiner Kampfweste befestigt waren, an seine linke Seite geschnallt war. Die Gurte wurden während einer Mission automatisch in die M-60 eingeführt. Ray wusste auch, dass Bishop drei zusätzliche Pakete in dem extragroßen Rucksack, den er auf den Schultern trug, schleppte.

Bishops Handfeuerwaffe war ebenfalls beeindruckend, eine große Smith & Wesson Model 67 mit einem besonders großen Magazin und 20 Kugeln vom Kaliber .45. Mit dieser Pistole allein besaß Bishop mehr Feuerkraft als ein M-16-Gewehr.

Ray starrte auf den 250 Pfund schweren Krieger, der 80 Pfund Ausrüstung bei sich trug, und er war insgeheim froh, dass Bishop an seiner Seite war. Der riesige Soldat war einer von einer Hand voll SEALs, die stark genug waren, das M-60 so mühelos zu bedienen, als sei es eine Uzi. Außerdem war

Bishop der Mannschaftssanitäter und trug 20 Pfund Erste-Hilfe-Ausrüstung bei sich.

Hinter ihm, fast versteckt durch Bishops Größe, kam Norma Mendez, deren schmale Gestalt in starkem Kontrast zu Rays rechter Hand stand. Norma trug eine Uzi-Maschinenpistole mit Schalldämpfer bei sich, die leicht, aber zuverlässig und widerstandsfähig war. Durch ihre einfache Konstruktion war sie für die SEALs gut geeignet. Wie Ray zog sie die kleine und bewährte Sig Sauer 9-mm-Pistole vor, deren Munition mit der Uzi kompatibel war.

Der Kommandant der SEAL-Einheit Fünf schaute auf die Uhr. Der neueste Nachrichtenbericht deutete an, dass Tanaka jetzt in seinem Haus sein müsste. Das letzte grüne Licht für das Eindringen war vor weniger als zwei Stunden eingetroffen. »Die Landezone ist sauber«, sagte er und bezog sich auf den Bericht des Spähtrupps, der die *Polk* vor vier Stunden an Bord des Mini-U-Bootes verlassen und vor 20 Minuten Bericht erstattet hatte.

Bishop nickte und zeigte mit dem Finger an die Decke. »Die Mannschaft schließt und flutet die Fluchtschleuse, Sting.«

Sting Ray schaute auf seine beiden besten Kämpfer, die beide mit Tarnfarbe eingeschmiert waren und in voller Kampfausrüstung vor ihm standen. Sie waren bereit. Er war bereit, so wie er auf Grenada, in Panama und beim Desert Storm bereit gewesen war, so wie frühere Generationen der SEALs bereit gewesen waren, ihrem Land zu dienen.

Rays Blick wanderte von seinen Untergebenen zu den Rohren und Leitungen, die sich über den Kojen entlangzogen. Das leise Surren der Schiffsmotoren drang in den ruhigen Raum.

Vietnam.

Ray legte eine Hand auf sein Brustbein, schob einen Finger zwischen seine sicher befestigte Ausrüstung und strich mit der Fingerspitze über das Verwundetenabzeichen, das er mit der Hundemarke unter seiner Tarnuniform trug. Es war sein Glücksbringer. Das war einer von vielen posthumen Preisen, die die Familien jener SEALs, die im Vietnamkrieg gefallen waren, bekommen hatten.

Ray trug es mit Stolz.

Es hatte seinem Vater gehört.

36

Katerstimmung

IRGENDWO IM SÜDPAZIFIK

Erika Conklin schwor, nie mehr im Leben Alkohol zu trinken, als sie sich in ihrem Sitz vorbeugte und sich einen Plastikbeutel vor den Mund hielt. Schon spürte sie, dass sie sich wieder erbrechen musste, aber sie bekämpfte den Brechreiz nicht und spuckte Galle in den Beutel.

Ihre Augen wurden feucht, als sie jeden Muskel ihres Körpers anspannte, doch dann entspannte sie sich wieder. Sie lehnte sich zurück, wischte ihren Mund mit einem Papiertuch ab, warf es in den Beutel und machte ihn zu.

»Mein Gott ... Ich esse nie mehr Austern«, schimpfte sie und atmete tief ein. Durch den Sturm wurde ihre Übelkeit noch schlimmer.

Brent MacClaine, der neben ihr an Bord des Gulfstream-Jets saß, der durch eine leichte Turbulenz flog, gab ihr noch ein Papiertuch. »Du hättest nicht Wein und Bier trinken sollen. Das ist eine tödliche Kombination.«

»Ich glaube, ich sterbe«, stöhnte sie, griff nach einem Paket zuckerfreiem Kaugummi, wickelte ein Stück aus, stopfte es sich in den Mund und rieb sich über den Bauch. Seit sie vor acht Stunden in San José losgefahren waren, rebellierte ihr Magen.

MacClaine lächelte. »Du wirst es überleben. Vertrau mir. Ich bin eine Autorität auf dem Gebiet ... Leider.«

»Ich dachte eigentlich, diese Privatjets wären bequemer«, sagte sie und verlagerte ihr Gewicht, als die Maschine nach links driftete und dann nach unten sank, wodurch ihr wieder die Galle hochkam. Sie biss die Zähne zusammen und bekämpfte den Brechreiz. »Diese Sitze sind schlimmer als in der Economyclass bei Linienflügen, und es gibt noch nicht einmal was zu trinken.«

»Das FBI hat zwei Flugzeuge. Dieses hier ist die alte *Bubird,* die vor ein paar Jahren umgebaut wurde, um mehr Sitzplätze zu schaffen. Die neue Maschine wird nur von den hohen Tieren benutzt«, erklärte MacClaine. »Die ist wirklich schön mit großen, bequemen Sitzen, einer Minibar, Kino und vielen anderen Annehmlichkeiten.«

Sie schüttelte den Kopf. »Alles von unseren Steuergeldern.«

Er nickte. »Für die hohen Tiere den Cadillac und fürs Fußvolk die Billigversion.«

»Großartig.«

»Zum Glück funktioniert die Toilette.«

»Gott sei Dank.« Erika hatte die ersten beiden Stunden des Fluges, als ihr Kater besonders schlimm gewesen war, fast nur auf der Toilette verbracht und sich so lange erbrochen, bis sie nichts mehr im Magen gehabt hatte. Danach war sie so erschöpft, dass sie auf ihrem Sitz eingeschlafen war. Vor einer halben Stunde hatte der Sturm sie geweckt.

Als die Maschine wieder ruhiger flog, schaute Erika aus dem ovalen Fenster. Wolken zogen vorbei und gaben die Sicht auf einen mondlosen Sternenhimmel frei.

MacClaine reichte ihr einen mit Wasser gefüllten Plastikbecher, den sie langsam leerte. Dann atmete sie tief durch. Allmählich konnte sie wieder klar denken.

»Wie lange dauert der Flug noch?«

Brent schaute auf die Uhr. »Ungefähr sechs Stunden. Wir machen einen kurzen Stopp in Seoul, wo uns ein Hubschrauber zu einem Marineschiff bringt, das in der Nähe von Japan liegt. Dann warten wir, bis wir eingreifen.«

Erika war den bevorstehenden Einsatz mehrmals im Geiste

durchgegangen, und jedes Mal fing ihr Herz an zu klopfen. »Ich bin wirklich nicht für so etwas geschaffen.«

»Entspann dich. Bisher warst du großartig.«

»Du findest mich großartig, weil ich mich habe zusammenschlagen lassen? Klasse! Dann kann ich mich ja auf einiges gefasst machen.«

»Du weißt schon, wie ich das gemeint habe, Erika.«

MacClaine strich mit seiner Hand über ihren Arm.

»Mach dir keine Sorgen.« Sein geschundenes Gesicht wurde ernst. »Es sind viele Marine-SEALs vor Ort, die das Gebiet sichern, und ich werde die ganze Zeit an deiner Seite sein. Dir wird nichts geschehen. Ich schwöre dir, dass ich dich mit meinem eigenen Leben beschützen werde.«

Sie schaute diesen Fremden an, der sich knapp 48 Stunden zuvor als ein weiterer blöder FBI-Chauvi geoutet, seitdem jedoch eine charmante Seite offenbart hatte, die Erika Conklin ziemlich anziehend fand.

»Aber denk daran, dass du dich beeilen musst, wenn wir da sind«, fügte er hinzu. »Du wirst nicht viel Zeit haben.«

Sie nickte. »Höchstens fünfzehn Minuten, ja?«

»Genau. Und dann müssen wir von dort verschwinden.«

Erika griff unter den Sitz und zog einen Nokia 9000 Personal Communicator aus einem Seitenfach ihres Laptops. Das kleine Gerät war eine Kombination aus Mobiltelefon und Palmtop-Computer.

»Hübsches Telefon«, sagte MacClaine.

Sie lächelte, und als sie den Deckel öffnete, kamen ein kleiner Bildschirm und eine kleine Tastatur zum Vorschein. Sie startete das Gerät und wartete, bis das System hochgefahren war.

»Wie klein kann man sie denn noch machen?«

»Kleiner geht es nicht«, erklärte sie. »Das ist der kleinste Computer der Welt, und er ist außerdem kabellos. Er hat einen 80386 Mikroprozessor, der schon drei Generationen alt ist, aber für dieses Gerät ist das eine ziemlich hohe Computerleistung. Ich kann ins Internet, und ich kann jedem von überall in der Welt eine E-Mail schicken. Mit diesem Spielzeug bin ich niemals ohne Verbindung.«

»Da braucht man aber kleine Finger, um darauf zu arbeiten. Was machst du jetzt?«

»Mal sehen, was die Leute zu Hause so anstellen. Ich will sichergehen, dass die Verbindung für den Datenempfang bereit ist.« Es ging nicht nur darum, Tanaka zu ergreifen. Der FBI-Plan sah außerdem vor, dass die SEALs nach Erikas Anweisungen alles mitnahmen, was ihrer Meinung nach sachdienliche Informationen für die manipulierten integrierten Schaltkreise enthalten könnte. Disketten, Magnetbänder, Laufwerke, Zip-Disketten und sogar ganze Computersysteme sollten sichergestellt werden.

Erika hatte vor, so viele Dateien wie möglich sofort mittels einer Satelliten-Standverbindung an Charlie Chang in Washington zu schicken. Ihre Mitarbeiter dort sollten mit der Unterstützung von Sprachexperten sofort beginnen können, die Informationen ins Englische zu übersetzen und die begehrte Liste der manipulierten Computerchips zu suchen, ehe sie nach Washington zurückkehrte. In der Zwischenzeit würde Erika mit der Unterstützung zweier CIA-Beamten, die als Experten im Bereich bestimmter Verhörmethoden galten, dem widerspenstigen Tanaka Informationen zu entreißen versuchen.

»Für den Datenempfang bereit? Das verstehe ich nicht.«

Erika erklärte es ihm.

»Mit diesem kleinen Ding?«

»Nein, nein. Dafür habe ich das da gekauft.« Sie zeigte auf ihren Compaq und andere Hardware.

»Ach so. Und was willst du jetzt mit diesem kleinen Spielzeug machen?«

»Ich werde es dir zeigen.«

Der Communicator hatte das System gebootet und bot ihr auf der linken Seite des Bildschirms eine Reihe von Optionen an. Sie wählte das Hauptmenue. Der kabellose Miniaturcomputer stellte sofort eine Verbindung mit einem von vielen Satelliten in der geosynchronen Erdumlaufbahn her, durchlief ein codiertes Flusssteuerungsprotokoll und übertrug die Verbindung an einen zweiten Satelliten und dann an einen dritten, der den Osten der Vereinigten Staaten versorgte. Dieser lud ihr Signal auf einen Receiver im Systemlabor des J.-Edgar-Hoover-Gebäudes in Washington, D.C., herunter, wo sich Charlie Chang und ein Team von zehn weiteren Informatikern auf die umfangreiche Datenübertragung vorbereiteten.

Das Ganze dauerte weniger als fünf Sekunden. Auf ihrem Monitor erschien eine Nachricht über die bestehende Verbindung mit zwei Optionen – eine für normale E-Mails und eine zweite für Realtime-Kommunikation. Erika wählte die letztgenannte und wartete einen Augenblick, bis das System den Benutzer am anderen Ende über ihren Anruf informierte.

Chang : Hallo, Chef! Sind Sie da?

»Das ist ja cool«, staunte MacClaine, der sich vorbeugte, um besser sehen zu können. »Mit diesem kleinen Computer kannst du tatsächlich über eine kabellose Verbindung mit ihnen kommunizieren?«

Sie nickte. »Schau mal.« Sie tippte mit den beiden Zeigefingern auf die Tastatur.

Erika: Nein, noch unterwegs. Wie geht es Ihnen?

Chang: Wir sind in ein paar Stunden fertig. Hier sind alle sehr angespannt. Palenski, der normalerweise nur ein oder zwei Mal im Jahr ins Labor kommt, war heute schon drei Mal hier. Er möchte sich vergewissern, dass ich jede nötige Hilfe bekomme.

Erika: Steht ja auch einiges auf dem Spiel, Charlie. Und was gibt es sonst?

Chang: Mit der Unternehmensliste von Sakata hatten wir Glück. Intel hat eine Version eines manipulierten Mikroprozessors gefunden. Er wird häufig in Kontrollsystemen in der Industrie und beim Militär verwendet. Wir glauben, er könnte mit dem Unfall in Pasadena und auch mit dem Computerversagen des Air-Force-Jets über Vegas zu tun haben. Es ist ein großer Rückruf im Gange. Hunderte von Werken und Militäreinrichtungen werden überprüft. Das betrifft Ölraffinerien bis hin zu Panzern.

Erika schaute MacClaine an. Er strich ihr mit der Hand anerkennend über die Schulter. »Verdammt«, sagte sie. »Wenn wir diese Einkaufsliste nur achtundvierzig Stunden eher gefunden hätten, hätten wir diese Katastrophen verhindern können.«

»Du hast getan, was du konntest. Denk an die ganzen Unfälle, die du verhindert hast.«

Sie nickte und tippte wieder etwas ein.

Erika: Und wie läuft es sonst?

Chang: Wir arbeiten an Ihrer Version des Detroit-Virus, haben jedoch noch immer kein Mittel gegen den kleinen Teufel gefunden. Die PCs laufen auf Hochtouren, schaffen es aber nicht, die Sequenz, die ich von Petri-Dish extrahiert habe, zu knacken. Er kommt immer wieder, als handele es sich um eine echte Zufallssequenz. Stimmt das?

Erika: Nein.

Chang: Aber warum finde ich denn keine Formel, die mit der Mutationssequenz übereinstimmt?

Erika: Das hat mit den zahlreichen Nestern zu tun. Sie sind fast unmöglich aufzulösen, wenn das System die Formel der Mutationssequenz, die nur ich allein besitze, nicht kennt.

Chang: Dann wissen Sie also schon die ganze Zeit, dass man ihn nicht knacken kann? Und warum lassen Sie mich dann drei Tage schwitzen?

Erika: Ich meine mich erinnern zu können, dass Sie ihn knacken wollten. Mir lag nur daran, dass Sie ihn speichern und dann vergessen. Ich glaube nicht, dass man ihn ohne den Schlüssel knacken kann.

Chang: Und wissen Sie was? Das glaube ich auch nicht. Kann ich denn den Schlüssel von Ihnen haben?

Erika: Ich werde ihn Ihnen als Attachment, als Datei per E-Mail schicken. Überprüfen Sie, ob er funktioniert, und archivieren Sie den Virus und das Gegenmittel dann mit den anderen Viren im elektronischen Tresor. Mit etwas Glück wird dieser Virus nie mehr das Licht der Welt erblicken. Ich melde mich, sobald wir auf dem Marineschiff sind.

Chang: Hat dieses Schiff auch einen Namen?

Erika: Ja, die *Blue Ridge*. Bye.

Chang: Bis später, Chef.

Erika beendete die Übertragung und lehnte sich zurück. »Es ist alles bereit oder wird in Kürze bereit sein.«

MacClaine lehnte nun auch seinen Kopf gegen den Sitz und fragte sich, wie weit die SEALs wohl waren. Der Erfolg der Elitekampftruppe war für ihre Mission von entscheidender Bedeutung.

37

Nachtschwärmer

SÜDJAPAN

Das Zodiac-Schlauchboot, dessen dunkle Silhouette sich in der Nacht verlor, fuhr durch das ruhige Wasser. Das leise Surren des Außenbordmotors wurde von dem Pfeifen des Windes übertönt. Wellen klatschten gegen die Gummiseiten des Bootes. Ihr Rhythmus war vergleichbar mit dem immer stärker werdenden Herzklopfen von Korvettenkapitän Derek Ray. Es spielte keine Rolle, wie oft der SEAL-Kommandant schon einen Einsatz zu Wasser erlebt hatte. Die bloße Realität, in feindliches Gebiet einzudringen, um eine verdeckte Operation durchzuführen, reizte Rays stählerne Nerven. Hinzu kam die Kälte. Ray war durchnässt, und er fror. Seine Mannschaft musste die *Polk* bei einer Geschwindigkeit von drei Knoten und einer Tiefe von zehn Metern durch die Fluchtluken verlassen, ohne Atemgeräte die Strickleiter zum Zodiac hinaufsteigen und sich und ihre Gerätschaft an Bord bringen. Die ganze Sache wurde noch erschwert, weil das U-Boot während des Umsteigemanövers geringfügig tiefer sank und das SEAL-Boot und seine Besatzung von acht Mann für eine beachtliche Zeit von 30 Sekunden Fahrt unter Wasser zog.

Ray schüttelte den Kopf. Zumindest war der Motor nach ein paar Versuchen angesprungen. Das war bei seinem letzten Einsatz in Bosnien anders gelaufen, als Meereswasser durch eine defekte Dichtung eingedrungen war und die SEALs gezwungen waren, eine Meile zu paddeln, bis sie das Ufer erreicht hatten.

Ray schaute auf die Sterne und atmete tief ein. Die nasse Tarnuniform klebte auf seiner Haut, und er fröstelte. Doch er achtete nicht auf die Kälte, sondern starrte auf die Felsklippen am Ufer, und dann glitt sein Blick auf die sich nähernde Uferlinie, die sein Spähtrupp schon gesichert hatte. Die Späher hatten Unterwasser-Sauerstoffgeräte getragen, um das Ufer von der Sicherheit des Meeres aus in Augenschein zu nehmen. Dann hatten sie der Eingreiftruppe grünes Licht gegeben. Das war ein Vorteil, den sein Vater in Vietnam nicht gehabt hatte. Ray würde einen Einsatz zu Wasser an Bord eines Gummibootes niemals in Betracht ziehen, bevor nicht ein Spähtrupp das Ufer ausgekundschaftet hatte. Sein Vater, der an den vielen Kanälen, die am unteren Mekong-Delta in den Bassac River flossen, für Dutzende von Hinterhalten verantwortlich gewesen war, hatte nicht auf diese Vorsichtsmaßnahme zurückgreifen können.

Derek Ray saß hinten im Zodiac, neben dem Steuermann, dessen linke Hand auf dem leisen Außenbordmotor ruhte, während er zugleich das Ufer im Auge behielt. Ein junger SEAL, dessen Lippen sich bewegten, saß Ray mit geschlossenen Augen gegenüber. Ray seufzte. Er hätte auch gerne gebetet. Bishop lag vorne im Gummiboot. Seine Ellbogen ruhten auf den aufblasbaren Rändern, und seine Hände umklammerten das kräftige M60-Maschinengewehr, das in die Dunkelheit gerichtet war. Ein großes Messer steckte in einer Scheide an seinem rechten Unterschenkel. An der Scheide hing der Zugring eines Signallichtes für roten Rauch auf einer Seite und für rote Flammen auf der anderen.

Norma Mendez, die neben Bishop lag, hatte eine ähnliche Kombination aus Messer und Signallicht um ihr linkes Bein geschnallt. Ihre Uzi deckte die Steuerbordseite des Bootes. Ein junger SEAL deckte die Backbordseite, und zwei weitere saßen in der Mitte. Der eine starrte auf seine Stiefel und der andere auf die Sterne. Der letztere war der

Fähnrich zur See George Yokosaka, ein Japaner, dessen Familie in zweiter Generation in Amerika lebte und den Ray in Coronado persönlich als Übersetzer ausgesucht hatte.

Ray holte tief Luft. Ihre gemeinsame Feuerkraft und der Gedanke an ihre Ausbildung beruhigten ihn einen Augenblick, aber eine andere Erkenntnis drängte das kurze Gefühl des Vertrauens schnell beiseite. Er dachte wieder an die Elitekampftruppe in der Armeebasis, die nur wenige Meilen von Tanakas Anwesen entfernt stationiert war. Eine falsche Bewegung, und es würde für seine Truppe zu einer sehr unerfreulichen Begegnung kommen. Die bloße Übermacht des Feindes könnte sie zerquetschen, wenn seine Mannschaft entdeckt werden würde. Selbst sein Training und die Erfahrung konnten die vielen Soldaten, von denen sie dann gejagt werden würden, nicht wettmachen. Wie bei allen früheren Missionen war Geheimhaltung ihre beste Waffe.

Rays Blick wanderte zu dem jungen SEAL, der an der anderen Seite neben dem Steuermann saß. Ray schloss ihn in ein kurzes Gebet ein.

Als der Steuermann den Motor drosselte, blickte Norma Mendez, die durchnässt war und fror, über ihre linke Schulter und sah, dass Ray die Augen geschlossen hatte. Sofort wandte sie ihre Aufmerksamkeit wieder der Steuerbordseite des Schiffes zu. Ihre Uzi war in die Dunkelheit gerichtet. Sie lauschte den Wellen und der sich nähernden Brandung, Geräusche, die sie an ihre Flucht aus Kuba erinnerten – an die Nacht im Golf von Mexiko.

Norma Mendez erinnerte sich an die Angst, die Kälte und das Zittern ihres kleinen Jungen, als das Wasser und der Wind ihm seine Körperwärme raubten. Norma hatte ihn fest umschlungen und versucht, ihre Wärme auf das Kind zu übertragen, aber das Kind hatte nicht mehr reagiert, hatte sich nicht mehr geregt, und seine violetten Lippen hatten nicht mehr gebebt. Seine Augen waren erstarrt.

Sie hatte geschrien und diejenigen verflucht, die sie zu diesem hoffnungslosen Schritt gezwungen hatten, aber ihr Schrei war ungehört in der Nacht verklungen. Unermüdlich hatte sie weiter gegen die Kälte und die Dunkelheit angekämpft, während das Floß ziellos auf dem Meer trieb. Sie erinnerte sich an den Kupfergeruch des Blutes, das über ihre Beine ins Wasser lief und die Haifische anzog. Auf deren glatter Haut hatte sich das Mondlicht gespiegelt, als sie den Reifenschlauch umkreisten.

Norma hatte ihren toten Sohn umklammert. Sie hatte keine Angst mehr, ihn zu verlieren, und sie hatte die sich nähernden Bestien angeschrien, sie mit dem zerbrochenen Ruder weggescheucht und mutig gekämpft, obwohl ihre Lage fast aussichtslos war. Aber dann war sie müde geworden. Die unbarmherzige See, der Wind, die Nacht, die Kälte und der unaufhörliche Kampf forderten ihren Tribut. Norma hatte den Griff um den erschlafften Körper ihres Sohnes einen Augenblick gelockert, um einen großen Hammerhai abzuwehren. Sie konnte dem Angriff eines anderen Raubtiers in ihrem Rücken entkommen, das sie gepackt hätte, wenn ihr Sohn, den sie in den Armen hielt, sie nicht geschützt hätte. Im nächsten Moment war ihr Baby weg. Norma Mendez hatte ihren Schmerz verzweifelt in die Nacht hinausgeschrien, während die Haie den kleinen Körper nur vier Meter von ihr entfernt zerrissen.

Eine Träne rann ihr aus dem linken Auge und hinterließ eine schmale Spur auf der Tarnfarbe. Sie kniff die braunen Augen unter dem Schlapphut zusammen, als die Wellen und die glänzenden Haie aus ihrem Geist verschwanden und sich das japanische Ufer im matten Sternenlicht näherte.

»Alles in Ordnung, Loca?«, flüsterte Bishop in der Dunkelheit und stieß sie mit dem Ellbogen an.

»Mit ist nur was ins Auge geflogen«, flüsterte sie und stieß ihn ebenfalls an. »Richte deinen Blick auf das Ziel und nicht auf mich. Wir sind hier auf einer Mission und nicht zu Hause.«

»Loca, du bist einfach zu streng. Denk an das Kind, das wir machen könnten.«

Norma grinste. »So einem Rasseweib wie mir bist du doch gar nicht gewachsen. Neulich ging dir ganz schön die Puste aus. Erinnerst du dich?«

Bishop runzelte die Stirn. »Komm, drück mal ein Auge zu, okay? Ich könnte den ganzen Tag mit den jungen Burschen am Strand trainieren.«

»Ich wollte mir gerade einen potenten Kubaner angeln. Die können immer.«

»Nichts kann meine zweihundert Pfund ersetzen.«

Norma drehte sich zu ihm um, grinste und stieß ihn noch einmal mit dem Ellbogen an. Die Nächte in Bishops Armen hatten sie tatsächlich nicht unberührt gelassen, und sie hatten ihr geholfen, die Vergangenheit zu vergessen. Seit kurzem war ihr dieser Riese, der ernsthaftes Interesse daran zu haben schien, eine Beziehung mit ihr einzugehen, sogar richtig ans Herz gewachsen.

»Alles klar«, hörte sie Rays Stimme in ihrer Hörmuschel. »Der Spähtrupp hat uns grünes Licht gegeben. Es geht los.«

Ernste Gesichter wandten sich Bishop und Mendez zu, als der Steuermann den Motor ausschaltete. Steuermann und vier SEALs ergriffen die Ruder und lenkten das Boot sicher durch die Brandung. Bishop, Mendez, Ray und ein weiterer SEAL richteten ihre Waffen auf die sich nähernde Uferlinie.

Drei Meter vom Ufer entfernt sprangen die SEALs aus dem Boot. Bishop, Mendez und Ray gingen weiter, während der Rest der Männer das Boot ans Ufer zog.

Ray, der eine Nachtsichtbrille trug, trat ans Ufer und inspizierte den schmalen, verlassenen Strand, der von Felsklippen begrenzt wurde.

Ein Mann in einem schwarzen Neoprenanzug tauchte hinter einer Sanddüne auf. Seine Tauchermaske hing lose am Hals, die Schwimmflossen waren zusammengebunden und sein Draeger-Sauerstoffgerät war auf die Brust geschnallt. Anders als übliches Tauchgerät, das Sporttaucher benutzten und das Geräusche und Blasenbildung verursachte, recycelte das Draeger die verbrauchte Luft des Tauchers und entfernte das Kohlendioxyd, ehe die Luft dem Taucher wieder zugeführt wurde. Dadurch entstanden keine Blasen und Geräusche, und das sicherte dem SEAL eine unbemerkte Annäherung an sein Ziel.

»Alles sauber, Sting«, sagte der Leutnant zur See Dave Fox, ein altgedienter SEAL, den Ray in Coronado ausgebildet hatte. Fox hatte ein angeborenes Geschick, bei Nacht unter Wasser zu steuern. Er hatte das Mini-U-Boot und die vier Taucher, die den Spähtrupp bildeten, in völliger Dunkelheit zu diesem Ort gebracht. Als sie das U-Boot verlassen hatten, das sechs Meter unter Wasser ankerte, hatte Fox seine Truppe zum Ufer geführt. Hier hatten sie das Gebiet eine Stunde lang beobachtet, ehe sie an Land gegangen waren. »Dort hinten sind ein paar schöne Dünen, wo man das Boot verstecken kann«, sagte er und wies mit dem Daumen über seine linke Schulter in die Dunkelheit hinter ihm.

Ray legte eine Hand auf das Kehlkopfmikro und drückte es gegen seine Kehle. »Bringt das Boot zu den Dünen dort hinten und verdeckt es.«

Es erfolgte keine Antwort, aber George Yokosaka und drei andere SEALs zogen das Schlauchboot an Land und folgten einem SEAL vom Spähtrupp in einem Neoprenanzug.

»Wir hauen jetzt ab«, sagte der Froschmann und zog sich seine Schwimmflossen über, die die Nummer 945 trugen. Das war Fox' Nummer seiner Grundausbildung. Es war schon sieben Jahre her, seitdem er das grauenhafte Training überstanden hatte, aber die Nummer würde er sein Leben lang behalten. »Ich hoffe, es wird nicht allzu lustig dort oben, und passt auf, dass ihr hinter den Dünen dort keine Spuren hinterlasst. Die Flut wird alle anderen Spuren in ein paar Stunden verwischen.«

Ray grinste. »Alles klar.«

Innerhalb weniger Minuten war der Spähtrupp unter den Wellen verschwunden und schwamm zurück zum U-Boot und dann weiter zur *Polk.*

Ray nahm die Nachtsichtbrille ab und benutzte das Nachtsichtfernglas, um die Felsen zu überprüfen. Nach einigen Sekunden sagte er: »Dort oben steht jemand.« Er reichte Bishop das Fernglas, der in die Richtung schaute, die Ray ihm zeigte.

»Ja, sieht aus wie ein Mann. Was meinst du, Loca?«

Mendez nahm nun das Fernglas und inspizierte die einsame Gestalt oben auf den Klippen, ungefähr eine Meile entfernt zu ihrer Rechten. »Richtig, das ist ein Mann mit einer Waffe.« Sie gab Ray das Fernglas zurück, und er inspizierte die Klippen noch einmal. »Das ist ein Wachposten. Glaubst du, dass er uns gesehen hat?«

»Soll ich ihn aus dem Weg räumen?«, fragte Bishop und zeigte dabei auf einen jungen SEAL in der Nähe, der ein Heckler & Koch PSG-1 mit Schalldämpfer bei sich trug. »So, wie der dort auf dem Felsvorsprung steht, kann ich ihn nicht treffen, dass er garantiert über die Klippen fällt.«

»Er könnte sich auf Tanakas Grundstück befinden, Bishop, und es könnten noch mehr Wachen in der Nähe sein«, sagte Ray, der sich in den Sand kniete und sein Magellan Global Positioning System überprüfte. Er verglich die Längen- und Breitenanzeige auf dem GPS-Gerät mit der laminierten Karte, die er aus einer Tasche seiner Tarnuniform gezogen hatte. »Er befindet sich ganz sicher auf Tanakas Grundstück. Wir lassen ihn im Moment in Ruhe.« Als Ray das Fernglas, die Karte und das GPS-Gerät wegpackte, fügte er hinzu: »Bishop, Loca, wir müssen überprüfen, ob das Boot gesichert und verdeckt ist. Einer der SEALs soll die Spuren verwischen.«

Die drei gingen zu den Sanddünen, wo der Rest der Mannschaft Sand auf eine Plastikplane schaufelte, um das Boot zu verdecken.

»Loca, du gehst voraus. Wir haben zwei Stunden, um das Zielobjekt zu erreichen, die Wachen auszuschalten, ohne dass Tanaka etwas bemerkt, den JDA-Chef zu ergreifen und das Gebiet zu sichern. Dann kommt der Hubschrauber mit den FBI-Agenten, die den Ort nicht länger als fünfzehn Minuten nach High-Tech-Material durchsuchen. Anschließend hauen wir alle ganz schnell an Bord des Hubschraubers ab.«

Mendez und Bishop hatten den Ablauf in den letzten zwölf Stunden schon weitaus detaillierter gehört. Sie nickten.

Ray glitt mit der Hand über die haarlose Narbe auf seiner Schläfe. »Okay. Durchladen und sichern. Los.«

Die Gruppe erreichte die steile Felswand, die fast 60 Meter senkrecht in die Höhe stieg und sie zu einem Punkt führte, der ungefähr eine Meile südlich vom Ziel lag. Mendez zog eines von zwei aufgerollten 10-mm-Seilen aus ihrem Rucksack, das 40 Meter lang war. Als Anführerin legte sie sich eine gepolsterte Schlinge um, an die sie die Kletterausrüstung hängte. Das Metallgerät klapperte, als sie die Schlinge sicherte und sich der Wand näherte.

»Soll ich dich schieben?«, fragte Bishop.

Norma, die sich die Nachtsichtbrille aufsetzte, nickte und zeigte auf einen Felsspalt etwa einen Meter zwanzig über ihrem Kopf. Bishop drückte ihren schlanken Körper von hinten hoch. Mendez presste die vier Finger ihrer rechten Hand in den Felsspalt, hob ihr linkes Bein, bog das Knie, presste den Fußballen gegen die Felsoberfläche, zog sich hoch und griff mit der linken Hand nach einer kleinen Felskante. Innerhalb von zehn Minuten hatte sie die halbe Wand erklommen. Sie achtete darauf, dass ihr Unterkörper nicht gegen den Felsen prallte, und presste ihre Füße in das Gestein.

Norma Mendez fror nicht mehr, als sie den ein Meter breiten Felsvorsprung über ihrem Kopf erreichte. Sie schwang sich hoch, legte sich auf den Rücken und schüttelte alle Glieder. Ihre Tarnuniform war schweißnass. Nach einer kurzen Pause trank sie einen Schluck Wasser aus der Feldflasche und wählte dann aus der Kletterausrüstung, die lose an der Schlinge hing, einen sechseckigen Klemmkeil mit einer 60 Zentimeter langen Kevlar-Bindung aus. Sie ließ das Gerät in eine Spalte hinunter, die unten auf dem Boden schmaler wurde, verkeilte das Titanstück zwei Handbreit tief im Felsen, zog eines der Nylonseile heraus und verband ein Ende mit dem Kevlar-Ring.

Anschließend drückte sie gegen ihr Kehlkopfmikro, sagte: »Seil kommt« und warf das Seil in die Dunkelheit. Es wickelte sich beim Fallen automatisch ab.

Ray ergriff das Seil, das am Fuße der Felswand gegen Geröll prallte, zog zweimal fest daran und überprüfte, ob Mendez es an einem soliden Anker gesichert hatte. Trotzdem ging er nicht das Risiko ein, zwei Leute auf einmal hochsteigen zu lassen. Er zeigte auf einen der jüngeren Burschen, und der SEAL begann sofort mit dem Aufstieg.

Ray nahm seine Nachtsichtbrille ab und schaute durch das Fernglas, um Mendez' Standort zu überprüfen. Er erblickte die grünliche Silhouette schon auf dem letzten Stück des Felsens.

Spinnenfrau, dachte er.

Noch einmal nahm er den Wachposten, der oben auf dem Felsen über dem Meer stand, ins Visier. Anschließend überprüfte er den Strand und das Meer und legte das Fernglas wieder weg, als der nächste SEAL das Seil ergriff.

Ray war der Letzte und erreichte die Felsspitze etwas außer Atem. Er runzelte enttäuscht die Stirn. Vor zehn Jahren wäre er diese Wand hinaufgeklettert, ohne mit der Wimper zu zucken. Jetzt brannten seine Lungen, aber er nahm auch das gefasst und schweigend hin wie vor 18 Jahren das Training in Coronado.

Schweißnass überprüfte er noch einmal das Seil, zog sich hoch, kniete sich auf den Felsvorsprung und rollte vom Rand weg. Dann stand er auf und inspizierte die Umgebung. Ein dichter Wald begrenzte die halbmondförmige Lichtung. SEALs deckten die Baumgrenze. Er wickelte das Seil, das Mendez um einen großen Felsen gebunden hatte, auf. Ein weiteres Seil war um seine linke Schulter geschlungen – Ray hatte auch das aufgewickelt, nachdem er die erste Hälfte des Aufstiegs hinter sich gebracht hatte.

Er ging zu Bishop, der an der linken Seite der Lichtung stand und mit Norma Mendez die laminierte Karte studierte. Wie Ray trugen sie Nachtsichtbrillen, und in den dunklen Tarnuniformen, mit den Schlapphüten, der Gesichtsfarbe und dem ganzen Gerät sahen sie aus wie futuristische Krieger. Ray gab Mendez das Nylonseil, nahm sein Taschen-GPS und schaltete es ein. Das Gerät piepte zweimal, ging an und lieferte Ray sofort die genauen Längen- und Breitengrade.

»Umkreis gesichert«, bestätigte Mendez.

Ray nickte, betrachtete die GPS-Anzeige und wies auf einen Punkt auf der Karte. Dann überprüfte er das leuchtende Ziffernblatt seines kleinen Kompasses. »Hier entlang«, sagte er schließlich.

Mendez, die von der Hitze und dem Aufstieg ganz verschwitzt war, steuerte auf die Bäume zu. Ray ging ihr nach, und der Rest der Mannschaft folgte im Gänsemarsch jeweils mit drei Metern Abstand. Bishop bildete die Nachhut.

Mendez' schlanke, hellgrüne Gestalt hob sich deutlich von

dem dunkelgrünen Dschungel ab, als sie dem Laub und den Ästen immer wieder geschickt auswich.

Ray, der sich mit seiner MP5 den Weg bahnte, inspizierte erschöpft die Umgebung. Insekten surrten, und Zweige raschelten, als die Brise durch das Blätterdach über ihren Köpfen fegte. Das Surren der Moskitos drang laut in sein Ohr, obwohl er den Schlapphut trug. Er spürte zwei Stiche im Nacken. Im Gehen hängte er sich die MP über die Schulter und zog die Insektencreme aus einer Tasche, drückte etwas auf seine Handfläche und verteilte es großzügig auf dem Nacken und im Gesicht, während die Mannschaft gleichmäßig in nordwestliche Richtung schritt.

Bisher war die Operation ohne Zwischenfälle verlaufen. Ray schaute auf die Uhr und stellte fest, dass sie den Zeitplan bisher gut eingehalten hatten. Wenn alles nach Plan verlief, würden die Japaner gar nicht wissen, wie ihnen geschah.

Wenn alles nach Plan verlief.

Ray strich mit dem Finger über das Verwundetenabzeichen seines Vaters und folgte der Anführerin einen Abhang hinunter, der mit moosglattem Geröll und üppigem Farnkraut übersät war. Die Moskitos kreisten noch immer um ihn herum, stachen jedoch nicht mehr.

Ray schritt vorsichtig über die rutschigen Felsen, um das Gleichgewicht nicht zu verlieren, da die Gummisohlen seiner Stiefel ihn schnell vorwärts trieben. Der Geruch von Schimmel und verrottetem Holz vermischte sich mit dem süßlichen Harzgeruch der Bäume.

Sie schritten im gleichen Tempo noch 20 Minuten weiter und erreichten die Straße, die zu Tanakas Anwesen führte. Hier sah der Plan vor, dass Ray und seine Truppe einen Stolperdraht verlegten, um das Eingreifen feindlicher Streitkräfte von der nahe gelegenen Basis zu verzögern, nachdem der SEAL-Angriff begonnen hatte.

Plötzlich blieb Norma stehen und hob die linke Faust.

Anhalten.

Ray machte die gleiche Geste und gab das Signal weiter.

Auf dieses Signal folgte ein weiteres. Norma legte Zeige- und Mittelfinger gespreizt unter die Augen.

Feind in Sicht.

Sie streckte den Zeigefinger.

Nur einer.

Ray gab die Warnung weiter und richtete seine ausgestreckte Hand nach unten auf den mit Blättern übersäten Boden.

In Deckung.

Sein Trupp verschwand hinter moosbewachsenen Bäumen, riesigem Farnkraut und einem auf der Erde liegenden Baumstamm. Er näherte sich Norma, die bewegungslos hinter einer Reihe von Büschen hockte und auf die gewundene, nicht gepflasterte Straße, die zum Anwesen führte, blickte.

Ray schob die MP5 vorsichtig durch das dichte Laub. Ein glänzender Toyota Land Cruiser blockierte den Kiesweg. Ein Asiat, der eine dunkle Hose und einen grauen Blouson trug, stand mit einer Maschinenpistole in der Hand vor dem Fahrzeug. Jetzt bestand für Ray kein Zweifel mehr daran, dass sich Tanaka im Haus aufhielt.

Sie warteten fünf Minuten, um zu überprüfen, ob der Wachposten allein war. Dann ergriff der SEAL-Kommandant sein Jagdmesser an der Klinge, zog es über die Schulter nach hinten und warf es mit voller Wucht in Richtung Wachposten. Der dunkle Schatten schoss durch die Nacht und traf den Japaner im Nacken. Der Wachposten ließ die Waffe fallen, fiel auf die Knie und legte die Hände auf seinen blutenden Nacken.

Ray und Norma sprangen aus dem Gebüsch auf den Asiaten zu, der soeben auf der Erde zusammenbrach. Aus seinem weit aufgerissenen Mund drang ein lautloser Schrei. Derek Ray zog ihn an den Füßen zwischen die Bäume, und Norma nahm die Maschinenpistole, eine alte Uzi, in die Hand. Aus der Nackenwunde des Asiaten spritzte das Blut, als seine weit aufgerissenen Augen langsam erstarben, mit starrem Blick auf die Bäume. Als Ray ihn entkleidete, atmete er tief durch. Seit dem Desert Storm hatte er keinen Menschen mehr getötet.

Er drückte einem jungen SEAL die Hose und den Blouson in die Hand und zeigte auf die Straße. Der SEAL zog die Sachen an, ergriff die Waffe des toten Asiaten und übernahm vorübergehend den Posten vor dem Land Cruiser, während der Zerstörungstrupp Stolperdrähte verlegte und Sprengsätze auf dem Wagen und den Bäumen in der Nähe verteilte, um eine eventuelle Verstärkung zu behindern.

Der ganze Trupp steuerte anschließend weiter auf die Lichtung zu und verteilte sich rings um das Ziel. Die acht SEALs schlossen sich jeweils zu zweit zusammen. Ray und Norma bildeten ein Team. Ray hatte die Führung übernommen. Norma folgte drei Meter hinter ihm. Bishop und ein junger SEAL waren zum Klippenrand gegangen, um den Wachposten, den sie vorhin entdeckt hatten, außer Gefecht zu setzen.

Ray bahnte sich mit der MP5 gebückt und auf Zehenspitzen den Weg durch das Unterholz. Er bewegte sich ziemlich schnell, denn ihm war klar, dass ihm nicht viel Zeit blieb, bevor jemand versuchen würde, Kontakt zu dem – toten – Asiaten aufzunehmen.

Vorsichtshalber hielt sich Ray knapp zehn Meter vom Rand der Lichtung entfernt. Von hier aus konnte er jede Bewegung an der Baumgrenze erkennen, und trotzdem lieferte das dichte Grün eine gute Tarnung.

Fliegen brummten in der Dunkelheit, und einige setzten sich auf seinen Nacken und seine Stirn. Ray achtete nicht darauf, sondern konzentrierte sich auf den Schatten, der sich gerade von einem Baum sieben Meter vor ihm gelöst hatte.

Die Silhouette eines Mannes, der seine Waffe auf die Lichtung richtete, wurde vom Flutlicht des Hauses angestrahlt.

Ray blieb stehen, drehte sich kurz um, um Normas Position zu überprüfen. Er verständigte sich mit ihr per Handzeichen und drehte sich wieder zu dem Wachposten um. Er überprüfte die Umgebung auf weitere Schatten. Mehr Wachposten waren jedoch nicht zu sehen. Ray kniff die Augen zusammen und richtete seinen Blick wieder auf die Zielperson. Eine Waffe hing über der linken Schulter des Mannes.

Noch immer umkreisten ihn Moskitos. Ihr unaufhörliches Summen vermischte sich mit dem Surren anderer Insekten. Er inspizierte sein Opfer noch einmal. Es war ein kräftiger Mann mit einem Bürstenhaarschnitt und ausgeprägten Muskeln unter der Zivilkleidung, die der des anderen Mannes, den er auf der Straße getötet hatte, ähnelte.

Moosbewachsene Felsen säumten einen auf der Erde liegenden Baumstamm, der halb mit Schwertfarn überwuchert war. Ray versteckte sich hinter dem verrotteten Holzstück und spähte durch den Farn auf die reglose Gestalt etwa vier Meter von ihm entfernt. Er überlegte, ob er einfach die MP5 benutzen sollte, aber das Risiko, dass die Kraft der 9-mm-Kugeln den Soldaten vom Boden hochriss und in die Lichtung warf, war zu groß. Ray hätte dadurch seine Anwesenheit verraten können.

Der Marinesoldat ließ die Waffe sinken und griff mit der rechten Hand nach seinem Messer. Das stählerne Ende ragte aus seiner Faust heraus, und dann glitt er wendig wie eine Schlange langsam über den Baumstamm und die rutschigen Felsen. Das Rauschen des pfeifenden Windes übertönte die Geräusche, die er verursachte, und die langen Wedel des Schwertfarns verdeckten ihn.

Schweißperlen rannen über seine Stirn und sammelten sich über den Augenbrauen, als Sting Ray bis auf zwei Meter an sein Opfer heranschlich. Er tauchte über dem Blätterdach auf. Der überraschte Wachposten drehte sich um, doch erst, als die Klinge, die unten in seinen Nacken gesaust war, das Rückenmark durchtrennt hatte.

Der Soldat fiel zu Boden, und dunkle Blutspritzer sickerten auf seinen Rücken. Ray steckte das Messer zurück in die Scheide am Knöchel und zog die Leiche hinter den Baumstamm, wo Norma sie unter dem Farn versteckte.

Leise drang Ray immer tiefer in den Dschungel ein. Er umklammerte die MP5, richtete sie in den Wald und suchte sein nächstes Opfer. Er war sicher, dass er es so wie das erste am Rande der Lichtung finden würde. Vorsichtig schritt er in gebückter Haltung parallel zur Baumgrenze weiter. Seine Raubtieraugen suchten nach Schatten, die das normale Muster des Dickichts durchbrachen.

An einem morschen Baumstumpf blieb er stehen. Ein unberührt aussehender Farn, dessen Blätter größer waren als die des anderen Farns in dem Gebiet, wuchs aus dem Baumstumpf heraus und überdeckte den mit Blättern übersäten Boden. Dahinter erstreckte sich deutlich erkennbar ein Pfad, der in dem Dschungel wie ein Tunnel aussah. Am Eingang dieses Tunnels stand neben einer schmalen Palme, deren Blätter den Pfad teilweise verdeckten, ein anderer Mann, der auch auf die Lichtung schaute und dessen Waffe locker über seiner Schulter hing.

Ray gefiel es, dass die Wachposten in regelmäßigen Abständen positioniert waren, denn das nahm seiner Jagd die Unsicherheit. Tanaka hatte seine Männer um die Lichtung herum angeordnet, damit den zahlreichen Beobachtungsposten kein Eindringling, der sich dem Anwesen näherte, entwischte. Dadurch wurden die Wachen jedoch für Angreifer vom Wald aus selbst zu guten Zielscheiben, und Ray machte sich zum weiteren Angriff bereit.

Unbemerkt huschte er an dem Baumstamm vorbei über

den mit Blättern übersäten Boden und näherte sich seinem nächsten Opfer. Er kroch zu einem Busch mit großen Blüten, der ein paar Meter entfernt stand. Das Summen der Insekten wurde lauter und vermischte sich mit dem Surren der Moskitos, die über den Blüten schwebten.

Ein Meter fünfzig.

Der Wachposten stand reglos wie eine dunkle Statue neben dem Tunnel. Eine Wolke aus Stechmücken tanzte neben ihm um einen schmalen Lichtstrahl, der vom Flutlicht des Anwesens stammte und durch die Zweige einer Zypresse drang.

Ray kroch Zentimeter für Zentimeter weiter, presste seine Stiefel gegen den vermoderten Baumstumpf ...

Ratsch!

Ray erstarrte. Er hatte mit der Stiefelspitze ein Stück Borke vom Stamm gerissen.

Der Wachposten verlagerte sein Gewicht auf den rechten Fuß, drehte sich um und griff nach der Automatikwaffe. Der SEAL-Kommandant atmete langsam aus, als er einmal abdrückte. Ein leises Klicken, das sich wie das Zuschnappen einer Tür anhörte, wurde von den natürlichen Geräuschen des Waldes verschluckt. Schon sauste die Kugel durch die Luft und durchbohrte das Fleisch des Opfers. Der Wachposten fiel zu Boden, griff sich an den Nacken und brach zusammen.

Ray fröstelte, lauschte und überzeugte sich, dass niemand etwas gehört hatte. In den nächsten Minuten erhielt er Berichte von den anderen Teams, die ihn informierten, dass der Umkreis gesichert war. Die noch lebenden Wachposten hielten sich auf dem Grundstück des Anwesens auf. Die erste Phase der Operation war beendet. Ray schaute auf die Uhr. Eine Stunde und 40 Minuten waren verstrichen, seitdem sie den Strand erreicht hatten. Ihnen blieben noch 20 Minuten, um Tanaka gefangen zu nehmen und das Gebiet zu sichern, ehe sie das Signal an den Hubschrauber, der schon von der USS *Blue Ridge* gestartet sein müsste, senden konnten.

Er schaute auf Norma Mendez, die neben ihm in den Büschen, die das Anwesen säumten, hockte. Das zweistöckige Gebäude mit den weinumrankten Säulen, die das schräge Dach stützten, sah eher wie ein Tempel als ein Wohnhaus aus. Ein mit Kopfstein gepflasterter Weg verband die Steintreppe am Vordereingang des Hauses mit einer kleinen Steinbaracke an der Westseite und dem beheizten Pool hinter der Baracke. In dem hellen Licht der Lampen, die in regelmäßigen Abständen an den Seiten angeordnet waren, konnte man den zischenden Dampf über der Wasseroberfläche sehen.

Ray entdeckte zwei Wachen am Ende des Pools. Drei weitere rauchten 30 Meter entfernt Zigaretten an den Säulen neben der Steintreppe. Plötzlich brachen die beiden Wachen am Pool zusammen und sanken geräuschlos zu Boden.

Ray schaute auf die drei Wachen, die noch immer rauchten und deren Waffen locker über ihren Schultern hingen. Er wies auf die beiden zu seiner Linken und dann auf sich. Dann zeigte er auf die dritte Wache und auf Norma Mendez, die nickte. Ray nahm sein erstes Opfer mit seiner MP5 ins Visier. Er feuerte im Einzelschussmodus und spürte den leichten Rückstoß der Waffe, als der Schalldämpfer die Detonation der Kugel, die die erste Wache in die Brust traf, dämpfte. Bevor sie zu Boden fiel, hatte Ray schon die zweite Wache im Visier. Er feuerte im selben Augenblick wie Norma. Auch die letzten Wachen fielen zu Boden.

»Nordgrenze gesichert. Drei Tote dort hinten«, hörte er Bishops Stimme.

»Zwei Tote am Pool. Westgrenze sauber«, hörte er eine andere Stimme.

»Ein Toter an der Ostgrenze.«

»Ins Haus!«, befahl Ray, rannte über den Rasen, die Treppe hinauf und erreichte die schwere, unverschlossene Haustür. Er stemmte sich mit der linken Schulter dagegen und öffnete sie nur so weit, dass er und Mendez hindurchgehen konnten.

In der großen Eingangshalle, deren Boden mit Schiefer ausgelegt war, brannten runde Papierlaternen. Steinstatuen von alten Kriegern standen an den Wänden. Ray richtete seine MP5 langsam auf die Statuen, um zu überprüfen, dass sich kein verkleideter Wachposten dahinter verbarg. Beruhigt gingen sie durch die große Eingangshalle und gelangten zu den Räumen in der Mitte des Hauses, die mit den Computern auf den Schreibtischen größtenteils wie Büros aussahen.

Sie suchten weiter und stießen kaum auf Widerstand. Mendez setzte einen Mann in der Küche mit Karatehieben außer Gefecht. Ray schaltete einen zweiten Mann aus, der im Salon heißen Tee trank. Eine Minute später erreichten sie die Schlafzimmer und richteten ihre Waffen auf eine große Gestalt, die aus einem hinteren Raum des Hauses kam.

»Sting, ich bin es. Sieh mal, was ich hier gefunden habe. Den geilsten Typen der Stadt.«

Ray senkte die MP5 und atmete erleichtert aus. Es war Bishop. In dem Raum fand er Konichi Tanaka in Gesellschaft von drei asiatischen Frauen, die alle ihre entblößten Brüste mit den Armen bedeckten.

»Der Ring«, sagte Ray in einem Anfall von Panik. Er hatte Instruktionen hinsichtlich der Selbstmordneigungen von Tanakas Männern in Amerika erhalten. Es war mit großer Wahrscheinlichkeit anzunehmen, dass Tanaka auch versuchen würde, sich bei dieser Aktion zu töten, um das Geheimnis der Operation zu wahren.

Bishop grinste und hielt den goldenen Ring hoch. »Wenn es nach mir geht, bringt sich hier keiner um.«

Ray warf dem JDA-Chef, der nur einen Slip trug und ruhig neben dem Bett stand, einen kurzen Blick zu. Die Frauen schluchzten und jammerten. Ray schaute auf die Uhr. Sie hatten die Sache zwei Minuten schneller als geplant hinter sich gebracht. Bisher war die Operation mustergültig verlaufen. Er drehte sich zu einem jungen SEAL um und sagte: »Sende das Signal und hol George. Ich muss Mr. Tanaka einige Fragen stellen.«

Konichi Tanaka bewahrte Ruhe und vermied es, auf die Uhr zu sehen, als die Eindringlinge ihn aus dem Schlafzimmer in sein Büro führten. Er hatte auf einen versteckten Alarmknopf unter seinem Bett gedrückt, als der erste Angreifer ins Zimmer gestürzt war. Der Geheimdienstbeamte hatte das Schreien seiner Huren, das für etwas Verwirrung gesorgt hatte, genutzt, um den Yamato-Clan zu alarmieren. Jetzt musste er nur genug Zeit gewinnen, bis die Rettungsmannschaft anrückte.

38

Komplikationen

TOKIO

Minister Yokonawa wachte auf, als sein Handy neben dem Bett klingelte. Er richtete sich auf, nahm das kleine Gerät in die Hand und beobachtete seine Frau, die sich unter der Decke räkelte.

»Moshi-moshi?«, sagte er im Halbschlaf und schaute auf den Wecker. Es war mitten in der Nacht. Das verhieß nichts Gutes.

»Yokonawa-san?«

»Hai«, erwiderte er, als er die Stimme seines Sicherheitschefs erkannte, der auch dem Yamato-Clan angehörte.

»Ich fürchte, es gibt ein Problem am Kap Muroto. Wir haben soeben einen Hilferuf von Tanaka-san erhalten. Wir schicken Späher, um das sofort zu überprüfen.«

Yokonawa, der jetzt hellwach war, sprang aus dem Bett, presste das Handy gegen sein linkes Ohr und fürchtete das Schlimmste. »Schicken Sie unsere Truppen mit den Spähern und berichten Sie mir umgehend.«

»*Hai*, Yokonawa-san.«

Yokonawa lehnte sich zurück und schloss die Augen. Im Geiste ging er alle Möglichkeiten durch und fragte sich, ob Tanaka von den Amerikanern unter Druck gesetzt wurde. Vielleicht war seine rechte Hand im Yamato-Ichizotu-Clan als Geisel genommen worden und wurde einem peinlichen Verhör unterzogen. Yokonawa wusste, dass er nicht zulassen konnte, dass Tanaka gefangen genommen wurde. Wenn der JDA-Chef es nicht geschafft hatte, seine Zyankalikapsel zu schlucken, war es die Aufgabe des Ministers, die Beweiskette zu unterbrechen: Er musste seinen Untergebenen ermorden. Tanaka stellte ebenso wie Matsubara und die amerikanischen Ingenieure eine weitere Verteidigungslinie dar. Jede Pufferzone war dazu bestimmt, den Feind zurückzuhalten und zu verhindern, dass er zum Kern vorstieß. Yokonawa selbst hatte dieses System entwickelt.

Der Minister schaute auf die Uhr und seufzte verzweifelt. Er fürchtete den Gedanken, dass das FBI sich ihm nähern, ihn entlarven und Schande über seinen Familiennamen und sein Land bringen könnte. Es war nicht auszuschließen, dass die hinterlistigen Amerikaner versuchen würden, die Situation zu ihrem Vorteil zu nutzen und Tanaka und Yokonawa zu zwingen, für sie als Agenten zu arbeiten.

Der Minister schloss die Augen. Wenn das passieren würde, wäre er gezwungen, den Amerikanern Staatsgeheimnisse preiszugeben oder das Risiko einzugehen, bloßgestellt zu werden.

Ich werde mich töten, bevor es dazu kommen sollte!

Yokonawa stand leise auf, um seine Frau nicht zu wecken, nahm das Handy und zog einen Kimono über, ehe er die Trennwand zur Seite schob und durch den Salon in die Küche ging.

Er nahm sich ein Bier aus der Minibar, trank es aus und schaute auf den Nachthimmel von Tokio.

39

Murphys Gesetz

USS *BLUE RIDGE*, 30 MEILEN VOR DER JAPANISCHEN KÜSTE

Erika Conklins Herz klopfte heftig, als der Marinetransporthubschrauber mit dem ohrenbetäubenden Lärm des Rotors das Deck des Schiffes verließ und in die Nacht flog. Plötzlich sank der Hubschrauber so tief, dass sie die Wellen wenige Meter unter sich sehen konnte. Als sie Brent MacClaine, der in dem geräumigen Frachtraum neben ihr auf dem Metallboden saß, darauf aufmerksam machte, erklärte er ihr, dass der Hubschrauber versuchte, den japanischen Küsten-Radarsystemen auszuweichen, besonders angesichts der großen Armeebasis nördlich des Ziels.

MacClaine drückte ihr etwas in die Hand, das einem elektrischen Rasierapparat ähnelte. »Eine Betäubungswaffe. Du musst nur zielen und auf diesen Abzug drücken. Sie feuert zwei Sonden auf eine Entfernung von zehn Metern ab.«

»Und wozu sollte ich das brauchen? Hast du denn nicht gesagt, die SEALs hätten das Gebiet gesichert?«

»Haben sie, aber es kann nicht schaden, besonders vorsichtig zu sein – für den Fall der Fälle. Sie ist außerdem viel wirkungsvoller als ein Schuh.« Er strich sich über die Schramme auf seiner Stirn.

Sie stieß ihn leicht mit dem Ellbogen an und inspizierte die Waffe, die wie ihr Nokia einen Gurt hatte. »Was ist das?«, fragte sie und zeigte auf ein kleines Kästchen auf der Rückseite.

»Das ist die Reserveladung. Nachdem du das erste Set verschossen hast, musst du die verbrauchte Patrone abbrechen und die neue nachladen. Dann kannst du zielen und ein zweites Mal schießen. Versuche, nicht auf dich zu schießen.«

Erika schaute das Ding noch einmal mürrisch an und schnallte es sich dann um den Bauch.

MacClaine beugte sich nach vorn, zog zwei dunkle Westen hervor und gab Erika eine. »Sie sind aus Kevlar gemacht. Kugelsicher. Zieh sie an – für den Fall der Fälle.«

Erika gefiel die Sache immer weniger. »Wie habe ich das denn zu verstehen, Brent – für den Fall der Fälle?«

MacClaine grinste und legte seine Weste zur Seite. »Für den Fall der Fälle eben. Ich will nicht, dass diesem hübschen Gesicht etwas zustößt.«

Erika ging nicht darauf ein, hob die leichte Weste hoch, zog sie über ihre Bluse und knöpfte die stabilen Druckknöpfe zu. Sie hatte früher schon gesehen, dass Agenten derartige Westen trugen. Damals hatten die Männer ihr Leid getan, weil sie einen Job machten, bei dem sie ständig ihr Leben aufs Spiel setzten. Dieser Gedanke veranlasste sie, ihre Entscheidung, ihr Leben zu riskieren, noch einmal zu überdenken. Sie runzelte die Stirn.

Dafür ist es jetzt wohl zu spät, meine Gute.

Als sie aus dem Seitenfenster schaute, sah sie nichts außer Sternen und Dunkelheit und der Gischt, die der Wirbel des Rotors verursachte. Sie fragte sich, ob der Grund für ihre Entscheidung, hier weiterzumachen, mit der Abmachung zwischen ihr und Palenski zu tun hatte. Oder ob vielmehr die Tatsache ausschlaggebend war, dass sie allein die erforderlichen Fähigkeiten besaß, diesem Wahnsinn, der die Nation heimsuchte, ein Ende zu bereiten. Wahrscheinlich war es beides. Die Abmachung mit Palenski hatte sie angespornt anzufangen, und jetzt wurde sie durch die Eigendynamik der Mission in ihrem Endstadium getragen. Sie hoffte nur, dass das Endstadium zu einem friedlichen See und nicht zu den Niagarafällen führte.

Erika begann zu schwitzen. Unter der Weste war es wie in einem Hochofen, und sie schickte sich an, sie abzulegen. »Ich ziehe sie an, kurz bevor wir da sind.«

»Wir *sind* da«, erwiderte MacClaine und zog selbst seine Weste an.

Der Hubschrauber kam ohne Navigationslichter aus Südwesten und überflog das Wasser. Pilot und Copilot trugen Nachtsichtbrillen, damit sie den Hubschrauber nicht ins dunkle Wasser stürzen ließen. Am Horizont war plötzlich Land in Sicht. Zuerst war nur ein schwacher Lichtschein zu erkennen, doch kurz darauf hob sich der gelbliche Schimmer oben auf den Felsklippen langsam vom Strand ab. Der Marinehubschrauber überflog die Wellen, die sich am Ufer brachen. Er hielt die gleiche Höhe, als sie über dem Strand schwebten und sich der steilen Wand gefährlich näherten. Erst jetzt gewann der Hubschrauber an Höhe und stieg die 60 Meter, die sie von dem Anwesen trennten, senkrecht auf.

Erika Conklin beobachtete das Treiben auf der Erde. Männer in dunklen Uniformen wiesen dem Hubschrauber, der auf einem grasbedeckten Feld zwischen einem Gebäude, das wie ein Mausoleum aussah, und dem Dschungel landete, mit Handsignalen den Weg. Die Männer näherten sich dem Hubschrauber, als er aufsetzte. Erika konnte ihre Gesichter, die sich in der Dunkelheit zu verlieren schienen, nicht erkennen. Sogar als sie auf den Hubschrauber zusteuerten, konnte sie die Männer kaum mit den Augen verfolgen. Sie schienen immer wieder in ihrem Blickfeld aufzutauchen und zu verschwinden wie ...

»Geister«, sagte sie.

MacClaine drehte sich zu ihr um. »Was hast du gesagt?«

»Diese Typen da.« Sie zeigte auf die dunklen Schatten. »Sie sehen aus wie Geister.

Er klopfte ihr aufs Bein. »SEALs. Sei froh, dass sie auf unserer Seite sind. Komm.«

Sie ließ ihren Compaq im Hubschrauber und folgte MacClaine aus der Maschine, dessen Rotor sich jetzt langsamer drehte. Zwei der Geister warteten auf sie. Einer von ihnen war riesengroß, sehr muskulös und hielt eine Maschinenpistole in der Hand. Und neben ihm stand ...

Eine Frau!

Erika dachte eigentlich, dass sie nichts mehr überraschen könnte, doch sie stand einer kleinen Frau gegenüber, deren Gesichtszüge unter einer dicken Schicht Tarnfarbe verdeckt waren. Sie trug eine automatische Waffe und musterte Erika. Als sie die Kevlarweste sah, grinste sie ein wenig höhnisch.

MacClaine rief: »Special Agent MacClaine! FBI-Informatikerin Conklin.«

Der riesengroße SEAL nickte. »Hier entlang«, sagte er mit tiefer Stimme und ging voraus. Der weibliche SEAL schaute sie gleichgültig an und drehte sich ebenfalls um. Erika und MacClaine warfen sich einen Blick zu und folgten ihnen zu der Vordertreppe des japanischen Tempels. Holzsäulen säumten das große Gebäude und stützten das schräge Dach.

»Haben Sie Tanaka gefunden?«, fragte MacClaine.

Keiner antwortete. Sie gingen schweigend weiter und führten sie die Treppe hinauf in den ersten Raum, eine große Eingangshalle mit unheimlichen, lebensgroßen Statuen japanischer Krieger. Der matte Schein der Papierlaternen an der Decke umriss die getarnten, eckigen Gesichtszüge eines dritten SEALs. Er war von durchschnittlicher Größe, hatte eine Narbe über seiner linken Schläfe und Narben auf dem kantigen Kinn. Die Narben, die markanten Gesichtszüge, die Tarnfarbe, die dunkle Uniform und die Ausrüstung spendeten eine Art Trost. Dieser Mann schien zu wissen, wie man mit derartigen Situationen umging. Das Gesicht kam Erika auch ein wenig bekannt vor, aber sie wusste nicht, woher sie es kannte.

»Ich übernehme hier«, sagte der letzte SEAL. Der Riese

und die Frau gingen wieder hinaus. »Ich bin Korvettenkapitän Derek Ray.« Er drehte sich zu Erika um und streckte seine Hand aus.

Erika begrüßte ihn und erinnerte sich plötzlich, woher sie das Gesicht kannte. »Derek Ray? Sind Sie nicht ...?«

»Der Stiefsohn des Präsidenten, ja.« Er beugte sich über ihr Ohr und fügte leise hinzu: »Aber Sie brauchen hier nicht nach Leuten vom Geheimdienst zu suchen. Sie hatten Angst, sich ihre Seidenanzüge nass zu machen.«

Erika lächelte. »Erika Conklin. FBI-Informatikerin. Das ist Special Agent Brent MacClaine. Es freut mich, Sie kennen zu lernen.«

MacClaine und Ray schüttelten sich die Hand.

»Haben Sie Tanaka gefunden?«

Ray nickte. »Er ist dort hinten in einem Zimmer.« Er steuerte auf das Zimmer zu und fuhr fort: »Aber er will nicht reden. Einer meiner Männer spricht fließend Japanisch, doch er kriegt kein Wort aus ihm heraus.«

»Sie brauchen keinen Dolmetscher«, sagte MacClaine, als sie einen langen Flur durchquerten, auf dem zu beiden Seiten große, dekorative Stellwände, bemalt mit Landschaften, Enten, Schmetterlingen, bunten Blumen und Vögeln, standen. »Tanaka spricht fünf Sprachen einschließlich Englisch.«

»Ich hoffe, Sie haben mehr Glück. Die Büros mit den Computern liegen auch da hinten. Wir haben alles so gelassen, wie wir es vorgefunden haben. Möchten Sie sich zuerst die Computer oder den Gefangenen ansehen?«

»Wir können später mit Tanaka sprechen«, sagte Erika. »Jetzt will ich erst mal das Material sichern.«

Ray schaute MacClaine fragend an. Der Agent erklärte: »Das ist ihr Fall.«

Sie betraten das erste Großraumbüro, das links vom Flur lag. Erika sah sechs Fujitsu-Computer, die sich zwei Disk-Server teilten. Das System war aktiv. Erika schaltete es sofort aus und zog die Kabel heraus, die die Teile miteinander verbanden. »Das muss zum Hubschrauber gebracht werden.«

»Alles?«, fragte Ray.

Erika schüttelte den Kopf. »Nur die beiden. Die Monitore und die Tastaturen bleiben hier.«

Während Ray auf sein Kehlkopfmikro drückte und dann hineinsprach, wühlte Erika in Schränken und Schubladen und fand eine Menge Disketten und Zip-Disketten, die in japanischer Sprache beschriftet waren. Sie gab MacClaine die Sachen, der alles in einen Nylonbeutel stopfte. Als sie fertig waren, trugen drei SEALs, die sie bisher noch nicht gesehen hatte, die Geräte bereits aus dem Haus.

Derek Ray führte sie durch zwei weitere Räume, in denen sich weitere Computerhardware befand, doch sehr viel weniger als in dem ersten. Erika war hier in weniger als zehn Minuten fertig und sammelte über zwei Dutzend Zip-Disketten und fast 100 weitere Disketten ein. Rays Truppe hatte vier Server zwischen den Sitzen im Frachtraum gesichert.

Erika saß jetzt hinten im Hubschrauber neben George Yokosaka, dem SEAL, der fließend Japanisch sprach. MacClaine und Ray redeten mit dem Piloten.

Plötzlich wurde der Hubschrauber durch eine Explosion erschüttert. MacClaine stürzte nach hinten und setzte sich neben Erika. »Wir haben Gesellschaft! Ray sagt, dass es der Stolperdraht an der Straßenzufahrt sei. Wahrscheinlich kommen japanische Truppen über diesen Weg hierher.«

Sofort tauchten überall SEALs auf. Drei rannten aus dem Dschungel auf den Hubschrauber zu, drei weitere traten hinter den Säulen hervor, und der große Krieger und seine weibliche Begleitung kamen aus einer anderen Richtung. Die SEALs stürzten in den Hubschrauber und setzten sich an den Rand des Frachtraumes. Zwei SEALs flankierten Tanaka, der nur mit einer Hose und einem Unterhemd bekleidet war. Der JDA-Chef blickte auf den Metallboden. Bishop besetzte das

Maschinengewehr, das auf der linken Seite des Hubschraubers angebracht war, und der weibliche SEAL bediente das rechte. Beide schauten aus den schmalen Fenstern und richteten ihre Waffen auf die Zufahrtsstraße.

Erika konzentrierte sich auf ihre Arbeit und die kabellose Datenübertragung. Sie zog den Laptop heraus und verband die Parallel-Anschlussbuchse mit einem externen Zip-Laufwerk. Dann schob sie ihr kabelloses Hochgeschwindigkeits-Modem in den Laptop und stellte per Satellit die Verbindung zum Systemlabor im J.-Edgar-Hoover-Gebäude in Washington her. Noch bevor der letzte SEAL sich im Hubschrauber niedergelassen hatte und der Rotor sich beschleunigte, hatte die FBI-Informatikerin die ersten Daten übertragen. Yokosaka hatte sich den ganzen Inhalt des Nylonbeutels angesehen, und Erika begann mit den Zip-Disketten, die nach der Übersetzung des Agenten mit *JDA – Vertrauliche Daten #1* beschriftet waren. Die Übertragung ging ziemlich schnell. Es dauerte etwa eine Minute, bis die ersten 30 Megabytes der Daten übertragen waren.

Der Hubschrauber hob ab und schwebte einen Moment, ehe er aufs Meer zusteuerte.

Erika blickte eine Sekunde vom Monitor hoch. Sie schaute auf die Erde fünf Meter unter dem Hubschrauber und sah flüchtig eine dunkle Gestalt, die über den Rasen lief. Sie winkte dem großen SEAL hinter dem Maschinengewehr zu, doch der schaute nicht in ihre Richtung, und daher drehte sie sich zu MacClaine um.

»Haben wir SEALs zurückgelassen?«

Der Agent schüttelte den Kopf. »Eigentlich nicht. Warum?«

»Mir war so, als hätte ich ...«

Maschinengewehrfeuer dröhnte aus verschiedenen Richtungen vom Boden her, schlug in die Unterseite des Hubschraubers ein und durchlöcherte den Metallboden. Drei

SEALs griffen sich an die Brust, als die Kugeln sie trafen. Einer von ihnen war George Yokosaka. Im gleichen Augenblick wurde Erika mit ungeheurem Druck gegen die Seitenwand der Maschine geschleudert.

Sie landete benommen auf dem Boden. Qualvolle Schreie vermischten sich mit dem ratternden Gewehrfeuer unten auf der Erde. Dann spürte sie, dass sich starke Hände um ihren Rücken legten.

»Ich halte dich!«, rief MacClaine so laut, dass er den ohrenbetäubenden Lärm übertönte. Der Hubschrauber bebte, als Bishop und Mendez das Feuer erwiderten. Die zahlreichen Schüsse hallten durch den vollbesetzten Frachtraum, als sie die Erde mit Sprengstoff übersäten.

»Was ... was ist ...?«

»Du bist getroffen worden, aber die Weste hat den Schuss abgefangen. Entspann dich! Ich halte dich!« Er zwängte sich zwischen Erika und den Boden und umarmte sie.

»Wir stehen unter Beschuss«, rief Ray in sein Mikro, als Rauch in den Frachtraum drang. Die Mündungsfeuer der Maschinengewehre verursachten in dem Nebel einen stroboskopischen Effekt. Leere Patronenhülsen, die an der Seite der Waffen herausflogen, sausten durch die Luft. »Bringen Sie uns hier weg, verdammt!«

Zwei weitere SEALs, aus deren Brustkörben Blut spritzte, fielen zu Boden. Auch Tanaka brach zusammen. Der fortgesetzte Beschuss hatte seinen Unterleib aufgerissen, und seine rauchenden Eingeweide quollen hervor. Der Geruch von verbranntem Fleisch vermischte sich mit dem des Schießpulvers.

Der Hubschrauber bebte, bewegte sich aber aus der Schusslinie und überflog den Dschungel nördlich des Hauses. Die Schützen schossen in alle Richtungen und verursachten so viel Verwirrung, dass die Aktivitäten am Boden einen Moment aufhörten.

Bäume zerkratzten die Unterseite des Hubschraubers, als der Pilot verzweifelt versuchte, an Höhe zu gewinnen, aber die Turbine stieß schwarzen Rauch aus.

»Haltet durch!«, schrie Derek Ray, dessen kantiges Gesicht in der dunklen Wolke, die den funktionsunfähigen Hubschrauber einschloss, kaum zu erkennen war. »Wir stürzen ab!«

Der Hubschrauber sank auf die Seite gedreht in den Wald, prallte gegen Baumstämme und erbebte, als die Rotorblätter sich in den oberen Zweigen verfingen und Baumspitzen absäbelten, bevor sie selbst zerbrachen.

»Brent!«, schrie Erika, als der Hubschrauber durch das dichte Blätterdach fiel, Zweige zerfetzte, Kletterpflanzen zerriss und sich auf halber Strecke zu dem mit Blättern übersäten Boden im Geäst verfing.

MacClaine umklammerte sie fest und schützte sie mit seinem Körper vor dem Aufprall. Der Hubschrauber sank immer tiefer, blieb zwischen den Bäumen stecken, weitere Äste brachen ab, bevor der Helikopter weiter in die Tiefe stürzte. Schließlich blieb er wenige Zentimeter vom Boden entfernt im Unterholz hängen. Der Geruch des Schießpulvers vermischte sich mit dem des verschütteten Kraftstoffs.

Plötzlich war die Nacht taghell erleuchtet.

40
Schlechte Nachrichten

FBI-ZENTRALE, WASHINGTON, D.C.

Diese verdammten kabellosen Verbindungen«, schimpfte Charlie Chang, als er auf die Leiste an der Seite des Bildschirms schaute. Dort konnte er ablesen, dass nur 30 Prozent der Übertragung erfolgreich abgeschlossen waren. »Man kann sich einfach nicht darauf verlassen!«

Roman Palenski kaute ungeduldig auf seiner nicht brennenden Zigarre. »Wie lange wird es dauern, bis Sie eine neue Verbindung haben?«

Chang stand auf und schüttelte den Kopf. Er trug einen weißen Laborkittel über Shorts und einem Hemd. Da seine Beine unter dem knielangen Kittel nackt waren, sah es so aus, er hätte er nichts weiter darunter an. »Weiß ich nicht, Sir. Das liegt an ihr. Ich kann von hier aus nichts weiter tun, als Daten zu empfangen.«

Palenski strich sich über den kahlen Schädel. »Können Sie mit dem, was Sie bisher empfangen haben, etwas anfangen?«

Chang schaute auf den Schirm und nickte. »Ich habe fast hundert Megabytes Daten hier. Wir werden sie schnell übersetzen. Mal sehen, was wir finden.« Er winkte zwei FBI-Agenten, die beide fließend Japanisch sprachen, zu sich.

Palenski trat zur Seite, als die drei sich um den Computer drängten. Chang tippte etwas ein und betätigte die Maustaste, woraufhin auf dem Monitor Fenster geöffnet wurden, die alle mit japanischen Schriftzeichen gefüllt waren.

»Und?«, fragte Palenski nach ein paar Minuten. Er hatte die Hände in die Hosentaschen gesteckt, trat nervös von einem Bein aufs andere und kaute an der Zigarre. »Was haben Sie gefunden?«

»Es dauert noch eine Weile, Sir«, sagte Chang, der auf ein Fenster auf dem Bildschirm zeigte. »Scheinbar haben wir eine Menge Dateien bekommen, aber kein Dateiverzeichnis, das uns sagt, wie sie sortiert sind. Dieser Teil der Daten muss verloren gegangen sein, als die Übertragung abgebrochen wurde.«

»Das ist ja großartig«, knurrte Palenski. »Ganz toll! Mal sehen, was heute Nacht noch alles schief läuft.«

Die Tür zum Labor wurde aufgerissen, und eine seiner Sekretärinnen stürmte in den großen Raum. Es war eine blonde Frau Mitte zwanzig mit hübschen Beinen und einem so engen Rock, dass sie kaum laufen konnte. Sie hielt ein Handy in der linken Hand.

»Was ist denn jetzt passiert?«

Sie reichte ihm das Handy. »Das Pentagon, Sir. Etwas Schreckliches ist passiert.«

Palenski zuckte zusammen, und sein Magen verkrampfte sich, als er das kleine Gerät an sein linkes Ohr presste. »Ja?«

»Mr. Palenski, hier ist Vuono. Wir sitzen in der Klemme. Die *Ridge* hat einen Notruf von der Truppe bekommen. Wahrscheinlich wurde der Hubschrauber in der Nähe von Tanakas Grundstück abgeschossen.«

Palenski schloss die Augen und biss in seine Zigarre.

41

Moderne Helden

SÜDJAPAN

»Kommen Sie! Wir müssen sofort hier raus«, schrie Derek Ray, als er Erika Conklin aus der brennenden Maschine half. Erika warf einen flüchtigen Blick auf den Nylonbeutel, in dem die Disketten waren, und als sie die Kabine verließ, riss sie den Beutel an sich und presste ihn an ihre Brust.

Ihre Augen und ihre Kehle brannten von dem Rauch. Sie wurde von mehreren Händen aus dem Hubschrauber getragen und neben einen umgestürzten Baumstamm gesetzt.

Verwirrt und benommen richtete sie sich auf, rieb sich über die Augen, hustete, um ihre Atemwege frei zu bekommen, und spürte die starke Hitze, als das Feuer durch die Maschine schoss. Brent sprang aus dem brennenden Wrack, landete neben ihr auf der Erde und rollte von dem Inferno weg.

»Sie explodiert gleich!«, schrie Norma Mendez. Bishop, Ray und Norma waren die einzigen der Truppe, die überlebt hatten. Die anderen SEALs waren entweder beim Bodenbeschuss getötet oder von den lodernden Flammen verzehrt worden.

Bishop wollte in das brennende Wrack springen, um seine Kameraden herauszuziehen, doch Ray und Mendez hielten ihn zurück.

»Sie sind tot!«, schrie Ray. »Du kannst nichts mehr für sie tun!«

»Komm jetzt!« Norma Mendez zog an seiner Weste. »Komm! Wir müssen hier weg.«

»Abmarsch! Schnell! Loca, du gehst voraus!«, befahl Ray. »Sie.« Er zeigte auf MacClaine, der neben Erika stand. »Können Sie damit umgehen?« Ray hielt ihm eine Automatikwaffe hin, die er aus dem Feuer gezogen hatte.

»Na klar«, erwiderte MacClaine und ergriff die Waffe.

»Gut. Sie beide folgen ihr.« Er zeigte auf Norma Mendez. »Wir bilden die Nachhut.«

»Wir haben Gesellschaft, Sting!«, sagte Bishop und zeigte in die Richtung, in der das Anwesen lag.

Erika schaute nach links, als sie MacClaine, der die Waffe mit beiden Händen umklammerte, hinterherlief. Männer in Tarnuniformen steuerten in Schwärmen auf sie zu. Die dunklen Gestalten wurden von den lodernden Flammen erhellt, und ihre Automatikwaffen knatterten durch die Nacht.

Etwa hundert Meter von dem brennenden Wrack entfernt wurde der Dschungel pechschwarz. Dann hörte sie Rays Stimme.

»Loca, Bishop, Nachtsichtbrillen aufsetzen!«, schrie Ray. Mit der freien Hand setzte er sich die Nachtsichtbrille auf, die um seinen Hals hing. »Bishop, nimm die Frau. Loca, du führst MacClaine. Abmarsch! Zurück zum ersten Kontrollpunkt.«

Die Nacht wurde gerade rechtzeitig hellgrün, damit Ray, der die MP5 fest in seiner rechten Hand hielt, über einen Baumstamm und anderes Geröll springen konnte. Er stellte das Automatikfeuer ein und schoss auf die sich nähernden Männer, die sich auf den Boden werfen mussten. Dann warf er zwei Granaten und lief den anderen hinterher.

Die Truppe rannte fünf Minuten weiter und vergrößerte schnell den Abstand zu ihren Verfolgern, die keine Nachtsichtbrillen trugen und daher in dem dunklen Wald langsamer gehen mussten. Sie rannten durch dichtes Laub, erreichten ein paar Bäume, die mit Moos bewachsen waren und zu einem Pfad führten, über den sie vorhin gekommen waren.

»Ersten Kontrollpunkt erreicht«, sagte Norma Mendez ins Mikro.

Derek Ray stand plötzlich neben der Baumgruppe vor einer Wand aus Ranken. Lichtstrahlen drangen auf der Suche nach ihm durchs Laub. Er schob ein neues Magazin in die MP5, richtete sie auf die sich nähernden Lichter und feuerte. Die Waffe mit dem Schalldämpfer vibrierte in seinen Händen, als Ray den Dschungel auf Taillenhöhe mit Kugeln durchsiebte und die Kugeln überall einschlugen. MacClaine, der mit einem CAR-15-Gewehr samt Granatwerfer ausgerüstet war, feuerte zwei Granaten auf die Feinde.

»Feuert in den Wald«, sagte Ray und drehte sich von den Mündungsfeuern weg, um nicht durch die Nachtsichtbrille geblendet zu werden.

Die Explosion hallte durch den Busch, und dann ertönten Schreie.

Ray rannte weiter bergab über eine in Dunstschwaden gehüllte Wiese, verschwand am anderen Ende des Dschungels und erreichte den ersten Kontrollpunkt. Mendez, MacClaine, Bishop und die FBI-Frau warteten auf ihn.

Als er Licht jenseits der Wiese sah, kniff er wütend die Augen zusammen. Die Japaner kamen in großer Anzahl auf sie zu. Sein dezimiertes Team konnte eine derartige Konfrontation nicht überleben. Er musste die Soldaten zwingen, ihre Verfolgung einzustellen.

»Weiter, Bishop. Du übernimmst die Führung. Norma, du bleibst bei mir. Sie beide folgen Bishop zum zweiten Kontrollpunkt.«

Als der SEAL mit den FBI-Agenten im Schlepptau hinter den Blättern verschwand, griffen Ray und Mendez in ihre Rucksäcke und zogen vier M-18-Claymore-Minen heraus. Sofort verlegten sie die Minen sechs Meter voneinander entfernt am Rand der Wiese, immer den sich nähernden Feind im Auge behaltend. In weniger als einer Minute hatten sie die Minen mit vier M57-Zündern verbunden.

Sie lagen Seite an Seite hinter einem Baumstumpf und warteten, bis die ersten Soldaten aus dem Wald auftauchten und vorsichtig über das Gras liefen. Weitere folgten, da nicht auf ihre Kameraden geschossen wurde. Innerhalb von 30 Sekunden tauchten über 20 Mann auf und marschierten geradewegs auf die Falle der SEALs zu.

Ray wartete, bis der Feind nur noch vier Meter entfernt war und nickte. Er hatte zwei Zünder und Mendez die beiden anderen. Sie drückten beide gleichzeitig ab.

Die Anti-Personenminen mit jeweils 700 Stahlkugeln hinter der Ladung C4-Sprengstoff explodierten mit einem lauten Knall und beleuchteten den Feind für einen Moment, ehe sie ihn mit der geballten Energie von zwei Dutzend Schrotflinten, die auf einmal feuerten, beschossen.

Erika Conklin war etwas außer Atem, aber stark genug, um mit Bishop und MacClaine Schritt zu halten. Sie erschauerte, als eine starke Explosion, auf die die qualvollen Schreie vieler Männer folgten, die Nacht zerriss.

»Was ... was war das?«, fragte sie MacClaine, der ihr voraus lief.

»Eine unerfreuliche Begegnung für die Japaner«, erwiderte er und rannte über eine kleine Wiese, ehe er wieder in den Wald eindrang.

Sie behielten dieses Tempo endlose zehn Minuten lang bei und legten nach Erikas Schätzung mindestens eine halbe Meile zurück, ehe sie eine kleine Lichtung erreichten.

»Durchhalten«, sagte Bishop und inspizierte den Pfad, den sie gerade genommen hatten. Er legte eine Hand an seine Kehle. »Zweiten Kontrollpunkt erreicht.« Dann drückte er einen Finger gegen sein linkes Ohr, nickte, sagte: »Verstanden«, und drehte sich zu den beiden um. »Wir warten hier.«

Erika, die noch immer den Nylonbeutel an sich presste, keuchte, schnappte nach Luft, schluckte und atmete so schnell, dass sie das Gefühl hatte, sie würde ersticken.

MacClaine setzte sich neben sie und legte eine Hand auf ihre Schulter. »Ganz ruhig. Beruhige dich und atme langsam, sonst hyperventilierst du. Mach es wie ich.«

Erika nickte. Ihr Gesicht war nur eine Handbreit von MacClaines entfernt, als sie seine Atemtechnik beobachtete. Er atmete tief durch die Nase ein, hielt die Luft an und atmete dann durch den Mund wieder aus. Nach wenigen Minuten hatte sich ihre Atmung wieder normalisiert.

»Sehr gut«, sagte er und strich ihr durchs Haar. »Das hast du gut gemacht. Wir haben Tanaka zwar verloren, aber du warst wenigstens so schlau, die Disketten mitzunehmen.«

Sie richtete sich auf und rieb an der Stelle, wo die kugelsichere Weste eine Kugel abgefangen hatte, über ihre schmerzende Brust. Ohne Weste hätte die Kugel sie durchlöchert. »Meine Brust fühlt sich an, als würde sie brennen.«

Bishop kniete sich neben sie. »Leise«, flüsterte er. »Im Wald werden Geräusche gut übertragen.«

Erika nickte. »Entschuldigung. Das hier ist Neuland für mich.«

»Sie machen das großartig«, sagte Bishop freundlich. »Wir haben es geschafft, den Feind eine Weile aufzuhalten. Die Japaner müssen sich jetzt erst mal wieder hochrappeln.«

»Wie kommen wir hier raus?«, fragte Erika. »Wird man uns einen anderen Hubschrauber schicken?«

Bishop schüttelte den Kopf. »Leider nicht. Wahrscheinlich müssen wir den gleichen Weg nehmen, über den wir gekommen sind.«

»Sagen Sie nichts. Ich kann es mir denken«, murmelte MacClaine. »Durchs Wasser?«

Bishop nickte. »Wir haben ein Boot im Sand versteckt.«

»Und wie kommen wir von den Klippen zum Ufer?«

Bishop erklärte es ihnen.

Ein Boot? Ein U-Boot? Eine kleine Klettertour zum Ufer hinunter? Erika schloss die Augen und weigerte sich zu glauben, dass all das Wirklichkeit war. Und das nur, weil sie vor vier Jahren dieses verdammte Virenprogramm geschrieben hatte!

Sie fühlte sich wie erschlagen. Muskeln, von denen sie gar nicht gewusst hatte, dass sie existierten, protestierten gegen die körperliche Anstrengung, die sie in den letzten Tagen hatte ertragen müssen. Ihre Schläfen pochten fürchterlich. Jetzt wünschte sie sich, niemals zugestimmt zu haben, Palenski auf diese Weise zu helfen. Vielleicht hätte sie sich einfach damit abfinden sollen, weiterhin fürs FBI zu arbeiten, bis sie ihre Zeit *abgesessen* hatte, anstatt Palenskis Angebot, ihr die restliche Zeit zu erlassen, anzunehmen. Zu dem Zeitpunkt war das Angebot jedoch sehr verlockend gewesen. Sie hatte ja nicht ahnen können, dass das Abkommen auch Verletzungen und die Möglichkeit eines gewaltsamen Todes einschloss.

Ein gewaltsamer Tod.

Sie presste die Lippen aufeinander und ärgerte sich über sich selbst, weil sie so egoistisch war. Viele unschuldige Menschen waren durch die manipulierten integrierten Schaltkreise eines gewaltsamen Todes gestorben, weil es in Japan eine radikale Gruppe gab, die nach weltweiter Vorherrschaft in der Spitzentechnologie strebte. Züge waren entgleist, Gebäude bis auf die Grundmauern niedergebrannt, Flugzeuge vom Himmel gestürzt, und ganze Städte hatten sich nach einem kompletten Stromausfall in Kampfzonen verwandelt. Männer, Frauen und Kinder waren verbrannt, getötet und verstümmelt worden. Menschen hatten ihre Ehegatten verloren. Eltern hatten ihre Kinder verloren. Kinder waren zu Waisen geworden. Tod und Zerstörung regierten im Land der Freiheit.

Wie kannst du es wagen, dich über schmerzende Muskeln und ein paar zerquetschte Rippen zu beklagen?

»Alles in Ordnung?«, fragte MacClaine.

Erika öffnete die Augen und sah in sein geschwärztes Gesicht. »Ja, mir geht es gut«, erwiderte sie in schleppendem Ton und stand auf. »Sehr gut, aber unserem Land nicht, und heute ist unser Versuch gescheitert ...«

»Pst«, flüsterte Bishop und gab ihr ein Zeichen, sich zu ducken. Dann schwenkte er seine Maschinenpistole zur linken Seite.

Erika hockte sich sofort neben MacClaine, der seine Waffe hob und sie in die gleiche Richtung wie Bishop richtete.

Ray und Mendez erreichten ihren Standort und hockten sich neben Bishop. Ray hob vier Finger und zeigte auf die Bäume hinter ihnen und dann auf die Blätterwand vor ihm. Bishop und Norma nickten, stürmten dann zur anderen Seite der Lichtung und winkten Erika und MacClaine zu sich.

Sie folgten den beiden SEALs. »Uns ist ein Spähtrupp auf den Fersen«, flüsterte Bishop.

MacClaine sah, dass sich Ray hinter einen großen Farnstrauch hockte.

Das Vierergespann passierte eine Wand aus Kletterpflanzen und verlor sich im Wald. Norma führte die anderen an. MacClaine und Erika folgten, und Bishop bildete die Nachhut.

Derek Ray sah ihnen nach und wartete geduldig. Er hängte sich die MP5 über die Schulter und griff nach seinem Messer, als er hörte, dass sich Schritte über Laub und trockene Zweige aus der Richtung näherten, in der Tanakas Anwesen lag. Er hatte die Feinde vor wenigen Minuten im Gänsemarsch laufen sehen, und Mendez und er hatten genug Lärm gemacht, um ihnen den Weg zu weisen.

Er runzelte unter seiner Tarnfarbe die Stirn, als sich der erste Soldat, eine dunkle Gestalt in einem Kampfanzug, mit einer Waffe in der Hand näherte.

Der SEAL-Kommandant umklammerte mit seiner linken Hand den Griff seines schwarzen, doppelschneidigen Stahlmessers.

Eine zweite Gestalt rannte ungefähr drei Meter hinter der ersten an seinem Standort vorbei und verschwand im Wald. Ein dritter Soldat folgte.

Sting Ray hockte sich tief ins Gebüsch und fragte sich, ob er die MP5 mit Schalldämpfer anstatt der Klinge benutzen sollte, doch der disziplinierte Krieger in ihm zwang ihn dazu, zur leisesten Waffe zu greifen. Er umklammerte das Messer, bis seine Fingerknöchel ganz weiß wurden.

Der letzte Soldat näherte sich. Ray hörte hinter ihm niemanden mehr. Ein großer, korpulenter Mann hielt eine leichte Maschinenpistole in der Hand und rannte eiligen Schrittes durch das Unterholz. Ray wartete. Seine Tarnuniform verschmolz mit den grünen und braunen Tönen der Umgebung. Hinter den dünnen Weinranken und dem üppigen Farnkraut beobachteten Raubtieraugen das ahnungslose Opfer, das den Pfad hinunterlief.

Es war eine unvermutete Attacke. Ray sprang aus dem Gebüsch und hielt sich geschickt hinter der rennenden Gestalt versteckt. Er näherte sich so weit, dass er seine günstige Position zu seinem Vorteil nutzen konnte, hielt sich jedoch weit genug entfernt, um eine plötzliche Gegenattacke zu vermeiden. Ray war bewusst, dass er es mit einem Profi zu tun hatte.

Er umklammerte die Kehle des Soldaten mit seiner freien Hand von hinten. Wie erwartet riss der Vorwärtsschwung des kräftigen Mannes, der fast doppelt so kräftig gebaut war wie der schlanke Derek Ray, den SEAL fast vom Boden hoch. Doch er hatte das vorausgesehen, und schon senkte sich seine linke Hand, rammte die rasiermesserscharfe Klinge in den Hals des Opfers und durchtrennte den Kehlkopf.

Ray gab ihn frei und sah, dass er die Waffe sinken ließ, gegen einen Baum prallte und an einem spitzen Zweig, der seinen Unterleib durchbohrte, hängen blieb. Blut spritzte aus der zentimetertiefen Wunde, die das Messer, das Ray noch immer umklammerte, in seinen Hals geschnitten hatte.

Ray rannte den anderen Soldaten hinterher. Die Bäume zogen an ihm vorbei, als er mit der Ausdauer einer Wildkatze durch den Busch sprintete. Seine brennenden Beinmuskeln protestierten gegen die Anstrengung, und seine Nasenflügel bebten, als er die warme, feuchte Luft tief einatmete. Er entdeckte die nächste Gestalt fünf Meter vor sich. Die dunkelgrüne Silhouette war durch die dichte Vegetation und die Tränen, die Ray aus den Augen rannen, nur verschwommen zu erkennen.

Ranken und Zweige peitschten ihm ins Gesicht, als er den Abstand zu seinem Opfer verringerte. Er beschloss, die MP5 mit Schalldämpfer zu benutzen, da die Soldaten genug Lärm machten, um das leise Klicken der Waffe zu übertönen.

Drei Meter.

Ray preschte mit der Entschlossenheit eines Jägers vor, durchstach mit dem Schalldämpfer seiner Heckler & Koch MP5 das dichte Unterholz und verringerte den Abstand auf zweieinhalb Meter. Sein Zeigefinger saß auf dem Abzug und die linke Hand unter dem Schalldämpfer. Seine dunklen Augen klebten auf dem Rücken des Soldaten, der den schlimmsten Fehler begangen und die Nachhut nicht kontrolliert hatte.

Die Geräusche des Opfers übertönten seine eigenen. Ray schoss einmal, dann ein zweites Mal, und beide Kugeln trafen den Soldaten in den Rücken, der mit unnatürlich verdrehten Gliedmaßen im Geröll zusammenbrach.

Ray blieb nicht stehen, sondern sprang über die Leiche hinweg und nahm die Verfolgung des nächsten Soldaten auf, der dem Anführer folgte und das Fehlen der Soldaten nicht bemerkte.

Ray feuerte noch einmal, diesmal aus einer Entfernung von fünf Metern. Der Soldat brach mit einem Schrei zusammen. Eine weitere Gestalt fiel in die Büsche.

Noch einer.

Ray sprang über sein Opfer und suchte den letzten Soldaten, indem er weiterlief. Doch dann begriff er schnell seinen Fehler. Vor ihm war niemand mehr. Der letzte Soldat musste den Schrei seines Kameraden gehört haben und ...

Bevor er stehen bleiben und sich verstecken konnte, sah Ray einen Ellbogen hinter einem Baum hervorschnellen, und als er den kräftigen Schlag auf die Nase erhielt, zuckte sein ganzer Körper zusammen.

Rote Punkte blitzten vor seinen Augen auf, als seine Beine nachgaben und er zu Boden sank. Dann bemerkte er, dass ein Stiefel Schwung holte und ihm im nächsten Moment einen Tritt in die Magengrube versetzte. Der Schlag war so kräftig, dass er ein paar Meter über das Laub rollte. Er blieb liegen, bekam einen zweiten Tritt versetzt und rollte in die entgegengesetzte Richtung. Der dritte Tritt traf ihn in der Leiste, und er wollte nur noch sterben. Er spürte, dass sein Blasenmuskel nachgab, und versuchte verzweifelt, die Kontrolle nicht zu verlieren. Der Angreifer schrie etwas auf Japanisch und schlug immer wieder mit der Mündung seiner Waffe auf ihn ein.

Derek Ray konnte den Soldaten kaum verstehen. Sein Unterleib und seine Leiste brannten wie Feuer. Tränen rannen aus seinen Augen und vermischten sich mit dem Blut, das aus seiner Nase lief. Zusammengerollt wie ein Säugling, versuchte er verzweifelt nach Luft zu schnappen, doch ein ersticktes Schluchzen schnürte ihm die Kehle zu. Ray versuchte sich trotz des quälenden Schmerzes zu konzentrieren.

Der Mann zischte in dem relativ ruhigen Wald noch etwas

auf Japanisch. Die fremdländischen Töne wurden von den fernen Schreien anderer Männer übertönt.

Auf die erregten Worte des Soldaten folgte ein weiterer Tritt in die Leiste. Der wahnsinnige Schmerz zuckte durch seine brennenden Hoden, fraß ihn von innen auf und presste seine Eingeweide wie eine brennende Eisenklaue zusammen.

Ray hörte die Stimme des Mannes, aber sie schien weit weg zu sein, weit weg von den unerträglichen Schmerzen und der aussichtslosen Lage, in der er sich befand. Selbst wenn er der japanischen Sprache mächtig gewesen wäre, hätte er nicht antworten können. Der Dämon, der seine Kehle zuschnürte, verhinderte, dass er die primitivsten Laute ausstoßen konnte.

Aber er konnte die Gestalt des Feindes, der in einer Hand ein Messer und in der anderen die Schusswaffe hielt und sich über ihn beugte, noch erkennen. Ein Stiefel traf Rays Kehle und drückte ihn zu Boden.

Plötzlich hörte Ray einen Schrei, und im ersten Moment dachte er, es wäre sein eigener. Der Soldat fiel auf die Knie, presste eine Hand auf seinen Nacken, schaute hektisch in beide Richtungen und verschwand aus Rays Blickfeld. Einen kurzen Augenblick herrschte Stille, und dann hörte er Schritte hinter sich.

»Hey, Sting.«

Ray hörte die Stimme von Norma Mendez. Auch sie klang sehr fern, aber sie war willkommen, denn sie bedeutete, dass der SEAL den nächsten Tag noch erleben würde.

»Junge, dieser Typ hat es aber nicht gut mit dir gemeint.«

Ray, der vollkommen benommen war, murmelte: »Nein ... Scheiße ... Danke, Loca.«

»Gerne.«

Mit Hilfe von Norma Mendez schaffte es Ray, langsam aufzustehen, doch der höllische Schmerz in seiner Leiste und seinem Unterleib quälte ihn weiterhin. Seine Augen tränten noch immer und zwangen ihn zu blinzeln.

»Gott sei Dank habe ich mich entschlossen, zurückzugehen und dich zu suchen. Aber wir müssen hier weg. Ich höre Hubschrauber.«

Langsam kam Ray wieder zu Bewusstsein. Natürlich hatte Norma Recht. Er erinnerte sich an die Luftaufnahmen der Basis und an die Kampfhubschrauber. »Hauen wir ab«, stammelte er.

Erika schaute MacClaine fassungslos an, als sie den Rand des Abgrunds erreichten. Die Meeresbrise fegte über ihr Gesicht, und das Pfeifen des Windes vermischte sich mit dem Lärm der Hubschrauber in der Ferne. Dan Bishop legte das kleine Funkgerät weg, das er benutzt hatte, um Kontakt zu einem U-Boot in der Nähe aufzunehmen.

»Haben Sie jemanden erreicht?«

Er schüttelte den Kopf, rollte das Seil ab, das Norma Mendez ihm gegeben hatte, und wickelte es um einen Baum in der Nähe. Er verknüpfte das andere Ende mit dem zweiten Seil und warf beide in die Dunkelheit.

»Großartig«, sagte sie.

»Keine Angst«, beschwichtigte sie der riesige Bishop und ging zu ihnen. »Sie werden in null Komma nichts unten am Strand sein.«

»Und dann?«, fragte Erika.

»Dann steigen wir ins Boot und hauen ab. Wenn wir Glück haben, nimmt uns vor dem Morgengrauen jemand auf.«

Schreie und Schüsse hallten durch den Wald.

Bishop zeigte mit dem Daumen auf die Bäume und fügte hinzu: »Auf jeden Fall sind unsere Chancen dort unten besser als hier. Wir müssen uns beeilen. Haben Sie das schon mal gemacht?«, fragte Bishop MacClaine.

Der Agent nickte. »Ich war in den Siebzigern ein paar Jahre in der Reserve.«

»Und Sie?«

»Ich bin auf einer Ranch aufgewachsen. Ich werde das schon schaffen.« Sie befestigte den Nylonbeutel an einer Seite ihrer Jeans.

Das Schussfeuer wurde lauter. Bishop drückte eine Hand gegen sein Kehlkopfmikro. »Wo bist du, Sting?« Er lauschte einen Moment und zeigte auf MacClaine. »Die Japaner sind total in Rage. Die Hubschrauber bringen frische Truppen in den Wald. Wir müssen in ein paar Minuten unten sein, um den Weg für Sting und Loca freizumachen. Sie gehen zuerst und halten das Seil für sie. Ich gehe als Dritter.«

MacClaine nahm Bishops Messer, schnitt seinen Hosenboden heraus, legte den Stoff über seine Hände und trat an den Klippenrand. Er schaute hinunter auf den Sandstrand und zuckte mit den Achseln. »Wie damals in Fort Hood.«

»Sei vorsichtig, Brent«, sagte Erika und strich ihm über den Arm.

»Ich werde es versuchen.«

»Vermeiden Sie jede seitliche Bewegung beim Abstieg, um die Spannung des Seils so gering wie möglich zu halten«, riet Bishop ihm. »Und schnallen Sie das Seil unter Ihrem Gürtel fest, um die Stabilität zu erhöhen.«

MacClaine befolgte den Rat. Er hielt das Seil mit beiden Händen fest und trat an den Klippenrand. »Ziemlich dunkel da unten.«

Bishop nickte und gab ihm eine kleine Taschenlampe. »In der Nähe liegt ein Boot, das wir mit Sand verdeckt haben. Versuchen Sie, es mit der Lampe zu finden.«

MacClaine steckte die kleine Lampe in die Tasche und verschwand. Erika verschränkte die Arme und holte tief Luft. Erst jetzt fiel ihr ein, dass sie den Nokia Personal Communicator bei sich hatte. Er steckte in ihrer Jeanstasche unter der kugelsicheren Weste.

Erika überprüfte, ob das Gerät unbeschädigt war. Bishop kam zu ihr und beugte sich mit seinem breiten Kreuz über sie.

»Was ist das?«

Erika erklärte es ihm schnell.

»Können Sie damit jemanden anrufen?«

»Wenn es nicht kaputt ist, müsste ich damit Washington erreichen.«

Ray lief durch den Dschungel und folgte der schlanken Silhouette von Norma Mendez. Die beiden SEALs versuchten, einer Gruppe Soldaten, die sich von einem schwebenden Hubschrauber in den Dschungel abgeseilt hatten, zu entkommen.

Rays Lungen und Beine brannten. Er befahl Norma stehen zu bleiben.

Norma hockte sich hin und schwang ihre Waffe herum. Ray kniete sich links von ihr auf den Blätterteppich.

»Am besten, wir werfen einen Teil der Ausrüstung ab«, sagte er und nahm seinen Rucksack von den Schultern, der die drittwichtigste Ausrüstung enthielt. Das waren die Utensilien, die sie am wenigsten zum Überleben brauchten. Norma tat das Gleiche und holte die C4-Sprengsätze und ihre letzte Claymore-Mine heraus. Ray hatte keine mehr. Die SEALs packten die Munition aus dem Rucksack in leere Taschen ihrer Westen, in der ihre zweitwichtigste Ausrüstung verstaut war.

»Verleg den Sprengsatz«, ordnete Ray an. Dann nahm er die Rucksäcke und die Claymore und ging sechs Meter den Pfad hinunter. »Ich werde mich um dieses Schätzchen kümmern.«

Norma drückte ein halbes Pfund C4 gegen einen Felsen, legte einen Stolperdraht über den Weg und verband ihn mit dem Sicherheitsring einer Granate, die sie gegen den Plastiksprengstoff presste. In weniger als einer Minute war sie fertig. Als sie zu Ray stieß, hatte der SEAL die tödliche Claymore verlegt, und sie sahen den Feinden entgegen.

Die beiden SEALs gingen noch zehn Meter weiter, warteten und lauschten angestrengt auf Schritte und raschelnde Blätter.

Die erste Explosion erhellte den Dschungel mit einem hellen Blitz, woraufhin sofort die Schreie der Verwundeten und die wütenden Schreie ihrer Kameraden folgten. Einige der Unverletzten liefen weiter den Pfad hinunter.

Ray und Norma hockten sich hinter einen dicken Baumstamm, als die Soldaten sich der Claymore näherten. Ray drückte auf den Zünder, aber nichts passierte. Die Soldaten rannten an der Claymore vorbei und kamen den SEALs gefährlich nahe.

»Scheiße«, zischte Ray. »Sie ist nicht explodiert.«

Die Soldaten waren genau vor ihnen. Die SEALs schwangen ihre Waffen in ihre Richtung und feuerten.

Die beiden ersten Gestalten fielen rücklings auf die Erde und prallten gegen die Männer, die ihnen folgten. Mündungsfeuer blitzten in der Dunkelheit auf. Zahlreiche Kugeln schlugen im Wald ein, und eine Kugel zischte knapp an Rays Ohr vorbei. Weiteres Schussfeuer brach zu ihrer Linken aus. Der SEAL-Kommandant verlor den Mut, als er begriff, dass der Feind sich in dem Gebiet ausbreitete, um sie in einem tödlichen Kreuzfeuer in die Zange zu nehmen. Zwei Kugeln schlugen in dem Baum neben ihm ein, und die Borke prasselte auf ihn nieder.

Norma schwang ihre Waffe auf das neue Zielobjekt, feuerte die restlichen Kugeln ab und lud die Uzi nach. Ray packte sie an der Schulter, zog sie zurück, und da sah er, dass aus ihrem Brustkorb plötzlich Blut schoss.

»Sting!« Sie fiel auf die Seite, griff sich an die Brust, riss den Mund weit auf und schnappte nach Luft.

»Diese Schweine!«, schrie er durch das laute Schussfeuer. Grenzenlose Wut erfasste ihn. Er nahm ihre Uzi in die linke Hand, die MP5 in die rechte und durchsiebte den Dschungel auf Taillenhöhe mit Kugeln, bis beide Waffen leer waren. Dann ließ er die Uzi sinken, lud die MP5 nach und stellte fest, dass er nur noch zwei Magazine hatte. Schnell hob er Norma auf seine rechte Schulter.

»Meine Beine«, stöhnte sie. »Ich spüre sie nicht mehr.«

Aus ihren Augen rannen Tränen, als Derek Ray mit ihr den Pfad zur Lichtung hinunterrannte. Er musste sie sofort hier herausbringen.

»Am besten, Sie legen Ihr Telefon weg«, sagte Bishop, als aus dem Wald eine Explosion und ratterndes Schussfeuer zu hören waren. Er zog die Nachtsichtbrille auf und schaute die Klippen hinunter. »Er ist fast unten. Bereiten Sie sich auf den Abstieg vor.« Er gab ihr zwei Stücke Frottierstoff. »Legen Sie das über Ihre Hände, damit Sie sich die Handflächen beim Abstieg nicht aufreißen.«

Erika schaltete den Communicator aus und machte ihn an ihrem Gürtel fest. Sie hatte Palenski angewählt, aber die Verbindung war nicht zustande gekommen. »Wir müssen es später noch einmal versuchen.« Sie band den Stoff um ihre Hände, bevor sie das straffe Nylonseil packte, und schnallte vorsichtshalber zwei der Gurte ihrer kugelsicheren Weste über das Seil.

Bishop stand am Rand und hielt das Seil mit einer Hand fest, während er durch die Nachtsichtbrille die senkrechte Wand hinunterstarrte.

»Er ist unten. Los!«

Mit klopfendem Herzen und trockenem Mund begann Erika den Abstieg. Sie presste die Füße gegen den Felsen, packte das Seil mit beiden Händen, versetzte die Füße und griff immer mit einer Hand unter die andere. Sie schaute weder nach oben noch nach unten, denn das hätte ihr jetzt doch nicht geholfen. In dieser tiefdunklen Nacht konnte sie kaum die Felswand unmittelbar vor ihren Augen erkennen.

Und so quälte sie sich langsam den Felsen hinunter, setzte immer wieder einen Fuß unter den anderen und eine Hand unter die andere. Einmal verlor sie fast den Halt, gewann aber sofort wieder die Kontrolle.

»Ich kann dich sehen«, sagte eine vertraute Stimme unter ihr so laut, dass sie das Geräusch der brechenden Wellen und des pfeifenden Windes übertönte. »Nur noch wenige Meter.«

Erika lauschte den Worten von MacClaine und mobilisierte ihre letzten Kräfte, als sie die letzten Meter hinabstieg. Sie achtete nicht auf ihre schmerzenden Muskeln, und schon ergriffen starke Arme sie und setzten sie auf den Sand.

»Ich bin froh, dass du es geschafft hast«, sagte er. »Einen Moment dachte ich schon ...«

Oben auf der Felsspitze herrschte große Aufregung. Auf Schussfeuer folgten Schreie und wieder Schussfeuer.

»Komm.« MacClaine übernahm mit seiner Taschenlampe die Führung. »Ich habe das Boot gefunden. Wir müssen es startklar machen. Nach den Schüssen dort oben zu urteilen, werden wir nicht mehr viel Zeit haben, wenn die SEALs hier unten sind.«

»Das ist ein Befehl, verdammt!«, schrie Ray, der seinen Blick auf den Dschungel richtete, nachdem er Norma Mendez neben Bishop auf die Erde gesetzt hatte. »Verbinde die Wunde und bring Norma nach unten an den Strand. Ich werde die Schweine aufhalten.«

»Ich gehe nicht ohne meinen Kommandanten«, erwiderte Bishop, der Normas Hemd aufschnitt und die Schusswunde genau über ihrer rechten Brust entblößte. Bishop gab ihr zwei Morphiumspritzen und legte geschickt einen Verband an. Nach zwei Minuten war er fertig.

»Kalt ... Ich bin ... Meine Beine«, murmelte Norma, die

die Augen geschlossen hatte und ihren Kopf von einer Seite zur anderen warf.

»Sie braucht Hilfe! Bring sie mit dem Schlauchboot zur Krankenstation auf der *Polk* oder der *Ridge!* Aber bring sie hier weg! Geh jetzt! Ich kümmere mich um diese Scheißkerle.«

»Hier!«, sagte Bishop. Er legte Ray seine M60 und zwei Schachteln Munition, zwei Claymore-Minen und die beiden letzten Granaten aus seinem Rucksack vor die Füße und schlug ihm auf die linke Schulter. »Wir sehen uns in der Hölle wieder, Sting.«

Ray legte seine Hand auf die seine. »Durchladen und sichern, mein Freund.«

Bishop nickte. »Durchladen und sichern.«

»Ich werde viele von ihnen mitnehmen. Bring sie nur hier raus.«

Ray legte die Claymore-Minen am Rande des Dschungels auf den Boden, während Bishop Normas Weste an seiner befestigte und hinter dem Klippenrand verschwand.

Der SEAL-Kommandant hörte Geräusche aus verschiedenen Richtungen. Er steckte die Granaten ein, nahm das große M60-Maschinengewehr und die Munitionsschachteln, verlegte die Drähte der Claymore und zog sich am Rande der Lichtung hinter einen Baumstamm zurück. Zwischen einem morschen Stamm und einer riesigen Zypresse, an der Bishop das Nylonseil für ihre hastige Flucht gesichert hatte, suchte er Deckung.

Ray legte die M60 vor sich auf die Erde, öffnete eine der Munitionsschachteln und schob den Gurt in die Waffe. Bishops Granaten legte er vor sich auf die Erde, verband die Zünder mit den Drähten und wartete.

Korvettenkapitän Derek Sting Ray umfasste das Verwundetenabzeichen seines Vaters, schaute mutig den Gestalten, die sich ihm näherten, entgegen, schwang seine M60 in ihre

Richtung und feuerte im Automatikmodus die Kugeln ab. Er würde diese Klippe mit seinem Leben verteidigen.

Die große Waffe stieß 550 Kugeln pro Minute aus, und das Mündungsfeuer erhellte den Busch wie Blitze.

MacClaine und Erika zogen das Gummiboot, das ungefähr dreieinhalb Meter lang und zwei Meter breit war, an dem Seil aus dem Versteck. Sand und Geröll fielen herunter. Erikas Turnschuhe versanken im Sand, und ihre Armmuskeln, die durch den langen Abstieg schon ermüdet waren, pochten jedes Mal, wenn sie an dem Seil zog. Schweiß tropfte von ihrer Stirn in die Augen, die zu brennen anfingen. Unter der kugelsicheren Weste war eine Bullenhitze, doch sie behielt sie an. Ihr war klar, dass sie ihr schon einmal das Leben gerettet hatte.

Erika wischte sich mit dem Oberarm den Schweiß von der Stirn, zog weiter an dem Seil und schleifte das Floß mit MacClaine zum Ufer. Die zahlreichen Schüsse oben auf den Klippen und die stroboskopischen Blitze motivierten sie, ihre letzten Kräfte zu mobilisieren.

Derek Ray hielt den Zeigefinger auf dem Abzug, als die M60 in seiner Hand ratterte. Die Japaner sammelten ihre Truppen an den Felsklippen. Diese Soldaten wussten, wie man einen Guerillakrieg führte. Rays Situation wurde von Minute zu Minute bedrohlicher. Ein Hubschrauber schwebte über der Lichtung. Ray schwenkte seine M60 in diese Richtung und nahm den Hubschrauber unter Beschuss, bis Rauch und Flammen aus der einzigen Turbine drangen. Der Hubschrauber bebte und entfernte sich aus der Schusslinie.

Dann richtete Ray seine Aufmerksamkeit wieder auf die dunklen Schatten, die durch sein Blickfeld liefen. Einige versuchten, das Nylonseil zu erreichen. Er hielt sie mit seinem Deckungsfeuer zurück, doch er wusste, dass die Kugeln nicht ewig reichen würden. Er hatte schon einen der beiden Gurte für die M60 verschossen, und für die MP5 hatte er nur noch ein Magazin.

Aber er machte weiter, auch wenn er einem viel stärkeren Gegner gegenüberstand, und weigerte sich aufzugeben. Er war bereit, sein Leben zu geben, um für seine Untergebenen, die FBI-Agenten und ihre kostbare Beute der Computer-Disketten die wertvollen Minuten herauszuschinden, die sie brauchten, um aufs Boot zu gelangen und im dunklen Meer zu verschwinden.

Also feuerte er weiter, beschoss Bäume, bis sie förmlich explodierten, feuerte immer weiter Zweige und Ranken ab und zwang den Feind, sich versteckt zu halten und mit seinem Gegenangriff zu warten. Dann war die M60 leer geschossen, und Sekunden später näherten sich die dunklen Schatten der bewaffneten Männer durch den entlaubten Wald. Ray warf Bishops Waffe zur Seite und wartete, bis mehrere Männer auf die Lichtung kamen.

Hinter einem Baumstamm versteckt, drückte er auf beide Zünder. Der Lärm war ohrenbetäubend, und dann folgte das Stöhnen und Schreien der Feinde. Ray ergriff die MP5, setzte sie in den Einzelschussmodus, um Munition zu sparen, wartete und überblickte seinen Standort.

Noch mehr Gestalten verließen den Wald. Ray feuerte. Einer der Männer fiel zu Boden. Die anderen schossen zurück. Mehrere Kugeln schlugen in die Zypresse ein. Die Borke platzte ab und flog in alle Richtungen, und dann war das peitschende Geräusch des reißenden Nylonseils zu hören.

»Schweine!«, schrie er, als er sah, dass das Ende des Seils über die Lichtung sauste und über dem Felsrand verschwand.

Bishop federte Normas Aufprall mit seinem Körper ab, als das Seil zerriss und sie fast zwei Meter in die Tiefe stürzten und auf dem Sand landeten. Norma jammerte. Bishop stöhnte, fasste sich aber schnell, sprang auf die Beine, löste Normas Weste und überprüfte, ob der Verband noch auf ihrer Brust befestigt war. Er nahm sie auf die Arme und hielt nach den FBI-Leuten Ausschau. Er entdeckte sie auf halber Strecke zwischen den Dünen und dem Wasser und sah, dass sie das Schlauchboot ins Meer zogen.

Er rannte zu ihnen.

Ray warf die leere MP5 zur Seite, sprang hinter den umgestürzten Baumstamm und griff nach der Sig Sauer. Die sich nähernden Gestalten beschossen den Baumstamm. Ray rollte weg, griff nach den beiden Granaten vor seinen Füßen und warf sie auf eine Gruppe Männer, die zehn Meter entfernt war.

Die laute, leuchtende Explosion hallte Sekunden später durch die Nacht, und dann war wieder das Stöhnen und Schreien der Japaner und weiteres Schussfeuer aus einer anderen Richtung zu hören. Die Bäume rings um ihn stürzten durch den starken Beschuss um, während der SEAL-Kommandant zum Rand des Abgrunds kroch. Er hielt sich nahe an der Baumgrenze und hoffte, seine Verfolger verloren zu haben.

Ray setzte kurz die Nachtsichtbrille auf, blickte aufs Ufer hinunter und atmete erleichtert aus, als er sah, dass Bishop und Norma zu den FBI-Leuten liefen.

Soldaten stürmten auf die Lichtung und feuerten mit ihren Waffen auf den Strand.

Ray nahm die Brille wieder ab und fühlte Wut in sich aufsteigen. Diese hundert Meter, die die japanischen Soldaten von seinen flüchtenden Leuten trennten, reichten nicht aus, um ihr Überleben zu garantieren.

Noch einmal drückte Sting Ray seine linke Hand auf das Verwundetenabzeichen seines Vaters, hob dann den rechten

Arm und richtete die Waffe auf die dunklen Gestalten, die fünf Meter von ihm entfernt waren. Er feuerte. Drei fielen schreiend in den Abgrund, zwei gingen in Deckung, und die anderen feuerten zurück.

Als Ray seine letzte Granate nahm und an dem Sicherheitsring zog, spürte er einen stechenden Schmerz im linken Bein und dann Schmerzen in der Schulter, der Brust und dem Unterleib.

Rays Augenlider zuckten, als er blutend und betäubt auf der Erde lag und die Sterne betrachtete. Die Gestalten näherten sich ihm. Ray hatte sich immer gefragt, wie sich sein Vater kurz vor dem Sterben gefühlt haben mochte. Jetzt wusste er es. Sein Vater war wütend gewesen, und auch Ray kochte vor Wut. Er hasste diese Männer, weil sie ihm die Freude nahmen zu sehen, wie sein Sohn zur Welt kam, wie er aufwuchs und wie aus ihm ein Mann wurde. Er hasste sie, weil sie seinem Sohn den Vater nahmen, weil sie die Schuld daran trugen, dass der Junge sich sein Leben lang fragen würde, wer Derek Ray wirklich gewesen war, der Mann, der sich hinter dem mit Abzeichen dekorierten Helden auf dem Bild auf dem Kaminsims verbarg.

Als sein Blick unscharf wurde, ließ Ray das birnenförmige Objekt, das er noch in seiner rechten Hand spürte, los.

Die Japaner, die sich um den gefallenen Krieger versammelten, waren erstaunt über das Grinsen auf dem Gesicht des Mannes, als er verstarb. Einen Moment später wussten sie, warum.

»Zum Boot!«, schrie MacClaine, als eine erneute Explosion oben auf der Felsspitze durch die Nacht zuckte.

Sie hatten das Ufer erreicht, und die Wellen umspülten ihre Knie. Bishop hatte Norma schon ins Boot gesetzt und half Erika hinein, bevor er und MacClaine es durch die Brandung schoben.

Das Schussfeuer oben auf dem Felsen, das eben erst eingesetzt hatte und dann plötzlich verstummt war, war erneut zu hören. Hinter ihnen spritzte der Sand in die Luft, während die beiden Männer das Boot kräftig anschoben und es ins tiefe Wasser zwangen, ehe auch sie ins Boot stiegen und nun alle nach den Rudern griffen. Bishop startete den Motor, das Brummen setzte ein, dann senkte er die Schraube ins Wasser, und das Boot nahm Fahrt auf.

»Übernehmen Sie!«, schrie Bishop MacClaine zu und zeigte auf den Außenbordmotor. »Ich muss mich um sie kümmern. Und versuchen Sie, jemanden mit diesem Ding da zu erreichen.«

MacClaine steuerte das Boot auf den dunklen Horizont zu, während Erika sich an dem Nokia zu schaffen machte. Bishop kniete sich neben Norma und wechselte den Verband, der schon blutdurchtränkt war. Er zog den 500-ml-Beutel Ringers Lactat aus seiner Weste und legte die Infusion an ihrem linken Unterarm an, wie er es in Coronado gelernt hatte. Schon viele Male hatte er es so bei anderen verwundeten SEALs auf Grenada oder beim Unternehmen Desert Storm gemacht.

»Bleib bei mir, Loca!«

»Ich ... kalt ... Bishop ... Dan?«

»Ich bin hier. Ich bin bei dir.«

»Sting?«

Bishop schüttelte den Kopf. »Er hat dafür gesorgt, dass wir jetzt hier im Boot sitzen.«

»*Ca-cabrónes* ... Ich hoffe ... schmort in der Hölle.« Sie drehte den Kopf herum und fing an zu husten.

Bishop machte ein wütendes Gesicht, als er das Rattern der Maschinengewehre hörte. Noch immer wurde auf sie geschossen. Kaum hatten sie die Brandung hinter sich gelassen, trafen zwei Kugeln das Boot. Erika biss die Zähne zusammen, als sie das Zischen hörte und den Communicator einschaltete. Sie versuchte, Washington zu erreichen, aber die Verbindung kam nicht zustande.

»Verdammt!«, schrie Bishop und griff nach einem großen Plastikbeutel, der an einer Ecke des Bootes mit Klettverschlüssen befestigt war.

»Was ist das?«, fragte MacClaine, der versuchte, das Boot, aus dem die Luft entwich, aufs offene Meer zu steuern.

»Ein kleines Floß.«

Der SEAL wickelte es aus und wartete ein paar Minuten, bis das Zodiac eine halbe Meile vom Ufer entfernt war. Jetzt befanden sie sich nicht mehr in der Schusslinie, und das Rattern der Gewehre stellte keine Gefahr mehr für sie dar. Bishop zog an der Schnur des kleinen Druckluftkanisters, der am Floß hing, warf es über Bord und hielt das Seil fest. Innerhalb weniger Sekunden war ein dunkelgrünes Floß, das ungefähr zwei Quadratmeter groß war, aufgeblasen.

Während Bishop das Nylonseil, das durch ein Dutzend Metallösen rings ums Floß verlief, festhielt, setzten Erika und MacClaine Norma aufs Floß und kletterten dann selbst hinüber. Erika achtete darauf, dass die Disketten in dem Nylonbeutel nicht mit dem Wasser in Berührung kamen.

Als das Zodiac aufgrund des Gewichtes des Außenbordmotors und der Kraftstoffblase auf eine Seite kippte, sprang Bishop hinüber. Sofort überflutete Meereswasser das Floß, das nur für drei Passagiere vorgesehen war. Zumindest hielt es sie über Wasser, und der Südpazifik war um diese Jahreszeit nicht kalt.

Sie sahen, wie das Boot sank. Während Bishop Normas Wunde versorgte, versuchte Erika noch einmal, Washington zu erreichen. Diesmal benutzte sie das E-Mail-System des Communicators; auch ihn musste sie vor dem Wasser schützen, denn Wellen umspülten das Floß. Weißer Schaum rann über die Oberfläche und benetzte ihre Jeans, als sie sich neben MacClaine kniete.

Der Nokia 9000 fuhr hoch. Sie startete die Software und wartete, bis das System eine kabellose Satellitenverbindung herstellte.

Bishop zeigte auf zwei Hubschrauber, die über dem Strand schwebten und sie offensichtlich suchten. »Was immer Sie auch tun, tun Sie es schnell.«

42

Neue Verbindung

FBI-ZENTRALE, WASHINGTON, D.C.

Sofort aufhören!«, rief Charlie Chang, als sich auf seinem IBM-Computer ein Fenster öffnete. »Holen Sie Palenski. Schnell!« Zwei Männer rannten aus dem Labor, während er die Nachricht auf dem Schirm las.

Erika: Sind Sie da, Charlie?
Chang: Chef! Wo sind Sie? Sind Sie okay?
Erika: Wir schwimmen auf einem Floß vor der japanischen Küste. Wir brauchen sofort Hilfe.
Chang: Haben Sie die Koordinaten?

43

Raubtiere

SÜDJAPAN

Koordinaten«, sagte Erika zu Bishop, der sich auf dem Floß nach vorn beugte, während sie weiter auf die winzige Tastatur tippte.

Er schaute auf das kleine GPS-Gerät und nannte ihr den Längen- und Breitengrad. Sie tippte sie ein.

Chang: Palenski ist hier. Die Koordinaten werden ans Pentagon geschickt, damit Hilfe kommt. Halten Sie durch.

Erika: Danke. Wir haben einen verwundeten SEAL bei uns. Es sollen sich auch Sanitäter bereithalten.

Chang: In Ordnung. Palenski will wissen, was mit dem Rest der Truppe passiert ist.

Erika lieferte ihm in den nächsten Minuten Informationen über Einzelheiten der Mission und berichtete auch von der tapferen Aktion des Befehlshabers Derek Ray, der den Feind zurückgehalten hatte, um ihnen die Flucht zu ermöglichen.

Chang: Der Boss sagt mir eben, dass ein Rettungshubschrauber von der *Blue Ridge* unterwegs ist. Zwei F-16 von unseren Streitkräften in Südkorea versuchen, den Feind in Schach zu halten, bis der Hubschrauber da ist. Arzt und Notausrüstung an Bord. Halten Sie durch. Der Hubschrauber müsste in dreißig Minuten bei Ihnen sein. In weniger als fünf Minuten sind die Kampfhubschrauber da und nehmen die feindlichen Hubschrauber unter Raketenbeschuss, damit sie das Gebiet verlassen.

Erika: Großartig. Konnten Sie die Daten, die ich Ihnen geschickt habe, herunterladen, bevor wir abgeschossen wurden?

Chang: Ungefähr 100 MB. Wir sind noch dabei, alles zu entziffern. Bisher haben wir noch nichts.

Erika: Ich habe es geschafft, alle Zip-Disketten und viele andere Disketten zu retten. Sobald mir ein Computer zur Verfügung steht, schicke ich sie Ihnen.

Chang: Großartig! Palenski möchte, dass wir Schluss machen, damit Ihr Akku geschont wird. Nehmen Sie in dreißig Minuten wieder Kontakt zu uns auf, falls der Hubschrauber dann noch nicht da ist.

Erika: In Ordnung. Danke.

Chang: Ich bin froh, dass Sie nicht verletzt sind.

»Wie geht es ihr?«, fragte Erika, nachdem sie die Übertragung beendet hatte und das Gerät herunterfuhr. Feindliche Hubschrauber schwebten über der Stelle, an der sie an Bord des Schlauchbootes gegangen waren. Dann flogen sie wieder landeinwärts. Offensichtlich reagierten sie auf die Warnschüsse der amerikanischen Jets.

Bishop schüttelte den Kopf. »Sieht nicht so aus, als hätte die Kugel lebenswichtige Gefäße zerstört, aber ich kann die Blutung nicht stoppen. Wie lange wird es dauern, bis Hilfe kommt?«

Erika sagte es ihm.

Bishop überprüfte die Infusion und runzelte die Stirn. »Ich habe sie mit Flüssigkeit vollgepumpt, doch sie verliert sie schneller, als ich sie ersetzen kann.« Er schaute Norma Mendez an, die die Augen geschlossen hatte, aber den Kopf von einer Seite zur anderen warf und unaufhörlich murmelte, dass ihr kalt sei. »Ich glaube nicht, dass sie ohne richtige medizinische Versorgung lange durchhält.«

MacClaine schob Erika in die Mitte des Floßes und zeigte auf den dunklen Schatten, der die Wellen wenige Zentimeter vom Floß entfernt durchbrach. »Sieht im Moment nicht so aus, als würden uns die japanischen Hubschrauber belästigen, aber wir haben neue Probleme, Leute.«

Erika riss den Mund auf. »War das ein ...?«

»Hai«, beendete MacClaine den Satz. »Wir sind im Pazifik. Warmes Wasser. Hier gibt es viele von ihnen. Da ist noch einer.«

»Das Blut«, sagte Bishop, der auf das Wasser zeigte, das über das Floß schwappte. »Das Blut läuft ins Salzwasser. Es zieht sie an.«

»Erschießen Sie einen. Vielleicht hauen sie dann ab«, schlug MacClaine vor.

Bishop zielte auf einen Haifisch in der Nähe, aber das Blut von dem verwundeten Tier führte nur zu noch mehr Tumult im Wasser.

»Was können wir tun?«, fragte Erika.

»Wir können nur beten, dass der Rettungshubschrauber schnell genug hier ist«, erwiderte MacClaine. »Sonst werden sie nur noch ein einsames Floß auf den Wellen finden.«

»Vielleicht hilft das.« Sie gab Bishop ihre Betäubungswaffe. »Versuchen Sie, die Tiere damit zu treffen, ohne sie zu verwunden.«

Der SEAL nickte. »Verwunden kann man sie damit wohl kaum.« Er traf einen Hai, der zusammenzuckte und schnell das Weite suchte.

»Den wären wir los«, sagte MacClaine. »Sieht aber nicht so aus, als würden die anderen auch verschwinden.«

Norma Mendez hatte die Augen geschlossen, aber sie hörte die Worte, die sie an eine andere Zeit und an einen anderen Teil der Welt erinnerten. Sie dachte an den Golf von Mexiko, das Blut, den Reifen und den Schrei ihres kleinen, durchnässten Jungen, den sie im Arm hielt. Norma sah die Haie und spürte den stechenden Schmerz, als sich einer auf ihren Sohn stürzte, ihn schnappte und in Stücke riss.

Sie öffnete die Augen und sah die Wellen, die gegen das Floß schlugen, über den Rand schwappten, sie berührten, sich zurückzogen und das Blut wegspülten, das noch immer aus ihrer Wunde floss. Bishop hatte das Menschenmögliche getan, um die Blutung zu stoppen. Bei jedem Atemzug spürte sie den stechenden Schmerz in ihrer Brust. Es war, als ob eine weißglühende Kralle sie von innen zerkratzte und ihr langsam das Leben nahm.

Norma hörte die Schreie, als die anderen versuchten, die Haie in Schach zu halten. Sie spürte, dass sich der Tod wie die Raubtiere, die angezogen von dem Blut das winzige Floß umkreisten, näherte. Trotz der Infusion wich langsam das Leben aus ihr. Schon war ihr Blick verschwommen. Es fiel ihr immer schwerer zu atmen, aber vielleicht konnte ihr Tod die anderen retten, ebenso wie Ray ihnen durch sein Ablenkungsmanöver auf der Lichtung das Leben gerettet hatte. Er hatte sich selbst geopfert, um den anderen die Flucht zu ermöglichen.

Norma dachte noch einmal an ihr Kind, das sie verloren hatte. Dann nahm sie ihre letzte Kraft zusammen und zwang ihren gebrochenen Körper, vom Floß zu rollen.

»Oh, mein Gott!«, schrie Erika, als Norma über Bord ging.

Bishop und MacClaine versuchten, nach ihr zu greifen, aber zwei große Haie schnappten nach ihrem Körper und zogen ihn unter Wasser. MacClaine musste den riesigen SEAL zurückhalten, damit er ihr nicht hinterhersprang.

»Loca! Mein Gott! *Nein!*«, schrie Bishop und streckte seine Arme nach dem dunklen Wasser aus.

»Sie ist tot«, schrie MacClaine. »Sie können nichts mehr für sie tun.«

»Verdammt, Loca!«, murmelte Bishop. »Warum? Warum hast du das getan?«

»Sie hat es für uns getan«, sagte Erika und wischte sich die Tränen von den Wangen. »Sie hat geblutet und ... Oh, mein Gott ... Sie hat es getan, um uns zu retten.«

Bishop setzte sich hin und verbarg sein Gesicht in den Händen.

Die drei Überlebenden drängten sich in der Mitte des Floßes, das jetzt etwas höher schwamm, und daher schwappte kein Wasser mehr über die Oberfläche. Langsam verschwanden die Haie, bis sie nur noch Wellen sahen. Kurze Zeit später hörten sie das ferne Rattern der Hubschrauberrotoren.

Bishop zog sein kleines Funkgerät aus der Tasche und versuchte, dem Rettungsteam den Weg zu weisen. Seine Stimme war tränenerstickt. Einer der japanischen Hubschrauber wollte den Rettungsversuch vereiteln, kehrte aber schnell zum Strand zurück, als eine der F-16 Warnschüsse abgab.

44

Der Virusmaster

USS BLUE RIDGE, neunzig Meilen vor der japanischen Küste

Erika Conklin saß ungestört in einer Offizierskabine hinter einem kleinen Schreibtisch. Sie trug dunkelblaue Shorts und ein weißes Hemd. Ihr Haar war noch nass, denn sie hatte eben erst im Bad der Offiziere geduscht. Brent MacClaine hatte Wache geschoben, um sicherzustellen, dass die Seemänner, die die FBI-Informatikerin kurz nach der Ankunft gierig angestarrt hatten, nicht versuchten, einen noch besseren Blick zu riskieren. Schließlich war die *Ridge* schon seit fast drei Monaten auf See.

Als MacClaine ihr über die Schulter sah, arbeitete Erika an einem IBM-ThinkPad, der dem kommandierenden Offizier des Schiffes gehörte. Sie hatte zuerst den Inhalt der Festplatte auf einem Laufwerk gesichert, bevor sie das System konfigurierte. Es musste mit dem Compaq kompatibel sein, den sie beim Hubschrauberabsturz verloren hatte. Dann arbeitete sie mit Charlie Chang, um ihre Software über eine Satellitenverbindung herunterzuladen und ihre alten Dateiverzeichnisse wieder anzulegen.

Erika nahm eine Diskette nach der anderen und kopierte die Dateien auf die Festplatte des ThinkPad, ehe sie Chang die Informationen nach Washington schickte. Leider gab es an Bord der *Ridge* keine Zip-Laufwerke, und daher konnte sie die Dateien auf den Zip-Disketten, die einen Umfang von mehreren Hundert Megabytes hatten, nicht herunterladen. Der Kapitän der *Ridge* hatte die amerikanische Botschaft in Tokio schon kontaktiert, und ein Diplomatenhubschrauber war bereits mit zwei Zip-Laufwerken, die sie vor Ort besorgt hatten, unterwegs. Inzwischen musste sich Erika mit den Daten auf den paar Hundert Disketten, von der jede eine Kapazität von 1,44 Megabytes hatte, zufrieden geben.

Sie beendete die elektronische Datenübertragung aller Disketten innerhalb von zwei Stunden. Die Analyse dieser Daten übernahmen Chang und die japanischen Übersetzer in der FBI-Zentrale. Sie würde mit der Übertragung fortfahren, sobald die Laufwerke aus Tokio eintrafen.

Außer ihrer alten Software hatte Chang ihr auch eine Kopie von Snatcher geschickt, ihrem Virenprogramm, mit dem sie Passwörter knacken konnte. Das Programm war in einem Assemblercode geschrieben und dann kompiliert worden, wodurch er in einen Maschinencode verwandelt wurde. Der bestand nur aus Einsen und Nullen, die alle Computer verstanden, egal aus welchem Ursprungsland sie kamen. Alle Systeme hatten ein Operationssystem auf dem Niveau der Maschinensprache, das die Hardware direkt kontrollierte und sie für Anwendungen wie Textverarbeitungs-, Tabellenkalkulationsprogramme und natürlich Spiele geeignet machte. Ihr in der Maschinensprache geschriebener Passwort-Knack-Tool drang in das Operationssystem ein und verankerte sich tief in den untersten Schichten des Computers, wenn er normal lief. Snatcher kontrollierte alle Aktivitäten, wartete auf einen User, der versuchte, sich einzuloggen, ermittelte den Vorgang und machte sofort eine Kopie des Passwortes, das der User eingab, um Zugang zu dem bestimmten System oder Netzwerk zu bekommen.

Erika ließ Snatcher auf die Internet-Provider für Tokio, Osaka, Sendai, Kyoto, Nagasaki, Kobe, Sapporo und verschiedene andere Großstädte los. Dann lehnte sie sich zurück und trank einen Schluck Cola.

»Weiß Palenski, was du da machst?«, fragte MacClaine,

der sich einen Stuhl heranzog und sich neben Erika setzte. Sie hatte es ihm, als sie die Daten auf den Disketten übertragen hatte, anvertraut und ihm den Plan erklärt.

»Ich habe ihm eine E-Mail geschickt.«

»Wann?«

»Ach ... vor dreißig Minuten.«

Er runzelte die Stirn. »Du weißt, dass wir Schwierigkeiten bekommen könnten?«

Sie lachte.

»Wahrscheinlich hast du Recht. Und was passiert jetzt?«, fragte MacClaine.

»Jetzt warten wir, bis die Passwörter auftauchen.«

»Wie lange dauert das?«

Sie zuckte mit den Schultern. »Das kommt ganz darauf an. Die meisten Unternehmen und Firmen haben zu mindestens einem der Netzwerke, die ich überprüfe, Verbindung. Ich schätze, es wird nicht länger als zehn Minuten dauern, bis das erste ankommt.«

»Wie viele brauchen wir?«

Ehe sie antworten konnte, klopfte jemand an die Tür. Es war Bishop. Erika lächelte ihn an. »Hallo, Dan.«

Ohne die Ausrüstung, den Schlapphut und die Tarnfarbe sah Dan Bishop aus wie ein riesiger Kleinstadtjunge. Er lächelte sie kurz an. »Der Kapitän lässt Ihnen ausrichten, dass Sie einen Anruf aus Washington haben. Es ist sehr wichtig. Sie können das Gespräch hier annehmen.« Er zeigte auf ein Wandtelefon.

Erika nickte und hob ab. Bishop ging hinaus und schloss die Tür hinter sich. MacClaine beugte sich über ihre Schulter, um mitzuhören.

»Hallo?«

»Conklin! Palenski hier. Wie geht es Ihnen?«

»Gut, Sir. Danke.«

»Ich rufe aus verschiedenen Gründen an. Zuerst einmal

möchten wir uns alle hier in Washington bei Ihnen bedanken. Wir sind zwar noch nicht über den Berg, aber Sie haben Ihrem Land wahrlich einen großen Dienst erwiesen. Chang und Ihre anderen Mitarbeiter sind eifrig damit beschäftigt, die Daten, die Sie uns geschickt haben, durchzusehen. Mit etwas Glück werden wir etwas finden.«

»Ich habe Bedenken, Sir«, erwiderte Erika. »Meiner Meinung nach sollten wir selbst mal unser Glück versuchen. Tanaka wird so heikle Unterlagen wie die Liste der Komponenten sicher nicht auf einer Diskette gespeichert haben. Ich habe das Gefühl, dass die Informationen wahrscheinlich in irgendeinem Kellergeschoss des JDA verschlossen sind. Da wir Tanaka verloren haben, gibt es für uns auch keine Möglichkeit mehr, an die Liste zu kommen.«

Es herrschte einen Moment Schweigen, und dann folgte ein tiefer Seufzer. »Ja ... Ich habe Ihre E-Mail gelesen. Sind Sie schon dabei?«

»Ja, Sir, in diesem Moment.«

»Werden sie es erfahren?«

»Nein, Sir. Ich habe viel Lehrgeld dafür bezahlen müssen, um sicherzustellen, dass das Virenprogramm für die Passwörter vollkommen transparent und die Spur diesmal nicht zurückzuverfolgen ist.«

»Sie sind mir vielleicht eine«, knurrte Palenski.

Erika erwiderte nichts.

»Wir vermissen Sie hier.«

Erika Conklin spürte ein flaues Gefühl im Magen, als sie diese Worte hörte. Sie hatte erwartet, froh zu sein, endlich das FBI verlassen und ihr Leben selbst in die Hand nehmen zu können. Jetzt war sie sich nicht mehr so sicher.

»Ich bin ja noch nicht ausgeschieden, Sir«, entgegnete Erika mürrisch. MacClaine warf ihr einen seltsamen Blick zu.

»Halten Sie mich auf jeden Fall auf dem Laufenden über

Ihre Fortschritte mit dem Virus. Ich stimme mit Ihnen überein, was das Ausmaß des Angriffs betrifft ... in diesem Fall. Ich werde den Präsidenten entsprechend ins Bild setzen und Sie dann zurückrufen.«

Erika legte auf, seufzte und zerzauste ihren Pony. »Ich glaube, er hat es geschluckt.«

»Hörte sich ganz so an.«

Sie drehte sich wieder zum Bildschirm um.

»Sind schon Passwörter da?«

Erika schüttelte den Kopf. »Das System piept, wenn sie ankommen. Aber ich habe eine neue E-Mail von Charlie bekommen.« Sie klickte ein paar Sekunden aufs Pad und sagte dann: »Es ist Detroit II.«

»Das ist der abscheuliche Virus, von dem du mir erzählt hast?«

Sie nickte und verschob die Datei in ihren Petri-Dish, um sie dort vorerst sicher aufzubewahren. »Aber zuerst einmal brauchen wir die Roots, um die Verteidigungsschicht ihres Netzwerks zu durchdringen.«

»Wie viele Root-Passwörter werden wir brauchen?«

»Ich schätze, das hängt davon ab, wie viel Schaden wir anrichten wollen. Aber sie müssen alle von Netzwerken sein, die Unternehmen wie Banken oder Investmentgesellschaften oder vielleicht Telekommunikationsunternehmen kontrollieren. Wie ich Palenski in meiner E-Mail erklärt habe, werde ich nichts berühren, was mit Transport, Krankenhäusern oder Energieversorgung zu tun hat, weil dadurch unschuldige Menschen sterben könnten.«

MacClaine nickte. »So lautet die Abmachung, und das FBI wird zu seinem Wort stehen. Es dürfen keine unschuldigen Menschen sterben.«

Sie trank noch einen Schluck Cola und betrachtete aufmerksam sein zerkratztes Gesicht. »Was hast du für ein Gefühl dabei?«

»Ich will, dass die Angriffe auf unser Land aufhören. Punkt. Wenn deine Methode uns zu diesem Ziel führt, bin ich dafür. Wenn es nicht passiert und wir härtere Maßnahmen ergreifen müssen, dann werden wir härtere Maßnahmen ergreifen.«

»Wenn die härteren Maßnahmen nicht bedeuten, dass unschuldige Menschen sterben müssen. Denk daran, Brent, dass man Unrecht nicht mit Unrecht vergelten kann. Unschuldige Menschen sind und bleiben unschuldige Menschen, egal welcher Nationalität sie angehören. Wir wollen uns doch nicht mit den Verbrechern auf eine Stufe stellen. Für uns ist ein Menschenleben wertvoll. Für diese Verbrecherbande in Japan offensichtlich nicht. Ich werde nicht zulassen, dass jemand Detroit II auf irgendetwas anderes als meine sorgfältig ausgewählten Ziele loslässt.«

MacClaine grinste. »Du bist eine richtige Kämpferin. Ich glaube, darum mag ich dich so.«

Sie schaute ihn an und trank noch einen Schluck. »Ist das der Grund, warum du die Situation in jener Nacht nicht ausgenutzt hast? Weil du mich *magst*?«

»Ich will dir mal etwas über diese Nacht sagen, meine Liebe. Du hast mich zu dir ins Bett gezogen und mich tatsächlich geküsst.«

Sie riss die Augen auf. »Ich habe dich *geküsst*?«

»Das hört sich an, als fändest du es ekelhaft.«

Sie beugte sich vor und riss den Mund auf. »Oh, mein Gott, nein! So war das nicht gemeint. Habe ich dich wirklich geküsst?«

Er tippte mit ausgestrecktem Zeigefinger gegen seine Schläfe, als imitierte er einen militärischen Gruß. »Großes Indianerehrenwort.«

»Warum hast du mir das nicht gleich erzählt?«

»Zu dem Zeitpunkt warst du bewaffnet und gefährlich.«

»Und was musstest du dir noch von mir gefallen lassen?«

Sie hob ganz kurz die Hand, um ihn zum Reden zu ermuntern.

»Nichts, und glaube mir, ich musste meine ganze Selbstkontrolle aufbieten, um nicht zu dir ins Bett zu kriechen. Ich habe dich ins Bett gepackt und den Raum verlassen.«

Sie beugte sich vor und küsste ihn auf den Mund.

»Wofür war das?«, fragte er.

»Diesen Kuss wollte ich dir schon die ganze Zeit geben, weil du so anständig warst. Die meisten Typen, die ich kenne, hätten die Situation ausgenutzt.«

»Ich bin nicht wie die meisten Typen, die du kennst.«

Sie lachte und gab ihm noch einen dicken Kuss, doch dann piepte der IBM-Computer zweimal.

Sie löste sich von ihm und strich mit dem Finger über seine Lippen, ehe sie an den Monitor zurückkehrte. »Scheinbar haben wir etwas.«

Er beugte sich vor. »Was denn?«

»Wir haben ein Passwort für das National-Museum in Kyoto. Nicht schlecht.« Sie drehte sich zu ihm um, und sie küssten sich noch einmal, aber diesmal umarmten sie sich. Erika fühlte sich ein wenig benommen, und sie wusste nicht, ob das der Schlafmangel und die Aufregung des vergangenen Tages waren oder das behagliche Gefühl in MacClaines Armen. Erneut piepte der Computer und brachte sie in die Realität zurück.

»Das Root-Passwort für das Klinikum in Tokio. Dort könnte ich schlimme Schäden anrichten, aber das rühre ich nicht an.«

Wieder piepte es. Die Industrial Bank von Japan und der Kansai International Airport bei Osaka und Kobe.

In den nächsten beiden Stunden kamen die Passwörter für viele Unternehmen, Industriebetriebe, Banken, Versicherungen, Investmentgesellschaften, Hotels, Krankenhäuser, Flughäfen, Bahnhöfe, staatliche Behörden ...

Erika überprüfte sorgfältig die Liste und suchte die Passwörter und entsprechenden Websites für die Betriebe aus, deren Angriff sie mit ihren moralischen Richtlinien vereinbaren konnte. Diese legte sie in einem separaten Verzeichnis ab. Von jedem geknackten Passwort schickte sie Kopien an Charlie Chang, damit er sie in Washington sicherte. Nachdem sie zwei Stunden lang über 400 Passwörter gesammelt hatte, beschloss sie, dass es an der Zeit war, die Unternehmen richtig zu schädigen. MacClaine hatte zweimal den Raum verlassen, um Palenski zu kontaktieren. Er kehrte mit Puten-Sandwiches, Pommes frites und den Zip-Laufwerken aus Tokio zurück.

»Hier. Mit Grüßen von der Crew.«

»Großartig«, sagte sie und aß das halbe Sandwich, während sie das Laufwerk mit dem PCMCIA-Port des IBM-ThinkPad verband und die erste Zip-Diskette lud. Als sie das erste Download auf die Festplatte ausführte, startete sie auch die E-Mail-Software, um Charlie Chang zu unterrichten, dass noch mehr Daten unterwegs seien.

Erika: Hallo.

Chang: Hallo, Chef. Ich habe die Liste mit den Passwörtern erhalten.

Erika: Denken Sie daran, dass es zwei gibt. Ich habe vor, diejenige mit der Beschriftung »Angreifbar« zu benutzen.

Chang: Okay. Haben Sie die Kopie von Detroit II, die ich vor ein paar Stunden geschickt habe, erhalten?

Erika: Sie ist sicher auf meiner Festplatte.

Chang: Gut. Es hat mich ziemlich nervös gemacht, das übers Netz zu verschicken.

Erika: Viren sind wie Sprengstoff. Niemand wird verletzt, solange man weiß, wie man damit umgehen muss, und solange sie nicht in falsche Hände geraten.

Chang: Da haben Sie Recht.

Erika: Ich rufe an, weil ich eben die Zip-Laufwerke bekommen habe. Bereiten Sie sich auf die erste große Datenübertragung vor.

Chang: Wir sind bereit.

Erika: Haben Sie schon was bei den anderen Sachen, die ich geschickt habe, gefunden?
Chang: Keine Liste der Chips, aber wir haben viele interessante E-Mails von Tanaka an seine Handlanger in Tokio gefunden.
Erika: Hm ... Jemand, den ich kenne?
Chang: Darüber kann ich nicht sprechen. Ich darf nur mit Palenski über die Namen sprechen. Tut mir Leid, Chef. Streng geheim.

Erika runzelte die Stirn und drehte sich zu MacClaine um. »*Streng geheim?* Das muss man sich mal vorstellen! Nachdem ich auf diese verdammte Theorie gekommen bin und mein Leben riskiert habe, ist das jetzt auf einmal streng geheim.«

»Nimm es nicht persönlich«, beschwichtigte MacClaine sie und strich ihr über den Oberschenkel. »Wir haben im Moment tatsächlich keinen Informationsbedarf.«

Das gefiel Erika ganz und gar nicht. »Es stört mich, dass diese ganze Sache eine Einbahnstraße ist. Es gibt keinen Teamgeist. Solange ich gebraucht werde, steht das FBI hinter mir, aber wenn man mich nicht mehr braucht oder man annimmt, dass ich nichts mehr beitrage, bin ich sofort ausgeschlossen.«

MacClaine schmunzelte.

»Das ist nicht lustig, Brent. Es ist eigentlich ziemlich bedauerlich, dass sie mir, nach allem, was ich getan habe, nicht genug trauen, um mir den neuesten Stand der Ermittlungen mitzuteilen.«

»Willkommen in der Welt des Geheimdienstes. Es geht hier um das Prinzip des Informationsbedarfs. Unsere Vorgesetzten haben diese Taktik entwickelt, um die kleinen Fische – nämlich uns – im Dunkeln zu lassen. Es ist eine Möglichkeit, Informationen zu schützen, damit sie nicht in falsche Hände geraten. Letztendlich kannst du selbst bei einem peinlichen Verhör nur das aussagen, was du weißt.

Wir müssen nach diesem Prinzip der strengen Geheimhaltung operieren. Andere Geheimdienste arbeiten mit anderen Methoden, um ihre Informationen zu schützen, beispielsweise mit Selbstmordpillen. Wenn ich die Wahl hätte, würde ich das Prinzip der strengen Geheimhaltung immer diesen verdammten Goldringen vorziehen.« Er zeigte auf den Schirm. »Dein Mitarbeiter ist noch in der Leitung.«

Chang: Chef, sind Sie noch da?
Erika: Ja. Was hat Palenski dazu gesagt, Detroit II loszulassen?
Chang: Er ist im Moment beim Präsidenten. Er wird Sie informieren.

Sie beendete das Gespräch, lehnte sich zurück und strich sich mit den Fingern durch ihr braunes Haar. »Natürlich. Ruf uns nicht an, wir melden uns schon. Immer außen vor.«

MacClaine schwieg, und Erika starrte auf den Monitor. Einen Moment später wurde sie wieder aktiv und hämmerte auf den Tasten und dem Pad herum.

»Was machst du da?«

»Ich bereite Detroit II auf den Einsatz vor«, erwiderte sie.

»Wie machst du das?«

Sie zeigte auf den Monitor. »Siehst du das?«

0 01011010.10101010.01011001.01110100.10111010.01000110.11010101
1 01000010.00000111.01011111.10100000.1000010.011010100.00000101
2 01111010.11111010.01011101.01110100.10101010.00000010.10101001
3 00001010.01010010.01111101.01110100.11010010.01111110.11110001

Er beugte sich vor und starrte auf die Zahlenreihen. »Puh. Was ist denn das?«

»Detroit II, sag Brent MacClaine guten Tag. Brent, das ist Detroit II in Maschinensprache. Einsen und Nullen.«

MacClaine lächelte. »Hm ... Wie kommt es, dass ich auch eine Zwei und eine Drei sehe?«

»Oh, das sind nur die Nummern der Zahlenreihen. Es beginnt mit Reihe Null und geht weiter mit Reihe eins und so weiter.«

»Wie viele Reihen sind es?«

»An die tausend, aber dies ist der kritische Teil.« Sie browste durch die Zahlenreihen.

```
127 01011010.10101010.01011001.01110100.10111010.01000110.11010101
128 00000000.00000000.10001101.01010100.10010111.01011001.11001000
129 01011010.10101010.01011001.01110100.10111010.01000110.11010101
130 01011010.10101010.01011001.01110100.10111010.01000110.11010101
```

»Das sieht für mich alles gleich aus«, sagte er.

»Die Reihe hundertsiebenundzwanzig enthält die eigentliche Mutationssequenz. Es ist die Reihe mit den sieben Bytes, die ...«

»Immer langsam. Was ist ein Byte?«

»Ein Byte besteht aus acht Bits, also acht Zeichen. Jede Eins oder Null repräsentiert ein Bit. Auf jeden Fall ist in diesen sieben Bytes die Signatur für die besondere Mutation von Detroit II enthalten. In Übereinstimmung mit dem Mutationsschlüssel, den ich schon programmiert habe, wird diese Sektion sich immer verwandeln, wenn sich der Virus selbst kopiert. Die nächsten zwei Bytes, die in Reihe hundertachtundzwanzig beginnen, enthalten die verschlüsselte Webadresse des Netzwerkes, die der Virus angreifen wird.«

»Aber diese beiden Bytes bestehen ja nur aus Nullen.«

»Das ist die Grundeinstellung, die dem Virus befiehlt, alles anzugreifen, egal welche Netzwerkadresse es ist. Auf diese Weise zwingen wir ihn, nur bestimmte Adressen anzugreifen. Hier ist die erste.« Sie öffnete ein neues Fenster und klickte auf die Datei.

Angreifbare Adressen

Sitz	Kodierte Adressen
Justizministerium	11000111.11110011
Fuji Bank, Ltd., Tokio	11000111.11000000
Sumitomo Bank, Ltd., Osaka	11000111.11001100
Bank of Tokio,Ltd.	11000111.11000001
Mitsubishi Electronics, Ltd.	11000111.01010011
Verteidigungsministerium	11000111.11110100
Universität Tokio	11000111.10001100
Erziehungsministerium	11000111.11110110

Die Liste ging noch weiter und enthielt insgesamt fast 400 unabhängige Institutionen.

»Angreifbare Adressen?«

Sie zuckte mit den Schultern. »Mir fiel nichts Besseres ein. Ich habe auch eine Liste mit den nicht angreifbaren Adressen.«

»Tja, diese Liste wird sicher viel Schaden anrichten«, meinte MacClaine.

»Das ist das Ziel. Ernsthafte Schäden, ohne dass es Menschenleben kostet. Konten können wiederhergestellt und Dateien können aus den archivierten Dateien neu geladen werden, aber der Verlust eines Menschenlebens ist nicht rückgängig zu machen.«

»Das stimmt. Und was passiert jetzt?«

»Siehst du das erste Byte jeder Adresse?«

»Ja ... Sieht bei allen Adressen gleich aus.«

»Dieses erste Byte definiert das Ursprungsland. Das zweite Byte ist die spezielle Adresse im Netzwerk. Aber es gibt auch eine Übereinstimmung im zweiten Byte. Alle staatlichen Institutionen beginnen zum Beispiel mit vier Einsen. Die letzten vier Bits des zweiten Bytes beziehen sich auf den Code dieser speziellen Regierungsinstitution wie das Erziehungs- oder Verteidigungsministerium.«

»Verstehe.«

»Beim Computercode ist alles ganz logisch aufgebaut. Für das ungeschulte Auge sehen diese Zahlenreihen wie ein Haufen Einsen und Nullen aus, aber ein ausgebildeter Programmierer kann das wie eine Sprache lesen. Siehst du, nach meinen Erklärungen ergeben einige dieser Bits für dich schon einen Sinn.«

»Ja. Und was passiert jetzt?«

»Wir fertigen zahlreiche Kopien von Detroit II an und ordnen sie jeweils einer bestimmten Adresse zu. Dann sind wir fertig.«

45

Vergeltungsmaßnahmen

WASHINGTON, D.C.

»Wird das wirklich so funktionieren, wie Sie es beschrieben haben, Mr. Palenski?«, fragte Präsident Lester Williams, während er Seite an Seite mit dem FBI-Direktor durch den Rosengarten spazierte. Verteidigungs- und Außenminister folgten ihnen.

Der Oberbefehlshaber blieb stehen, um an einer gelben Rose zu schnuppern. Er versuchte heute Morgen vergebens, seine Stimmung aufzuheitern. Seine blutunterlaufenen Augen zeugten von den vielen Tränen, die er über den Verlust seines tapferen Stiefsohnes vergossen hatte. Außerdem hatte er noch die schwere Aufgabe, die First Lady zu trösten. Diese hatte, kurz nachdem die Nachricht vom Tod des Korvettenkapitäns Derek Ray das Weiße Haus erreicht hatte, vom Arzt des Präsidenten ein Beruhigungsmittel bekommen und war noch immer ruhig gestellt.

»Meine Computerspezialistin hat mir versichert, dass es funktionieren wird, Sir. Bisher lag sie mit ihren Einschätzungen genau richtig.«

»Gibt es überhaupt andere Möglichkeiten?«

»Wir müssen mit den gleichen Waffen zurückschlagen, mit denen wir angegriffen werden«, fuhr Palenski fort.

»Die Japaner sind Meister darin anzugreifen, ohne die direkte Konfrontation zu wählen, Sir«, warf Außenminister Christopher Milley mit seiner vornehmen Stimme ein. »Sie wählen stets die indirekte Methode. Wir können nicht mit offener Drohung antworten. Wir müssen geschickt vorgehen und ihnen einen entscheidenden Schlag verpassen. Wenn wir Miss Conklins Plan realisieren, könnten wir es schaffen, die Anschläge zu beenden.«

Präsident Williams hörte schweigend zu und überdachte die verschiedenen Möglichkeiten. So konnte es in den Vereinigten Staaten nicht weitergehen. Die Japaner hatten Amerika ohne Vorwarnung und ohne moralische Bedenken angegriffen, um das Land von seinem hart erkämpften ersten Platz in der Computerbranche zu verdrängen.

»Sind wir bereit?«, fragte Williams, der gerade eine Rose betrachtete. Ihr tiefroter Ton erinnerte den Präsidenten an das Blut der zahlreichen Opfer, die Amerika in den letzten Wochen zu beklagen hatte.

»Meine Leute halten sich bereit, Mr. President.«

»Wie lange wird es denn dauern, bis wir Ergebnisse haben?«

»Ungefähr zwölf Stunden, Sir, vielleicht auch etwas weniger.«

»Und der Verlust von Menschenleben wird so gering wie möglich gehalten?«

»Miss Conklin stimmt nur unter dieser Bedingung zu, uns zu helfen. Wir schlagen sie da, wo es am meisten schmerzt, in ihrem Portemonnaie.«

»Und wenn es nicht funktioniert?«, fragte der Präsident.

»Dann folgt der nächste Schritt, Mr. President«, erwiderte Vuono. »Wir setzen diesen Virus nahezu unbeschränkt ein und greifen die japanischen Transport- und Elektrizitätssysteme an. Die Auswirkungen werden verheerend sein. Es wird lange dauern, bis sich die Japaner von einem solchen Schlag erholen werden, und das Land wird hohe Verluste zu verzeichnen haben. Sie werden keine andere Wahl haben, als uns die Liste zu übergeben.«

Lester Williams schaute auf die dunkelroten Blütenblätter und befühlte sie anschließend mit Daumen und Zeigefinger.

»Sehr gut«, sagte er. »Geben Sie den Befehl für die erste Phase. Wir werden beten, dass wir nicht einen Schritt weitergehen müssen.«

46

Digitale Überschwemmung

USS *BLUE RIDGE, neunzig Meilen vor der japanischen Küste*

Hoffentlich werde ich es nicht bereuen«, sagte Erika, nachdem sie das Gespräch mit Palenski beendet hatte. Der FBI-Direktor hatte sie aus dem Weißen Haus angerufen.

MacClaine strich mit der Hand über ihre Schulter. »Ich stehe hinter dir.«

Mit einem einfachen Klick auf die Maus ließ Erika Conklin Dutzende von Kopien ihrer Version des Detroit-Virus los, der nicht zu knacken war. Jede Kopie befand sich sicher in einer Softwarekapsel und war mit einem gestohlenen Root-Passwort versehen. Zudem enthielt jeder Virus eine einzige Adresse, damit er außerhalb seiner programmierten Host-Umgebung nicht wirksam werden konnte. Wenn ein Virus sich selbst an eine E-Mail-Nachricht hing und es schaffte, auf ein anderes Netzwerk überzuspringen, würde er verschwinden, weil die Adresse dieses neuen Netzwerks nicht mit seiner verankerten Adresse kompatibel war.

Innerhalb von Minuten erreichten die Kapseln ihre Bestimmungsorte, passierten mit Hilfe der gestohlenen Passwörter die Sicherheitsschranken und drangen in den inneren Kreis des Operationssystems vieler Unternehmen und staatlicher Institutionen in verschiedenen japanischen Städten ein. Innerhalb jedes Systems brachen die Softwarekapseln auf und ließen eine elektronische Rakete los. Die suchte das Dateiverzeichnis, das die installierte Antiviren-Software enthielt, und zerstörte jede Instanz, die im Entferntesten ihrem eigenen Code glich. Spätere Antivirenchecks würden Detroit II, der eigentlich kein Virus, sondern eine Virenfabrik oder ein Virusmaster war, nicht entdecken.

Der Virusmaster schickte einen elektronischen Wurm los, der durch jedes Dateiverzeichnis im Host-System kroch. Je nach verankertem Schlüssel, den Erika geschaffen hatte, ließ er eine etwas unterschiedliche Virensequenz hinter sich zurück. Dieser Schlüssel bewirkte, dass die Sequenz mit aktuellen Computersystemen nicht zu knacken war.

Als Erika ihre vierte Cola getrunken hatte, war der Infektionszyklus der Würmer abgeschlossen. Detroit II hatte seine elektronischen Zähne in die Systeme geschlagen und war bereit, gierig Daten zu verschlingen und alles auf seinem Weg zu verderben. Innerhalb von Stunden waren die Computersysteme lahm gelegt und Daten von Hunderten japanischer Unternehmen und staatlicher Behörden verschwunden. In vielen Fällen würde auf die Infizierung des Systems eines Unternehmens, das Netzwerkverbindungen zu anderen Städten hatte, ebenfalls die Infektion der Filialen dort folgen. Sie mussten nur die gleiche Webadresse haben, und das ganze Netzwerk würde zum Erliegen kommen.

»Der Schaden ist hoch«, sagte Erika, als sie die Informationen auf ihrem System, das ihr den aktuellen Stand der Zerstörung lieferte, noch einmal anschaute. »Der Mutationsschlüssel arbeitet so, wie ich es erwartet habe.«

»Der Mutationsschlüssel?«

»Der Schlüssel ist eine Formel, die die Mutationssequenz des Virus kontrolliert und die Sieben-Byte-Signatur in einer vorprogrammierten Weise verändert. Ich habe ihn so programmiert, dass die Sequenz mit heutigen Computern nicht geknackt werden kann, weil die Anzahl der Permutationen die Möglichkeiten unserer heutigen Systeme übersteigt. Der Schlüssel stellt auch sicher, dass die Veränderung der Sieben-Byte-Signatur nicht überspringt, was sehr unerfreulich sein könnte.«

»Überspringen?«

»Ja, auf die angrenzenden Bytes überspringen und sie ebenfalls verändern. Es könnte zum Beispiel die Zieladresse, in der der Virus operieren darf, verändert werden. Dadurch würde der Virus notwendigerweise Zufallsadressen bekommen. Das würde mein kontrolliertes Feuer in ein Buschfeuer verwandeln. Aber darum brauchen wir uns keine Sorgen zu machen, weil der Entwurf des Schlüssels ihn nur auf die Sieben-Byte-Signatur beschränkt.«

Sie schickte eine E-Mail nach Washington, um die Ausführung ihrer Mission zu bestätigen.

MacClaine stand hinter ihr und strich ihr über die Schultern, während sie noch fünfzehn Minuten auf den Monitor starrten. Dann rieb er sich über die Augen. Erika gähnte.

»Warum ruhen wir uns nicht etwas aus?«, fragte er. »Es ist fast vier Uhr morgens. Wir werden morgen Nachmittag um drei Uhr von einem Hubschrauber abgeholt und nach Seoul gebracht. Diesmal nehmen wir eine Linienmaschine zurück.«

Sie nickte. »Ich glaube, ich könnte drei Tage an einem Stück schlafen.«

»Ich auch.«

Sie schauten auf die Kojen an der Seite der kleinen Kabine.

»Möchtest du oben schlafen?«, fragte er.

Erika fing an zu lachen. »Eigentlich schon, aber im Moment bin ich so müde, dass es mir egal ist.«

MacClaine half ihr in die obere Koje. »Okay«, sagte er. »Dann habe ich etwas, auf das ich mich freuen kann.«

Sie gab ihm einen Gutenachtkuss und rollte sich auf die Seite. MacClaine legte sich in die untere Koje und schlief kurz darauf ein.

47

Widerstand

TOKIO

Fuji Yokonawa, Japans Wirtschaftsminister, beobachtete den Sonnenaufgang von seinem Eckbüro aus, während er Tee trank, um seinen Magen zu beruhigen. Jogger, die um den Kaiserpalast herumliefen, und Touristen, die Fotos schossen, wussten nichts von den Geschäftsleuten, die in dem angrenzenden Finanzbezirk in Panik gerieten. Ein mysteriöser Computervirus vernichtete Millionen von Konten und hatte die Transaktionen von Milliarden von Yen, die gestern erfolgt waren, gelöscht, ehe sie auf Bändern gesichert worden waren.

Den ersten Berichten, die er am Morgen erhalten hatte, war zu entnehmen, dass die meisten Banken damit beschäftigt waren, zwei Tage alte Daten zu retten und auf ihre Server zu laden. Gleichzeitig mussten sie sich auch um verloren gegangene Einzahlungen, Abhebungen, Überweisungen, Privat- und Geschäftskredite und Staatsanleihen kümmern. Doch der Virus war nicht auf Tokios Finanzbezirk begrenzt. Schon flatterten Meldungen über vermisste Dateien und beschädigte Softwaresysteme aus Osaka, Kobe, Nagasaki und Kyoto ins Haus. Yokonawa fürchtete, dass auch andere Bereiche des Landes eine derartige High-Tech-Attacke erlitten hatten, aber die Kommunikation zwischen Tokio und den Gebieten, in denen die Computersysteme ausfielen, lag brach. Informationen von dort waren nicht zu bekommen. Der Minister vermutete, dass diese Systeme ebenfalls dem mysteriösen Virus zum Opfer gefallen waren. Dieser Virus musste es irgendwie geschafft haben, durch die Sicherheitsschranken, die in allen Netzwerksystemen installiert waren, zu dringen und die elektronischen Netzwerke über Nacht zum Erliegen zu bringen. Glücklicherweise waren scheinbar keine Transportunternehmen, Krankenhäuser, Elektrizitätsbetriebe und Militäreinrichtungen von dieser Attacke betroffen. Der Minister hatte keine Meldungen über Unfälle oder den Verlust von Menschenleben erhalten. Aber über 70 Prozent der Telefonleitungen fielen ebenso aus wie Netzwerke von Universitäten, Schulen, Heimen, Versicherungsunternehmen und sogar vielen staatlichen Behörden. Die Tokioter Börse hatte an diesem Morgen nicht eröffnet, weil viele Transaktionen vom gestrigen Tag verloren gegangen waren und die beschädigte Software die Netzwerke zum Absturz gebracht hatte.

Yokonawa hatte früh am Morgen schon zweimal mit dem Premierminister telefoniert, der nicht verstehen konnte, dass Japans Computer-Netzwerk so verletzbar war. Der Premierminister hatte ebenfalls angedeutet, dass der Wirtschaftsminister seiner Aufgabe, die japanische Industrie vor solchen Attacken zu schützen, offenbar nicht gerecht geworden sei. Er würde zurücktreten müssen, sollte der Normalzustand nicht umgehend wieder hergestellt werden.

Minister Yokonawa hatte auch eine private Mitteilung vom amerikanischen Botschafter in Tokio erhalten. Der Diplomat hatte ein Fax vom Außenminister in Washington an ihn weitergeleitet, in dem dieser sein Bedauern über den Virus, der so viele japanische Systeme angegriffen hatte, ausdrückte. Die amerikanische Regierung sei gewillt, bei der Vernichtung des Virus zu helfen, ehe er in den nächsten 24 Stunden auf Transportunternehmen und Elektrizitätswerke übersprang, was sicher die ganze Bevölkerung gefährden würde. Als Gegenleistung bat die amerikanische Regierung den Premierminister, Japans technisches Know-how bei der Identifikation amerikanischer Halbleiter, die vor der Produktion verändert worden seien, zur Verfügung zu stellen. Eine private Faxnummer war beigefügt.

Wie kommen sie eigentlich auf mich? Meine Leute haben mir doch gesagt, dass Tanaka bei dem Angriff getötet wurde. Hat er vorher geredet?

Yokonawas Hände zitterten so stark, dass er fast den Tee verschüttete. Er stellte die Tasse auf den Schreibtisch und sah sich den Bericht vom Leiter des technischen Dienstes in seinem Ministerium an. Yokonawa wurde darin versichert, dass der Virus isoliert worden sei und eine Gruppe Programmierer sich damit beschäftige, ihn zu knacken. Sie nahmen an, dass sie es innerhalb der nächsten 12 bis 24 Stunden schaffen würden.

Der Minister fragte sich, ob die Amerikaner ihre Drohung ernst meinten, den Virus auf weitere Netzwerke loszulassen und die ganze Bevölkerung anzugreifen. Die Vereinigten Staaten waren immer zögerlich gewesen, wenn es um den Verlust von Zivilisten ging. Sie hatten einfach nicht genug Courage.

Yokonawa war der Meinung, dass seine Operation noch gerettet werden könne. Seine besten Programmierer müssten nur ein Gegenmittel finden, um den Virus auszurotten, sodass die Möglichkeit der Erpressung seitens Amerikas ausgeschlossen wurde. Yokonawa rief seine Sekretärin, um ihr einen Brief an den amerikanischen Botschafter in Tokio zu diktieren.

48

Amerika schlägt zurück

DAS WEISSE HAUS

Präsident Lester Williams bemühte sich, logisch zu denken und die Kontrolle nicht zu verlieren. Sein Land bedurfte jetzt der ungeteilten Aufmerksamkeit. Er hatte sich in den letzten drei Stunden in seinem Oval Office eingeschlossen und den Verlust von Derek betrauert. Da Elizabeth noch immer ruhig gestellt war, musste er alleine damit fertig werden. Aber jetzt hatte er eine Entscheidung zu treffen. In seiner linken Hand hielt er eine Kopie des Faxes, das vor einer Stunde vom Botschafter in Tokio angekommen war.

Williams zerknüllte es in seiner Faust und schaute auf den Mitternachtshimmel über Washington. Diese Splitterpartei in der japanischen Regierung leistete Widerstand, wies Hilfe zurück, ging das Risiko weiterer Virenangriffe ein und unterschätzte noch immer die Macht der Vereinigten Staaten. Sie hatten Blut vergossen und sahen jetzt seelenruhig zu, wie sein Land langsam ausblutete und die technologische Vorherrschaft abgab. Zwei Jahrzehnte hatte Amerika darum gekämpft und zig Milliarden Dollar investiert. Diese Verbrecherbande hatte ohne Vorwarnung zugeschlagen; doch das war nicht ganz neu, denn schon früher hatten rücksichtslose japanische Geschäftsführer und einzelne Minister versucht, die amerikanische Wirtschaft zu schädigen. Beispiele gab es genug. Aber ihre Rechnung war nicht aufgegangen. Die Vereinigten Staaten hatten die richtigen Prioritäten gesetzt und die High-Tech-Industrie wiederbelebt. Und nun stand all dies wieder auf dem Spiel.

Wir werden uns zur Wehr setzen.

Präsident Williams bereitete sich darauf vor, einen Schlag auszuführen, der den Gegner bis ins Innerste erschütterte. Er brauchte diese Liste der Komponenten, der Millionen tickender Zeitbomben, die über die ganze Nation und über die ganze Welt verstreut waren und darauf warteten, mit der zerstörerischen Kraft von Pasadena, Florida, Nevada, Denver und West Virginia zu explodieren.

Und er war bereit, radikal vorzugehen, um sie zu bekommen.

49

Schwierige Entscheidungen

FBI-ZENTRALE, WASHINGTON, D.C.

Roman Palenski ging ins Systemlabor und setzte sich auf den Stuhl neben Charlie Chang, der die Arbeit am Computer sofort einstellte und seine Brille auf den Nasenrücken schob. »Ja, Sir?«

»Mr. Chang, würde es Ihnen gefallen, der neue Leiter dieser Abteilung zu werden?«

Chang lehnte sich zurück und schaute den stämmigen FBI-Direktor mit großen Augen an.

»Aber ... aber das ist doch der Job von Miss Conklin. Was ist denn ...«

»Miss Conklin wird uns verlassen, und ich suche einen geeigneten Nachfolger. Dabei habe ich an Sie gedacht. Ich glaube, dass Sie gut im Team arbeiten und wissen, wie bestimmte Dinge geregelt werden, ohne unnötige Fragen zu stellen. Liege ich da richtig?«

Chang nickte. »Ich bin Ihr Mann, Sir. Ich werde tun, was ich tun muss. Fragen stellen? Nein! Ich mache nur meinen Job.«

»Großartig«, sagte Palenski. »Denn das, was sie für mich tun sollen, ist eine ganz besondere Arbeit.«

Zehn Minuten später verließ Palenski das Labor. Er hatte kein besonders gutes Gefühl dabei, aber es lag nicht in seiner Macht. Der Präsident hatte ihm gerade eine sehr schwierige, heikle Aufgabe übertragen. Palenski sah keinen Ausweg, und er hatte keine Zeit mehr zu verlieren. Er ging in sein Büro und bat die Sekretärin, Funkkontakt zur *Blue Ridge* herzustellen. Er musste sofort mit Brent MacClaine sprechen.

50

Ohne Rücksicht auf Verluste

USS *BLUE RIDGE, neunzig Meilen vor der japanischen Küste*

Brent MacClaine wurde von einem jungen Matrosen geweckt. Der FBI-Agent schaute auf die Uhr und stellte fest, dass er fast acht Stunden geschlafen hatte. Es war kurz vor Mittag Ortszeit. Erika schlief noch immer in der oberen Koje. Ein Marinetransporthubschrauber sollte sie um drei Uhr nachmittags abholen, um sie nach Seoul in Korea zu bringen, von wo aus sie mit einer Linienmaschine nach Hause fliegen würden.

»Ja?«, fragte er leise, um Erika nicht zu wecken, die sich in der Koje regte.

»Ein Anruf aus Washington, Sir. Leitung zwei.« Der Matrose zeigte auf das Telefon an der Wand hinter dem Schreibtisch, auf dem noch immer der Laptop stand und den Stand des kontrollierten Schadens von Detroit II anzeigte.

MacClaine stand auf. Ihm tat alles weh. Er dankte dem Matrosen, der die Kabine verließ, taumelte barfuß über den Vinylboden und griff im Halbschlaf nach dem schwarzen Hörer.

»MacClaine.«

»MacClaine, hier ist Roman Palenski.«

Der FBI-Agent war sofort hellwach. »Ja, Sir?«

»Ich fürchte, ich habe schlechte Nachrichten. Vor einer Stunde haben wir über unseren Botschafter in Tokio eine Nachricht von der japanischen Regierung erhalten. Die Quintessenz lautet, dass sich Japan weigert, die Liste herauszugeben. Man zwingt uns zu einem rücksichtslosen Vorgehen.«

MacClaine seufzte. Er hatte geahnt, dass es dazu kommen würde. »Was soll ich tun, Sir?«

»Ich fürchte, dass Miss Conklin dagegen sein könnte, den nächsten Schritt zu vollziehen, aber offen gestanden kann ich die Sicherheit meines Landes nicht durch ihre Naivität aufs Spiel setzen.«

MacClaine gefiel es nicht, was er da hörte. »Woran haben Sie gedacht, Sir?«

»Ich habe von einem ihrer Mitarbeiter erfahren, dass sie laufend dic Aktivitäten des Virus auf ihrem System überwacht.«

MacClaine schaute auf den Laptop. Über zwei Fenster rollten die Informationen und zeigten Kombinationen von Einsen und Nullen und japanische Buchstaben. »Sieht so aus, Sir.«

»Wir sind dabei, die zweite Phase einzuleiten. Sie müssen Miss Conklin in den nächsten Stunden vom Monitor fern halten, damit wir Zeit haben, das zu tun, was wir tun müssen.«

MacClaine schwieg und überdachte seine Möglichkeiten.

»Sind Sie noch dran?«

»Ja, Sir.«

»Hier geht es um die nationale Sicherheit, MacClaine. Zahllose Menschen wurden ermordet. Sie sind selbst fast getötet worden. Die SEALs haben ihr Leben für diese Mission geopfert. Verstehen Sie mich?«

»Ja, Sir.«

»Wir können nicht tatenlos zusehen und die Japaner einfach gewähren lassen. Verstehen Sie das auch?«

»Ja, Sir.«

»Schwierige Zeiten verlangen schwierige Entscheidungen, MacClaine. Unser Oberbefehlshaber hat den Befehl gegeben, ohne Rücksicht auf Verluste zurückzuschlagen. Der Virus wird in diesen Minuten in Osaka losgelassen. Dann geben wir ihnen zehn Stunden, um uns die Liste auszuhändigen, oder wir greifen Kyoto an. Danach kommt Tokio. Und wir machen weiter, bis irgendjemand dort zur Vernunft kommt und nachgibt.«

MacClaine schloss die Augen und dachte an Erikas Worte. *Man kann Unrecht nicht mit Unrecht vergelten. Wir dürfen uns nicht auf ihr Niveau begeben. Es muss eine andere Möglichkeit geben.*

Aber gab es die? Die Geschichte lehrte ihn, dass es nur eine Möglichkeit gab, Japan zu bekämpfen.

Derjenige, der die stärkeren Waffen hat, gewinnt.

Punkt.

»Ich will nicht lange um den heißen Brei herumreden, MacClaine. Bevor ich auflege, will ich Sie noch an eine Sache erinnern, falls Ihnen möglicherweise seltsame Gedanken kommen sollten.«

»Sir?«

»Sie sind fest beim FBI angestellt. Sie ist das nicht. Sie ist so gut wie draußen. Ihre Schuld dem FBI gegenüber wurde aufgrund ihrer Mitarbeit in diesem Fall getilgt. Mit Beginn der nächsten Woche wird Miss Conklin nicht mehr für uns arbeiten. Ich habe dieses Abkommen mit ihr getroffen, und ich halte mich daran. Sie wird nicht als vorbestraft gelten und außerdem ein bemerkenswertes Dankschreiben erhalten. Bei Ihnen liegt der Fall jedoch anders. Sie sind schon zwanzig Jahre beim FBI. In weiteren fünf Jahren werden Sie eine volle Pension erhalten. Denken Sie daran.«

MacClaine runzelte die Stirn. Er hatte die Botschaft verstanden.

»Ja, Sir.«

Er legte auf, setzte sich in die Dunkelheit und schaute auf Erika, die noch immer in der oberen Koje schlief. Das einzige Licht spendeten der Schein des ThinkPad-Monitors und das Sonnenlicht, das durch ein kleines Bullauge über dem Schreibtisch in die Kabine drang. Er ging die verschiedenen

Möglichkeiten durch und kämpfte mit der richtigen Entscheidung. Einerseits verstand er die Position seines Vorgesetzten. Japan musste schnell und rigoros bekämpft werden. Erika vertrat jedoch auch eine sehr stichhaltige Meinung. War es der richtige Weg, mit diesem Problem umzugehen, indem noch mehr unschuldige Menschen starben?

»Verdammt«, murmelte er. »Was soll ich nur tun?«

Erika richtete sich in ihrer Koje auf. »Brent? Telefonierst du?« Sie rieb sich über die Augen und gähnte.

Er schüttelte den Kopf. »Nein ... ich habe nur laut gedacht.«

»Ach so.« Sie sprang aus dem Bett und reckte sich. »Mein Gott, hat das gut getan. Wie lange habe ich geschlafen?«

»Achteinhalb Stunden.«

»Jetzt sterbe ich vor Hunger.«

MacClaine ging zu ihr und verdeckte die Sicht auf den Computer. Plötzlich umarmte und küsste er sie. Sie war im ersten Moment verwirrt, erwiderte den Kuss jedoch.

»Hm ...«, sagte sie und lehnte sich zurück. »Welchem Umstand habe ich denn diese schöne Überraschung zu verdanken?«

Er versuchte so liebenswürdig wie möglich zu sein, ohne es zu übertreiben. »Sagen wir einfach, ich habe mich gut ausgeruht.«

Sie verzog das Gesicht. »*Hier?* Auf einem Marineschiff mitten im Pazifik?«

Er zuckte mit den Schultern und nahm sie in die Arme, um ihr den Blick auf den Raum zu versperren. »Ich kann mir schlimmere Orte vorstellen.«

Sie lächelte ihn kokett an. »Ich glaube, ich kann noch eine Weile warten, bevor ich etwas esse.«

Er hob sie hoch und setzte sie behutsam aufs Bett. »Sie versetzte ihm einen leichten Klaps auf den Kopf. »Du bist ein böser Junge, Brent MacClaine. Weißt du, dass du ein *richtig* böser Junge bist?«

»Du hast ja keine Ahnung«, sagte er und setzte sich auf den Bettrand. Dann beugte er sich vor, küsste sie noch einmal, hob ihr T-Shirt hoch und umarmte sie. Sie erwiderte die Umarmung, küsste ihn auf den Nacken, knöpfte sein Hemd auf und küsste ihn auf die Brust. Er schloss die Augen. So hatte er sich seit der Zeit mit Jessica nicht mehr gefühlt, bevor das FBI sein Leben ruiniert hatte, bevor ...

MacClaine sprang zur Seite und warf seine Hände in die Luft, als ihn sein schlechtes Gewissen übermannte. »Ich kann nicht, Erika. Ich kann es nicht machen. Ich ... ich habe dich viel zu gern.«

Sie stand langsam auf, zog ihr T-Shirt herunter, legte eine Hand auf seine Wange und rieb ihm dann über die Brust. »Ich habe dich auch sehr gern, Brent. Und ich will es. Ich will es wirklich tun.«

Er nahm ihr Gesicht in die Hände. »Mein Gott, du bist so wunderschön, aber du verstehst es nicht. Ich will es auch, aber nicht unter diesen Umständen. Ich will unsere Beziehung nicht verpfuschen.«

»Ich verstehe nicht.«

Er drehte sich um und verschränkte die Arme. »Zum Teufel mit meiner Pension. Diese blöden Hunde können sie sich sonst wo hinstecken.«

»*Pension?* Wovon sprichst du?«

Er sah sie wieder an und erzählte ihr von seinem Gespräch mit Palenski.

»Er hat dich also gebeten, mich abzulenken?« Ihre braunen Augen verengten sich zu raubtierhaften Schlitzen.

Er nickte.

»Und darum ...?«

»Nein, nein. Ich wollte es wirklich ...«

»Diese Schweine! Das kann ich einfach nicht glauben! Und du ... Um dich kümmere ich mich später!« Sie schob ihn zur Seite und setzte sich vor ihren Laptop.

»Erika, ich ...«

»Spar dir deine Worte! Ich hoffe, ich bin nicht zu spät. Wie lange ist es her? Wann hat er angerufen?«

MacClaine kam sich vor wie der größte Trottel der Welt. Er hatte seine Karriere beim FBI mit Füßen getreten und Erika verärgert, die Frau, die er allmählich so liebte wie einst Jessica.

»Brent, wie lange ist es her?«

»Oh ... ungefähr zwanzig Minuten.«

»Verdammt! Sie wissen ja nicht, was sie tun!«

51

Streng geheim

FBI-ZENTRALE, WASHINGTON, D.C.

Roman Palenski stand hinter Charlie Chang, als der junge Informatiker den Fortschritt der Virenpenetration in die erste Arterie von Osakas lokalem Netzwerk überprüfte.

»Oh, oh«, sagte Chang und zeigte auf ein Fenster auf seinem Monitor. »Ich glaube, Miss Conklin hat herausbekommen, was wir machen.«

Erika: Charlie! Was, zum Teufel, machen Sie da?
Chang: Ich befolge Befehle.
Erika: Den Schlüssel! Charlie, haben Sie den Schlüssel verändert?

Chang schaute auf Palenski, der nickte. »Es ist jetzt zu spät. Es ist egal, ob sie es weiß.«

Chang: Ja. Nur so konnten wir einen Eingriff Ihrerseits verhindern. Palenski steht neben mir. Er erinnert Sie daran, dass es hier um eine Frage der nationalen Sicherheit geht. Versuchen Sie nicht einzugreifen.
Erika: Verdammt, Charlie. Welchen Teil der Mutationsgleichung haben Sie verändert?
Chang: Sorry. Streng geheim.
Erika: Gut, dann sagen Sie Palenski, dass ich es unbedingt wissen muss. Kapiert? Wenn ich nämlich die Schlüsselmodifikation nicht erfahre, besteht eine sehr, sehr große Chance, dass der Virus nicht nur unsere Zieladressen angreift, sondern auch andere Gebiete einschließlich der Vereinigten Staaten!!! Ist es jetzt immer noch streng geheim?

Palenski schrie einem Assistenten zu, ihm sofort eine Funkverbindung zur *Blue Ridge* herzustellen.

Chang: Ich verstehe nicht. Wie meinen Sie das? Ich habe den Virus genauso wie Sie abgeschickt, nur zu der anderen Adressenliste und mit einem neuen Schlüssel, um sicherzustellen, dass Sie nicht eingreifen können, bevor die Japaner die Liste herausgegeben haben.

Erika: Charlie! Charlie! Sie sind ein sehr netter Bursche, aber Sie sind kein Hacker. Sie denken auf konventionelle Weise. Hacker nicht. Erinnern Sie sich, wie lang die Signatur des ursprünglichen Detroit-Virus war?

Chang: Ja, nur sieben Bytes.

Erika: Und die Mutationssequenz ist das, was jeden Virus definiert, ja?

Chang: Richtig.

Erika: Die Mutation wird erreicht, indem man den Sieben-Byte-Code der existierenden Mutation als Input für die Gleichung, die die neue Mutation berechnet, benutzt. Können Sie mir bis hierher folgen?

Chang: Ja.

Erika: Der Schlüssel, den ich bestimmt habe, um die Mutationssequenz zu verankern, hält die Mutation innerhalb des Sieben-Byte-Bereiches und vermeidet ein Überspringen auf angrenzende Bytes. Sobald die Mutationsgleichung geändert wird, sieht die Sache jedoch ganz anders aus. Wissen Sie, was dann passiert?

Chang: Oh, verdammt! Ich glaube, ja. Die Adressen!

Erika: Genau. Die beiden Bytes hinter der Sieben-Byte-Signatur definieren die Zieladresse. Ein Überspringen wird die Informationen dieser beiden Bytes verändern und Zufallsadressen für den Virus schaffen.

Palenski sah, dass Charlie Chang erblasste. Der junge Informatiker starrte auf den Monitor und murmelte etwas, was Palenski nicht verstehen konnte. Im gleichen Augenblick war die Verbindung hergestellt.

52

Schadensbegrenzung

USS BLUE RIDGE, neunzig Meilen vor der japanischen Küste

Ich weiß, ich hätte das mit Ihnen durchsprechen müssen, aber in Anbetracht der Lage müssen Sie die Sache jetzt korrigieren.«

Erika schäumte vor Wut. Sie presste den Hörer an ihr Ohr, und MacClaine beugte sich vor, um mitzuhören. »Und warum sollte ich jetzt wieder helfen? Ich habe getan, um was Sie mich gebeten haben. Ich bin raus, erinnern Sie sich? Ich habe jetzt keinen Informationsbedarf mehr.«

Schweigen.

»Miss Conklin, hören Sie mir zu«, sagte Palenski, dessen Stimme nun freundlicher wurde. »Wenn es stimmt, was Sie sagen, könnten andere Menschen an anderen Orten ihr Leben verlieren.«

»Unschuldige Menschenleben *sind* in Osaka in Gefahr! Oder ist ein Menschenleben in Osaka weniger wert als woanders?«

Wieder Schweigen.

Sie fügte hinzu: »Ich werde Ihnen noch einmal helfen, aber diesmal wird es teuer für Sie.«

»Wir sind nicht darauf vorbereitet ...«

»Dann bitten Sie einen Ihrer besten Informatiker, Ihnen zu helfen.«

»Okay, okay, aber ich muss das zuerst abklären ...«

Sie nannte ihren Preis und legte auf, ohne eine Antwort abzuwarten.

53

Digitaler Gau

OSAKA, JAPAN

Genau um 16.15 Uhr erreichte Detroit II den Kern von Osakas computergesteuertem U-Bahn-System, das Herzstück, das die Aufgabe hatte, Ankunft und Abfahrt von Dutzenden von Zügen an verschiedenen Orten zu bestimmten Zeiten automatisch zu sichern. Das System kontrollierte auch das wichtige Belüftungssystem, das Licht, die Automatiktüren und die computergesteuerten Ticketautomaten. In einem großen U-Bahn-Kontrollraum, der wie eine Einsatzzentrale in Houston, Texas, aussah, saßen Dutzende von Technikern hinter großen Monitoren und Kontrolltafeln und überprüften den Zustand des ganzen Systems. Der Bereich war je nach Zuständigkeiten in verschiedene Abschnitte unterteilt. Die Kontrolle der Lichtsysteme war in einer Ecke untergebracht und die der Belüftung in einer anderen. Die augenblickliche Position jeder U-Bahn wurde auf einem speziellen Monitor, der ständig von einer Gruppe Techniker in der Mitte des Raumes beobachtet wurde, angezeigt.

Die Belüftungskontrollabteilung erlitt den ersten Ausfall um 16.30 Uhr. Er erfolgte plötzlich und ohne Vorwarnung. Die Monitore wurden schwarz, und das System konnte nicht mehr gebootet werden. Die erfahrene Crew versuchte ihr Glück sofort mit einem Backupsystem, das jedoch ebenfalls versagte. Die Abteilungsleitung stellte auf manuelle Kontrolle um, aber das war fast so, als würde gar keine Kontrolle erfolgen. Die Komplexität des Kontrollsystems, das den Kaltluftzustrom durch den ganzen U-Bahn-Bereich und die heikle Entsorgung der giftigen Abgase überprüfte und dirigierte, kam dem einer Ölraffinerie gleich. Um 16.41 Uhr schnellten der Kohlenmonoxidspiegel und die Umgebungstemperatur in die Höhe. Als die Abteilungsleitung das rote Notruftelefon neben der Station abnahm, um sofortige Hilfe anzufordern, fielen die Leitungen aus. Im selben Augenblick gingen alle Lichter im U-Bahn-Bereich aus. Die Notbeleuchtung schaltete sich zwar ein, aber die panische Menge saß in der Falle, weil sich die Automatiktüren aufgrund des Stromausfalls nicht öffneten. Auf einer belebten Station blieb ein Zug an der Rampe stehen, weil der Strom in diesem Versorgungsnetz ausfiel. Ein zweiter Zug, der sich der Station fünf Minuten später näherte, verlangsamte zwar sein Tempo, doch nicht rechtzeitig genug, um den Aufprall auf den stehenden Zug verhindern zu können. Die darauf folgende Explosion sandte eine Schockwelle über die Gleise, auf denen sich die Menschen drängten, und dann entstand schwelender Rauch. Hunderte starben schon in den ersten Minuten nach der Explosion. Viele weitere erstickten, weil sie die Automatiktüren nicht öffnen konnten.

Als die U-Bahn-Explosion um 16.47 Uhr die Straßen erschütterte, versagte das Verkehrsleitsystem und verursachte Hunderte von Unfällen. In der Stadt brach das Chaos aus, und die Rettungsmannschaften konnten die Unfallorte nicht erreichen. Doch selbst wenn es ihnen gelungen wäre, hätten die Opfer nicht viel davon gehabt. Um 16.50 Uhr fiel der Strom auch in den Krankenhäusern von Osaka aus.

Erika Conklin sah sich auf ihrem 13-Zoll-Monitor an, was der ursprüngliche Detroit II und die neueste Infektion angerichtet hatten.

»Diese Schweine«, murmelte sie zitternd, als sie die Daten betrachtete, die über ihren Bildschirm liefen. Der Maschinencode informierte sie über das Ausmaß des Angriffs. »Sie haben es wirklich getan. Sie haben ihn wirklich auf unschuldige Menschen losgelassen.«

MacClaine, der bis jetzt geschwiegen hatte, stellte sich hinter sie und legte seine Hände auf ihre Schultern. »Wie schlimm ist es?«

Erika schüttelte ihn ab. »Fass mich nicht an! Es ist sehr schlimm, verdammt schlimm! Menschen sterben, Brent. Unschuldige Menschen, und du hast sie gewähren lassen. Du hast auf diesem Stuhl gesessen und dich in Selbstmitleid ergangen, anstatt mich zu wecken, damit ich etwas dagegen hätte tun können. Du bist genau wie die anderen. Ich kann gar nicht glauben, dass ich dir je vertraut habe.«

»Es tut mir so Leid. Ich ... ich kann nichts zu meiner Verteidigung sagen. Ich hatte Unrecht.«

»Ja, das stimmt«, sagte sie und zeigte auf den Schirm. »Ihr hattet alle Unrecht. Sieh dir das an.«

Mutation	Zeit	Adressencode	Landescode
000000000	16151	10000111.11000011	Osaka, Japan **
			Original **
000123980	1618	10000110.11110011	Neuseeland
000436271	1621	10100111.11000011	Pakistan
001625918	1645	11000011.00110011	Irland
003811774	1700	00000101.11110011	Südkorea
006026020	1713	11100111.11110011	USA

»Das sind die Mutationssequenzen vom Originalvirus, der in Osaka losgelassen wurde und der den Adressencode angreift, weil Charlie den falschen Mutationsschlüssel benutzt hat. Die Originalmutation, diejenige mit den ganzen Einsen, hat Osaka um Viertel nach vier, vor etwa einer Stunde, angegriffen. Drei Minuten später hat die Mutationsnummer hundertdreiundzwanzigtausendneunhundertachtzig den Adressencode verändert und eine Kopie von Detroit II auf Neuseeland losgelassen.«

»Wo in Neuseeland?«

»Weiß ich nicht. Ich habe die Decodierung für den Rest der Zahlenreihe nicht, sondern nur für den Landesteil. Wie du siehst, hat sich Detroit II in weniger als einer Stunde über sechs Millionen Mal und der Adressencode fünfmal verändert.«

Sie tippte etwas ein, und mehrere Fenster wurden auf dem Bildschirm geöffnet, die alle mit dem Binärcode beschrieben waren.

»Was machst du jetzt?«

»Ich schicke ein Gegenmittel zu diesen Adressen. Mit etwas Glück werden die fünf Bastardkinder des Osaka-Virus keine neuen Babys mit anderen Adressen bekommen, ehe ich sie ausrotten kann.«

MacClaine riss den Mund auf. »Du meinst, dass jeder dieser neuen Viren *neue* Adressen schaffen kann?«

Sie nickte, seufzte und öffnete ein neues Fenster auf dem Monitor. »Ich habe gerade ein Script geschrieben, um die Mutation des Virus zu durchbrechen, der um vier Uhr achtzehn heute Nachmittag in Neuseeland angekommen ist. Mal sehen, welchen Schaden er angerichtet hat.«

Mutation	Zeit	Adressencode	Landescode
000000000	1618	10000110.11110011	Neuseeland
000803024	1625	11100101.10001100	Schottland
001900021	1656	10110111.10011001	Venezuela
002005002	1710	10000110.11100100	Neuseeland

Erika schüttelte den Kopf. »Die letzte Virenmutation lässt einen zweiten Virus auf eine neue Adresse in Neuseeland los.«

»Was machst du jetzt?« Er zog sich einen Stuhl heran und setzte sich neben sie.

»Ich zeige es dir.«

Erika bereitete Hunderte von Kopien von Sentinel vor, einem virusähnlichen Programm. Instruktionen waren darin verankert, alle Mutationen von Detroit II, die von dem neuen Schlüssel vorgeschrieben wurden, zu suchen und zu löschen. Sie ließ sie auf die äußeren Ränder des Osaka-Netzwerkes los. Diese »Wachen« würden in ganz Osaka im virtuellen Raum auf Patrouille gehen und jeden Virus fangen, dessen Mutationssequenzen ihre Zieladressen verändert hatten. Sie machte das Gleiche mit den fünf anderen Ländern, die bisher infiziert worden waren, und verschickte Hunderte von Kopien von Sentinel, um die Orte, die von Detroit II infiziert worden waren, anzugreifen. Gleichzeitig nutzte Charlie Chang die Hewlett-Packard-Workstations, um Länder, die von den zahlreichen Abkömmlingen des Detroit II möglicherweise angegriffen werden konnten, vorherzusagen. Dies tat sie, um dem Virus voraus zu sein und ihn zu blockieren, damit er sich nicht weiter ausbreitete, während die neuen Kopien von hinten angriffen und die unbeabsichtigten internationalen Versionen von Detroit II töteten.

Nachdem sie 30 Minuten gearbeitet hatte, stand Erika auf und reckte sich.

»So weit, so gut«, sagte sie und setzte sich wieder hin.

»Was ist?«

»Scheinbar haben die Kopien des neuen Programms die internationalen Mutationen zurückgehalten.«

MacClaine rieb sich übers Kinn. »Hatten sie schon Schäden angerichtet, ehe du sie zurückhalten konntest?«

»Das werden wir erst in etwa einer Stunde genau wissen, aber bisher habe ich Berichte über vereinzelte Unfälle in jeder Stadt. Ich kann nicht sagen, was beschädigt wurde oder wo genau in der Stadt es war, sondern nur, dass Detroit II erfolgreich Dateien killen konnte, ehe die Kopien ankamen.«

»Und wie sieht es in Osaka aus?«

Sie drehte sich um und funkelte ihn böse an. »Die Menschen in Osaka haben jetzt Probleme, Brent. Fürchterliche Probleme. Aber das habt ihr ja alle gewollt, nicht wahr? Was meinst du wohl? Die Mission ist erfüllt. Du hast es geschafft, eine friedliche Stadt in eine Todeszone zu verwandeln.«

Das Telefon klingelte, ehe er etwas erwidern konnte.

Sie stand auf und hob ab. »Ja?«

»Conklin?«

»Ja«, sagte Erika, als sie Palenskis Stimme hörte.

»Miss Conklin?«

Erika erstarrte. Da war noch jemand bei Palenski. Sie hatten den Lautsprecher eingeschaltet. Die Stimme klang vertraut, aber sie konnte sie nicht einordnen. »Ja?«

»Hier ist Präsident Lester Williams. Erkennen Sie meine Stimme?«

Erikas Beine wurden schwach, und sie sank auf den Stuhl. »Ja ... Ja, Sir«.

MacClaine flüsterte: »Wer ist das?«

Sie legte eine Hand auf die Muschel. »Der Präsident.«

Er beugte sich über ihre Schulter, um mitzuhören.

»Miss Conklin, ich bin der Oberbefehlshaber der Vereinigten Staaten, und als dieser habe ich den Auftrag, für den Schutz des Lebens in unserem Land zu sorgen. Die Menschen in diesem Land haben mich gewählt, damit ich sie vor Schaden aus dem In- und Ausland bewahre. Wir befinden uns jetzt im Krieg, einem sehr ungewöhnlichen Krieg, aber trotzdem ist es ein Krieg. Eine radikale Gruppe in der japanischen Regierung hat unser Land angegriffen und großen Schmerz über mein Volk gebracht. Ich, als Führer dieser Nation, muss Vergeltung üben ...«

»Aber, Sir. Ich ...«

»Bitte unterbrechen Sie mich *nicht noch einmal!*«

Erika nickte. »Ja, Sir. Verzeihung, Sir.« Sie schluckte und presste den Hörer an ihr Ohr.

»Wie ich schon sagte, ist es meine Aufgabe, sehr schwierige Entscheidungen zu treffen. Wenn ich auch die Probleme mit meinen engsten Mitarbeitern bespreche, ist meine Meinung letztendlich ausschlaggebend. So werden Entscheidungen auf nationaler Ebene getroffen, Miss Conklin. Sie sind für das Schicksal des Landes nicht verantwortlich, sondern ich. Und die Entscheidung, die ich getroffen habe, um Japan in die Knie zu zwingen, war eine wohl überlegte Strategie. Zuerst haben wir ihre Finanz- und Staatsbehörden angegriffen. Als diese Maßnahmen keinc Wirkung erzielten, musste ich den nächsten vernünftigen Schritt tun, um die Herausgabe der Liste der manipulierten Computerchips zu garantieren. Ich erwarte nicht von Ihnen, dass Sie all dies verstehen oder meiner Entscheidung zustimmen, aber ich erwarte, dass Sie sich daran halten und meinen Schritten nicht entgegenwirken. Haben Sie mich verstanden?«

»Ja, Sir.«

»Ich habe den Befehl gegeben, Osaka mit Ihrem Computervirus anzugreifen. Ich verstehe das Problem, das es aufgrund der technischen Ausführung gab, und ich weiß, dass das Risiko weiterer Schäden außerhalb des beabsichtigten Zielbereichs besteht. Könnten Sie mir bitte Ihre Einschätzung über das Ausmaß des Schadens mitteilen?«

»Ja ... sicher ... Sir. Ja.«

»Beruhige dich«, flüsterte MacClaine. »Beruhige dich.«

Sie nickte und atmete tief durch. Es dauerte fünf Minuten, um dem Präsidenten die zahlreichen Abkömmlinge von Detroit II zu erklären, die auf andere Länder übersprangen. Sie erklärte ebenfalls ihren Plan, den internationalen Infektionszyklus einzudämmen.

»Wie lange wird es dauern, bis wir wissen, ob diese unbeabsichtigte Infektion eingedämmt wurde?«

Sie schaute auf die Uhr. »Bisher sieht es so aus, als ob er sich auf etwa zwanzig einzelnen Websites weltweit befindet.

Ich schätze, dass er innerhalb einer Stunde vollkommen ausgerottet ist. Morgen früh müsste ich eine Liste von den speziellen Unternehmen und Institutionen haben, die in der ganzen Welt angegriffen wurden, falls wir uns entscheiden, finanzielle Wiedergutmachung zu betreiben.«

»Sehr gut«, sagte der Präsident. »Sie haben Ihrem Land einen großen Dienst erwiesen, Miss Conklin, und dafür möchte ich Ihnen danken. Kann ich noch etwas für Sie tun?«

Erika konnte nicht umhin, die Fragen, die ihr auf der Seele lagen, zu stellen. »Ich habe zwei Fragen, Mr. President.«

»Und welche?«

»Was ist mit der Liste, Sir?«

»Alles in Ordnung. Unsere Botschaft in Tokio hat soeben vom Premierminister ein Fax erhalten, das die Liste der manipulierten Komponenten enthält. Wir haben die Liste schon an alle betroffenen Unternehmen geschickt. Außerdem haben wir einen Brief vom Premierminister erhalten, in dem er sein Bedauern über das erbärmliche Verhalten verschiedener Minister seiner Regierung ausdrückt. Er versicherte mir, dass eine interne Ermittlung durchgeführt wird. Inzwischen hat der Premierminister uns finanzielle Wiedergutmachung als Gegenleistung für ein Mittel gegen den Computervirus, der sein Land befallen hat, angeboten. Ich habe dem Premierminister mitgeteilt, dass das Gegenmittel zum Einsatz kommt, sobald bestimmte Summen ans Finanzministerium überwiesen wurden. Meine Regierung wird sie nutzen, damit sich unser Land von den Sabotageakten erholen kann.«

Erika wusste nicht, was sie sagen sollte. Vielleicht hatte der Präsident letztendlich Recht. Vielleicht war der einzige Weg, einen Teufel zu besiegen, schlimmer als der Teufel zu sein.

»Gibt es noch etwas, was Sie wissen möchten, Miss Conklin?«

»Ja, Sir.« Erika erkundigte sich nach ihrer Abmachung, die

sie wegen der finanziellen Entschädigung mit Palenski getroffen hatte.

Es herrschte einen Moment Schweigen, und dann sagte der Präsident: »Meine Regierung wird das Richtige tun, Miss Conklin.«

»Danke, Sir.«

»Dann noch einmal vielen Dank für Ihre Unterstützung bei diesem Projekt. Mit etwas Glück werden wir alle fehlerhaften Komponenten zurückrufen können, bevor eine weitere Katastrophe ausgelöst wird. Auf Wiederhören, Miss Conklin.«

»Auf Wiederhören, Mr. President.«

Sie starrte noch einen Moment aufs Telefon, nachdem der Präsident das Gespräch beendet hatte. Dann legte sie auf. »Ich glaube, es ist vorbei.«

MacClaine nickte. »Können wir jetzt nach Hause fahren?«

54

Abschied

SÜDKOREA

Ein Hubschrauber brachte sie zum Kimp'o International Airport in Seoul. Erika schlief die meiste Zeit. MacClaine schaute aus dem Fenster, betrachtete die Weite des blauen Meeres und dachte über seine ungewisse Zukunft nach.

Das FBI nahm ihm die Entscheidung ab, kurz nachdem sie auf dem belebten Flughafen gelandet waren. Zwei FBI-Agenten warteten auf sie. Sie gaben Erika ein Erste-Klasse-Ticket nach Washington, D.C. Ihre Maschine ging in knapp einer Stunde. MacClaine erhielt verschiedene Anweisungen. Palenski wollte, dass er eine Woche in Seoul blieb, außerdem ein paar Tage in Taiwan und Hongkong verbrachte und dort die FBI-Büros besuchte, um sich mit den ausländischen Operationsabteilungen vertraut zu machen. Der FBI-Direktor war der Meinung, dass diese Erfahrung für MacClaine in seiner neuen Rolle als Leiter des Büros für internationale Angelegenheiten hilfreich sein könnte. Er war befördert worden, was auch eine Versetzung nach Washington mit sich brachte.

»Was wirst du jetzt machen?«, fragte Erika, nachdem sie MacClaine gratuliert hatte. Die Agenten warteten derweil etwas abseits.

Er zuckte mit den Schultern. »Darüber muss ich erst nachdenken. In letzter Zeit hatte ich eigentlich eher daran gedacht, das FBI zu verlassen und nicht noch befördert zu werden. Und du?«

»Ich packe meine Sachen und fliege an die Westküste. Ich

werde etwas Zeit auf der Ranch verbringen und mich ein wenig ausruhen. Anschließend entscheide ich, was ich machen werde.«

Er nickte, woraufhin ein paar Sekunden peinliches Schweigen herrschte.

»Werde ich dich je wiedersehen?«, fragte er.

Sie nickte. »Du weißt ja, wo ich bin.« Sie gab ihm einen Kuss, als ihr Flug aufgerufen wurde. »Ich muss jetzt gehen.«

»Pass auf dich auf, Erika.«

»Du auch, Brent. Und danke für alles.«

Er schaute auf ihre Augen, ihre Lippen und die kurzen braunen Haare, die ihr schmales Gesicht umrahmten. Plötzlich war sie verschwunden.

Brent MacClaine stand noch da, als das Flugzeug längst das Gate verlassen hatte. Einen Augenblick zögerte er noch, dann drehte er sich um und verließ mit den Agenten den Flughafen.

Epilog

RANCHO DE LAS VISTAS, SONOMA COUNTY, KALIFORNIEN,
sechs Monate später

Es war ein klarer, kühler Morgen, als Erika Conklin an diesem Tag vors Haus trat. Sie stand in ausgeblichenen Jeans, einem Flanellhemd und Stiefeln vor der Veranda. Zwei ihrer Brüder standen mit Futtereimern neben den Ställen, ihr Vater und ihr jüngerer Bruder arbeiteten im Weinberg.

Erika atmete die saubere Luft ein, reckte sich, schaute sich zufrieden um und warf auch einen Blick auf die Telefonleitung, die von einem Mast in der Nähe ins Haus führte: ihre neue ISDN-Hochgeschwindigkeitsleitung.

In den letzten beiden Monaten war die Computerspezialistin sehr beschäftigt gewesen. Nachdem sie etwas von ihrem FBI-Geld in die Ranch gesteckt hatte – worauf ihre Großmutter sicher sehr stolz gewesen wäre – investierte Erika einen nicht geringen Betrag in drei leistungsstarke IBM-PCs und zwei Server. Sie hatte sich entschieden, sich als Computer-Beraterin selbstständig zu machen. Der erste Auftrag kam nicht überraschend. Die Leute bei DreamWorks warteten verzweifelt auf eine neue, verbesserte Version von DigiSoft und waren bereit, ihr dafür ein hohes Beratungshonorar zu zahlen. Sie hatte vor zwei Wochen den Vertrag unterschrieben.

Mehreren Banken in Nordkalifornien war ihre Tätigkeit für das FBI nicht entgangen. Man wollte sie engagieren, um Antivirenprogramme zu entwickeln. Diesen Vertrag hatte sie vor vier Tagen unterschrieben. Und erst gestern hatten zwei Softwareanbieter sie angerufen und um die Entwicklung von

Antivirenprogrammen für neue Software gebeten. Das Beste daran war, dass sie das alles von ihrem kleinen Büro zu Hause aus machen konnte und trotzdem jeden Tag Zeit für ein paar einstündige Führungen durch den Weinberg ihrer Familie hatte.

Sie lächelte und war der Meinung, dass sich ihr Leben zum Besten gewandelt hatte, seitdem sie das FBI verlassen hatte. Ihre Zeit dort war schon in weite Ferne gerückt.

Doch plötzlich runzelte sie die Stirn. Sie hatte von Brent MacClaine seit dem hastigen Abschied in Seoul nichts mehr gehört. Vielleicht war es besser, dass es vorbei war. MacClaine hätte sie nur an das Leben, das sie zu vergessen versuchte, erinnert.

Tatsächlich?

In den letzten Monaten hatte sie über ihre Erfahrungen beim FBI, über das, was sie gelernt und über die Menschen, die sie kennen gelernt hatte, nachgedacht. Natürlich konnte sie auch die tapferen Soldaten, die ihr Leben für ihr Land geopfert hatten, nicht vergessen. Erika erinnerte sich an das Militärbegräbnis in Arlington, kurz bevor sie Washington endgültig verlassen hatte. Die japanische Regierung hatte die sterblichen Überreste der gefallenen SEALs nach Amerika überführt. Erika erinnerte sich an die trauernde Nation. Sie sah den Präsidenten und die First Lady, die neben einer Schwangeren saß, noch vor sich. Erika hatte sich mit Palenski im Hintergrund gehalten. MacClaine war es nicht gelungen, rechtzeitig aus Hongkong zurückzukehren, und als er Washington erreicht hatte, war Erika schon nach Kalifornien abgereist.

Vielleicht ist es besser so.

Aber diese Erlebnisse würde sie sicher nie mehr vergessen. Auf die Herausgabe der Liste von Japan folgte ein Rückruf der Halbleiter in einem noch nie da gewesenen Ausmaß. Viele Unternehmen, von Autoherstellern bis hin zu Konstruktionsfirmen, konnten wochenlang nicht arbeiten, da ihre Systeme mit genau diesen Halbleitern ausgerüstet gewesen waren. Das Gleiche war an vielen Orten in der ganzen Welt passiert. Halbleiterhersteller im ganzen Land hatten sich tapfer bemüht, die Computer im Land wieder zum Laufen zu bringen. Sie hatten rund um die Uhr gearbeitet, um Ersatz-ICs für Hunderttausende von Geräten, die nachgerüstet werden mussten, zu fertigen.

Aber die Krise ging schnell vorüber. Die Systeme liefen wieder online, und Amerika fasste wieder Vertrauen in seine Halbleiterhersteller, was die steigenden Aktienkurse bewiesen. Die versehentliche Verbreitung des Detroit-Virus hatte in Übersee wenig Schaden angerichtet. Eine Import-Export-Firma in Neuseeland hatte ebenso wie eine Finanzierungsgesellschaft in Irland einige Daten verloren. Ironischerweise hatte die Vereinigten Staaten der schlimmste Schaden getroffen. Ein Abkömmling des Virus, der in Osaka losgelassen worden war, hatte das Finanzamt in Austin, Texas, angegriffen. Von heute auf morgen konnte die Staatsbehörde viele Rechnungsprüfungen in verschiedenen Staaten nicht mehr durchführen, und der Verlust durch die unbezahlten Steuern ging in die Millionen. Wenn Erika an das Fiasko der Finanzbehörde dachte, fielen ihr immer die beiden Wörter *ausgleichende Gerechtigkeit* ein.

Erika presste die Lippen aufeinander. Letztendlich hatte sie das Richtige getan. Sie war ihrem Land in der schweren Zeit beigestanden und hatte auch sich und ihrer Familie geholfen. Der Präsident hatte ihre Erwartungen bei weitem übertroffen. Sie war für ihre Jahre in Washington und ihre gefährliche Reise, die sie unternommen hatte, um die Liste zu finden, großzügig entschädigt worden.

Ihr Blick richtete sich auf einen einsamen Wagen, der die Straße, die sich vom Sonoma Valley hoch schlängelte, entlangfuhr. Sie folgte dem dunklen Automobil mit den Augen, als es die Kurve nahm, die zur Ranch führte, und eine Staubwolke hinter sich zurückließ.

Erika schaute auf die Uhr. Die erste Führung begann erst in einer Stunde.

Der Wagen fuhr zum Weinberg hoch und parkte auf dem kürzlich fertig gestellten Platz neben dem zweigeschossigen Kellereigebäude. Ein gut gebauter Mann in einem Anzug stieg aus und sah sich nach allen Seiten um. Ihr Vater und ihr Bruder, die im Weinberg arbeiteten, schauten erst den Fremden und dann Erika an, dic die Hand hob. »Ich kümmere mich darum«, rief sie.

Als sie sich wieder ihrer Arbeit widmeten, stieg Erika die Treppen von der Veranda hinunter und ging dem Fremden entgegen. »Kann ich Ihnen helfen?«

Der Mann drehte sich um. »Hallo, Fremde.«

Sie war sprachlos, und dann sagte sie: »Brent?«

Er lächelte. Er sah aus, als hätte er an Gewicht verloren ...

»Dreißig Pfund. Jeden Morgen Joggen und abends Fahrrad fahren.«

Erika lächelte. Sie umarmten sich. Es war ein gutes Gefühl, seine Arme zu spüren. Sie glitt mit der Hand durch sein Haar und atmete tief ein.

»Du siehst gut aus«, sagte sie und schaute ihn mit zusammengekniffenen Augen an.

»Du auch. Wie ist es dir ergangen?«

»Gut. Aber ... aber was ist mit dir? Ich habe nie mehr von dir gehört. Ich habe versucht, das FBI anzurufen, doch man konnte mich nie mit dir verbinden. Hast du meine Nachrichten erhalten?«

»Jede einzelne.«

»Und warum hast du mich nicht zurückgerufen?«

Er rieb sich übers Kinn und schaute weg. Die verlorenen Pfunde standen ihm gut zu Gesicht, und seine ehemaligen Hängebacken waren verschwunden. Er sah jünger und gesünder aus. »FBI-Vorschriften während eines Auftrags. Erinnerst du dich?«

Sie nickte. »Kaum. Es kommt mir alles vor wie ein ferner Traum.«

»Ich wollte dich wiedersehen«, sagte er und strich ihr mit einem Finger über die Wange.

»Was führt dich in diesen Teil der Welt? Ich dachte, du wärst jetzt ein hohes Tier in Washington.«

Er hob die Augenbrauen. »Hohes Tier? Ich weiß nicht, aber ich bin in Washington.«

Sie schaute in seine braunen Augen. »Versuchst du noch immer, die Welt zu retten?«

Er nickte. »Ich habe noch immer das Gefühl, etwas verändern zu können.«

»Was ist mit *deinem* Leben, Brent?« *Und was ist mit uns?*

Er nahm ihre Hände in die seinen. »Ich stecke mitten in einem sehr wichtigen internationalen Fall, wahrscheinlich dem größten meiner ganzen Karriere. Ich bin nur vorbeigekommen, um dich zu sehen und um dir für eine Weile auf Wiedersehen zu sagen. Ich werde im nächsten Jahr in Taiwan leben. Wir stehen kurz davor, einen High-Tech-Mafiaring zu knacken, durch den die Industrie jedes Jahr zig Milliarden Verluste erleidet. Es reizt mich sehr, diesen Verbrechern das Handwerk zu legen. Ich spiele mit dem Gedanken, nach diesem Fall auszusteigen. Vielleicht suche ich mir dann ein hübsches kalifornisches Mädchen und lasse mich häuslich nieder.«

Sie schüttelte langsam den Kopf und lächelte. »Das wirst du nicht, Brent. Du kannst es nicht. Es liegt dir im Blut.«

»Ich habe nicht vor, das ewig zu machen, Erika.«

Sie seufzte. »Wann werde ich dich wiedersehen?«

Er lächelte, griff in seine Manteltasche und gab ihr einen Umschlag. Es war ein Hin- und Rückflugticket nach Taiwan.

»Ich habe gehört, dass es in Taipeh im Herbst sehr schön sein soll. Vielleicht sehen wir uns in ein paar Monaten?«

Sie lächelte und umarmte ihn. »Vielleicht«, erwiderte sie.

»Ich muss jetzt gehen«, sagte er und schaute auf die Uhr. »Niemand weiß, dass ich hierher gefahren bin.«

Brent küsste sie und drückte sie fest an sich. Erika leistete keinen Widerstand und gab sich seinen Berührungen und seiner Umarmung hin.

Er winkte ihr zu. »Wir sehen uns bald.«

Erika Conklin spürte seinen Kuss noch auf den Lippen, als sie ihm nachsah. Alles, was von seinem kurzen Besuch blieb, war eine Staubwolke, die in den Himmel von Nordkalifornien aufstieg und sich allmählich auflöste.

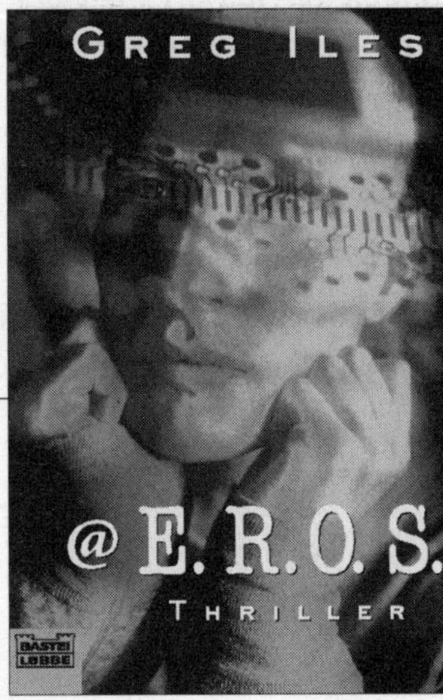
GREG ILES
@E.R.O.S.
THRILLER
BASTEI LÜBBE

›Jeder Roman von Ridley Pearson ist ein Highlight des Thriller-Genres.‹

WASHINGTON TIMES

Am Strand von Puget Sound wird ein großer Metallcontainer angespült, aus dem menschliche Schreie dringen. Die Küstenwache verständigt Lou Boldt von der Polizei in Seattle. In dem Container befinden sich neun halb verhungerte Chinesinnen und drei Leichen. Ganz offensichtlich handelt es sich um illegale Einwanderer, und Lou beginnt mit seinen Ermittlungen, um den skrupellosen Menschenhändlern das Handwerk zu legen. Doch die Verbindungen der Schlepperbande reichen weit in die höchsten Kreise hinein, und nur wenige haben ein Interesse an dem, was Lou ans Tageslicht bringen möchte …

ISBN 3-404-14632-8

BASTEI
LÜBBE